Los *JET* de Plaza & Janés

HARPER LEE
Matar un ruiseñor

PLAZA & JANES EDITORES, S. A.

Título original: *To Kill a Hockingbird*
Traducción: Baldomero Porta
Diseño de la portada: GS-Gràfics, S. A.

Séptima edición en esta colección: mayo, 1998

© 1960, Harper Lee
© de la traducción: 1966, Editorial Bruguera
© 1986, Plaza & Janés Editores, S. A.
   Travessera de Gràcia, 47-49. 08021 Barcelona

Printed in Spain – Impreso en España

ISBN: 84-01-49204-1
Depósito legal: B. 21.267 - 1998

Impreso en Litografía Rosés, S. A.
Progrés, 54-60. Gavà (Barcelona)

L 492041

A MR. LEE Y A ALICE
EN TESTIMONIO DE AMOR Y CARIÑO

*Yo supongo que los abogados
también fueron niños.*

CHARLES LAMB

PRIMERA PARTE

1

Cuando se acercaba a los trece años, mi hermano Jem sufrió una peligrosa fractura del brazo, a la altura del codo. Cuando sanó, y sus temores de que jamás podría volver a jugar al fútbol se mitigaron, raras veces se acordaba de aquel percance. El brazo izquierdo le quedó algo más corto que el derecho; si estaba de pie o andaba, el dorso de la mano formaba ángulo recto con el cuerpo, el pulgar rozaba el muslo. A Jem no podía preocuparle menos, con tal de que pudiera pasar y chutar.

Cuando hubieron transcurrido años suficientes para examinarlos con mirada retrospectiva, a veces discutíamos los acontecimientos que condujeron a aquel accidente. Yo sostengo que Ewells fue la causa primera de todo ello, pero Jem, que tenía cuatro años más que yo, decía que aquello empezó mucho antes. Afirmaba que empezó el verano que Dill vino a vernos, cuando nos hizo concebir por primera vez la idea de hacer salir a Boo Radley.

Yo replicaba que, puestos a mirar las cosas con tanta perspectiva, todo empezó en realidad con Andrew Jackson. Si el general Jackson no hubiera perseguido a los indios creek valle arriba, Simon Finch nunca hubiera llegado a Alabama. ¿Dónde estaríamos nosotros entonces?

Como no teníamos ya edad para terminar la discusión a puñetazos, decidimos consultar a Atticus. Nuestro padre dijo que ambos teníamos razón.

Siendo del Sur, constituía un motivo de vergüenza para algunos miembros de la familia el hecho de que no constara que habíamos tenido antepasados en uno de los dos bandos de la Batalla de Hastings. No teníamos más que a Simon Finch, un boticario y peletero de Cornwall, cuya piedad sólo cedía el puesto a su tacañería. En Inglaterra, a Simon le irritaba la persecución de los sedicentes metodistas a manos de sus hermanos más liberales, y como Simon se daba el nombre de metodista, surcó el Atlántico hasta Filadelfia, de ahí pasó a Jamaica, de ahí a Mobile y de ahí subió a Saint Stephens. Teniendo bien presentes las estrictas normas de John Wesley sobre el uso de muchas palabras al vender y al comprar, Simon amasó una buena suma ejerciendo la Medicina, pero en este empeño fue desdichado por haber cedido a la tensión de hacer algo que no fuera para la mayor gloria de Dios, como por ejemplo, acumular oro y otras riquezas. Así, habiendo olvidado lo dicho por su maestro acerca de la posesión de instrumentos humanos, compró tres esclavos y con su ayuda fundó una heredad a orillas del río Alabama, a unas cuarenta millas más arriba de Saint Stephens. Volvió a Saint Stephens una sola vez, a buscar esposa, y con ésta estableció una dinastía que empezó con un buen número de hijas. Simon vivió hasta una edad impresionante y murió rico.

Era costumbre que los hombres de la familia se quedaran en la hacienda de Simon, Desembarcadero de Finch, y se ganasen la vida con el algodón. La propiedad se bastaba a sí misma. Aunque modesto si se comparaba con los imperios que lo rodeaban, el Desembarcadero producía todo lo que se requiere para vivir, excepto el hielo, la harina de trigo y las prendas de vestir, que le proporcionaban las embarcaciones fluviales de Mobile.

Simon habría mirado con rabia imponente los disturbios entre el Norte y el Sur, pues éstos dejaron a sus descendientes despojados de todo menos de sus tierras; a pesar de lo cual la tradición de vivir en ellas continuó inalterable hasta bien entrado el siglo xx, cuando mi padre, Atticus Finch, se fue a Montgomery a aprender leyes, y su hermano menor a Boston a estudiar Medicina. Su hermana Alexandra fue la Finch que se quedó en el Desembarcadero. Se casó con un hombre taciturno que se pasaba la mayor parte del tiempo tendido en una hamaca, junto al río, preguntándose si las redes de pescar tendrían ya su presa.

Cuando mi padre fue admitido en el Colegio de Abogados, regresó a Maycomb y se puso a ejercer su carrera. Maycomb, a unas veinte millas al este del Desembarcadero de Finch, era la capital del condado de su mismo nombre. La oficina de Atticus en el edificio del juzgado contenía poco más que una percha para sombreros, un tablero de damas, una escupidera y un impoluto Código de Alabama. Sus dos primeros clientes fueron las dos últimas personas del condado de Maycomb que murieron en la horca. Atticus les había pedido con insistencia que aceptasen la generosidad del Estado al concederles la gracia de la vida si se declaraban culpables, confesándose autores de un homicidio en segundo grado, pero eran dos Haverford, un nombre que en el condado de Maycomb es sinónimo de borrico. Los Haverford habían despachado al herrero más importante de Maycomb por un malentendido suscitado por la supuesta retención de una yegua. Fueron

13

lo suficiente prudentes para realizar la faena delante de tres testigos y se empeñaron en que «el hijo de mala madre se lo había buscado» y que ello era defensa sobrada para cualquiera. Se obstinaron en declararse no culpables de asesinato en primer grado, de modo que Atticus pudo hacer poca cosa por sus clientes, excepto estar presente cuando los ejecutaron, ocasión que señaló, probablemente, el comienzo de la profunda antipatía que sentía mi padre por el cultivo del Derecho Criminal.

Durante los primeros cinco años en Maycomb, Atticus practicó más que nada la economía; luego, por espacio de otros varios años empleó sus ingresos en la educación de su hermano. John Hale Finch tenía diez años menos que mi padre, y decidió estudiar Medicina en una época en que no valía la pena cultivar algodón. Pero en seguida que tuvo a tío Jack bien encauzado, Atticus cosechó unos ingresos razonables del ejercicio de la abogacía. Le gustaba Maycomb, había nacido y se había criado en aquel condado; conocía a sus conciudadanos, y gracias a la laboriosidad de Simon Finch, Atticus estaba emparentado por sangre o por casamiento con casi todas las familias de la ciudad.

Maycomb era una población antigua, pero cuando yo la conocí por primera vez era, además, una población antigua y fatigada. En los días lluviosos las calles se convertían en un barrizal rojo; la hierba crecía en las aceras, y, en la plaza, el edificio del juzgado parecía desplomarse. De todas maneras, entonces hacía más calor; un perro negro sufría en un día de verano; unas mulas que estaban en los huesos, enganchadas a los carros Hoover, espantaban moscas a la sofocante sombra de las encinas de la plaza. A las nueve de la mañana, los cuellos duros de los hombres perdían su tersura. Las damas se bañaban antes del mediodía, después de la siesta de las tres... y al atardecer estaban ya como pastelillos blandos con incrustaciones de sudor y talco fino.

Entonces la gente se movía despacio. Cruzaba cachazudamente la plaza, entraba y salía de las tiendas con paso calmoso, se tomaba su tiempo para todo. El día tenía veinticuatro horas, pero parecía más largo. Nadie tenía prisa, porque no había adonde ir, nada que comprar, ni dinero con que comprarlo, ni nada que ver fuera de los límites del condado de Maycomb. Sin embargo, era una época de vago optimismo para algunas personas: al condado de Maycomb se le dijo que no había de temer a nada, más que a sí mismo.

Vivíamos en la mayor calle residencial de la población, Atticus, Jem y yo, además de Calpurnia, nuestra cocinera. Jem y yo hallábamos a nuestro padre plenamente satisfactorio: jugaba con nosotros, nos leía y nos trataba con un despego cortés.

Calpurnia, en cambio, era otra cosa distinta. Era toda ángulos y huesos, miope y bizca; tenía la mano ancha como un madero de cama, y dos veces más dura. Siempre me ordenaba que saliera de la cocina, y me preguntaba por qué no podía portarme tan bien como Jem, aun sabiendo que él era mayor, y me llamaba cuando yo no estaba dispuesto a volver a casa. Nuestras batallas resultaban épicas y con un solo final. Calpurnia vencía siempre, principalmente porque Atticus siempre se ponía de su parte. Estaba con nosotros desde que nació Jem, y yo sentía su tiránica presencia desde que me alcanzaba la memoria.

Nuestra madre murió cuando yo tenía dos años,

de modo que no notaba su ausencia. Era una Graham, de Montgomery. Atticus la conoció la primera vez que le eligieron para la legislatura del Estado. Era entonces un hombre maduro; ella tenía quince años menos. Jem fue el fruto de su primer año de matrimonio; cuatro años después nací yo, y dos años más tarde mamá murió de un ataque cardíaco repentino. Decían que era cosa corriente en su familia. Yo no la eché de menos, pero creo que Jem, sí. La recordaba claramente; a veces, a mitad de un juego daba un prolongado suspiro, y luego se marchaba a jugar solo detrás de la cochera. Cuando estaba así, yo tenía el buen criterio de no molestarle.

Cuando yo estaba a punto de cumplir seis años y Jem se acercaba a los diez, nuestros límites de verano (dentro del alcance de la voz de Calpurnia), eran la casa de mistress Henry Lafayette Dubose, dos puertas al norte de la nuestra, y la Mansión Radley, tres puertas hacia el sur. Jamás sentimos la tentación de traspasarlos. La Mansión Radley la habitaba un ente desconocido, la mera descripción del cual nos hacía portar bien durante días sin fin. Mistress Dubose era el mismísimo infierno.

Aquel verano vino Dill.

Una mañana temprano, cuando empezábamos nuestra jornada de juegos en el patio trasero, Jem y yo oímos algo allí al lado, en el tramo de coles forrajeras de miss Rachel Haverford. Fuimos hasta la valla de alambre para ver si era un perrito —la caza-ratones de miss Rachel había de tenerlos— y en lugar de ello encontramos a un sujeto que nos miraba. Sentado en el suelo no alzaba mucho más que las coles. Le miramos fijamente hasta que habló.

—¡Eh!

—Eh, tú —contestó Jem, amablemente.

—Soy Charles Baker Harry —dijo el otro—. Sé leer.

—¿Y qué? —dije yo.

—He pensado nada más que os gustaría saber que sé leer. Si tenéis algo que sea preciso leer, yo puedo encargarme...

—¿Cuántos años tienes? —le preguntó Jem—. ¿Cuatro y medio?

—Voy por los siete.

—Entonces, no te ufanes —replicó Jem, señalándome con el pulgar—. Ahí, Scout, lee desde que nació, y ni siquiera ha empezado a ir a la escuela. Estás muy canijo para andar hacia los siete años.

—Soy pequeño, pero soy mayor —dijo el forastero.

Jem se echó el cabello atrás para mirarle mejor.

—¿Por qué no pasas a este lado, Charles Baker Harry? —dijo—. ¡Señor, qué nombre!

—No es más curioso que el tuyo. Tía Rachel dice que te llamas Jeremy Atticus Finch.

Jeremy puso mal talante.

—Yo soy bastante alto para estar a tono con mi nombre —replicó—: El tuyo es más largo que tú. Apuesto a que tiene un pie más que tú.

—La gente me llama Dill —dijo Dill, haciendo esfuerzos por pasar por debajo de la valla.

—Te irá mejor si pasas por encima, y no por debajo —le dije—. ¿De dónde has venido?

Dill era de Meridian, Mississippi, pasaba el verano con su tía, miss Rachel, y en adelante pasaría todos los veranos en Maycomb. Su familia era originaria de nuestro condado, su madre trabajaba para un fotógrafo en Meridian, y había presentado el retrato de Dill en un concurso de niños guapos, ganando cinco dólares. Este dinero se lo dio a él, y a Dill le sirvió para ir veinte veces al cine.

—Aquí no hay exposiciones de retratos, excepto los de Jesús, en el juzgado, a veces —explicó Jem—. ¿Viste alguna vez algo bueno?

Dill había visto *Drácula*, declaración que impulsó a Jem a mirarle con un principio de respeto.

—Cuéntanosla —le dijo.

Dill era una curiosidad. Llevaba pantalones cortos azules de hilo abrochados a la camisa, tenía el cabello blanco como la nieve y pegado a la cabeza lo mismo que si fuera plumón de pato. Me aventajaba en un año, en edad, pero yo era un gigante a su lado. Mientras nos relataba la vieja historia, sus ojos azules se iluminaban y se oscurecían; tenía una risa repentina y feliz, y solía tirarse de un mechón de cabello que le caía sobre el centro de la frente.

Cuando Dill hubo dejado a *Drácula* hecho polvo y Jem dijo que la película parecía mejor que el libro, yo le pregunté al vecino dónde estaba su padre.

—No nos dices nada de él.

—No tengo ninguno.

—¿Ha muerto?

—No...

—Entonces, si no ha muerto, lo tienes, ¿verdad?

Dill se sonrojó, y Jem me dijo que me callase, signo seguro de que, después de estudiarle, le había hallado aceptable. Desde aquel momento el verano transcurrió en una diversión que llenaba todos nuestros días. Tal diversión cotidiana consistía en mejorar nuestra caseta, sostenida por dos cinamomos gemelos gigantes del patio trasero, en promover alborotos y en repasar nuestra lista de dramas basados en las obras de Oliver Optic, Víctor Appleton y Edgar Rice Burroughs. Para este asunto fue una suerte contar con Dill, el cual representaba los papeles que antes me asignaban a mí: el mono de *Tarzán*, míster Crabtree en *The Rover Boys*, míster Damon en *Tom Swift*. De este modo llegamos a considerar a Dill como a un Merlin de bolsillo, cuya cabeza estaba llena de planes excéntricos, extrañas ambiciones y fantasías raras.

Pero a finales de agosto nuestro repertorio se había vuelto soso a copia de innumerables reproducciones, y entonces fue cuando Dill nos dio la idea de hacer salir a Boo Radley.

La Mansión Radley le fascinaba. A despecho de todas nuestras advertencias y explicaciones, le atraía como la luna atrae al agua, pero no le atraía más allá del poste de la farola de la esquina, a una distancia prudencial de la puerta de los Radley. Allí se quedaba, rodeando el grueso poste con el brazo, mirando y haciendo conjeturas.

La Mansión Radley se combaba en una cerrada curva al otro lado de nuestra casa. Andando hacia el sur, uno se hallaba de cara al porche donde la acera hacía un recodo y corría junto a la finca. La casa era baja, con un espacioso porche y persianas verdes; en otro tiempo había sido blanca, pero hacía mucho que había tomado el tono oscuro, gris-pizarroso, del patio que la rodeaba. Unas tablas consumidas por la lluvia descendían sobre los aleros de la galería; unos robles cerraban el paso a los rayos del sol. Los restos de una talanquera formaban como una guardia de borrachos en el patio de la fachada —un patio «barrido» que no se barría jamás—, en el que crecían en abundancia la «hierba johnson» y el «tabaco de conejo».

Dentro de la casa vivía un fantasma maligno. La gente decía que existía, pero Jem y yo no lo habíamos visto nunca. Decían que salía de noche, después de ponerse la luna, y espiaba por las ventanas. Cuando las azaleas de la gente se helaban, en una

19

noche fría, era porque el fantasma les había echado el aliento. Todos los pequeños delitos furtivos cometidos en Maycomb eran obra suya. En una ocasión, la ciudad vivió aterrorizada por una serie de mórbidos acontecimientos: encontraban pollos y animales caseros mutilados, y aunque el culpable era Addie, «el Loco», quien con el tiempo se suicidó ahogándose en el Remanso de Barker, la gente seguía fijando la mirada en la Mansión Radley, resistiéndose a desechar sus primeras sospechas. Un negro no habría pasado por delante de la Mansión Radley de noche, pues es seguro que cruzaría hasta la acera opuesta y no cesaría de silbar mientras caminaba. Los patios de la escuela de Maycomb lindaban con la parte trasera de la finca Radley; desde el gallinero de los Radley, altos nogales de la variedad llamada allí «pecani» dejaban caer sus frutos dentro del patio, pero los niños no tocaban ni una sola de aquellas nueces: las nueces de Radley le habrían matado a uno. Una pelota que fuese a parar al patio de los Radley era una pelota perdida, y no se hablaba más del asunto.

La desgracia de aquella casa empezó muchos años antes de que naciésemos Jem y yo. Los Radley, bien recibidos en todas partes de la ciudad, se encerraban en su casa, gusto imperdonable en Maycomb. No iban a la iglesia, la diversión principal de Maycomb, sino que celebraban el culto en casa. Mistress Radley pocas veces o nunca cruzaba la calle para gozar del descanso del café de media mañana con las vecinas, y ciertamente jamás intervino en ningún círculo misional. Míster Radley iba a la ciudad todas las mañanas a las once treinta y volvía prestamente a las doce, trayendo a veces una bolsa de papel pardo que los vecinos suponían que contenía las provisiones de la familia. Jamás supe cómo se ganaba la vida el viejo Radley —Jem decía que «compraba algodón», una manera fina de decir que no hacía nada—, aunque míster Radley y su esposa vivían allí con sus dos hijos desde mucho antes de lo que la gente podía recordar.

Los domingos, las persianas y las puertas de la casa de los Radley permanecían cerradas, otro detalle ajeno a los usos de Maycomb, donde las puertas cerradas significaban enfermedad o tiempo frío, únicamente. De todos los días, los domingos eran los preferidos para ir de visita, por la tarde. Las señoras llevaban corsés; los hombres, chaquetas, y los niños, zapatos. Pero subir los peldaños de la fachada de los Radley y gritar: «¡Eh!» una tarde de domingo, era cosa que los vecinos no hacían nunca. La casa de los Radley no tenía puertas vidrieras. Una vez pregunté a Atticus si las había tenido alguna vez; Atticus me dijo que sí, pero antes de nacer yo.

Según la leyenda de la vecindad, cuando el joven Radley estaba en la adolescencia trabó relación con algunos Cuninghams, de Old Sarum, un enorme y confuso clan que vivía en la parte norte del condado, y formaron la cosa más aproximada a una banda que se haya visto jamás en Maycomb. Sus actividades no eran muchas, pero sí las suficientes para que la ciudad hablase de ellos y les advirtieran públicamente desde tres púlpitos: se les veía por los alrededores de la barbería; los domingos marchaban con el autobús a Abbottsville y se iban al cine; frecuentaban los bailes y el infierno de juego del condado, a la orilla del río: la Posada y Campamento Pesquero Gota de Rocío; hacían experimentos con whisky de contrabando. En Maycomb nadie tuvo el coraje suficiente para informar a míster Radley de que su hijo iba en mala compañía.

Una noche, llevados por un consumo excesivo de licor fuerte, los muchachos corrieron por la plaza en un automóvil pequeño que les habían prestado, se resistieron a dejarse detener por el anciano alguacil de Maycomb, míster Conner, y le encerraron en el pabellón exterior del edificio del juzgado. La ciudad decidió que había que hacer algo. Míster Conner dijo que los había reconocido a todos, sin faltar uno, y estaba resuelto y determinado a que no escaparan de aquélla. De modo que los muchachos tuvieron que presentarse ante el juez, acusados de conducta desordenada, alteración de la tranquilidad pública, asalto y violencia, y de usar un lenguaje insultante e inmoral en presencia de una hembra. El juez le preguntó a míster Conner por qué incluía la última acusación, y éste contestó que blasfemaban con voz tan fuerte que estaba seguro de que todas las damas de Maycomb les habían oído. El juez decidió enviarlos a la escuela industrial de Maycomb, adonde enviaban a veces a otros muchachos con el solo objeto de procurarles alimento y un albergue decente: la escuela industrial no era una cárcel, ni una deshonra. Pero míster Radley creyó que sí lo era. Si el juez ponía en libertad a Arthur, míster Radley se encargaría de que no diese nunca motivos de queja. Sabiendo que la palabra de míster Radley era una escritura, el juez aceptó con placer.

Los otros muchachos estuvieron en la escuela industrial y recibieron la mejor enseñanza secundaria que se podía recibir en el Estado; con el tiempo, uno de ellos se abrió paso hasta la escuela de ingenieros de Autburn. Las puertas de la casa de los Radley se cerraron los días de entre semana lo mismo que los domingos, y al hijo de míster Radley no se le vio durante quince años.

Pero vino un día, que Jem apenas recordaba, en que varias personas —pero Jem no— vieron y oyeron a Boo Radley. Mi hermano decía que Atticus nunca hablaba mucho de los Radley. Si él le preguntaba algo, Atticus se limitaba a contestarle que se ocupase de sus propios asuntos y dejase que los Radley cuidasen de los de ellos, que estaban en su derecho; pero cuando llegó el día aquel, decía Jem, Atticus meneó la cabeza y dijo:

—Hummm, hummm, hummm.

Así pues, Jem recibió la mayor parte de los informes que poseía de miss Stephanie Crawford, una arpía de la vecindad que decía conocer todo el caso. Según miss Stephanie, Boo estaba sentado en la sala recortando unas ilustraciones de *The Maycomb Tribune* para pegarlas en su álbum. Su padre entró en el cuarto. Cuando míster Radley pasó por delante, Boo le hundió las tijeras en la pierna, las sacó, se las limpió en los pantalones y se entregó de nuevo a su ocupación.

Mistress Radley salió corriendo a la calle y se puso a gritar que Arthur les estaba matando a todos, pero cuando llegó el *sheriff* encontró a Boo sentado todavía en la sala recortando la *Tribune*. Tenía entonces treinta y tres años.

Miss Stephanie contaba que cuando le indicaron que una temporada en Tuscaloosa quizá remediaría a Boo, míster Radley dijo que ningún Radley iría jamás a un asilo. Boo no estaba loco, lo que ocurría era que en ocasiones tenía el genio vivo. Estaba bien que se le encerrase, concedió míster Radley, pero insistió en que no se le acusara de nada; no era un criminal. El *sheriff* no tuvo el valor de meterlo en un calabozo en compañía de negros, con lo cual Boo fue encerrado en los sótanos del edificio del juzgado.

El nuevo paso de Boo desde los sótanos a su casa quedaba muy nebuloso en el recuerdo de Jem. Miss Stephanie dijo que alguno del concejo de la ciudad había advertido a míster Radley que si no se llevaba a Boo, éste moriría del reúma que le produciría la humedad. Por otra parte, Boo no podía seguir viviendo siempre de la munificencia del condado.

Nadie sabía qué forma de intimidación empleó míster Radley para mantener a Boo fuera de la vista, pero Jem se figuraba que le tenía encadenado a la cama la mayor parte del tiempo. Atticus dijo que no, que no era eso, que había otras maneras de convertir a las personas en fantasmas.

Mi memoria recogía ávidamente la imagen de mistress Radley abriendo de tarde en tarde la puerta de la fachada para salir hasta la orilla del porche a regar sus cannas. En cambio Jem y yo veíamos a míster Radley yendo y viniendo de la ciudad. Era un hombre delgado y correoso con unos ojos incoloros, tan incoloros que no reflejaban la luz. Tenía unos pómulos agudos y la boca grande, con el labio superior delgado y el inferior carnoso. Miss Stephanie Crawford decía que era tan recto que tomaba la palabra de Dios como su única ley, y nosotros la creíamos, porque míster Radley andaba tieso como una baqueta.

Jamás nos hablaba. Cuando pasaba, bajábamos los ojos al suelo y decíamos:

—Buenos días, señor.

Y él, en respuesta, tosía.

El hijo mayor de míster Radley vivía en Pensacola; venía a su casa por Navidad, y era una de las pocas personas a las que veíamos entrar y salir de la vivienda. Desde el día en que míster Radley se llevó a Arthur a casa, la gente dijo que aquella mansión había muerto.

Pero vino el día en que Atticus nos dijo que nos castigaría seriamente si hacíamos el menor ruido en el patio, y comisionó a Calpurnia para que le sustituyese en su ausencia, si desobedecíamos la orden. Míster Radley estaba agonizando.

Se tomó su tiempo para morir. A cada extremo de la finca de los Radley colocaron caballetes de madera, cubrieron la acera de paja y desviaron el tráfico hacia la calle trasera. Cada vez que visitaba al enfermo, el doctor Reynolds aparcaba el coche delante de nuestra casa, y luego seguía a pie. Jem y yo nos arrastramos por el patio días y días. Al final quitaron los caballetes, y nosotros nos plantamos a mirar desde el porche de la fachada cuando míster Radley hizo su último viaje por delante de nuestra casa.

—Allá va el hombre más ruin a quien Dios puso aliento en el cuerpo —murmuró Calpurnia, escupiendo meditativamente al patio.

Nosotros la miramos sorprendidos, porque Calpurnia raras veces hacía comentarios sobre la manera de ser de las personas blancas.

Los vecinos pensaban que cuando míster Radley bajara al sepulcro, Boo saldría, pero lo que vieron fue otra cosa. El hermano mayor de Boo regresó de Pensacola y ocupó el puesto de míster Radley. La única diferencia que había entre él y su padre era la edad. Jem decía que míster Nathan también «compraba algodón». Sin embargo, míster Nathan nos dirigía la palabra, al darnos los buenos días, y a veces le veíamos regresar de la población con una revista en la mano.

Cuanto más hablábamos a Dill de los Radley, más quería saber; cuantos más ratos pasaba de pie abrazando el poste de la farola, más intrigado se sentía.

—Me gustaría saber qué hace allí dentro —solía murmurar—. Parece que, al menos, habría de asomar la cabeza a la puerta.

—Sale, no cabe duda, cuando es negra noche —decía Jem—. Miss Stephanie dijo que una vez se despertó a medianoche y le vio mirándola fijamente a través de la ventana... Dijo que era como si la estuviese mirando una calavera. ¿No te has despertado nunca de noche y le has oído, Dill? Anda así... —Y Jem arrastró los pies por la gravilla—. ¿Por qué te figuras que miss Rachel cierra con tanta precaución por las noches? Muchas mañanas he visto sus huellas en nuestro patio, y una noche le oí arañar la puerta vidriera de la parte de atrás, pero cuando Atticus llegó allí ya se había marchado.

—¿Qué figura debe de tener? —dijo Dill.

Jem le hizo una descripción aceptable de Boo. A juzgar por sus pisadas, Boo medía unos seis pies y medio (1) de estatura; comía ardillas crudas y todos los gatos que podía coger, por esto tenía las manos manchadas de sangre... (Si uno se come un animal crudo, no puede limpiarse jamás la sangre). Por su cara corría una cicatriz formando una línea quebrada; los dientes que le quedaban estaban amarillos y podridos; tenía los ojos salientes, y la mayor parte del tiempo babeaba.

—Probemos de hacerle salir —dijo Bill—. Me gustaría ver qué figura tiene.

Jem contestó que si Dill quería que le matasen, le bastaba con ir allá y llamar a la puerta.

Nuestra primera incursión se produjo únicamente porque Dill apostó *El Fantasma Gris* contra dos

_____
(1) 1,98 metros. (N. del T.)

Tom Swift de Jem a que éste no llegaría hasta más allá de la puerta del patio de los Radley. Jem no había rechazado un desafío en toda su vida.

Jem lo pensó tres días enteros. Supongo que amaba el honor más que su propia cabeza, porque Dill le hizo ceder fácilmente.

—Tienes miedo —le dijo el primer día.

—No tengo miedo, sino respeto —replicó él.

Al día siguiente Dill dijo:

—Tienes demasiado miedo para poner ni siquiera el dedo gordo del pie en el patio de la fachada.

Jem dijo que se figuraba que no, que había pasado por delante de la Mansión Radley todos los días de clase de su vida.

—Siempre corriendo —dije yo.

Pero Dill le cazó el tercer día, al decirle que la gente de Meridian no era, en verdad, tan miedosa como la de Maycomb, y que jamás había visto personas tan medrosas como las de nuestra ciudad.

Esto bastó para que Jem fuese hasta la esquina, donde se paró, arrimado contra el poste de la luz, contemplando la puerta del patio suspendida estúpidamente de su gozne de manufactura casera.

—Confío en que te has grabado bien en la memoria que nos matará a todos sin dejar a uno, Bill Harry —dijo Jem cuando nos reunimos con él—. No me eches las culpas cuando Boo te saque los ojos. Recuerda que tú lo has empezado.

—Sigues teniendo miedo —murmuró Dill con mucha paciencia.

Jem quiso que Dill supiese de una vez para siempre que no tenía miedo a nada.

—Lo que sucede es que no se me ocurre una manera de hacerle salir sin que nos coja.

Además, Jem había de pensar en su hermanita.

Cuando pronunció estas palabras, supe que sí

tenía miedo. Jem también había de pensar en su hermanita aquella vez que yo le reté a que saltara desde el tejado de casa.

—Si me matase, ¿qué sería de ti? —me preguntó.

Luego saltó, aterrizó sin el menor daño, y su sentido de la responsabilidad le abandonó... hasta encontrarse con el reto de la Mansión Radley.

—¿Huirás corriendo de un desafío? —le preguntó Dill—. Si es así, entonces...

—Uno ha de pensar bien estas cosas, Dill —contestó Jem—. Déjame pensar un minuto... Es una cosa así como hacer salir una tortuga...

—¿Cómo se hace eso? —inquirió Dill.

—Poniéndole una cerilla encendida debajo.

Yo le dije a Jem que si prendía fuego a la casa de los Radley se lo contaría a papá.

Dill dijo que el encender una cerilla debajo de una tortuga era una cosa odiosa.

—No es odiosa; sirve simplemente para convencerla... No es lo mismo que si la asaras en el fuego —refunfuñó Jem.

—¿Y cómo sabes que la cerilla no la hace sufrir?

—Las tortugas no sienten nada, estúpido —replicó Jem.

—Has sido tortuga alguna vez, ¿eh?

—¡Cielo santo, Dill! Ea, déjame pensar... Me figuro que podríamos amansarle...

Jem se quedó pensando tan largo rato que Dill hizo una pequeña concesión:

—Si subes allá y tocas la casa no diré que has huido ante un reto y te daré igualmente *El fantasma Gris*.

A Jem se le iluminó el semblante.

—¿Tocar la casa? ¿Nada más?

Dill asintió con la cabeza.

—¿Seguro que esto es todo, di? No quiero que

te pongas a chillar una cosa diferente al minuto mismo que regrese.

—Sí, esto es todo —contestó Dill—. Cuando te vea en el patio, saldrá probablemente a perseguirte; entonces Scout y yo saltaremos sobre él y le sujetaremos hasta que podamos decirle que no vamos a hacerle ningún daño.

Abandonamos la esquina, cruzamos la calle lateral que desembocaba delante de la casa de los Radley y nos paramos en la puerta del patio.

—Bien, adelante —dijo Dill—. Scout y yo te seguiremos pisándote los talones.

—Ya voy, no me des prisa —respondió Jem.

Fue hasta la esquina de la finca, regresó luego, estudiando el terreno, como si decidiera la mejor manera de entrar. Arrugaba la frente y se rascaba la cabeza.

Yo me le reí en son de mofa.

Jem abrió la puerta de un empujón, corrió hacia un costado de la casa, dio un golpe a la pared con la palma de la mano y regresó velozmente, dejándonos atrás, sin esperar para ver si su correría había tenido éxito. Dill y yo le seguimos inmediatamente. A salvo en nuestro porche, jadeando sin aliento, miramos atrás.

La vieja casa continuaba igual, caída y enferma, pero mientras mirábamos calle abajo nos pareció ver que una persiana interior se movía. ¡Zas! Un movimiento leve, casi invisible, y la casa continuó silenciosa.

2

Dill nos dejó en setiembre, para regresar a Meridian. Le acompañamos al autobús de las cinco, y sin él me sentí desdichada hasta que pensé que transcurrida una semana empezaría a ir a la escuela. En toda mi vida jamás he esperado otra cosa con tanto anhelo. Las horas del invierno me habían sorprendido en la caseta de los árboles, mirando hacia el patio de la escuela, espiando las multitudes de chiquillos con un anteojo de dos aumentos que Jem me había dado, aprendiendo sus juegos, siguiendo la chaqueta encarnada de Jem entre el girar de los corros de la «gallina ciega», compartiendo en secreto sus desdichas y sus pequeñas victorias. Ansiaba reunirme con ellos.

Jem condescendió en llevarme a la escuela el primer día, tarea que gentilmente hacen los padres de uno, pero Atticus había dicho que a mi hermano le encantaría enseñarme mi clase. Creo que en esta transacción algún dinero cambió de manos, porque mientras doblábamos al trote la esquina de más allá de la Mansión Radley, oí un tintineo nada familiar en los bolsillos de Jem. Ya en los límites del patio de la escuela, cuando disminuimos la marcha y nos pusimos al paso, él tuvo buen cuidado de explicarme que durante las horas de clase no debía molestarle. No me acercaría para pedirle que representásemos un capítulo de *Tarzán y el hombre de las hormigas,* ni para sonrojarle con referencias a su vida privada, ni tampoco andaría tras él durante el descanso del mediodía. Yo me quedaría con los del primer grado y él permanecería con los del quinto. En resumen, tenía que dejarle en paz.

—¿Quieres decir que ya no podremos jugar más? —le pregunté.

—En casa haremos lo mismo de siempre —me contestó—, pero tú verás que la escuela es diferente.

Lo era, en verdad. Antes de que terminase la primera mañana, miss Caroline Fisher, nuestra maestra, me arrastró hacia la parte delantera de la sala y me pegó en la palma de la mano con su regla; luego me hizo quedar de pie en el rincón hasta el mediodía.

Miss Caroline no pasaba de los veintiún años. Tenía el cabello pardo-rojizo brillante, las mejillas rosadas y se pintaba con esmalte carmesí las uñas. Llevaba también zapatos de tacón alto y un vestido a rayas encarnadas y blancas. Tenía el aspecto y el perfume de una gota de menta. Se alojaba al otro lado de la calle, una puerta más abajo que nosotros, en el cuarto delantero del piso superior de miss Maudie Atkinson. Cuando miss Maudie nos la presentó, Jem vivió en la luna durante días.

Miss Caroline escribió su nombre en la pizarra y dijo:

—Esto dice que soy miss Caroline Fisher. Soy del norte de Alabama, del condado de Winston.

La clase murmuró con aprensión, temiendo que poseyera algunas de las peculiaridades propias de aquella región. (Cuando Alabama se separó de la Unión, el 11 de enero de 1861, el Condado de Winston se separó de Alabama, y todos los niños de Maycomb lo sabían). Alabama del Norte estaba llena de magnates de los licores, fabricantes de whisky, republicanos, profesores y personas sin abolengo.

Miss Caroline empezó el día leyéndonos una historia sobre los gatos. Los gatos sostenían largas conversaciones unos con otros, llevaban unos trajecitos monos y vivían en una casa calentita debajo de la estufa de la cocina. Por el tiempo en que la Señora Gata llamaba a la tienda pidiendo un envío de ratones de chocolate malteados, la clase estaba en agitación como un cesto de gusanos. Miss Caroline parecía no darse cuenta de que los andrajosos alumnos de la primera clase, con camisas de trapo y faldas de tela de saco, muchos de los cuales habían cortado algodón y cebado puercos desde que supieron andar, eran inmunes a la literatura de imaginación. Miss Caroline llegó al final del cuento y exclamó:

—¡Oh, qué bien! ¿No ha sido bonito?

Luego fue a la pizarra y escribió el alfabeto con enormes letras mayúsculas de imprenta. Después se volvió hacia la clase y preguntó:

—¿Sabe alguno lo que son?

Casi todo el mundo lo sabía; la mayoría del primer grado estaba allí desde el año anterior, por no haber podido pasar al segundo.

Supongo que me escogió a mí porque conocía mi nombre. Mientras yo leía el alfabeto una leve arruga apareció entre sus cejas, y después de haberme hecho leer gran parte de *Mis Primeras Lecturas* y los datos del mercado de Bolsa del *The Mobile Register* en voz alta, descubrió que yo era letrada y me miró con algo más que un leve desagrado. Miss Caroline me pidió que le dijese a mi padre que no me enseñase nada más, pues ello podía ser incompatible con las clases.

—¿Enseñarme? —exclamé sorprendida—. Mi padre no me ha enseñado nada, miss Caroline. Atticus ni tiene tiempo para enseñarme nada. ¡Caramba!, por la noche está tan cansado que no hace otra cosa que sentarse en la sala y leer.

—Si no te enseñó él, ¿quién ha sido? —preguntó miss Caroline de buen talante—. Alguno habrá sido. Tú no naciste leyendo *The Mobile Register*.

—Jem dice que sí. Jem leyó un libro en el que yo era una Bullfinch en lugar de una Finch (1). Jem dice que mi verdadero nombre es Jean Louise Bullfinch, y que cuando nací me cambiaron y que en realidad soy una...

Miss Caroline pensó, por lo visto, que mentía.

—No nos dejemos arrastrar por la imaginación, querida mía —dijo—. Y ahora dile a tu padre que no te enseñe nada más. Es mejor empezar a estudiar con una mente fresca. Dile que de ahora en adelante me encargo yo y que trataré de corregir el mal...

—¿Señora...?

—Tu padre no sabe enseñar. Ahora puedes sentarte.

Murmuré que lo sentía y me retiré meditando mi crimen. Yo no aprendí intencionadamente a leer, pero, no sé cómo, me había encenagado ilícitamente en los periódicos diarios. En las largas horas en el templo... ¿Fue entonces cuando aprendí? No podía recordar una época en que no supiera leer los himnos. Ahora que me veía obligada a pensar en ello, el leer era cosa que sabía, naturalmente, lo mismo que el abrocharme las posaderas de mi *pelele* sin mirar atrás, o el terminar haciendo dos lazos

---

(1) Para que se comprenda bien la pequeña manía de grandeza que hay en esa fantasía infantil, diremos que Finch significa «pinzón» y Bullfinch «pinzón real». (N. del T.)

con una maraña de cordones de zapato. No podía recordar cuándo las líneas de encima del dedo en movimiento de Atticus se separaron en palabras; sólo sabía que las contemplé todas las veladas que recordaba, escuchando las noticias del día, los proyectos que había que elevar a Leyes, los diarios de Lorenzo Dow... todo lo que Atticus estuviera leyendo cuando yo trepaba a su regazo cada noche. Hasta que temí perderlo, jamás me embelesó el leer. A uno no le embelesa el respirar.

Comprendí que había disgustado a miss Caroline, de modo que dejé la cosa como estaba y me puse a mirar por la ventana hasta el descanso, en cuyo momento Jem me sacó de la nidada de alumnos del primer grado, en el patio de la escuela. Jem me preguntó qué tal me desenvolvía. Yo se lo expliqué.

—Si no tuviera que quedarme, me marcharía, Jem, esa maldita señorita dice que Atticus me ha enseñado a leer y que debe dejar de enseñarme...

—No te apures, Scout —me reconfortó él—. Nuestro maestro dice que mis Caroline está introduciendo una nueva manera de enseñar. La aprendió en la Universidad. Pronto la adoptarán todos los grados. Según este estilo uno no ha de aprender mucho de los libros. Es como, por ejemplo, si quieres saber cosas de las vacas, vas y ordeñas una, ¿comprendes?

—Sí, Jem, pero yo no quiero estudiar vacas, yo...

—Claro que sí. Uno ha de saber de las vacas, forman una gran parte de la vida del Condado de Maycomb.

Me contenté preguntándole si había perdido la cabeza.

—Sólo trato de explicarte la nueva forma que han implantado para enseñar al primer grado, tozuda. Es el Sistema Decimal de Dewey.

Como no había discutido nunca las sentencias de Jem, no vi motivo para empezar ahora. El Sistema Decimal de Dewey consistía, en parte, en que miss Caroline nos presentara cartulinas en las que había impresas palabras: «el», «gato», «ratón», «hombre» y «tú». No parecía que esperase ningún comentario por nuestra parte, y la clase recibía aquellas revelaciones impresionistas en silencio. Yo me aburría, por lo cual empecé una carta a Dill. Miss Caroline me sorprendió escribiendo y me ordenó que dijese a mi padre que dejara de enseñarme.

—Además —dijo—, en el primer grado no escribimos, hacemos letra de imprenta. No aprenderás a escribir hasta que estés en el tercer grado.

De esto tenía la culpa Calpurnia. Ello me libraba de volverla loca los días lluviosos, supongo. Me ordenaba escribir el alfabeto en la parte de arriba de una tablilla y copiar luego un capítulo de la Biblia debajo. Si reproducía su caligrafía satisfactoriamente, me recompensaba con un *sandwich* de pan, manteca y azúcar. La pedagogía de Calpurnia estaba libre de sentimentalismos; raras veces la dejaba complacida, y raras veces me premiaba.

—Los que van a almorzar a casa que levanten la mano —dijo miss Caroline, despertando mi nuevo resentimiento contra Calpurnia.

Los chiquillos de la población la levantamos, y ella nos recorrió con la mirada.

—Los que traigan el almuerzo que lo pongan encima de la mesa.

Fiambreras aparecieron por arte de encantamiento, y en el techo bailotearon reflejos metálicos. Miss Caroline iba de un extremo a otro de las hileras, mirando y hurgando los recipientes del almuerzo, asintiendo con la cabeza si su contenido le gustaba, arrugando un poco el ceño ante otros. Se paró en la mesa de Walter Cunningham.

—¿Dónde está el tuyo? —le preguntó.

La cara de Walter Cunningham pregonaba a todos los del primer grado que tenía lombrices. Su falta de zapatos nos explicaba además cómo las había cogido. Las lombrices se cogían andando descalzo por los corrales y los revolcaderos de los cerdos. Si Walter hubiese tenido zapatos los habría llevado el primer día de clase y luego los hubiera dejado hasta mitad del invierno. Llevaba, eso sí, una camisa limpia y un mono pulcramente remendado.

—¿Has olvidado el almuerzo esta mañana? —preguntó miss Caroline.

Walter fijó la mirada al frente. Vi que en su flaca mandíbula resaltaba de pronto el bulto de un músculo.

—¿Lo has olvidado esta mañana? —insistió miss Caroline.

La mandíbula de Walter se movió otra vez.

—Sí, señora —murmuró por fin.

Miss Caroline fue a su mesa y abrió el monedero.

—Aquí tienes un cuarto de dólar —le dijo a Walter—. Hoy vete a comer a la población. Mañana podrás devolvérmelo.

Walter movió la cabeza negativamente.

—No, gracias, señora —tartajeó en voz baja.

La impaciencia se acentuaba en la de miss Caroline:

—Vamos, Walter, cógelo.

Walter meneó la cabeza de nuevo.

Cuando la meneaba por tercera vez, alguien susurró:

—Ve y cuéntaselo, Scout.

Yo me volví y vi a la mayor parte de los muchachos de la ciudad y a toda la delegación del autobús mirándome. Miss Caroline y yo habíamos conferenciado ya dos veces, y los otros me miraban con la inocente certidumbre de que la familiaridad trae consigo la comprensión.

Yo me levanté generosamente en ayuda de Walter.

—Oh..., miss Caroline...
—¿Qué hay, Jean Louise?
—Miss Caroline, es un Cunningham.

Y me senté de nuevo.

—¿Qué hay, Jean Louise?

Yo pensaba haber puesto las cosas suficientemente en claro. Para todos los demás lo eran de sobras: Walter Cunningham estaba sentado allí, dejando reposar la cabeza. No había olvidado el almuerzo, no lo tenía. No lo tenía hoy, ni lo tendría mañana, ni pasado. En toda su vida probablemente no había visto nunca tres cuartos de dólar juntos.

Hice otra tentativa.

—Walter es un Cunningham, miss Caroline.
—Perdona, pero, ¿qué quieres decir, Jean Louise?
—No tiene nada de particular, señorita; dentro de poco tiempo conocerá usted a toda la gente del condado. Los Cunningham jamás cogen nada que no puedan devolver, ni que sean sellos. Jamás toman nada de nadie, se arreglan con lo que tienen. No tienen mucho, pero pasan con ello.

Mi conocimiento especial de la tribu Cunningham —es decir, de una de sus ramas— lo debía a los acontecimientos del invierno pasado. El padre de Walter era cliente de Atticus. Una noche, después de una árida conversación en nuestra sala de estar sobre su apuro, y antes de marcharse, míster Cunningham dijo:

—Míster Finch, no sé cuándo estaré en condiciones de pagarle.

—Esto ha de ser lo último que debe preocuparle, Walter —respondió Atticus.

Cuando le pregunté a Jem cuál era el apuro en que se encontraba Walter y Jem me dijo que era el de tener cogidos los dedos en una trampa, pregunté a Atticus si míster Cunningham llegaría a pagarnos alguna vez.

—En dinero no —respondió Atticus—, pero no habrá transcurrido un año sin que haya pagado. Fíjate.

Nos fijamos. Una mañana, Jem y yo encontramos una carga de leña para la estufa en el patio trasero. Más tarde apareció en las escaleras de la parte posterior un saco de nueces. Con la Navidad llegó una caja de zarzaparrilla y acebo. Aquella primavera, cuando encontramos un saco lleno de nabos, Atticus dijo que míster Cunningham le había pagado con creces.

—¿Por qué te paga de este modo? —pregunté.

—Porque es del único modo que puede pagarme. No tiene dinero.

—¿Somos pobres nosotros, Atticus?

Mi padre movió la cabeza afirmativamente.

—Ciertamente, lo somos.

Jem arrugó la nariz.

—¿Somos tan pobres como los Cunningham?

—No exactamente. Los Cunningham son gente del campo, labradores, y la crisis les afecta más.

Atticus decía que los hombres de profesiones liberales eran pobres porque lo eran los campesinos. Como el Condado de Maycomb era un terreno agrícola, las monedas de cinco y de diez centavos llegaban con mucha dificultad a los bolsillos de médicos, dentistas y abogados. La amortización era solamente uno de los males que sufría míster Cunningham. Los acres no vinculados los tenía hipotecados hasta el tope, y el poco dinero que reunía se lo llevaban los intereses. Si la lengua no se le iba por mal camino, míster Cunningham podría conseguir un empleo del Gobierno, pero sus campos irían a la ruina si los abandonaba, y él prefería pasar hambre para conservar los campos y votar de acuerdo con su parecer. Atticus decía que míster Cunningham venía de una casta de hombres testarudos.

Como los Cunningham no tenían dinero para pagar a un abogado, nos pagaban con lo que podían.

—¿No sabíais que el doctor Reynolds trabaja en las mismas condiciones? —decía Atticus—. A ciertas personas les cobra una medida de patatas por ayudar a un niño a venir al mundo. Miss Scout, si me prestas atención te explicaré lo que es una vinculación. A veces las definiciones de Jem resultan bastante exactas.

Si hubiese podido explicar estas cosas a miss Caroline, me hubiera ahorrado algunas molestias, y miss Caroline la mortificación subsiguiente, pero no entraba en mis posibilidades el explicar las cosas tan bien como Atticus, de modo que dije:

—Le está llenando de vergüenza, miss Caroline. Walter no tiene en casa un cuarto de dólar para traérselo luego, y usted no necesita leña para la estufa.

Miss Caroline se quedó tiesa como un palo, luego me cogió por el cuello del vestido y me remolcó hacia su mesa.

—Jean Louise, esta mañana ya empiezo a estar cansada de ti —dijo—. Cada día te metes en mal terreno, querida mía. Abre la mano.

Yo pensé que iba a escupirme en ella, que era el único motivo por el cual cualquier persona de

Maycomb levantaba la mano: era ésta una manera de sellar los contratos orales consagrada por el tiempo. Preguntándome qué trato habríamos hecho, volví la mirada hacia la clase en busca de una respuesta, pero los otros me miraron a su vez desorientados. Miss Caroline cogió la regla, me dio media docena de golpecitos rápidos y me dijo que me quedara de pie en el rincón. Cuando por fin se dieron cuenta de que miss Caroline me había pegado, toda la clase estalló en una tempestad de risas.

Cuando miss Caroline les amenazó con una suerte similar, el primer grado estalló otra vez, y sólo imperó una seriedad rígida cuando cayó sobre ellos la sombra de miss Blount. Miss Blount, que había nacido en Maycomb y todavía no estaba iniciada en los misterios del Sistema Decimal, apareció en la puerta con las manos en las caderas y anunció:

—Si oigo otro sonido en esta sala, le pego fuego con todos los que están dentro. ¡Miss Caroline, con este alboroto, el sexto grado no puede concentrarse en las pirámides!

Mi estancia en el rincón fue corta. Salvada por la campana, miss Caroline contempló cómo la clase salía en fila para el almuerzo. Como fui la última en salir, la vi desplomarse en el sillón y hundir la cabeza entre los brazos. Si hubiese tenido una conducta más amistosa conmigo, la hubiera compadecido. Era una mujercita preciosa.

3

El cazar a Walter Cunningham por el patio me causó cierto placer, pero cuando le frotaba la nariz contra el polvo se acercó Jem y me dijo que le dejase.

—Eres más fuerte que él —me dijo.

—Pero él tiene, casi, tantos años como tú —repliqué—. Por su culpa me he puesto en mal terreno.

—Suéltale, Scout. ¿Por qué?

—No traía almuerzo —respondí, y a continuación expliqué cómo me había mezclado con los problemas dietéticos de Walter.

Walter se había levantado y estaba de pie, escuchándonos calladamente a Jem y a mí. Tenía los puños algo levantados, como si esperase un asalto de nosotros dos. Yo di una patada en el suelo, mirándole, para hacerle marchar, pero Jem levantó la mano y me detuvo. Luego examinó a Walter con aire especulativo.

—¿Tu papá es míster Cunningham, de Old Sarum? —preguntó.

Walter movió la cabeza asintiendo. Daba la sensación de que le habían criado con pescado; sus ojos, tan azules como los de Dill Harry, aparecían rodeados de un círculo rojo y acuosos. No tenía nada de color en el rostro, excepto en la punta de la nariz, que era de un rosado húmedo. Y manoseaba las tiras de su mono, tirando nerviosamente de las hebillas metálicas.

De súbito, Jem le sonrió.

—Ven a casa a comer con nosotros, Walter —le dijo—. Nos alegrará tenerte en nuestra compañía.

La cara de Walter se iluminó, pero luego se ensombreció. Jem dijo:

—Tu papá es amigo del nuestro. Esa Scout está loca; ya no se peleará más contigo.

—No estoy tan segura —repliqué. Me irritaba que Jem me dispensase tan liberalmente de mis obligaciones, pero los preciosos minutos del mediodía transcurrían sin cesar—. No, Walter, no volveré a arremeter contra ti. ¿Te gustan las alubias con manteca? Nuestra Cal es una cocinera estupenda.

Walter se quedó donde estaba, mordiéndose el labio. Jem y yo abandonamos la partida. Estábamos cerca de la Mansión Radley cuando nos gritó:

—¡Eh! ¡Voy con vosotros!

Cuando nos alcanzó, Jem se puso a conversar placenteramente con él.

—Aquí vive un bicho raro —dijo cordialmente, señalando la casa de los Radley—. ¿No has oído hablar nunca de él, Walter?

—Ya lo creo —contestó el otro—. Por poco muero el primer año que vine a la escuela y comí nueces... La gente dice que las envenenó y las puso en la parte de la valla que da al patio de la escuela.

Ahora que Walter y yo andábamos a su lado, parecía que Jem le temía muy poco a Boo Radley. Lo cierto es que se puso jactancioso.

—Una vez subí hasta la casa —dijo.

—Nadie que haya ido una vez hasta la casa debería después echar a correr cuando pasa por delante de ella —dije yo, mirando a las nubes del cielo.

—¿Y quién echa a correr, señorita Remilgada?

—Tú, cuando no va nadie contigo.

Cuando llegamos a las escaleras de nuestra vivienda, Walter había olvidado ya que fuese un Cunningham. Jem corrió a la cocina a pedir a Calpurnia que pusiera un plato más; teníamos invitados. Atticus saludó a Walter e inició una conversación sobre cosechas que ni Jem ni yo pudimos seguir.

—Si no he podido pasar del primer grado, míster Finch, es porque todas las primaveras he tenido que quedarme con papá para ayudarle a cortar matas; pero ahora hay otro en casa ya mayor para el trabajo del campo.

—¿Habéis pagado una medida de patatas por él? —pregunté, pero Atticus me reprendió moviendo la cabeza.

Mientras Walter amontonaba alimento en su plato, él y Atticus conversaban como dos hombres, dejándonos maravillados a Jem y a mí. Atticus peroraba sobre los problemas del campo cuando Walter le interrumpió para preguntar si teníamos melaza en la casa. Atticus llamó a Calpurnia, que regresó trayendo el jarro de jarabe y se quedó hasta que Walter se hubo servido. Walter derramó jarabe sobre las hortalizas y la carne con mano generosa. Y probablemente se lo habría echado también en la leche si yo no le hubiese preguntado qué diablos hacía.

La salsera de plata tintineó cuando él puso otra vez el jarro en ella, y Walter se llevó rápidamente las manos al regazo. Luego bajó la cabeza.

Atticus me reprendió de nuevo moviendo la suya.

—¡Pero si ha llegado al extremo de ahogar la

43

comida en jarabe —protesté—. Lo que ha derramado por todas partes...

Entonces Calpurnia requirió mi presencia en la cocina.

Estaba furiosa, y cuando ocurría así su gramática se volvía desarticulada. Estando tranquila, la tenía tan buena como cualquier persona de Maycomb. Atticus decía que Calpurnia estaba más instruida que la mayoría de gente de color.

Cuando me miraba con sus ojos bizcos, las pequeñas arrugas que los rodeaban se hacían más profundas.

—Hay personas que no comen como nosotros —susurró airada—, pero no has de ser tú quien las critique en la mesa cuando se da este caso. Aquel chico es tu invitado, y si se quiere comer los manteles le dejas que se los coma, ¿me oyes?

—No es un invitado, Cal, es solamente un Cunningham...

—¡Cierra la boca! No importa quién sea, todo el que pone el pie en esta casa es tu invitado, ¡y no quieras que te coja haciendo comentarios sobre sus maneras como si tú fueras tan alta y poderosa! Tus familiares quizá sean mejores que los Cunningham, pero sus méritos no cuentan para nada con el modo que tú tienes de rebajarlos... ¡Y si no sabes portarte debidamente para comer en la mesa, te sientas aquí y comes en la cocina! —concluyó Calpurnia, estropeando bastante las palabras.

Luego, con un cachete que me escoció bastante, me mandó cruzar la puerta que conducía al comedor. Retiré mi plato y terminé la comida en la cocina, agradeciendo con todo que me ahorrasen la humillación de continuar ante ellos. A Calpurnia le dije que esperase, que le pasaría cuentas: uno de aquellos días, cuando ella no mirase, saldría y me ahogaría en el Remanso de Barker, y entonces a ella le molestaría. Además, añadí, ya me había creado conflictos una vez aquel día: me había enseñado a escribir, y todo era culpa suya.

—Basta de alboroto —replicó Calpurnia.

Jem y Walter regresaron a la escuela antes que yo; el quedarme atrás para advertir a Atticus de las iniquidades de Calpurnia valía bien una carrera solitaria por delante de la Mansión Radley.

—Sea como fuere, a Jem le quiere más que a mí —terminé, e indiqué que debía despedirla sin pérdida de tiempo.

—¿Has considerado alguna vez que Jem no le da ni la mitad de disgustos que tú? —La voz de Atticus era dura como el pedernal—. No tengo intención de deshacerme de ella, ni ahora ni nunca. No podríamos arreglarnos ni un solo día sin Cal, ¿lo has pensado alguna vez? Piensa en lo mucho que Cal hace por ti, y obedécela, ¿me oyes?

Regresé a la escuela odiando profundamente a Calpurnia, hasta que un alarido repentino disipó mis resentimientos. Al levantar la vista vi a miss Caroline de pie en medio de la sala, inundado su rostro por el más vivo horror. Al parecer se había reanimado bastante para perseverar en su profesión.

—¡Está vivo! —chillaba.

La población masculina de la clase corrió como un solo hombre en su auxilio. ¡Señor, pensé yo, la asusta un ratón! Little Chuck Little, que poseía una paciencia fenomenal para todos los seres vivientes, dijo:

—¿Hacia qué parte ha ido, miss Caroline? Díganos adónde ha ido, ¡de prisa! D. C... —le ordenó a un chico que estaba detrás—, D. C., cierra la puerta y le cogeremos. Rápido, señorita, ¿adónde ha ido?

Miss Caroline señaló con un índice tembloroso, no el suelo ni el techo, sino a un individuo grueso a quien yo no conocía. La faz de Little Chuck se contrajo, y preguntó dulcemente:

—¿Quiere decir éste, señorita? Sí, está vivo. ¿La ha asustado con algo?

Miss Caroline dijo desesperada:

—En el preciso momento en que pasaba por ahí, el bicho ha salido de su cabello..., ha salido de su cabello, ni más ni menos...

Little Chuck sonrió con ancha sonrisa.

—No es preciso tenerle miedo a un piojo, señorita. ¿No ha visto nunca ninguno? Vamos, no tenga miedo; vuélvase a su mesa, sencillamente, y enséñenos algo más.

Little Chuck Little era otro miembro de la población escolar que no sabía de dónde le llegaría la comida siguiente, pero era un caballero nato. Puso la mano debajo del codo de miss Caroline y la acompañó hasta la punta de la sala.

—Vamos, no se incomode, señorita —decía—. No hay motivo para tener miedo de un piojo. Voy a buscarle un poco de agua fría.

El huésped del piojo no manifestó el más leve interés por el furor que había despertado. Rebuscó por el cabello, encima de su frente, localizó a su invitado y lo aplastó entre el pulgar y el índice.

Miss Caroline seguía la maniobra entre fascinada y horrorizada. Little Chuck le trajo agua en un vaso de papel, y ella la bebió agradecida. Al fin recobró la voz.

—¿Cómo te llamas, hijo? —preguntó cariñosamente.

El del piojo parpadeó.

—¿Quién, yo?

Miss Caroline hizo un signo afirmativo.

—Burris Ewell.

Miss Caroline examinó el libro de asistencia.

—Aquí tengo un Ewell, pero no dice el primer nombre... ¿Querrás decírmelo, letra por letra?

—No sé hacerlo. En casa me llaman Burris.

—Bien, Burris —dijo miss Caroline—. Creo que será mejor dejarte libre para el resto de la tarde. Quiero que te vayas a casa y te laves el cabello.

En seguida sacó un grueso libro de un cajón, hojeó sus páginas y leyó un momento.

—Un buen remedio casero para... Burris, quiero que te vayas a casa y te laves el cabello con jabón de lejía. Cuando lo hayas hecho, frótate la cabeza con petróleo.

—¿Para qué, señorita?

—Para librarte de..., pues..., de los piojos. Ya ves, Burris, los otros podrían cogerlos también, y tú no lo quieres, ¿verdad que no?

El niño se puso en pie. Era el ser humano más sucio que he visto en mi vida. Tenía el cuello gris oscuro, los dorsos de las manos orinientos y el negro de las uñas penetraba hasta lo vivo. Miró a miss Caroline por un espacio limpio, de la anchura de un puño, que le quedaba en la cara. Nadie se había fijado en él, probablemente, porque miss Caroline y yo habíamos divertido a la clase la mayor parte de la mañana.

—Y, Burris —añadió la maestra—, haz el favor de bañarte antes de volver mañana.

El chico soltó una carcajada grosera.

—No es usted quien me echa, señorita —replicó con tosco lenguaje dialectal—. Estaba a punto de marcharme; ya he cumplido mi tiempo por este año.

Miss Caroline pareció desorientada.

—¿Qué quieres decir con esto?

47

El chico no respondió. Soltó un breve bufido de desprecio.

Uno de los miembros de más edad de la clase, contestó:

—Es un Ewell, señorita —y yo me pregunté si esta explicación tendría tan poco éxito como mi tentativa. Pero miss Caroline parecía dispuesta a escuchar—. Toda la escuela está llena de ellos. Vienen el primer día de cada año, y luego se marchan. La encargada de la asistencia los hace venir amenazándolos con el *sheriff*, pero ha abandonado el empeño de hacerlos continuar. Calcula que ha cumplido con la ley anotando sus nombres en la lista y obligándoles a venir el primer día. Se da por descontado que el resto del año se les pondrá falta...

—Pero, ¿y sus padres? —preguntó miss Caroline, auténticamente preocupada.

—No tienen madre —le respondió el chico—, y su padre es muy pendenciero.

El recital había halagado a Burris Ewell.

—Hace ya tres años que vengo el primer día al primer grado —dijo, expansionándose—. Calculo que si soy listo este año me pasarán al segundo...

Miss Caroline dijo:

—Haz el favor de sentarte, Burris —y en el mismo momento que lo dijo, yo comprendí que había cometido un serio error. La condescendencia del muchacho se inflamó en cólera.

—Pruebe usted a obligarme, señorita.

Little Chuck Little se puso en pie.

—Déjele que se vaya, señorita —dijo—. Es un ruin, un ruin endurecido. Es capaz de cualquier barbaridad, y aquí hay niños pequeños.

Little era uno de los hombrecitos más diminutos, pero cuando Burris Ewell se volvió hacia él, su diestra voló hacia el bolsillo.

—Cuidado con lo que haces, Burris —le dijo—. Te mataría con la misma rapidez con que te miro. Ahora vete a casa.

Burris pareció tenerle miedo a un niño de la mitad de su estatura, y miss Caroline aprovechó su indecisión.

—Burris, vete a casa. Si no te vas llamaré a la directora —dijo—. De todos modos, tendré que dar parte de esto.

El muchacho soltó un bufido y se dirigió cabizbajo hacia la puerta.

Cuando estuvo fuera de su alcance, se volvió y gritó:

—¡Dé parte y reviente! ¡Todavía no ha nacido ninguna puerca maestra que pueda obligarme a hacer nada! ¡Usted no me hace ir a ninguna parte, señorita! ¡Recuérdelo bien, no me hace marchar a ninguna parte!

Aguardó hasta que estuvo seguro de que miss Caroline lloraba, y luego salió con paso torpe del edificio.

Pronto estuvimos apiñados todos alrededor de la mesa de la maestra tratando de consolarla de diversos modos... Era un malvado de verdad..., un golpe bajo... «Usted no ha venido a enseñar a gente como ésa»... «En Maycomb la gente no se porta así, miss Caroline, de veras que no»... «Vamos, no se atormente, señorita.» «Miss Caroline, ¿por qué no nos lee un cuento? Aquél del gato ha sido realmente bonito esta mañana». .

Miss Caroline sonrió, se limpió la nariz, y dijo:

—Gracias, preciosidades —nos dispersó, abrió un libro y desconcertó al primer grado con una larga narración sobre un sapo que vivía en un salón.

Cuando pasé por delante de la Mansión Radley por cuarta vez aquel día —dos de ellas a todo galope—, mi humor sombrío había aumentado hasta estar a tono con la casa. Si el resto del año escolar resultaba tan cargado de dramas como el primer día, quizá fuese un poco divertido, pero la perspectiva de pasar nueve meses absteniéndome de leer y escribir me hizo pensar en marcharme.

Mediada la tarde, había completado ya mis planes de viaje. Al competir con Jem corriendo por la acera para ir al encuentro de Atticus, que regresaba a casa después del trabajo, yo no me lancé con exceso. Teníamos la costumbre de correr al encuentro de Atticus desde el momento en que le veíamos doblar la esquina de la oficina de Correos, allá en la distancia. Atticus parecía haber olvidado que al mediodía yo me había enajenado su predilección; no se cansaba de hacerme preguntas sobre la escuela. Yo respondí con monosílabos, y él no insistió.

Quizá Calpurnia percibiera que había tenido un día triste: permitió que mirase cómo preparaba la cena.

—Cierra los ojos y abre la boca y te daré una sorpresa —me dijo.

No hacía buñuelos a menudo, pues aseguraba que no tenía tiempo, pero hoy estando Jem y yo en la escuela, había sido para ella un día de poco ajetreo. Y sabía que los buñuelos me gustaban mucho.

—Te he echado de menos —dijo—. Alrededor de las dos la casa estaba tan solitaria que he tenido que poner la radio...

—¿Por qué? Jem y yo nunca estamos en casa, a menos que llueva.

—Ya lo sé —contestó—, pero uno de los dos siempre está al alcance de mi voz. Me pregunto cuántas horas del día me paso llamándoos. Bien —dijo levantándose de la silla de la cocina—, ya es hora de preparar una cacerola de buñuelos, me figuro. Ahora vete y déjame poner la cena en la mesa.

Calpurnia se inclinó y me besó. Yo salí corriendo, preguntándome qué mudanza se operó en ella. Había querido hacer las paces conmigo, he ahí el caso. Siempre fue demasiado dura conmigo. Al fin había visto el error de su proceder pendenciero, y lo lamentaba, pero era demasiado obstinada para confesarlo. Yo estaba cansada de los delitos cometidos aquel día.

Después de cenar, Atticus se sentó, con el periódico en la mano, y me llamó:

—Scout, ¿estás a punto para leer?

El Señor me enviaba más de lo que podía resistir, y me fui al porche de la fachada. Atticus me siguió.

—¿Te pasa algo, Scout?

Yo le dije que no me encontraba muy bien y que, si él estaba de acuerdo, pensaba no volver más a la escuela.

Atticus se sentó en la mecedora y cruzó las piernas. Sus dedos fueron a manosear el reloj de bolsillo; decía que sólo de este modo podía pensar. Aguardó en amistoso silencio, y yo traté de reforzar mi posición.

—Tú no fuiste a la escuela y te desenvuelves perfectamente; por tanto, yo también quiero quedarme en casa. Puedes enseñarme tú, lo mismo que el abuelito os enseñó a ti y a tío Jack.

—No, no puedo —respondió Atticus—. Además, si te retuviera en casa me encerrarían en el calabozo... Una dosis de magnesia esta noche, y mañana a la escuela.

—La verdad es que me encuentro bien.

—Me lo figuraba. ¿Qué te pasa, pues?

Trocito a trozo, le expliqué los infortunios del día:

—...Y ha dicho que tú me lo enseñaste todo mal, de modo que ya no podremos volver a leer; nunca. Por favor, no me mandes más allá, por favor, señor.

Atticus se puso en pie y anduvo hasta el extremo del porche. Cuando hubo completado el examen de la enredadera regresó hacia mí.

—En primer lugar —dijo—, si sabes aprender una treta sencilla, Scout, convivirás mucho mejor con toda clase de personas. Uno no comprende de veras a una persona hasta que considera las cosas desde su punto de vista...

—¿Qué dice, señor?

—...hasta que se mete en el pellejo del otro y anda por ahí como si fuera el otro.

Atticus dijo que yo había aprendido muchas cosas aquel día, y miss Caroline otras varias, por su parte. Una concretamente: había aprendido a no querer dar algo a un Cunningham; pero si Walter y yo hubiésemos mirado el caso con sus ojos, habríamos visto que fue una equivocación honrada. No podíamos esperar que se enterase de todas las peculiaridades de Maycomb en un día, y no podíamos hacerla responsable cuando no conocía bien el terreno.

—Que me cuelguen —repliqué—, yo no conocía el terreno en el sentido de que no había de leer aquello, y ella me ha hecho responsable... Escucha, Atticus, ¡no es preciso que vaya a la escuela! —Un pensamiento repentino me llenaba de entusiasmo—. Burris Ewell, ¿recuerdas? Burris sólo va a la escuela el primer día. La encargada de la asistencia da por cumplida la ley habiendo inscrito su nombre en la lista...

—Tú no puedes hacer eso. Scout —contestó Atticus—. A veces, en casos especiales, es mejor doblar un poco la vara de la ley. En tu caso la ley permanece rígida. Tú tienes que ir a la escuela.

—No sé por qué he de ir yo y él no.

—Entonces, escucha.

Atticus dijo que los Ewell habían sido la vergüenza de Maycomb durante tres generaciones. No recordaba que ninguno de ellos hubiese hecho una jornada de trabajo honrado. Dijo que una Navidad, cuando fuera a llevar el árbol al vertedero, me llevaría con él y me enseñaría dónde vivían. Eran personas, pero vivían como animales.

—Pueden ir a la escuela siempre que quieran, siempre que muestren el más leve síntoma de estar dispuestos a recibir una educación —dijo Atticus—. Hay medios para retenerlos en la escuela por la fuerza, pero es una necedad obligar a gente como los Ewell a un ambiente nuevo...

—Si mañana yo no fuese a la escuela, tú me obligarías.

—Dejemos la cuestión en este punto —replicó Atticus secamente—. Tú, miss Scout Finch, perteneces al tipo corriente de personas. Debes obedecer la ley.

Dijo luego que los Ewell eran miembros de una sociedad cerrada, formada por los Ewell. En ciertas circunstancias las personas corrientes, con muy buen criterio, les concedían ciertos privilegios por el simple recurso de hacerse las ciegas ante algunas de sus actividades. Por ejemplo, no estaban obligados a ir a la escuela. Otra cosa, a míster Bob Ewell, el padre de Burris, se le permitía que cazase y tendiese trampas en tiempo de veda.

—Esto es malo, Atticus —dije—. En el Condado de Maycomb, el cazar en veda era un delito contra la ley, una felonía mayúscula a los ojos del populacho.

—Va contra la ley, es cierto —dijo mi padre—, y es malo, en verdad; pero cuando un hombre se gasta lo que le da la beneficencia en whisky, sus hijos suelen llorar sufriendo los dolores del hambre. No conozco a ningún terrateniente de estos alrededores que quiera hacer pagar a los hijos la caza que mata el padre.

—Míster Ewell no debería obrar así...

—Naturalmente que no, pero jamás cambiará de manera de ser. ¿Vas a cargar tu repulsa sobre los hijos?

—No, señor —murmuré, presentando la última resistencia—. Pero si sigo yendo a la escuela, no podremos leer ya más...

—Esto te molesta, ¿verdad?

—Sí, señor.

Cuando Atticus me miró, vi en su cara la expresión que siempre me hacía esperar algo.

—¿Sabes lo que es un compromiso? —preguntó.

—¿Doblar la vará de la ley?

—No, es un acuerdo al que se llega por mutuas concesiones. Es como sigue —dijo—. Si reconoces la necesidad de ir a la escuela, seguiremos leyendo todas las noches como lo hemos hecho siempre. ¿Te conviene?

—¡Sí, señor!

—Lo consideraremos sellado sin la formalidad habitual —dijo Atticus al ver que me preparaba para escupir.

Cuando abría la puerta vidriera de la fachada, Atticus dijo:

—Ah, de paso, Scout, es mejor que no digas nada en la escuela de nuestro convenio.

—¿Por qué no?

—Me temo que nuestras actividades serían miradas con profunda repulsa por las autoridades más enteradas.

Jem y yo estábamos habituados al lenguaje de «testamento y última voluntad» de mi padre, y teníamos permiso para interrumpirle pidiéndole una aclaración en todo momento, si no entendíamos lo que nos decía.

—¿Qué, señor?

—Yo nunca fui a la escuela —dijo—, pero tengo la impresión de que si le dijeses a miss Caroline que leemos todas las noches, la tomaría conmigo, y no quisiera que me persiguiese *a mí.*

Aquella noche Atticus nos tuvo en vilo, leyéndonos con aire grave columnas de letra impresa sobre un hombre que sin ningún motivo discernible se había sentado en la punta de un asta de bandera, lo cual fue razón suficiente para que Jem se pasase todo el domingo siguiente encima de la caseta de los árboles. Allí estuvo desde el desayuno hasta la puesta del sol y habría continuado por la noche si Atticus no le hubiese cortado el aprovisionamiento. Yo me había pasado la mayor parte del día subiendo y bajando, haciendo los encargos que me ordenaba, proveyéndolo de literatura, alimento y agua, y le llevaba mantas para la noche cuando Atticus me dijo que, si no le hacía caso, Jem bajaría. Atticus tuvo razón.

4

El resto de mis días de escuela no fueron más propicios que los primeros. Consistieron, ciertamente, en un proyecto interminable que se transformó lentamente en una Unidad, por la cual el Estado de Alabama gastó millas de cartulina y de lápices de colores en un bien intencionado, pero infructuoso esfuerzo por inculcarme Dinámica de Grupo. Hacia el final de mi primer año, lo que Jem llamaba el Sistema Decimal de Dewey dominaba toda la escuela, de modo que no tuve ocasión de compararlo con otras técnicas de enseñanza. Lo único que podía hacer era mirar a mi alrededor: Atticus y mi tío, que tuvieron la escuela en casa, lo sabían todo; al menos, lo que uno no sabía lo sabía el otro. Más aún, yo no podía dejar de pensar en que mi padre había pertenecido durante años a la legislatura del Estado, elegido cada vez sin oposición, aun ignorando las regulaciones que mis maestras consideraban esenciales para la formación de un buen Espíritu Ciudadano. Jem, educado sobre una base mitad Decimal mitad Duncecap, parecía funcionar con eficacia solo o en grupo, pero Jem no servía como ejemplo; ningún sistema de vigilancia ideado por el hombre habría podido impedirle que cogiera libros. En cuanto a mí, no sabía nada más que lo que recogía leyendo la revista *Time* y todo lo que, en casa, caía en mis manos, pero a medida que iba avanzando con marcha penosa y tarda por la noria del sistema escolar del Condado de Maycomb, no podía evitar la impresión de que me estafaban algo. No sabía en qué fundaba mi creencia, pero me resistía a pensar que el Estado quisiera regalarme únicamente doce años de aburrimiento inalterado.

Mientras transcurría el año, como salía de la escuela treinta minutos antes que Jem, que se quedaba hasta las tres, pasaba por delante de la mansión Radley tan de prisa como podía, sin pararme hasta haber llegado al refugio seguro del porche de nuestra fachada. Una tarde, cuando pasaba corriendo, algo atrajo mi mirada, y la atrajo de tal modo que inspiré profundamente, miré con detención a mi alrededor, y retrocedí.

En el extremo de la finca de los Radley crecían dos encinas; sus raíces se extendían hasta la orilla del camino, accidentando el suelo. En uno de aquellos árboles había una cosa que me llamó la atención.

De una cavidad nudosa del tronco, a la altura de mis ojos precisamente, salía una hoja de papel de estaño, que me hacía guiños a la luz del sol. Me puse de puntillas, miré otra vez, rápidamente, a mi alrededor, metí la mano en el agujero, y saqué dos pastillas de goma de mascar sin su envoltura exterior.

Mi primer impulso fue ponérmelas en la boca lo más pronto posible, pero recordé dónde estaba. Corrí a casa, y en el porche examiné el botín. La goma parecía buena. Las husmeé y les encontré buen olor. Las lamí y esperé un rato. Al ver que no me moría, me las embutí en la boca. Era «Wrigley's Double-Mint» auténtico.

Cuando Jem llegó a casa me preguntó cómo había conseguido aquellas pastillas. Yo le dije que las había encontrado.

—No comas las cosas que encuentres, Scout.

—Esta no estaba en el suelo, estaba en un árbol.

Jem refunfuñó.

—Pues estaba —aseguré—. Salía de aquel árbol de allá, el que se encuentra viniendo de la escuela.

—¡Escúpelas en seguida!

Las escupí. De todos modos ya perdían el sabor.

—Toda la tarde que las masco y todavía no me he muerto, ni siquiera me siento mal.

Jem dio en el suelo con el pie.

—¿No sabes que no tienes que tocar siquiera aquellos árboles? ¡Si los tocas morirás!

—¡Una vez tú tocaste la casa!

—¡Aquello era diferente! Ve a gargarizar... En seguida, ¿me oyes?

—De ningún modo; se me marcharía el sabor de la boca.

—¡No lo hagas y se lo diré a Calpurnia!

Para no arriesgarme a un altercado con Calpurnia, hice lo que Jem me mandaba. Por no sé qué razón, mi primer año de escuela había introducido un gran cambio en nuestras relaciones; la tiranía, la falta de equidad y la manía de Calpurnia de mezclarse en mis asuntos se habían reducido a unos ligeros murmullos de desaprobación general. Por mi parte, a veces, me tomaba muchas molestias para no provocarla.

El verano estaba en camino; Jem y yo lo esperábamos con impaciencia. El verano era nuestra mejor estación: era dormir en catres en el porche trasero, cerrado con cristales, o probar de dormir en la caseta de los árboles; era infinidad de cosas buenas para comer; era un millar de colores en un paisaje reseco; pero, lo más importante, el verano era Dill.

El último día de clase las autoridades nos soltaron más temprano, y Jem y yo fuimos a casa juntos.

—Calculo que Dill llegará mañana —dije.

—Probablemente pasado —dijo Jem—. En Mississippi los sueltan un día más tarde.

Cuando llegamos a las encinas de la Mansión Radley, levanté el dedo para señalar por centésima vez la cavidad donde había encontrado la goma de mascar, tratando de convencer a Jem de que la había hallado allí, y me vi señalando otra hoja de papel de estaño.

—¡Lo veo, Scout! Lo veo...

Jem miró a todas partes, levantó la mano y con gesto vivo se puso en el bolsillo un paquetito diminuto y brillante. Corrimos a casa y en el porche fijamos la mirada en una cajita recubierta de trozos de papel de estaño recogido de las envolturas de la goma de mascar. Era una cajita de las que contienen anillos de boda, de terciopelo morado con un cierre diminuto. Jem abrió el cierre. Dentro había dos monedas frotadas y pulidas, una encima de otra. Jem las examinó.

—Cabezas de indio —dijo—. Mil novecientos seis, y, Scout, una es de mil novecientos. Son antiguas de verdad.

—Mil novecientos —repetí—. Oye...

—Cállate un minuto, estoy pensando.

—Jem, ¿te parece que alguno tiene su escondite allí?

—No, excepto nosotros, nadie pasa mucho por allí a menos que sea alguna persona mayor...

—Las personas mayores no tienen escondites. ¿Te parece que debemos guardarlas, Jem?

—No sé qué podríamos hacer, Scout. ¿A quién se las devolveríamos? Sé con certeza que nadie pasa por allí... Cecil pasa por la calle de detrás y da un rodeo por el interior de la ciudad para ir a casa.

Cecil Jacobs, que vivía en el extremo más alejado de nuestra calle, en la casa vecina a la oficina de Correos, andaba un total de una milla por día de clase para evitar la Mansión Radley y a la anciana mistress Henry Lafayette Dubose, dos puertas más allá, calle arriba, de la nuestra; la opinión de los vecinos sostenía unánime que mistress Dubose era la anciana más ruin que había existido. Jem no quería pasar por delante de su casa sin tener a Atticus a su lado.

—¿Qué supones que debemos hacer, Jem?

Los autores de un hallazgo eran dueños de la cosa, sólo hasta que otro demostrase sus derechos. El cortar de tarde en tarde una camelia, el beber un trago de leche caliente de la vaca de miss Maudie Atkinson en un día de verano, el estirar el brazo hacia las uvas «scuppernong» de otro formaba parte de nuestra educación ética, pero con el dinero era diferente.

—¿Sabes qué? —dijo Jem—. Las guardaremos hasta que empiece la escuela, entonces iremos por las clases y preguntaremos a todos si son suyas. Hay chicos que vienen con el autobús..., quizá uno había de cogerlas al salir hoy de la escuela y se ha olvidado. Estas monedas son de alguien, ya lo sabes. ¿No ves cómo las han frotado? Las ahorraban.

—Sí, pero, ¿cómo es posible que nadie guardase del mismo modo la goma de mascar? Tú sabes que la goma no dura.

—No lo sé, Scout. Pero las monedas tienen importancia para alguien...

—¿Por qué causa, Jem...?

—Pues, mira, cabezas indias... vienen de los indios. Tienen una magia poderosa de verdad, le dan buena suerte a uno. No es cosa así como dar pollo frito cuando uno no lo espera, sino larga vida y buena salud, y aprobar los exámenes de cada seis semanas..., sí, para alguna persona tienen mucho valor. Las guardaré en mi baúl.

Antes de irse a su cuarto, Jem miró largo rato la Mansión Radley. Parecía estar pensando otra vez.

Dos días después llegó Dill con un resplandor de gloria: había subido al tren sin que le acompañara nadie, desde Meridian hasta el Empalme de Maycomb (un nombre honorífico: el Empalme de Maycomb estaba en el Condado de Abbott) donde había ido a buscarle miss Rachel con el único taxi de la ciudad; había comido en el restaurante, y vio bajar del tren en Bay Saint Louis a dos gemelos enganchados el uno con el otro, y se sostuvo en sus trece sobre estos cuentos, despreciando todas las amenazas. Había desechado los abominables pantalones azules, cortos, que se abrochaban en la camisa, y llevaba unos de verdad con cinturón; era algo más recio, no más alto y decía que había visto a su padre. El padre de Dill era más alto que el nuestro, llevaba una barba negra (en punta) y era presidente de los «Ferrocarriles L. & N.».

—Ayudé un rato al maquinista —dijo Dill, bostezando.

—A caerse le ayudaste, Dill. Cállate —replicó Jem—. ¿A qué jugaremos hoy?

—A Tom, Sam y Dick —respondió Dill—. Vámonos al patio delantero.

Dill quería jugar a *Los Rover* porque eran tres

papeles respetables. Evidentemente, estaba cansado de ser nuestro primer actor.

—Estoy hastiada de ellos —dije. Estaba hastiada de representar el papel de Tom Rover, que de súbito perdía la memoria en mitad de una película y quedaba eliminado de la escena hasta que le encontraban en Alaska—. Invéntanos una, Jem —pedí.

—Estoy cansado de inventar.

Era nuestro primer día de libertad y estábamos cansados todos. Yo me pregunté qué nos traería el verano.

Habíamos bajado al patio delantero, donde Dill se quedó mirando calle abajo, contemplando la funesta faz de la Mansión Radley.

—Huelo la muerte —dijo con énfasis—. Lo digo de veras —insistió cuando yo le dije que se callase.

—¿Quieres decir que cuando muere alguien tú lo notas por el olor?

—No, quiero decir que puedo oler a una persona y adivinar si va a morir. Me lo enseñó una señorita —Dill se inclinó y me olfateó—. Jean... Louise... Finch, tú morirías dentro de tres días.

—Dill, si no te callas te doy un golpe que te doblo las piernas. Y ahora lo digo en serio...

—Callaos —refunfuñó Jem—. Os portáis como si creyeseis en fuegos fatuos.

—Y tú te portas como si no creyeses —repliqué.

—¿Qué es un fuego fatuo? —preguntó Dill.

—¿No has ido de noche por un camino solitario y no has pasado junto a un lugar maldito? —le preguntó Jem—. Un fuego fatuo es un espíritu que no puede subir al cielo, está condenado a revolcarse por caminos solitarios, y si uno pasa por encima de él, cuando se muere se convierte en otro fuego fatuo, y anda por ahí de noche sorbiéndoles el resuello a la gente...

—¿Cómo se hace para no pasar por encima de uno?

—De ningún modo —contestó Jem—. A veces se tienden cubriendo el camino de una parte a otra, pero si al ir a cruzar por encima de uno dices: «Angel del destino, vida para el muerto; sal de mi camino, no me sorbas el aliento», con ello haces que no pueda envolverte el espíritu...

—No creas ni una palabra de lo que dice, Dill —aconsejé—. Calpurnia asegura que eso son cuentos de negros.

Jem me miró con ceño torvo, pero dijo:

—Bien, ¿vamos a jugar a algo o no?

—Podemos rodar con el neumático —propuse.

—Yo soy demasiado alto —objetó Jem con un suspiro.

—Tú puedes empujar.

Corrí al patio trasero, saqué de debajo de la caseta un neumático viejo de coche y lo hice rodar hasta el patio de la fachada.

—Yo primero —dije.

Dill objetó que el primero había de ser él, que hacía poco que había llegado

Jem arbitró; me premió con el primer empujón, pero concediendo a Dill una carrera más. Yo me doblé en el interior de la cubierta.

Hasta que lo demostró, no comprendí que Jem estaba ofendido porque le contradije en lo de los fuegos fatuos, y que esperaba pacientemente la oportunidad de recompensarme. Lo hizo empujando la cubierta acera abajo con toda la fuerza de su cuerpo. Tierra, cielo y casas se confundían en una paleta loca; me zumbaban los oídos, me asfixiaba. No podía sacar las manos para parar; las tenía empotradas entre el pecho y las rodillas. Sólo podía confiar en que Jem nos pasara delante a la rueda y a mí, o que una elevación de la acera me detuviese. Oía a mi hermano detrás, persiguiendo la cubierta y gritando.

La cubierta saltaba sobre la gravilla, se desvió atravesando la calle y me despidió como un corcho contra el suelo. Cegada y mareada, me quedé tendida sobre el cemento, sacudiendo la cabeza para ponerla firme y golpeándome los oídos, para que cesaran de zumbarme, cuando oí la voz de Jem:

—¡Scout, márchate de ahí; ven!

Levanté la cabeza y vi allí delante los peldaños de la Mansión Radley. Me quedé helada.

—¡Ven, Scout, no te quedes tendida ahí! —gritaba Jem—. ¡Levántate! ¿Es que no puedes?

Yo me puse en pie, temblando como si me derritiese.

—¡Coge la cubierta! aullaba Jem—. Tráetela! ¿No te queda nada de sentido?

Cuando estuve en condiciones de navegar, corrí hacia ellos a toda la velocidad que pudieron llevarme las piernas.

—¿Por qué no la has traído? —preguntó Jem.

—¿Por qué no vas a buscarla *tú?* —chillé.

Se quedó callado.

—Ve, no está mucho más allá de la puerta. ¡Caramba!, si una vez hasta tocaste la casa, ¿no te acuerdas?

Jem me dirigió una mirada furiosa, no podía negarse; echó a correr acera abajo, cruzó la entrada del patio con pie cauteloso y luego entró como una flecha y recobró la cubierta.

—¿Lo ves? —clamaba con cara de reproche y de triunfo—. No tiene importancia. Te lo juro, Scout, a veces te portas tanto como una niña, que mortificas.

Tenía más importancia de la que él suponía, pero decidí no decírselo.

Calpurnia apareció en la puerta y gritó:

—¡Es la hora de la limonada! ¡Entrad todos y libraos de ese sol abrasador antes que os aséis vivos!

La limonada a mitad de la mañana era un rito del verano. Calpurnia puso un jarrón y tres vasos en el porche, y luego fue a ocuparse de sus asuntos. El haber perdido el magnánimo favor de Jem no me inquietaba de un modo especial. La limonada le devolvería el buen humor.

Jem apuró su segundo vaso y se dio una palmada en el pecho.

—Ya sé a qué jugaremos —anunció—. A una cosa nueva, a una cosa distinta.

—¿A qué? —preguntó Dill.

—A Boo Radley.

A veces Jem tenía la frente de cristal: había ideado aquel juego para darme a entender que no temía a los Radley bajo ninguna forma ni carácter, y para hacer contrastar su temerario heroísmo con mi cobardía.

—¿A Boo Radley? ¿Cómo? —preguntó Dill.

—Tú, Scout, podrías ser mistress Radley... —dijo Jem.

—Lo haré si quiero. No creo que...

—¿Cuentos chinos? —dijo Dill—. ¿Todavía tienes miedo?

—A lo mejor sale de noche, cuando todos dormimos... —dije.

Jem silbó:

—Scout, ¿cómo sabrá lo que hacemos? Además, no creo que continúe ahí. Murió hace años y le metieron en la chimenea.

Dill dijo:

—Jem, si Scout tiene miedo, tú y yo jugaremos, y ella que lo mire.

Yo estaba perfectamente segura de que Boo Radley estaba dentro de aquella casa, pero no podía probarlo, y consideré mejor tener la boca cerrada, pues de lo contrario me habrían acusado de creer en fuegos fatuos, fenómeno al que era completamente inmune, durante las horas del día.

Jem distribuyó los papeles: yo era mistress Radley, y todo lo que había de hacer era salir a barrer el porche. Dill era el viejo míster Radley: caminaba acera arriba y abajo, y cuando Jem le decía algo, él tosía. Naturalmente, Jem era Boo: bajaba las escaleras de la puerta de casa y de vez en cuando chillaba y aullaba.

A medida que avanzaba el verano progresaba nuestro juego. Lo pulíamos y lo perfeccionábamos, añadiendo diálogo y trama hasta que compusimos una pequeña obra teatral en la que introducíamos cambios todos los días.

Dill era el villano de los villanos: sabía identificarse con cualquier papel que le asignaran, y parecer alto si la estatura formaba parte de la maldad requerida. Yo representaba de mala gana el papel de diversas damas que entraban en el argumento. Nunca me pareció que aquello fuese tan divertido como Tarzán, y aquel verano actué con una ansiedad algo más que ligera, a pesar de las seguridades que me daba Jem de que Boo Radley había muerto y de que no había de pasarme nada, estando él y Calpurnia en casa durante el día, y por la noche Atticus también.

Jem era un héroe nato.

Habíamos compuesto un pequeño drama triste, tejido con trozos y retales de habladurías y leyendas de la vecindad: mistress Radley había sido hermosa hasta que se casó con míster Radley y perdió todo su dinero. Perdió además la mayoría de dientes, el cabello y el índice de la mano derecha (esto era una aportación de Dill: Boo se lo había arrancado de un mordisco una noche, al no encontrar gatos y ardillas que comer); se pasaba el tiempo sentada en la sala llorando casi siempre, mientras Boo cercenaba poco a poco todo el mobiliario de la casa.

Nosotros éramos también los muchachos que se encontraban en apuros; para variar, yo hacía de juez de paz; Dill se llevaba a Jem y le embutía debajo de las escaleras, pinchándole con la escoba de retama. Jem reaparecía cuando era preciso en los personajes de *sheriff*, de varias personas de la ciudad y de miss Stephanie Crawford, la cual sabía contar más cosas de los Radley que ninguna otra persona de Maycomb.

Cuando llegaba el momento de representar la escena de Boo, Jem entraba a hurtadillas en la cocina, cogía las tijeras de la máquina de coser aprovechando el momento en que Calpurnia estaba de espaldas, y luego se sentaba en la mecedora y recortaba periódicos. Dill pasaba por delante, le saludaba tosiendo, y Jem simulaba que le clavaba las tijeras. Desde donde yo estaba parecía real.

Cuando míster Nathan Radley pasaba por nuestro lado en su viaje diario a la ciudad, nosotros nos quedábamos quietos y callados hasta que se había perdido de vista, y nos preguntábamos luego qué nos haría si sospechase algo. Nuestras actividades se interrumpían cuando aparecía algún vecino, y una vez vi a miss Maudie Atkinson mirándonos desde el otro lado de la calle, paradas a media altura las tijeras de podar.

Un día estábamos tan ocupados representando

el capítulo XXV, libro II de *La familia de un solo hombre*, que no vimos a Atticus plantado en la acera contemplándonos al mismo tiempo que se golpeaba la rodilla con una revista arrollada. El sol indicaba que eran las doce del mediodía.

—¿Qué estáis representando? —preguntó.

—Nada —contestó Jem.

La evasiva de mi hermano me indicó que aquel juego era un secreto, de modo que guardé silencio.

—¿Pues qué haces con esas tijeras? ¿Por qué haces pedazos de ese periódico? Si es el de hoy te daré una paliza.

—Nada.

—Nada, ¿qué? —dijo Atticus.

—Nada, señor.

—Dame las tijeras —ordenó Atticus—. No son cosas con las que se juegue. ¿Tiene eso algo que ver con los Radley, acaso?

—No, señor —contestó Jem, poniéndose colorado.

—Espero que no —dijo secamente, y penetró en la casa.

—Jem...

—¡Cállate! Se ha ido a la sala de estar, y desde allí puede oírnos.

A salvo en el patio, Dill preguntó a Jem si podíamos jugar más.

—No lo sé. Atticus no ha dicho que no...

—Jem —dije yo—, de todos modos, Atticus está enterado.

—No, no lo está. Si lo estuviera lo habría dicho.

Yo no estaba tan segura, pero Jem me dijo que yo era una niña, que las niñas siempre se imaginan cosas, lo cual da motivo a que las otras personas las odien tanto, y que si empezaba a portarme como una niña podía marcharme ya y buscar a otros con quienes jugar.

—Está bien, vosotros continuad, pues —dije—. Veréis lo que pasa.

La llegada de Atticus fue la segunda causa de que quisiera abandonar el juego. La primera venía del día que rodé dentro del patio delantero de los Radley. A través de los meneos de cabeza, de los esfuerzos por dominar las náuseas y de los gritos de Jem, había oído otro son, tan bajo que no lo habría podido oír desde la acera. Dentro de la casa, alguien reía.

5

Como sabía que ocurriría, a fuerza de importunar conseguí doblegar a Jem, y con gran alivio mío, dejamos la representación durante algún tiempo. Sin embargo, Jem seguía sosteniendo que Atticus no había dicho que no pudiésemos jugar a aquello y, por tanto, podíamos; y si alguna vez Atticus decía que no podíamos, Jem había ideado ya la manera de salvar el obstáculo: sencillamente, cambiaría los nombres de los personajes, y entonces no podrían acusarnos de representar nada.

Dill manifestó una conformidad entusiasta con este plan de acción. De todos modos, Dill se estaba poniendo muy pesado; siempre seguía a Jem a todas partes. A principios de verano me pidió que me casase con él, pero después lo olvidó pronto. Estableció sus derechos sobre mí, dijo que yo era la única chica a la que amaría en su vida, y luego me abandonó. Le di un par de palizas, pero fue inútil, sólo sirvió para arrimarle más a Jem. Pasaban días enteros los dos juntos en la caseta, trazando planes y conjuras, y sólo me llamaban cuando necesitaban un tercer personaje. Pero durante un tiempo me mantuve apartada de sus proyectos más aventurados, y a riesgo de que me llamasen «niñita» pasé la mayor parte de atardeceres restantes de aquel verano sentada con miss Maudie Atkinson en el porche de la fachada de su casa.

A Jem y a mí nos había gustado siempre la libertad que nos daba miss Maudie de entrar a correr por su patio, con tal de que no nos acercásemos a sus azaleas, pero nuestra relación con Maudie no quedaba definida claramente. Hasta que Jem y Dill me excluyeron de sus planes, ella no era más que otra señora de la vecindad, si bien relativamente benigna.

El tratado tácito que teníamos con miss Maudie era que podíamos jugar en su jardín, comernos sus *scuppernongs*, si no saltábamos sobre el árbol, y explorar el vasto terreno trasero, cláusulas tan generosas que raras veces le dirigíamos la palabra (¡tan gran cuidado poníamos en mantener el delicado equilibrio de nuestras relaciones!), pero Jem y Dill, con su conducta, me acercaron más a miss Maudie.

Miss Maudie tenía odio a su casa: el tiempo pasado dentro de ella era tiempo perdido. Era viuda, una dama camaleón que trabajaba en sus parterres de flores con sombrero viejo de paja y mono de hombre, pero después del baño de las cinco aparecía en el porche y reinaba sobre toda la calle con el magisterio de su belleza.

Amaba todo lo que crece en esta tierra de Dios, hasta las malas hierbas. Con una excepción. Si encontraba una hoja de hierba *nutgrass* en el patio, allí se realizaba la segunda Batalla del Marne: se abatía sobre ella con un tubo de hojalata y la sometía a unas rociadas, por debajo, de una sustancia venenosa que decía que tenía poder para matarnos a todos si no nos apartábamos de allí.

—¿Por qué no la arranca usted, y basta? —le pregunté después de presenciar una prolongada campaña contra una hoja que no tenía tres pulgadas de altura.

—¿Arrancarla, niña, arrancarla? —Levantó el doblado capullo y apretó su diminuto tallo con el pulgar. Del tallo salieron unos granos microscópicos—. Diablos, un vástago de *nutgrass* puede arruinar todo un patio. Mira. Cuando llega el otoño, esto se seca, ¡y el viento lo desparrama por todo el Condado de Maycomb! —La voz de miss Maudie asimilaba aquel hecho a una peste del Antiguo Testamento.

Para una habitante de Maycomb tenía un modo de hablar vivo, cortado. Nos llamaba a todos por nuestros nombres, y cuando sonreía dejaba al descubierto dos diminutas abrazaderas de oro sujetas a sus caninos. Cuando expresé la admiración que me causaban y la esperanza de que con el tiempo yo también las llevaría, me dijo:

—Mira —y con un chasquido de la lengua hizo salir fuera el puente, gesto cordial que afirmó nuestra amistad.

La benevolencia de miss Maudie se extendía a Jem y a Dill, cuando éstos descansaban de sus empresas: todos cosechábamos los beneficios de un talento que hasta entonces miss Maudie nos había escondido. De toda la vecindad, era la que hacía los mejores pasteles. Cuando le hubimos concedido nuestra confianza, cada vez que utilizaba el horno hacía un pastel grande y otros tres pequeños, y nos llamaba desde el otro lado de la calle:

—¡Jem Finch, Scout Finch, Charles Baker Harry, venid acá!

Nuestra presteza hallaba siempre recompensa.

En verano los crepúsculos son largos y pacíficos. Muy a menudo miss Maudie y yo estábamos sentadas y en silencio en su porche, mirando cómo a medida que se ponía el sol el cielo pasaba del amarillo al rosa, contemplando las bandadas de golondrinas que cruzaban en vuelo bajo sobre los terrenos vecinos y desaparecían detrás de los tejados del edificio escuela.

—Miss Maudie —le dije una tarde—, ¿usted cree que Boo Radley todavía vive?

—Se llama Arthur, y vive —respondió. Se mecía pausadamente en su enorme sillón de roble—. ¿Notas el aroma de mis mimosas? Esta tarde parece el aliento de los ángeles.

—Sí. ¿Cómo lo sabe?

—¿El qué, niña?

—Que Boo... míster Arthur todavía vive.

—Vaya pregunta morbosa. Sé que vive, Jean Louise, porque todavía no he visto que lo sacaran difunto.

—Quizá murió y lo metieron en la chimenea.

—¿De dónde has sacado semejante idea?

—Jem dijo que creía que lo habían hecho así.

—Sss-sss-sss. Jem cada día se asemeja más a Jack Finch.

Miss Maudie conocía a tío Jack Finch, el hermano de Atticus, desde que ambos eran niños. Tenían la misma edad, poco más o menos, y se habían criado juntos en el Desembarcadero de Finch. Miss Maudie era hija de un terrateniente vecino, el doctor Frank Buford. El doctor Buford tenía la profesión de médico, junto con una profunda obsesión por todo lo que crecía sobre el suelo, de modo que se quedó pobre. Tío Jack limitó su pasión por los cultivos a las macetas de sus ventanas de Nashville y se hizo rico. A tío Jack lo veíamos todas las Navidades, y todas las Navidades le gritaba a miss Maudie desde el otro lado de la calle, que fuera a casarse con él. Miss Maudie le gritaba en respuesta:

—¡Grita un poco más fuerte, Jack Finch, y te oirán desde la oficina de Correos; yo no te he oído todavía!

A Jem y a mí, esta manera de pedir la mano de una dama nos pareció un poco rara, pero, en verdad, tío Jack era más bien raro. Decía que estaba tratando sin éxito de sacar de quicio a miss Maudie, que lo intentaba desde hacía cuarenta años, que él era la última persona con quien miss Maudie pensaría en casarse, pero la primera que se le habría ocurrido para buscar camorra, y que con ella la mejor defensa era un ataque decidido, todo lo cual nosotros lo entendíamos claramente.

—Arthur Radley no se mueve de dentro de la casa, no hay otra cosa —dijo miss Maudie—. ¿No te quedarías dentro de tu casa si no tuvieras ganas de salir?

—Sí, pero yo querría salir. ¿Cómo es que él no quiere?

Miss Maudie entornó los ojos.

—Conoces esta historia tan bien como yo.

—Sin embargo, jamás me han dicho la causa. Nadie me ha explicado nunca el motivo.

Miss Maudie se arregló el puente de la dentadura.

—Ya sabes que el viejo míster Radley era, en religión, un bautista estricto. Uno de esos que llaman «lavadores de pies».

—También lo es usted, ¿verdad?

—No tengo la concha tan dura. Yo soy bautista, a secas.

—¿No creen todos ustedes en eso de lavar los pies?

—Sí, creemos. En casa, en la bañera.

—Pero nosotros no podemos comulgar con todos ustedes...

74

Decidiendo, por lo visto, que era más fácil definir el carácter de la secta bautista primitiva de la doctrina de la comunión limitada, miss Maudie dijo:

—Los «lavapiés» creen que todo placer es pecado. ¿No sabías que un sábado vinieron unos cuantos de los campos, pasaron por aquí delante y me dijeron que yo y mis flores iríamos al infierno?

—¿Sus flores también?

—Sí, señora. Arderían en mi compañía. Opinaban que paso demasiado tiempo en el aire libre de Dios y no el suficiente dentro de casa, leyendo la Biblia.

Mi confianza en el Evangelio de los púlpitos disminuyó ante la visión de miss Maudie cociéndose en estofado en varios infiernos protestantes. Muy cierto, miss Maudie tenía en la cabeza una lengua cáustica, y no andaba por la vecindad haciendo buenas obras como miss Stephanie Crawford. Pero al paso que nadie que tuviera una pizca de buen sentido se fiaba de miss Stephanie, Jem y yo teníamos mucha fe en miss Maudie. Nunca nos delató, jamás jugó al gato y al ratón con nosotros, no le interesaba nada en absoluto nuestra vida privada. Era una amiga. Cómo una criatura tan razonable pudiera vivir en peligro de tormento eterno era una cosa incomprensible.

—Eso no es verdad, miss Maudie. Usted es la señora más buena que conozco.

Miss Maudie sonrió.

—Gracias, señorita. El caso es que los «lavapiés» creen que las mujeres son, por definición, un pecado. Interpretan la Biblia literalmente, ya sabes.

—¿Acaso míster Arthur se queda en casa por esto, para estar alejado de las mujeres?

—No tengo idea.

—No lo entiendo. Parece que si míster Arthur desease ir al cielo saldría al porche, por lo menos. Atticus dice que Dios ama a las personas como cada uno se ama a sí mismo...

Miss Maudie dejó de mecerse y su voz se endureció.

—Eres demasiado joven para entenderlo —dijo—, pero a veces la Biblia en manos de un hombre determinado es peor que una botella de whisky en las de..., oh, de tu padre.

Me quedé pasmada.

—Atticus no bebe whisky —repliqué—. No ha bebido una gota en su vida..., aunque sí, sí la bebió. Dice que una vez bebió y no le gustó.

Miss Maudie se puso a reír.

—No hablaba de tu padre —dijo—. Lo que quería expresar es que si Atticus Finch bebiese hasta emborracharse no sería tan cruel como ciertos hombres en plena lucidez. Sencillamente, hay hombres tan... tan ocupados en acongojarse por el otro mundo que no han aprendido a vivir en éste, y no tienes más que mirar calle abajo para ver los resultados.

—¿Usted cree que son ciertas todas estas cosas que dicen de B... míster Arthur?

—¿Qué cosas?

Yo se las expliqué.

—Las tres cuartas partes de eso ha salido de la gente de color y la otra cuarta parte de Stephanie Crawford —aseguró miss Maudie, ceñuda—. Stephanie Crawford llegó a explicarme que una vez se despertó en mitad de la noche y le sorprendió mirándola por la ventana. Yo le contesté: «¿Y tú qué hiciste, Stephanie? ¿Apartarte un poco en la cama y dejarle sitio?» Esto le cerró la boca por un rato.

No lo dudaba. La voz de miss Maudie bastaba para hacer callar a cualquiera.

—No, niña —prosiguió—. Aquella es una casa triste. Recuerdo a Arthur cuando era muchacho. Siempre me hablaba amablemente. Tan amablemente como sabía, poco importa lo que dijera la gente de él.

—¿Se figura usted que está loco?

Miss Maudie movió la cabeza.

—Si no lo está, a estas horas debería estarlo. Nunca sabemos de verdad las cosas que les pasan a las personas. No sabemos lo que sucede en las casas, detrás de las puertas cerradas, qué secretos...

—Atticus no nos hace nada dentro de casa, a Jem y a mí, que no nos haga igualmente en el patio —dije, creyéndome en el deber de defender a mi padre.

—Bondadosa niña, yo desenmarañaba un hilo, no pensaba en tu padre; pero ahora que pienso quiero decir esto: Atticus Finch es el mismo en casa que por las calles públicas. ¿Te gustaría llevarte a casa un *poundcake* (1) recién hecho?

A mí me gustó mucho.

A la mañana siguiente, cuando me desperté, encontré a Jem y a Dill en el patio trasero absortos en animada conversación. Cuando me acerqué, me dijeron como de costumbre que me marchase.

—No quiero. Este patio es tan mío como tuyo, Jem Finch. Tengo tanto derecho como tú a jugar en él.

Dill y Jem se juntaron para conferenciar.

—Si te quedas tendrás que hacer lo que te digamos —advirtió Dill.

_____
(1) **Poundcake**: pastel de libra; llamado así porque en su preparación entra una libra de cada uno de los principales ingredientes. ('N. del T.)

—Vaa...ya —repliqué—, ¿quién se ha vuelto de súbito tan alto y poderoso?

—Si no dices que harás lo que te digamos, no te diremos nada —continuó Dill.

—¡Te portas como si durante la noche hubieses crecido tres pulgadas! Muy bien, ¿de qué se trata?

Jem dijo plácidamente:

—Vamos a entregar una nota a Boo Radley.

—Pero, ¿cómo?

Yo trataba de vencer el terror que crecía automáticamente en mí. Estaba muy bien que miss Maudie dijese lo que se le antojara; era mayor y estaba muy tranquila en su porche. En nuestro caso, era diferente.

Muy sencillo, Jem colocaría la nota en la punta de una caña de pescar y la metería a través de la ventana. Si se acercaba alguien, Dill tocaría la campanilla.

Dill levantó la mano derecha. Tenía en ella la campanilla de plata que usaba mi madre para anunciar la hora de la comida.

—Yo daré un rodeo hasta el costado de la casa —dijo Jem—. Ayer nos fijamos y desde la otra parte de la calle vimos que hay una persiana suelta. Creo que quizá podré dejarla en el alféizar, al menos.

—Jem...

—¡Ahora estás metida en el asunto y no puedes salirte! ¡Continuarás con nosotros, miss Priss!

—Bien, bien, pero no quiero vigilar, Jem, alguien estaba...

—Sí, vigilarás; tú vigilarás la parte de atrás de la finca y Dill vigilará la de delante y la calle, y si viene alguien tocará la campanilla. ¿Está claro?

—De acuerdo, pues. ¿Qué le escribiréis?

—Le pedimos muy cortésmente que salga alguna vez y nos cuente lo que hace ahí dentro; le decimos que no le haremos ningún daño y que le compraremos un mantecado —explicó Dill.

—¡Os habéis vuelto locos los dos; nos matará!

Dill dijo:

—Ha sido idea mía. Me figuro que si saliese y se sentase un ratito con nosotros quizá se sentiría mejor.

—¿Cómo sabes que no se siente a gusto?

—Mira, ¿cómo te sentirías tú si hubieses estado un siglo encerrado sin comer otra cosa que gatos? Apuesto a que le ha crecido una barba hasta aquí...

—¿Como la de tu papá?

—Papá no lleva barba; papá... —Dill se interrumpió, como tratando de recordar.

—¡Eh, eh! ¡Te cogí! —exclamé—. Tú dijiste que antes de que te vinieses con el tren tu padre llevaba una barba negra...

—¡Si te da lo mismo, se la afeitó el verano pasado! ¡Sí, y tengo la carta que lo prueba; además, me envió dos dólares!

—¡Sigue, sigue..., me figuro que hasta te envió un uniforme de la policía montada! ¡Esto! Pero no llegó, ¿verdad que no? Sigue contándolas gordas, hijito...

Dill Harry sabía contar las mentiras más gordas que yo oí. Entre otras cosas, había subido a un avión correo diecisiete veces, había estado en Nueva Escocia, había visto un elefante, y su abuelito era el brigadier general Joe Wheeler y, además, le dejó la espada.

—Callaos —ordenó Jem. Y se escabulló hacia la parte posterior de la casa, para regresar con una caña amarilla de bambú—. ¿Calculáis que ésta será bastante larga para llegar desde la acera?

—El que ha sido bastante valiente para subir a tocar la casa no debería emplear una caña de pescar —dije—. ¿Por qué no derribas a golpes la puerta de la fachada?

—Esto... es... diferente —replicó Jem—. ¿Cuántas veces habré de decírtelo?

Dill sacó un trozo de papel del bolsillo y se lo dio a Jem. Los tres nos encaminamos con cautela hacia el viejo edificio. Dill se quedó junto al farol de la esquina de la fachada de la finca; Jem y yo orillamos la acera paralelamente a la cara lateral de la casa. Yo caminaba detrás de Jem y me quedé en un sitio que me permitiese ver al otro lado de la curva.

—Todo despejado —dije—. Ni un alma a la vista.

Jem miró acera arriba a Dill, quien asintió con la cabeza.

Entonces colocó la nota en la punta de la caña de pescar, inclinó ésta a través del patio y la empujó hacia la ventana que había escogido. A la caña le faltaban varias pulgadas de longitud, y Jem se inclinaba todo lo que podía. Al verle tanto rato haciendo movimientos para meterla, abandoné mi puesto y fui hasta él.

—No puedo sacarlo de la caña —murmuró—, y si lo saco no logro dejarlo allí. Vuelve a tu puesto del fondo de la calle, Scout.

Regresé allá y miré al otro lado de la curva, hacia la calle desierta. De vez en cuando volvía la vista hacia Jem, que seguía probando con gran paciencia de dejar la nota en el alféizar de la ventana. El papel revoloteaba hacia el suelo y Jem volvía a utilizarlo hacia la ventana, hasta que se me ocurrió que si Boo Radley llegaba a recibirlo no podría leerlo. Estaba mirando calle abajo cuando sonó la campanilla.

Levantando el hombro, corrí hacia el otro lado

para enfrentarme con Boo Radley y sus ensangrentados colmillos, pero en vez de ello, vi a Dill tocando la campanilla con toda su fuerza delante de la cara de Atticus.

Jem tenía un aire tan transtornado que yo no tuve valor para decirle que ya se lo había advertido. Bajaba con paso tardo, arrastrando la caña tras de sí por la acera.

Atticus dijo:

—Basta de tocar la campanilla.

Dill cogió el badajo. En el silencio que siguió, me dieron ganas de que empezara a tocarla de nuevo. Atticus se echó el sombrero para atrás y se puso las manos en las caderas.

—Jem, ¿qué hacías? —preguntó.

—Nada, señor.

—No me vengas con eso. Dímelo.

—Yo probaba..., nosotros probábamos de dar una cosa a míster Radley.

—¿Qué probabas a darle?

—Una carta nada más.

—Déjame verla.

Jem le entregó un pedazo de papel sucio. Atticus lo cogió y trató de leerlo.

—¿Para qué queréis que salga míster Radley?

—Hemos pensado que quizá disfrutaría con nuestra compañía —dijo Dill, pero se quedó sin voz ante la mirada que le dirigió Atticus.

—Hijo —mi padre se dirigía a Jem—. Voy a decirte una cosa, y te la diré una sola vez: deja de atormentar a ese hombre. Y lo mismo os digo a vosotros dos.

Lo que hiciera míster Radley era asunto suyo propio. Si quería salir, saldría. Si quería quedarse dentro de su propia casa tenía el derecho de hacerlo, libre de las atenciones de los niños curiosos, que era una manera benigna de calificar a los diablillos como nosotros. ¿Nos gustaría mucho que Atticus irrumpiese, sin llamar, en nuestros cuartos por la noche? Nosotros estábamos haciendo esto precisamente con míster Radley. Lo que míster Radley hacía podía parecernos singular a nosotros, pero a él no se lo parecía. Por lo demás, ¿no se nos había ocurrido que la manera educada de comunicarse con otro ser era la puerta de la calle y no por una ventana lateral? Y, por último, haríamos el favor de mantenernos apartados de aquella casa hasta que nos invitasen a entrar; haríamos el favor de no jugar a un juego de borricos como él había visto en cierto momento, ni nos burlaríamos de, nadie de aquella calle, ni de toda la ciudad...

—No nos burlábamos de él, no nos reíamos de él —dijo Jem—. Sólo...

—Sí, esto era lo que hacíais, ¿verdad?

—¿Burlarnos?

—No —dijo Atticus—, poner la historia de su vida de manifiesto para edificación de la vecindad.

Jem pareció crecerse un poco.

—¡Yo no he dicho que hiciéramos tal cosa; yo no lo he dicho!

Atticus sonrió de una manera seca.

—Acabas de decírmelo —replicó—. Desde este mismo momento ponéis fin a estas tonterías, todos y cada uno.

Jem le miró boquiabierto.

—Tú quieres ser abogado, ¿verdad?

Nuestro padre tenía los labios apretados, como si deseara mantenerlos en línea.

Jem decidió que sería inútil buscar escapatorias y se quedó callado. Cuando Atticus entró en casa a buscar un legajo que olvidó llevarse a la oficina por la mañana, Jem se dio cuenta por fin de que le habían aplastado con la treta jurídica más vieja que registran los anales. Aguardó a respetuosa distancia de las escaleras de la fachada, vio cómo Atticus salía de casa y se encaminaba hacia la ciudad, y cuando nuestro padre no podía oírle le gritó:

—¡Pensaba que quería ser abogado, pero ahora no estoy tan seguro!

6

—Sí —contestó nuestro padre, cuando Jem le preguntó si podíamos ir con Dill a sentarnos a la orilla del estanque de peces de miss Rachel, puesto que aquélla era la última noche que Dill pasaba en Maycomb—. Dile adiós, en mi nombre, y que el verano próximo le veremos.

Saltamos la pared baja que separaba el patio de miss Rachel de nuestro paseo de entrada. Jem se anunció con un silbido y Dill respondió en la oscuridad.

—Ni un soplo de aire —dijo Jem—. Mira allá. —señalaba hacia el este. Una luna gigantesca se levantaba detrás de los nogales *pecan* de miss Maudie—. Con aquello parece que haga más calor.

—¿Tiene una cruz esta noche? —preguntó Dill, sin levantar la vista. Estaba construyendo un cigarrillo con papel de periódico y cuerda.

—No, solamente la dama. No enciendas eso, Dill, apestarás todo este extremo de la ciudad.

En Maycomb la luna tenía una dama. Una dama sentada ante el tocador, peinándose el cabello.

—Te echaremos de menos, muchacho —dije yo—. ¿Te parece que debemos guardarnos de míster Avery?

Míster Avery estaba alojado al otro lado de la

calle, enfrente de la casa de mistress Henry Lafayette Dubose. Aparte de recoger las colectas en la bandeja de la cuestación los domingos, míster Avery se sentaba en el porche todas las noches hasta las nueve y estornudaba. Una noche tuvimos el privilegio de presenciar una actuación suya que por lo visto había sido positivamente la última, pues no volvió a repetirla en todo el tiempo que le observamos. Jem y yo habíamos bajado las escaleras de casa de miss Rachel una noche, cuando Dill nos detuvo.

—¡Recontra! Mirad allá —y señalaba al otro lado de la calle.

Al principio no vimos nada más que un porche delantero cubierto de enredaderas, pero una inspección más detenida nos reveló un arco de agua que surgía de entre las hojas y se derramaba en el círculo amarillo de la luz de la calle. Había, nos pareció, una distancia de diez pies desde el manantial hasta el punto de caída. Jem dijo que míster Avery apuntaba mal; Dill que debía de beberse un galón al día, y la competición que siguió para determinar distancias relativas y respectivas hazañas sólo sirvió para que yo volviera a sentirme arrinconada, dado que en aquel terreno carecía de aptitudes.

Dill se desperezó, bostezó y dijo en un tono demasiado indiferente:

—Ya sé lo que haremos; salgamos a dar un paseo.

A mí me sonó un tanto equívoco. En Maycomb nadie salía a dar un paseo nada más.

—¿A dónde, Dill?

Dill señaló con la cabeza en dirección sur.

Jem dijo:

—Perfectamente —y cuando yo protesté, me dijo

dulcemente—: No es preciso que vengas, Angel de Mayo.

—Y tú no es preciso que vayas. Recuerda...

Jem no era persona que se parase en derrotas pretéritas: parecía que el único mensaje que recogió de Atticus fue una penetración especial para el arte de los interrogatorios.

—Mira, Scout, no haremos nada, sólo iremos hasta el farol de la calle y regresaremos.

Anduvimos calladamente acera abajo, escuchando con oído atento las mecedoras de los porches que gemían bajo el peso de los vecinos, y los suaves murmullos nocturnos de las personas mayores de nuestra calle. De cuando en cuando oíamos las carcajadas de miss Stephanie Crawford.

—¿Qué? —dijo Dill.

—De acuerdo —contestó Jem—. ¿Por qué no te vas a casa, Scout?

—¿Qué vais a hacer?

Simplemente, Dill y Jem irían a espiar por la ventana de la persiana suelta para ver si podían echar un vistazo a Boo Radley, y si yo no quería ir con ellos podía volverme directamente a casa y tener mi bocaza cerrada, esto era todo.

—Pero, en nombre de los santos montes, ¿por qué habéis esperado hasta esta noche?

Porque de noche nadie podía verles, porque Atticus estaría tan enfrascado en algún libro que no oiría ni la venida del otro mundo, porque si Boo Radley los mataba se quedarían sin ir a la escuela y no sin las vacaciones, y porque era más fácil ver el interior de una casa oscura en las horas de oscuridad que durante el día, ¿lo comprendía?

—Jem, *por favor*...

—¡Scout, te lo digo por última vez, cierra la boca

o vete a casa; al Señor le declaro que cada día te vuelves más como las chicas!

Con esto no tuve otra opción que la de unirme a ellos. Pensamos que sería mejor pasar por debajo de la alta valla de alambre del fondo de la finca de los Radley: corríamos menos riesgo de ser vistos. La valla encerraba un extenso jardín y una estrecha casita exterior de madera.

Jem levantó el alambre e indicó a Dill que pasara por debajo. Luego seguí yo, y levanté el alambre para Jem. La prueba era dura y arriesgada para mi hermano.

—No hagáis ningún ruido —susurró—. No os metáis en una hilera de coles; sería lo peor de todo: despertarían hasta a los muertos.

Con este pensamiento en la cabeza, yo daba quizá un paso por minuto. Caminé más de prisa cuando vi a Jem muy adelante, haciendo señas bajo la luz de la luna. Llegamos a la puerta que dividía el jardín del patio trasero. Jem la tocó. La puerta lanzó un graznido.

—Escupe en ella —susurró Dill.

—Nos has metido en una trampa, Jem —murmuré—. No podremos salir de aquí fácilmente.

—Sssiiit. Escupe, Scout.

Escupimos hasta quedarnos secos, y Jem abrió la puerta con cautela, empujándola a un lado apoyada contra la valla. Estábamos en el patio trasero.

La parte posterior de la casa de los Radley era menos acogedora que la fachada: un destartalado porche ocupaba toda la anchura del edificio; había dos puertas y dos ventanas oscuras entre las puertas. En lugar de columna, un tosco soporte sostenía un extremo del tejado. En un rincón del porche descansaba una vieja estufa Franklin; encima, un espejo de percha de sombreros reflejaba la luz de la luna, con un brillo aterrador.

—Arrr —dijo Jem, levantando el pie.

—¿Te enredas?

—Gallinas —dijo en un aliento.

Que tendríamos que esquivar lo no visto desde todas las direcciones quedó confirmado cuando Dill, que iba delante, pronunció en un susurro un «Diii... ooooss». Avanzamos lentamente hacia el costado de la casa, dando un rodeo hasta la ventana que tenía una persiana colgante. El alféizar era varias pulgadas más alto que Jem.

—Te echaré una mano para subir —le dijo a Dill en un murmullo—. Espera, de todos modos.

Jem se cogió la muñeca izquierda con una mano, y mi muñeca derecha con la otra; yo me así la muñeca izquierda, y con la otra mano agarré la muñeca derecha de Jem; nos agachamos, y Dill se sentó en aquella silla. Le levantamos, y él se cogió al alféizar de la ventana.

—Date prisa —dijo Jem—. No podemos resistir mucho más.

Dill me dio un golpe en el hombro, y le bajamos al suelo.

—¿Qué has visto?

—Nada. Cortinas. Sin embargo, hay una lucecita pequeña en alguna parte, muy adentro.

—Marchémonos de aquí —indicó Jem—. Volvamos a dar el rodeo hacia la parte de atrás. Sssittt —me advirtió, pues yo me disponía a protestar.

—Probemos en la ventana trasera.

—Dill, no —dije.

Dill se paró y dejó que Jem pasara delante. Cuando puso el pie en el peldaño del final, éste rechinó. Jem se quedó inmóvil, luego fue cargando su peso paulatinamente. El peldaño guardó silencio. Jem se saltó dos peldaños, puso el pie en el porche, subió con esfuerzo y se tambaleó un rato. Al recobrar el equilibrio, se puso de rodillas, se arrastró hasta la ventana, levantó la cabeza y miró al interior.

Entonces yo vi la sombra. Era la sombra de un hombre que llevaba el sombrero puesto. Primero creía que era un árbol, pero no soplaba apenas viento, y los troncos de los árboles no andan. El porche trasero estaba bañado por la luz de la luna, y la sombra, seca como una tostada, avanzó cruzando el porche en dirección a Jem.

El segundo en verla fue Dill. Y se cubrió la cara con las manos.

Cuando la sombra cruzó el cuerpo de Jem, Jem la vio. Se llevó las manos a la cabeza y se quedó rígido.

La sombra se detuvo detrás de Jem, a cosa de un pie. Su brazo se apartó del costado, descendió y quedó inmóvil. Luego, la sombra se volvió, cruzó de nuevo el cuerpo de Jem, se deslizó por lo largo del porche y desapareció por el costado de la casa, marchándose como había venido.

Jem saltó fuera del porche y galopó hacia nosotros. Abrió la puerta de un tirón, nos empujó a Dill y a mí, que la cruzamos con pie alado, y nos dirigió por medio de siseos entre dos hileras de coles forrajeras que se mecían al aire. A mitad de las hileras, tropecé y me caí. En este momento, el estampido de una escopeta conmovió la vecindad.

Dill y Jem se echaron a mi lado. El aliento de Jem se notaba entrecortado.

—¡Refugiaos en el patio de la escuela! ¡De prisa, Scout!

Jem levantó el alambre del fondo; Dill y yo rodamos por debajo, y estábamos a mitad de camino del abrigo del roble solitario del patio escolar cuando percibimos que Jem no iba con nosotros. Retrocedimos a la carrera y le encontramos debatiéndose en la valla, librándose a patadas de los pantalones para soltarse. Corrió hacia el roble en calzoncillos.

Ya a salvo detrás del tronco, Dill y yo nos dejamos ganar por una especie de atontamiento, pero la mente de Jem galopaba.

—Hemos de volver a casa, notarán que no estamos.

Cruzamos el patio corriendo, reptamos por debajo de la valla, pasando al prado detrás de nuestra casa, trepamos por nuestro cercado y estuvimos en las escaleras de la parte posterior sin que Jem nos hubiera concedido una pausa para descansar.

Ya con la respiración normal, los tres nos dirigimos con toda la naturalidad que supimos al patio de la fachada. Al mirar calle abajo, vimos un coro de vecinos delante de la puerta de la valla de los Radley.

—Será mejor que bajemos allá —dijo Jem—. Si no hacemos acto de presencia les llamará la atención.

Míster Nathan Radley estaba de pie al otro lado de la puerta, con una escopeta cruzada sobre el brazo. Atticus estaba de pie al lado de miss Maudie y de miss Stephanie Crawford. Miss Rachel y míster Avery se encontraban a poca distancia. Ninguno nos vio llegar.

Nos metimos en el corro, al lado de miss Maudie, que volvió la vista en torno suyo.

—¿Dónde estabais? ¿No habéis oído el estampido?

—¿Qué ha pasado? —preguntó Jem.

—Míster Radley ha disparado contra un negro en su bancal de coles.

—¡Oh! ¿Le ha dado?

—No —contestó miss Stephanie—. Ha disparado al aire. Del susto le ha vuelto blanco, de todas maneras. Dice que si alguien ve por ahí a un negro blanco, aquél será. Dice que tiene el otro cañón cargado esperando que se oiga otro ruido en el bancal, y que la próxima vez no apuntará al aire, sea perro, negro, o... ¡Jem *Finch*!

—¿Qué, señora? —preguntó Jem.

Atticus tomó la palabra.

—¿Dónde están tus pantalones, hijo?

—¿Pantalones, señor?

—Pantalones, sí.

Era inútil. Allí, en calzoncillos, delante de Dios y de todo el mundo. Y suspiré:

—Eh... ¡Míster Finch!

A la claridad de la lámpara de la calle, pude ver que Dill estaba imaginando una: sus ojos se dilataron, su gordinflona faz de querubín se puso más redonda.

—¿Qué hay, Dill? —inquirió Atticus.

—Pues... se los he ganado —dijo en tono vago.

—¿Se los has ganado? ¿Cómo?

La mano de Dill fue en busca de la nuca, subió por la cabeza y frotó la frente.

—Estábamos jugando al «póker desnudo» allá arriba, junto al estanque de los peces —dijo.

Jem y yo nos tranquilizamos. Los vecinos parecían convencidos: todos se pusieron serios. ¿Pero qué era el «póker desnudo»?

No tuvimos ocasión de averiguarlo: miss Rachel se disparó como la sirena de nuestros bomberos.

—¡Bue...eeen Jeee...sús, Dill Harry! ¿Jugando junto a mi estanque? ¡Yo te enseñaré el «póker desnudo», señorito!

Atticus salvó a Dill de un despedazamiento inmediato.

—Un minuto nada más, miss Rachel —dijo—. No había oído nunca que hicieran una cosa así, hasta este día. ¿Jugabais a los naipes, los tres?

Jem devolvió a ciegas la pelota lanzada por Dill.

—No, señor, sólo con cerillas.

Yo admiré a mi hermano. Las cerillas eran peligrosas, pero los naipes eran fatales.

—Jem, Scout —dijo Atticus—, no quiero volver a oír nombrar el póker bajo ninguna forma. Vete a casa de Dill y coge los pantalones, Jem. Resolved la cuestión vosotros mismos.

—No te apures, Dill —dijo Jem mientras andábamos por la acera—, no te zumbará. Atticus la convencerá con buenas palabras. Has sabido pensar de prisa, chico. Escucha..., ¿no oyes?

Nos paramos y oímos la voz de Atticus.

—...No es un caso serio..., todos pasan por ello, miss Rachel...

Dill se tranquilizó, pero Jem y yo, no. Quedaba el problema de que Jem había de presentar unos pantalones por la mañana.

—Te daría unos míos —dijo Dill cuando llegamos a las escaleras de miss Rachel.

Jem contestó que no podría ponérselos, pero que muchas gracias, de todos modos. Nos dijimos adiós, y Dill entró en la casa. Evidentemente, se acordó de que estábamos prometidos, porque retrocedió corriendo y me besó a toda prisa delante de Jem.

—¡Escribidme! ¿Me oís? —nos gritó, a nuestra espalda.

Ni que Jem hubiese llevado los pantalones puestos y sin novedad, tampoco habríamos dormido mucho. Todos los sonidos nocturnos que escuchaba desde mi catre en el porche trasero llegaban con triple aumento, todas las pisadas sobre la gravilla eran Boo Radley que buscaba su venganza, todos los negros que pasaban riendo en la noche eran Boo Radley suelto y persiguiéndonos; los insectos que chocaban contra los cristales eran los dedos dementes de Boo Radley cortando el alambre a pedazos; los cinamomos eran seres malignos, que nos rondaban alerta. Floté entre el sueño y la vigilia hasta que oí murmurar a Jem.

—¿Duermes, Tres-Ojos?

—Ssssittt. Atticus ha apagado la luz.

A la muriente luz de la luna vi que Jem bajaba los pies al suelo.

—¿Estás loco?

—Voy por ellos —dijo.

Yo me senté muy erguida.

—No puedes —dije—. No te lo permitiré.

—Tengo que ir —replicó él, peleando para ponerse la camisa.

—Ve, y yo despertaré a Atticus.

—Despiértale y te mato.

Le cogí y le hice tender a mi lado en el catre. Quise razonar con él.

—Míster Nathan los encontrará por la mañana, Jem. Sabe que los perdiste tú. Cuando se los enseñe a Atticus pasaremos un mal rato, pero no habrá otra cosa. Vuélvete a la cama.

—Lo sé, precisamente —respondió Jem—. Por esto voy a buscarlos.

Yo empezaba a sentirme mareada. ¡Irse solo allá!... Recordaba lo de miss Stephanie; míster Nathan tenía el otro cañón cargado esperando el primer ruido nuevo que oyese, fuese perro, negro, o... Jem lo sabía mejor que yo.

Estaba desesperada.

—Mira, Jem, no vale la pena. Una paliza duele,

pero no dura. Te pegarán un tiro a la cabeza, Jem. Por favor...

Mi hermano expulsó el aliento con gran paciencia.

—Yo... Mira, esto es así. Scout —murmuró—. Desde que tengo memoria, Atticus no me ha pegado. Y quiero que continúe del mismo modo.

Esto era una fantasía. Parecía que Atticus nos amenazaba día sí, día no.

—Quieres decir que nunca te ha cogido en nada.

—Quizá sea eso, pero... quiero que las cosas sigan de este modo, Scout. Debemos resolverlo esta noche.

Supongo que fue entonces cuando Jem y yo empezamos a separarnos. A veces no le entendía, pero mis períodos de desorientación duraban poco. Aquello estaba fuera de mi alcance.

—Por favor —supliqué—. ¿no puedes pensarlo un minuto al menos...? ¿Tú solo en aquel lugar...?

—¡Cállate!

—Esto no acabará en que Atticus no vuelva a dirigirte más la palabra, ni cosa así... Le despertaré, Jem, te lo juro que le despertaré... —Jem me cogió por el cuello del pijama, tirando con fuerza—. Entonces, iré contigo... —dije medio asfixiada.

—No, no vendrás, harías ruido.

Fue inútil. Abrí el cerrojo de la puerta trasera y la sujeté mientras él bajaba sigilosamente las escaleras. Debían de ser las dos La luna se ponía y las sombras de los listones de madera de las ventanas se disolvían en una borrosa nada. El blanco faldón de la camisa de Jem bajaba y subía como un pequeño fantasma bailarín que quisiera escapar de la mañana que se acercaba. Una débil brisa movía y refrescaba las gotas de sudor que corrían por mis costados.

Jem salió por la parte trasera, cruzó el prado y el patio de la escuela, y calculé que estaría rodeando la valla; al menos se había encaminado en aquella dirección. Todavía necesitaba más tiempo, de manera que no había llegado aún el momento de inquietarse. Esperé hasta que tal momento hubo llegado y agucé el oído esperando el disparo de la escopeta de míster Radley. Luego, creí percibir unos chasquidos en la calle posterior. Era una creencia anhelante.

Después oí toser a Atticus. Contuve el aliento. A veces, cuando hacíamos una peregrinación a media noche al cuarto de baño, le encontrábamos leyendo. Decía que con frecuencia se despertaba durante la noche, comprobaba cómo estábamos y se ponía a leer hasta dormirse. Yo aguardé convencida de que su luz se encendería, esforzando la vista para verla inundar el vestíbulo. La luz continuó apagada, y yo volví a respirar.

Los rondadores nocturnos se habían retirado, pero cuando se agitaba el viento, los cinamomos maduros tamborileaban sobre el tejado, y la oscuridad parecía todavía más desolada con los ladridos de los perros en la lejanía.

Ahí estaba Jem, regresando. Su blanca camisa asomó sobre la valla trasera; poco a poco se hizo mayor. Jem subió las escaleras, pasó el cerrojo tras él y se sentó en su catre. Sin decir palabra, levantó los pantalones. Luego se tendió y durante un rato oí que su catre temblaba. Pronto se quedó quieto. No volví a oír que se moviese.

7

Jem estuvo huraño y silencioso toda una semana. Como Atticus me había aconsejado en cierta
ocasión, probé a meterme en su pellejo y hacer como
si fuera él: si hubiese ido sola a la Mansión Radley
a las dos de la madrugada, la tarde siguiente se habría efectuado mi entierro. En consecuencia, dejé
en paz a Jem y procuré no fastidiarle.

Empezaron las clases. El segundo grado fue tan
malo como el primero, y aun peor; seguían pasán-
dole cartulinas por delante de las narices a una y
no la dejaban leer ni escribir. Los progresos de miss
Caroline, en la puerta de al lado, podían calcularse
por la frecuencia de las carcajadas; no obstante, la
pandilla de costumbre había fallado las pruebas
otra vez, repetía el grado y le servía para mantener
el orden. Lo único que tenía de bueno el segundo
grado era que yo salía tan tarde como Jem, y habitualmente, a las tres, nos íbamos a casa juntos.

Una tarde, mientras cruzábamos el patio de la
escuela en dirección a nuestra casa, Jem dijo de
pronto:

—Hay una cosa que no te había explicado.

Como esta era la primera frase que pronunciaba en varios días, le alenté:

—¿Sobre qué?

—Sobre aquella noche.

—Nunca me has contado nada de aquella noche —dije.

Jem desprcció mis palabras con un ademán,.como si espantara mosquitos. Guardó silencio un rato, y luego, dijo:

—Cuando volví a buscar los pantalones... Bueno, al quitármelos quedaron hechos un lío, de tal modo que no podían desenrcdarse... Cuando volví allá... —Jem inspiró profundamente—. Cuando volví allá estaban doblados sobre la valla..., como si me esperasen.

—¿Sobre la valla...?

—Y otra cosa... —Jem había bajado la voz—. Te lo enseñaré cuando lleguemos a casa. Los habían cosido. No como si lo hubiera hecho una mujer, sino como si hubiera probado de coserlos, yo. Todo en serpentina. Es casi como si...

—...alguien supiera que tú volverías por ellos.

Jem se estremeció.

—Como si alguien hubiese leído mi pensamiento..., como si alguien hubiese podido adivinar lo que haría. Nadie puede intuir lo que voy a hacer, a menos que me conozcan, ¿verdad que no, Scout?

La pregunta de Jem era una súplica. Yo le tranquilicé.

—Nadie puede adivinar lo que vas a hacer a menos que viva en la casa contigo, y aun así, a veces yo no sé adivinarlo.

Estábamos pasando por la vera de nuestro árbol. En su cavidad había un ovillo de bramante gris.

—No lo cojas, Jem —pedí—. Esto sirve de escondrijo a alguna persona.

—No lo creo, Scout.

—¡Sí! Alguno por el estilo de Walter Cunningham baja aquí todos los recreos y esconde cosas, y llegamos nosotros y se las quitamos. Oye, dejemos eso ahí y esperemos un par de días. Si entonces todavía está, nos lo llevaremos. ¿De acuerdo?

—De acuerlo; quizá tengas razón —dijo Jem—. Puede ser el escondrijo de algún chiquillo... Esconde las cosas de los que son mayores que él. Ya sabes, sólo encontramos cosas cuando funciona la escuela.

—Sí —respondí—, pero es que en verano nunca pasamos por aquí.

Nos fuimos a casa. La mañana siguiente el bramante continuaba donde yo lo había dejado. El tercer día, como todavía seguía allí, Jem se lo metió en el bolsillo. En adelante consideramos que todo lo que encontrábamos en el agujero nos pertenecía.

El segundo grado era fatídico, pero Jem me aseguró que cuanto mayor me hiciese mejor sería la escuela, que él había empezado del mismo modo, y que hasta que uno no llegaba al sexto grado no aprendía nada de valor. El sexto grado pareció gustarle desde el principio; pasó por un breve Período Egipcio que me desconcertó: continuamente trataba de andar a paso lento, levantando un brazo adelante y otro atrás, y asentando un pie detrás del otro. Declaraba que los egipcios andaban de este modo; yo le dije que si era así no veía cómo podían hacer nada, pero Jem replicó que habían hecho más que los americanos en toda su historia, que inventaron el papel higiénico y el embalsamamiento perpetuo, y me preguntó dónde estaríamos hoy en día si no los hubiesen inventado. Atticus me dijo que borrase los adjetivos y me atuviese a los hechos.

En Alabama del Sur no hay estaciones bien definidas; el verano flota a la deriva dentro del otoño, y al otoño a veces no le sigue el invierno, sino que se convierte en una vaga primavera que se funde otra vez en verano. Aquel otoño fue largo, apenas bastante fresco para ponerse una chaqueta ligera. Jem y yo recorríamos nuestra órbita una templada tarde de octubre cuando nuestro agujero nos detuvo de nuevo. Esta vez había dentro una cosa blanca.

Jem permitió que yo hiciera los honores: saqué dos pequeñas imágenes esculpidas en jabón. Una era la figura de un muchacho, la otra llevaba un vestido tosco.

Sin tiempo para acordarme de que no existe eso del mal de ojo, solté un chillido y las arrojé al suelo.

Jem las recogió vivamente.

—¿Qué te pasa? —gritó. Y limpió las figuras, librándolas del rojo polvo—. Son buenas —dijo.

Y bajó la mano para que yo las viese. Eran unas miniaturas casi perfectas de dos chiquillos. El muchacho llevaba pantalón corto; unos mechones de cabello le llegaban hasta las cejas. Yo miré a Jem. Una punta de pelo castaño y estirado le caía hacia adelante. Hasta entonces no me había fijado nunca.

Jem miró la figurita de niña, luego a mí. La muñequita llevaba cerquillos. Yo también.

—Estos somos nosotros —dijo.

—¿Quién los hizo? ¿Te lo figuras?

—¿A quién conocemos por aquí que talle? —preguntó él.

—A míster Avery.

—A míster Avery le gustan y nada más. Quiero decir las tallas.

Míster Avery salía a un promedio de un palo de leña de estufa por semana; lo adelgazaba hasta convertirlo en un palillo y luego lo mascaba.

—Está el viejo enamorado de miss Stephanie Crawford —indiqué.

—Esculpe, es cierto, pero vive en el campo. ¿Cuándo se habría fijado para nada en nosotros?

—Quizá se sienta en el porche y nos mira a nosotros en vez de fijarse en miss Stephanie. Si yo estuviera en su lugar, lo haría.

Jem me miró tan largo rato que yo le pregunté qué le pasaba, pero no conseguí otra cosa que un «Nada, Scout», como respuesta. Cuando nos fuimos a casa, Jem puso los muñecos en su baúl.

Menos de dos semanas después encontramos un paquete entero de goma de mascar, que saboreamos a placer, pues el hecho de que todo lo de la Mansión Radley era veneno se había deslizado fuera de la memoria de Jem.

La semana siguiente el agujero contenía una medalla deslucida. Jem se la enseñó a Atticus, quien dijo que era una «medalla de deletreo». Antes de que nosotros naciésemos, el condado de Maycomb celebraba competiciones de ortografía y concedía medallas a los vencedores. Atticus afirmó que la habría perdido alguno y que si habíamos preguntado por ahí. Jem me dio una coz de camello cuando quise decir dónde la encontramos. Jem preguntó entonces si Atticus recordaba a alguno que hubiese ganado una, pero éste dijo que no.

Nuestro premio mayor apareció cuatro días más tarde. Era un reloj de bolsillo, que no funcionaba, sujeto a una cadena, con un cuchillo de aluminio.

—¿Te parece que es oro blanco, Jem?

—No lo sé. Lo enseñaré a Atticus.

Atticus dijo que si hubieran sido nuevos, reloj, cuchillo y cadena, habrían valido probablemente unos diez dólares.

—¿Has hecho un trueque con alguno en la escuela? —preguntó.

—¡Oh, no, señor! —Jem sacó el reloj de su abuelo, que Atticus le dejaba llevar una vez por semana a condición de que tuviera cuidado. Los días que llevaba el reloj, Jem andaba como pisando huevos—. Atticus, si no tienes inconveniente, prefiero llevar éste. Quizá pueda repararlo.

Cuando el reloj nuevo desplazó al del abuelo, y el llevarlo se convirtió en una penosa tarea cotidiana, Jem ya no sintió más la necesidad de consultar la hora cada cinco minutos.

Hizo con la reparación un buen trabajo: sólo le sobraron un muelle y un par de piezas pequeñas, pero el reloj no quiso marchar.

—Aaah —suspiró—, no funcionará nunca. ¡Scout!

—¿Qué?

—¿Te parece que deberíamos escribir una carta a quien sea que nos deja estas cosas?

—Eso estaría muy bien, Jem; podemos darles las gracias... ¿Qué mal hay en ello?

Jem se cogía las orejas meneando la cabeza de un lado para otro.

—No lo entiendo, de veras que no lo entiendo; no sé por qué, Scout... —Y mirando en dirección a la sala, añadió—: Se me ocurre la idea de explicárselo a Atticus..., pero no, creo que no.

—Yo se lo diré por ti.

—No, Scout, no lo hagas. ¡Scout!

—¿Quéee?

Toda la tarde había estado a punto de decirme una cosa; su cara se animaba y se volvía hacia mí, luego cambiaba de idea. Y cambió de nuevo.

—Oh, nada.

—Vamos, escribamos la carta. —Y le puse un papel y un lápiz debajo de la nariz.

—De acuerdo. Querido señor...

—¿Cómo sabes que es un hombre? Apuesto a que es miss Maudie; hace mucho tiempo que lo pienso.

—Bah, miss Maudie no sabe mascar goma... —Jem sonrió inesperadamente—. Ya sabes, a veces habla con mucha finura. Un día le ofrecí un pedazo y dijo que no, gracias, que... la goma de mascar se le pegaba al paladar y la dejaba sin palabras —dijo Jem midiendo las suyas—. ¿No es decir una cosa fina?

—Sí, a veces sabe decir cosas agradables. De todos modos, tampoco querría un reloj y una cadena.

—Querido señor —dijo Jem—. Agradecemos el... no, agradecemos todo lo que ha puesto en el árbol para nosotros. Sinceramente suyos, Jeremy Atticus Finch.

—Si firmas de este modo no sabrá quién eres.

Jem borró el nombre y escribió: «Jem Finch». Yo firmé debajo: «Jean Louise Finch (Scout)». Jem puso el billete dentro de un sobre.

A la mañana siguiente, cuando íbamos a la escuela, Jem echó a correr delante de mí y se paró junto al árbol. Cuando levantó la vista la dirigió hacia mí, y vi que se volvía intensamente pálido.

—¡Scout!

Yo corrí hasta él.

Alguien había llenado el agujero con cemento.

—No llores ahora, Scout... no llores ahora, no te apures... —iba murmurando Jem, camino de la escuela.

Cuando volvimos a casa para la comida, Jem engulló su ración, corrió al porche y se quedó plantado en las escaleras. Yo le seguí.

—No ha pasado —me dijo.

Al día siguiente, Jem se puso otra vez de vigilancia y fue recompensado.

—¿Qué tal, míster Nathan? —saludó.

—Buenos días, Jem y Scout —respondió míster Radley sin pararse.

—Míster Radley —dijo Jem. Míster Radley giró sobre sus talones—. Míster Radley, ¿puso usted cemento en el agujero de aquel árbol de allá abajo?

—Sí —respondió—. Lo tapé.

—¿Por qué lo hizo, señor?

—El árbol está muriendo. Cuando los árboles están enfermos se los llena de cemento. Deberías saberlo, Jem.

Jem no dijo nada más sobre el asunto hasta muy avanzada la tarde. Cuando pasamos junto al árbol dio una palmada meditabunda en el cemento, y se quedó sumido en profundas meditaciones. Parecía ponerse de mal humor por momentos, y en consecuencia yo guardé las distancias.

Como de costumbre, aquella tarde encontramos a Atticus que regresaba del trabajo. Cuando estuvimos en nuestras escaleras, Jem dijo:

—Atticus, mira el árbol aquél, te lo ruego.

—¿Qué árbol, hijo?

—El que está en la esquina de la finca de los Radley, viniendo de la escuela.

—Sí.

—¿Se está muriendo?

—No, caramba, hijo, no lo creo. Fíjate en las hojas, están verdes y lozanas, no hay manchas pardas por ninguna parte...

—¿Ni siquiera está enfermo?

—Aquel árbol está tan sano como tú, Jem. ¿Por qué?

—Míster Nathan Radley ha dicho que estaba muriendo.

—Bien, quizá sí. Estoy seguro de que míster Radley sabe más de sus árboles que nosotros.

Atticus nos dejó en el porche. Jem se apoyó a una columna, rascándose los hombros contra ella.

—¿Tienes picores, Jem? —le pregunté tan finamente como supe—. Entremos —dije.

—Dentro de un rato.

Permaneció allí hasta caer la noche, y yo le esperé. Cuando entramos en casa vi que había llorado.

8

Por motivos inescrutables para los profetas más experimentados del condado de Maycomb, aquel año, el otoño se convirtió en invierno. Tuvimos dos semanas del tiempo más frío desde 1885, según dijo Atticus. Míster Avery dijo que estaba escrito en la Piedra de Rosetta que cuando los niños desobedeciesen a sus padres, fumasen cigarrillos y se hicieran la guerra unos a otros, las estaciones cambiarían: a Jem y a mí nos cargaban, pues, con el peso de contribuir a las aberraciones de la Naturaleza, causando con ello la desdicha de nuestros vecinos y nuestra propia incomodidad.

La anciana mistress Radley murió aquel invierno, pero su muerte no causó apenas ni la más leve alteración: los vecinos la veían raras veces, excepto cuando regaba sus cannas. Jem y yo deducimos que Boo se había cebado con ella por fin, pero cuando Atticus regresó de casa de los Radley dijo, con gran desencanto nuestro, que había muerto por causas naturales.

—Pregúntaselo —susurró Jem.

—Pregúntaselo tú; tú eres el mayor.

—Por eso tienes que preguntárselo tú.

—Atticus —dije—, ¿has visto a míster Arthur?

Atticus asomó una cara severa por el costado del papel, mirándome.

—No.

Jem me indicó que no hiciera más preguntas. Dijo que Atticus estaba todavía un poco quisquilloso en relación a nosotros y los Radley y que no daría buenos resultados el insistir. Jem sospechaba que Atticus pensaba que nuestras actividades de aquella noche no se limitaron únicamente al «póker desnudo». No tenía ninguna base firme para esta sospecha, decía que se trataba solamente de una corazonada.

A la mañana siguiente, al despertar, miré por la ventana y estuve a punto de morir de espanto. Mis alaridos sacaron a Atticus del cuarto de baño a medio afeitar.

—¡El *mundo* está llegando a su fin, Atticus! ¡Haz algo, por favor...!

Le arrastré hasta la ventana y señalé.

—No, no termina —contestó—. Está nevando.

Jem preguntó a Atticus si aquello persistiría. Jem tampoco había visto nunca nieve, pero sabía lo que era. Atticus contestó que de nieve no sabía más que el mismo Jem.

—No obstante, creo que si la atmósfera sigue húmeda así, se convertirá en lluvia.

Sonó el teléfono y Atticus dejó la mesa del desayuno para acudir a la llamada.

—Era Eula May —dijo al regreso—. Cito sus palabras: «Como no había nevado en Maycomb desde 1885, hoy no habrá clases».

Eula May era la telefonista en jefe de Maycomb. Le habían confiado la misión de comunicar anuncios públicos, invitaciones de boda, poner en marcha la sirena de incendios, y dar instrucciones para primeras curas cuando el doctor Reynolds estaba ausente.

Cuando por fin Atticus nos llamó al orden y nos mandó que fijásemos la vista en el plato en lugar de mirar por las ventanas, Jem preguntó:

—¿Cómo se hace un muñeco de nieve?

—No tengo la menor idea —respondió Atticus—. No quiero que os desilusionéis, pero dudo que haya nieve bastante para hacer ni siquiera una bola.

Calpurnia entró y dijo que le parecía que estaba cuajando. Cuando corrimos al patio trasero, lo encontramos cubierto de una delgada capa de nieve fangosa.

—No debemos pisarla —dijo Jem—. Mira, a cada paso que das, la estropeas.

Miré atrás, a mis pisadas. Jem dijo que si esperábamos a que hubiera nevado un poco más, la podríamos amontonar para hacer un muñeco. Yo saqué la lengua y cogí un copo plano. Quemaba.

—¡Jem, está caliente!

—No, no está caliente, está tan fría que quema. Y no la comas, que la malgastas. Deja que caiga al suelo.

—Pero yo quiero andar por ella.

—Ya sé lo que haremos: podemos ir a pisarla en el patio de miss Maudie.

Jem avanzó a saltos cruzando el patio de la fachada. Yo seguí sus huellas. Cuando estábamos en la acera delante de la casa de miss Maudie, se nos acercó míster Avery. Tenía la cara encarnada y el estómago abultado debajo del cinturón.

—¿Veis lo que habéis hecho? —nos dijo—. En Maycomb no había nevado desde Maricastaña. Son los niños malos como vosotros los culpables de que cambien las estaciones.

Yo me pregunté si míster Avery sabía con cuánto afán habíamos esperado el verano pasado que repitiera su representación, y reflexioné que si era aquella la paga que recibíamos, había que reconocerle ciertas ventajas al pecado. No me pregunté de dónde sacaba míster Avery sus estadísicas meteorológicas: venían directamente de la Piedra de Rosetta.

—¡Jem Finch, eh, Jem Finch!

—Miss Maudie te llama, Jem.

—Quedaos los dos en el centro del patio. Cerca del porche hay unas cosas plantadas debajo de la nieve. ¡No las piséis!

—¡Bien! —gritó Jem—. ¡Qué hermosa es! ¿Verdad, miss Maudie?

—¡Hermosas mis patas! ¡Si esta noche hiela se me llevará todas las azaleas!

El viejo sombrero de sol de miss Maudie centelleaba de cristales de nieve. La dama se inclinaba sobre unos pequeños arbustos, envolviéndolos en sacos de arpillera. Jem le preguntó por qué lo hacía.

—Para conservarles el calor —respondió.

—¿Cómo pueden conservar el calor las flores? No tienen circulación.

—No sabría contestar a esta pregunta, Jem Finch. Todo lo que sé es que si esta noche hiela, estas plantas se helarán, de modo que hay que cubrirlas. ¿Resulta claro?

—Sí. ¡Miss Maudie!

—Di, señor.

—Scout y yo, ¿podríamos pedirle prestada una poca de su nieve?

—¡Cielo bendito, lleváosla toda! Debajo de la casa hay un cesto viejo para melocotones, podéis transportarla en él. —Miss Maudie entornó los ojos—. Jem Finch, ¿qué vais a hacer con mi nieve?

—Usted verá —contestó Jem, y nos pusimos a

transportar (fangosa operación) toda la nieve que pudimos del patio de miss Maudie al nuestro.

—¿Qué haremos, Jem? —pregunté.

—Ya verás —dijo—. Ahora coge el cesto y lleva toda la nieve que puedas del patio trasero al delantero. Al regresar sigue tus propias pisadas, sin embargo —me advirtió.

—¿Haremos un niño de nieve, Jem?

—No, un hombre de verdad. Ahora hemos de trabajar de firme.

Jem corrió al patio trasero, sacó la azada y se puso a cavar afanosamente detrás de la pila de leña, depositando a un lado todos los gusanos que encontraba. Luego entró en la casa, regresó con el canasto de la ropa, lo llenó de tierra y la transportó al patio delantero.

Cuando tuvimos cinco canastos de tierra y dos de nieve, Jem dijo que estábamos listos para empezar.

—¿No te parece que esto es un revoltijo? —le pregunté.

—Ahora lo parece, pero después no lo parecerá —afirmó.

Jem reunió una brazada de tierra que transformó a palmadas en un montículo; añadió otra cantidad y otra, hasta que hubo construido un torso.

—Jem, no había oído hablar de un muñeco de nieve negro —le dije.

—No será negro mucho rato —refunfuñó él.

Del patio trasero se proveyó de unas ramas de melocotonero, cortó las ramitas y las dobló en forma de huesos que habría que cubrir de tierra.

—Parece miss Stephanie Crawford con las manos en las caderas —dije—. Gorda en el medio y con unos bracitos diminutos.

—Se los haré mayores. —Jem derramó agua sobre la estatua de barro y añadió más tierra. La contempló pensativamente un momento, y luego le formó una gran barriga debajo de la cintura. Entonces me miró con unos ojos centelleantes—. Míster Avery tiene una figura así como un muñeco de nieve, ¿verdad?

A continuación cogió nieve y se puso a distribuirla sobre el monigote. A mí sólo me permitió que cubriese la espalda, reservándose las partes púdicas para sí. Poco a poco, míster Avery se volvió blanco.

Empleando pedacitos de leña por ojos, nariz, boca y botones, Jem consiguió que míster Avery tuviese un aire malhumorado. Un palo completó el cuadro. Después retrocedió unos pasos para contemplar su creación.

—Es hermoso, Jem —dije—. Parece como si fuera a hablarle a uno.

—¿Verdad que sí? —dijo él, ingenuamente.

No supimos aguardar a que Atticus viniese a comer; le llamamos y le dijimos que le teníamos preparada una gran sorpresa. Pareció pasmado cuando vio una gran parte de la nieve del patio trasero en el de la fachada, pero dijo que habíamos hecho un trabajo más que superior.

—No sabía cómo te las arreglarías para construirlo —le dijo a Jem—, pero desde hoy en adelante ya no me inquietaré por lo que pueda ser de ti, hijo; siempre encontrarás un recurso.

A Jem se le pusieron las orejas encarnadas de satisfacción ante semejante cumplido, pero levantó los ojos vivamente cuando vio que Atticus retrocedía unos pasos. Atticus miró un rato la figura ladeando la cabeza. Sonrióse, y luego soltó la carcajada.

—Hijo, ya sé lo que serás: ingeniero, abogado, o

pintor de retratos. Has montado un libelo aquí en el patio de la fachada. Hemos de disfrazar a ese sujeto.

En seguida sugirió que Jem le rebajase un poco la barriga, trocase el bastón por una escoba y le pusiera un delantal.

Jem explicó que si lo hacía, el muñeco de nieve se pondría fangoso y dejaría de ser un muñeco de nieve.

—No me importa lo que hagas, con tal que hagas algo —respondió Atticus—. No puedes andar por ahí fabricando caricaturas de los vecinos.

—No es una *caractertura* —replicó Jem—. Simplemente, se le parece.

—Es posible que míster Avery no pensase lo mismo.

—¡Ya lo tengo! —exclamó Jem. Cruzó la calle corriendo, desapareció en el patio trasero de miss Maudie y regresó triunfante. Colocó el sombrero de sol de la dama en la cabeza del muñeco y le embutió las tijeras de podar en la curva del brazo. Atticus dijo que de este modo estaría bien.

Miss Maudie abrió la puerta de la fachada y salió al porche. Nos miró un momento desde el otro lado de la calle, y de pronto sonrió.

—Jem Finch —gritó—. ¡So demonio, devuélveme el sombrero, señorito!

Jem miró a Atticus, que movió la cabeza negativamente.

—Sólo lo dice para armar jaleo —explicó—. En realidad está impresionada por tus... triunfos.

Atticus fue hasta la acera de miss Maudie, donde se enfrascaron en una conversación abundante en ademanes, de la cual la única frase que cogí fue...

—...¡Levantando un mamarracho en el patio! ¡Atticus, nunca sabrás educarlos!

Por la tarde dejó de nevar, la temperatura descendió, y al anochecer las predicciones más horrendas de míster Avery se confirmaron. Calpurnia hacía crepitar todos los hogares de la casa, pero teníamos frío. Cuando Atticus regresó aquella noche dijo que no nos escapábamos del mal tiempo y preguntó a Calpurnia si quería quedarse a pasar la noche con nosotros. Calpurnia echó una mirada a los altos techos y a las largas ventanas y dijo que creía que encontraría mejor temperatura en su casa. Atticus la llevó en el coche.

Antes de irme a dormir, Atticus puso más carbón en el fuego de mi cuarto. Dijo que el termómetro señalaba dieciséis grados (1), que era la noche más fría que recordaba y que el muñeco de nieve se había helado y vuelto completamente sólido.

Unos minutos después, a mi parecer, me despertó alguien que me sacudía. Tenía extendido sobre mí el abrigo de Atticus.

—¿Ya es de mañana?

—Levántate, niña. —Atticus me presentaba el albornoz y el abrigo—. Ponte el vestido primero —me dijo.

Jem estaba al lado de Atticus, atontado y despeinado. Con una mano se cerraba el cuello del abrigo; la otra la tenía metida en el bolsillo. Parecía haber engordado de un modo raro.

—Corre, cariño —dijo Atticus—. Aquí tienes los zapatos y los calcetines.

Yo me los puse con aire estúpido.

—¿Es de mañana?

—No, es poco más de la una. Date prisa ahora.

Por fin se adentró en mi mente la idea de que ocurría algo malo.

---

(1) Fahrenheit: unos nueve grados centígrados bajo cero. (N. del T.)

—¿Qué pasa?

Pero entonces ya no fue preciso que me lo dijeran. Del mismo modo que los pájaros saben adónde irse cuando llueve, yo sabía cuándo ocurría algo anormal en nuestra calle. Unos sonidos blandos, como de tafetán, y los de las pisadas apagadas y rápidas me llenaron de un espanto irremediable.

—¿En qué casa es?

—En la de miss Maudie, cariño —respondió Atticus dulcemente.

En la puerta de la fachada vimos las ventanas de miss Maudie arrojando llamas. Para confirmar lo que veíamos, la sirena de incendios gimió en tono cada vez más agudo, subiendo toda la escala hasta una nota elevada y temblorosa, que se prolongó como un largo alarido.

—No tiene remedio, ¿verdad? —gimió Jem.

—Creo que no —Atticus—. Ahora escuchad los dos. Bajad y situaos delante de la Mansión Radley. Manteneos apartados, ¿me oís? ¿Veis de qué parte sopla el viento?

—Oh —dijo Jem—. Atticus, ¿te parece que deberíamos empezar a sacar los muebles?

—Todavía no, hijo. Haced lo que os mando. Corred ya. Cuida de Scout, ¿me oyes? No la pierdas de vista.

Atticus nos empujó y partimos hacia la puerta de entrada del patio delantero de los Radley. Desde allí vimos como la calle se llenaba de hombres y de coches mientras el fuego devoraba calladamente la casa de miss Maudie.

—¿Por qué no se dan prisa?... ¿Por qué no se dan prisa? —murmuraba Jem.

Pronto vimos el motivo. El viejo camión de los bomberos, averiado por el frío, llegaba de la ciudad empujado por un tropel de hombres. Cuando hubieron empalmado la manguera a una boca de riego, el agua salió con furia, salpicando la calle.

—Oooh, Señor. Jem...

Jem me rodeó con el brazo.

—Cállate, Scout. Todavía no es momento de inquietarse. Cuando lo sea te avisaré.

Los hombres de Maycomb, en todos los grados de vestido y desvestido, sacaban muebles de la casa de miss Maudie y los llevaban a un patio del otro lado de la calle. Vi a Atticus transportando la pesada mecedora de roble, y pensé que obraba muy cuerdamente al salvar lo que miss Maudie apreciaba más.

A veces oíamos gritos. Entonces apareció la faz de míster Avery en una ventana del piso. Míster Avery empujó un colchón fuera de la ventana y arrojó muebles hasta que los hombres le gritaron:

—¡Baje de ahí, Dick! ¡Las escaleras se están derrumbando! ¡Salga de ahí, míster Avery!

Míster Avery se dispuso a saltar por la ventana.

—Está sitiado, Scout... —dijo Jem con voz entrecortada—. Oh, Dios mío...

Míster Avery se encontraba en un grave aprieto. Yo escondí la cabeza debajo del brazo de Jem, y no volví a mirar hasta que mi hermano gritó:

—¡Se ha libertado, Scout! ¡Está a salvo!

Levanté la vista para ver a míster Avery cruzando el porche del piso. Pasó las piernas por encima de la baranda y se deslizaba por una columna, pero en aquel momento resbaló. Cayó, dio un grito y fue a chocar contra los arbustos de miss Maudie.

De pronto advertí que los hombres se apartaban de la casa de miss Maudie y venían calle abajo en nuestra dirección. Ya no transportaban muebles. El fuego había ganado el segundo piso y se había abierto paso hasta el tejado; los marcos de las ventanas aparecían negros sobre un centro de color naranja vivo.

—Jem, parece una calabaza...

—¡Mira, Scout!

De nuestra casa y de la de miss Rachel salía una masa de humo que parecía la niebla en la orilla de un río, y los hombres estiraban las mangueras hacia los edificios. Detrás de nosotros el camión de bomberos de Abbottsville lanzaba su cuchillo doblando la curva y se paró delante de nuestra casa.

—Aquel libro... —dije yo.

—¿Cuál? —preguntó Jem.

—Aquel *Tom Swift*, no era mío, era de Dill...

—No te apures, Scout, no es momento de inquietarse todavía —dijo Jem—. Mira allá —indicó, señalando.

Atticus se encontraba en medio de un grupo de vecinos, con las manos en los bolsillos. Podría haber estado siguiendo un partido de fútbol. Miss Maudie se hallaba a su lado.

—Mira allí, él todavía no está preocupado —hizo notar Jem.

—¿Cómo no está arriba de una de las casas?

—Es demasiado viejo; se rompería el cuello.

—¿Crees que deberíamos hacerle sacar nuestras cosas?

—No le fastidiemos, él sabrá cuando deba hacerse —replicó mi hermano.

El coche bomba de incendios de Abbottsville empezó a arrojar agua sobre nuestra casa; un hombre subido al tejado iba indicando los sitios que la necesitaban más. Yo vi como nuestro muñeco de nieve se volvía negro y se desmoronaba; el sombrero de miss Maudie quedó encima del montón. No pude ver las tijeras de podar. Con el calor que despedían entre la casa de miss Maudie, la de miss Rachel y

115

la nuestra, los hombres hacía rato que se habían quitado los abrigos y albornoces. Trabajaban con las chaquetas de los pijamas y las camisas de dormir embutidos dentro de los pantalones, pero yo empecé a notar que me helaba poco a poco, inmóvil allí. Jem trataba de darme calor, pero su brazo no era suficiente. Me liberté del mismo y me subí las manos a los hombros. Bailando un poco, recobré la sensibilidad en los pies.

Otro camión contra incendios apareció y se paró delante de la casa de miss Stephanie Crawford. No había boca de riego para otra manguera, y los hombres trataban de empapar la casa con extintores de mano.

El tejado de zinc de miss Maudie cerraba el paso a las llamas. Con una especie de rugido, el edificio se desplomó; de todas partes salían chorros de fuego, seguidos de un revoloteo de manitas de los hombres de los tejados de las casas adyacentes, golpeando centellas y trozos de madera encendidos.

Había llegado la aurora cuando los hombres empezaron a desfilar, primero de uno en uno, luego en grupos. Empujando, llevaron otra vez el camión de bomberos de Maycomb al interior de la ciudad; el de Abbottsville se marchó, y el tercero se quedó. Al día siguiente descubrimos que había venido de Clark, a unas setenta millas de distancia.

Jem y yo nos deslizamos al otro lado de la calle. Miss Maudie tenía la mirada fija en el agujero negro, humeante, de su patio, y Atticus movió la cabeza para decirnos que miss Maudie no quería hablar. Atticus nos acompañó a casa, apoyándose en nuestros hombros para cruzar la helada calle. Nos dijo que, por lo pronto, miss Maudie viviría con miss Stephanie.

—¿Alguno quiere chocolate caliente? —nos preguntó.

Cuando Atticus encendió el fuego en la estufa de la cocina, sentí un escalofrío.

Mientras bebíamos el chocolate, noté que Atticus me miraba, primero con curiosidad, luego con aire severo.

—Pensaba que os había ordenado a Jem y a ti que no anduvierais de un lado para otro —dijo.

—¡Si no nos movimos! Estuvimos quietos allí...

—Entonces, ¿de quién es esa manta?

—¿Manta?

—Sí, señorita, manta. No es nuestra.

Yo me miré y me vi sujetando una manta parda de lana que me envolvía los hombros, a la manera de las mujeres indias.

—No lo sé, Atticus, señor... Yo...

Me volví hacia Jem en busca de una respuesta, pero Jem todavía estaba más pasmado que yo. Dijo que no sabía cómo había llegado allí; nosotros hicimos exactamente lo que Atticus nos ordenó, nos plantamos delante de la puerta de los Radley, apartados de todo el mundo, no nos movimos ni una pulgada... Jem se interrumpió.

—Míster Nathan estaba en el fuego —balbuceó—, yo le vi, yo le vi, estaba arrastrando aquel colchón... Atticus, juro que...

—Está bien, hijo —Atticus sonrió con lenta sonrisa—. Parece que anoche todo el mundo estuvo fuera de casa, más o menos rato. Jem, en la despensa hay papel de embalaje. Ve a buscarlo y envolveremos...

—¡Atticus, no, señor!

Jem parecía haber perdido la cabeza. Se puso a ventilar nuestros secretos sin ninguna consideración por mi seguridad, ya que no por la suya propia, sin omitir nada, ni agujero del árbol, ni pantalones, ni nada en absoluto.

—...Míster Nathan puso cemento en aquel árbol, Atticus, y lo hizo para que no pudiéramos encontrar más cosas... El otro está loco, calculo, tal como dice la gente, pero, Atticus, juro por Dios que jamás nos ha hecho ningún daño, jamás nos ha hecho el menor mal, aquella noche podía cortarme la garganta de parte a parte, y lo que hizo en cambio fue remendarme los pantalones..., nunca nos ha hecho ningún daño, Atticus...

Atticus dijo:

—Bueno, hijo —con tal dulzura que yo me sentí grandemente animada. Era obvio que no había entendido ni una palabra de lo que había dicho Jem, pues todo su comentario se redujo a—: Tienes razón. Será mejor que nos guardemos esto y la manta para nosotros. Algún día, quizá, Scout podrá darle las gracias por haberla abrigado.

—¿Dar las gracias? ¿A quién? —pregunté.

—A Boo Radley. Estabas tan embebida mirando el fuego que no te diste cuenta cuando él te abrigó con la manta.

El estómago se me disolvió en agua y estuve a punto de vomitar cuando Jem levantó la manta y se acercó a mí.

—¡Se escabulló fuera de la casa, dio un rodeo... se presentó allí a la callada, y se volvió del mismo modo!

Atticus dijo en tono seco:

—No dejes que esto te inspire nuevas hazañas, Jeremy.

Jem arrugó la frente.

—No pienso hacerle nada. —Pero yo vi como el destello de nuevas aventuras abandonaba sus ojos—.

Piensa nada más, Scout —me dijo—, que si te hubieses vuelto le habrías visto.

Calpurnia nos despertó al mediodía. Atticus había dicho que aquel día no era necesario que fuésemos a la escuela; después de una noche sin dormir, no habríamos aprendido nada. Calpurnia nos dijo que probásemos a limpiar el patio de la fachada.

El sombrero de miss Maudie estaba suspendido dentro de una delgada capa de hielo, lo mismo que un insecto en ámbar, y tuvimos que cavar la tierra en busca de las tijeras de podar. Encontramos a miss Maudie en su patio trasero, contemplando las heladas y chamuscadas azaleas.

—Le devolvemos sus cosas, miss Maudie —dijo Jem—. Lo hemos sentido muchísimo.

Miss Maudie volvió la vista, y la sombra de su antigua sonrisa cruzó por su cara.

—Siempre deseé una casa más pequeña, Jem Finch. De este modo tendré más patio. ¡Fíjate nada más, ahora dispondré de más espacio para mis azaleas!

—¿No está apenada, miss Maudie? —pregunté yo, sorprendida. Atticus decía que la casa era casi todo lo que tenía.

—¿Apenada, niña? ¡Si le tenía odio a aquella vieja cuadra de vacas! Si no fuera porque me habrían encerrado, se me ocurrió cien veces la idea de pegarle fuego yo misma.

—Pero...

—No te inquietes por mí, Jean Louise Finch. Hay recursos que tú ignoras. Vaya, me construiré una casa pequeña, tomaré un par de huéspedes y... Dios bendito, tendré el patio más hermoso de Alabama. ¡Esos Bellingrath parecerán míseros, cuando yo esté en marcha!

Jem y yo nos miramos.

—¿Cómo empezó el fuego, miss Maudie? —preguntó él.

—No lo sé, Jem. Fue probablemente el petróleo de la cocina. Anoche tuve el fuego encendido para mis tiestos de plantas. Me han dicho que tuviste una compañía inesperada anoche, miss Jean Louise.

—¿Cómo lo sabe?

—Atticus me lo ha contado al marcharse a su trabajo esta mañana. Si he de decirte la verdad, me hubiera gustado estar contigo. Y además, habría tenido el buen sentido suficiente para volverme.

Miss Maudie me dejaba pasmada. A pesar de haber perdido la mayoría de sus intereses, y teniendo su amado patio hecho una calamidad, seguía tomándose un interés animado y cordial por los asuntos de Jem y míos.

Sin duda vio mi perplejidad, pues dijo:

—Lo único que me atormentaba anoche era el peligro y la conmoción que originó el incendio. Todo este barrio corrió el riesgo de desaparecer. Míster Avery estará en cama una semana; tiene fiebre de verdad. Es demasiado viejo para hacer cosas así, y yo se lo dije. En cuanto tenga las manos limpias y Stephanie Crawford no esté mirando, le haré un pastel. Esa Stephanie anda detrás de mi receta desde hace treinta años, y si se figura que se la diré, sólo porque vivo con ella, se equivoca por completo.

Yo me dije que si miss Maudie abandonaba el puntillo y se la explicaba, miss Stephanie no sabría aplicarla. Miss Maudie me la había dejado ver una vez; entre otras cosas, la receta exigía una taza de azúcar.

Aún era de día. El aire estaba tan frío y quieto que oíamos el chasquido, los roces y los chirridos del reloj del juzgado antes de dar la hora. Miss

Maudie tenía la nariz de un color que yo no había visto nunca, y quise informarme.

—Estoy aquí fuera desde las seis —me dijo—. A estas horas debería estar helada.

Levantó las manos. Un entretejido de líneas surcaba sus palmas, sucias de tierra y de sangre seca.

—Se las ha arruinado —dijo Jem—. ¿Por qué no busca un negro? —No había ningún acento de sacrificio en su voz cuando añadió—: O a Scout y a mí; nosotros podemos ayudarle.

—Muchas gracias, señor, pero tenéis trabajo sobrado por vuestra parte —contestó miss Maudie, señalando nuestro patio.

—¿Se refiere al muñeco? —pregunté—. ¡Caramba!, podemos levantarlo de nuevo en un periquete.

Miss Maudie me miró fijamente, y sus labios se movieron en silencio. De repente se llevó las manos a la cabeza y lanzó un «¡Uuuu-piii!» Cuando la dejamos seguía riendo.

Jem declaró que no sabía lo que le pasaba a miss Maudie, que era su manera de ser.

9

—¡Puedes retirar estas palabras, simplemente!

Este mandato, dado por mí a Cecil Jacobs, señaló el comienzo de un tiempo más bien ingrato para Jem y para mí. Yo tenía los puños cerrados y estaba a punto de dispararme. Atticus me había prometido que si se enteraba de que me peleaba alguna otra vez, me zurraría; era demasiado mayor y muy crecida para cosas tan infantiles, y cuanto antes aprendiera a contenerme, tanto mejor sería para todo el mundo. Pero pronto lo olvidé.

Cecil Jacobs tuvo la culpa de que lo olvidara. Había pregonado en el patio de la escuela que el papá de Scout Finch defendía *negros*. Yo lo negué, pero se lo expliqué a Jem.

—¿Qué quería decir con esto? —le pregunté.

—Nada —contestó Jem—. Pregúntaselo a Atticus; él te lo explicará.

—Atticus, ¿tú defiendes *negros*? —pregunté a mi madre aquella noche.

—Claro que sí. Y no digas *negros*, Scout. Es grosero.

—Es lo que dice todo el mundo en la escuela.

—Desde hoy lo dirán todos menos una...

—Bien, si no quieres que me haga mayor ha-

122

blando de este modo, ¿por qué me mandas a la escuela?

Mi padre me miró con dulzura y con un brillo divertido en los ojos. A pesar de nuestro pacto, mi campaña por eludir la escuela había continuado bajo una u otra forma desde la primera dosis diaria que tuve que soportar de ella: el comienzo del setiembre anterior trajo consigo accesos de abatimiento, vértigos y ligeras dolencias gástricas. Llegué al extremo de pagar cinco centavos por el privilegio de restregar mi cabeza con la del hijo de la cocinera de miss Rachel, que padecía una herpe fenomenal. Pero no se me contagió.

Sin embargo, ahora roía otro hueso.

—¿Todos los abogados defienden nnn...negros, Atticus?

—Naturalmente que sí, Scout.

—Entonces, ¿por qué decía Cecil que tú defiendes *nigros?* Lo decía con el mismo tono que si tuvieras una destilería.

Atticus suspiró.

—Simplemente, estoy defendiendo a un negro: se llama Tom Robinson. Vive en el pequeño campamento que hay más allá del vaciadero de la ciudad. Es miembro de la iglesia de Calpurnia, y ésta conoce bien a su familia. Dice que son personas de conducta intachable. Scout, tú no eres bastante mayor todavía para entender ciertas cosas, pero por la ciudad se ha hablado mucho y en tono airado de que yo no debería poner mucho interés en defender a ese hombre. Es un caso peculiar... No se presentará a juicio hasta la sesión del verano. John Taylor tuvo la bondad de concedernos un aplazamiento...

—Si no debes defenderle, ¿por qué le defiendes?

—Por varios motivos —contestó Atticus—. Pero

el principal es que si no le defendiese no podría caminar por la ciudad con la cabeza alta, no podría representar al condado en la legislatura, ni siquiera podría ordenaros a Jem y a ti que hicieseis esto o aquello.

—¿Quieres decir que si no defendieses a ese hombre, Jem y yo ya no deberíamos obedecerte?

—Esto es, poco más o menos.

—¿Por qué?

—Porque no podría pediros que me obedecieseis nunca más. Mira, Scout, por la misma índole de su trabajo, cada abogado topa durante su vida con un caso que le afecta personalmente. Este es el mío, me figuro. Es posible que oigas cosas feas en la escuela, pero haz una cosa por mí, si quieres: levanta la cabeza y no levantes los puños. Sea lo que fuere lo que te digan; no permitas que te hagan perder los nervios. Procura luchar con el cerebro, para variar... Es un cambio excelente, aunque tu cerebro se resista a aprender.

—¿Ganaremos el juicio, Atticus?

—No, cariño.

—Entonces como...

—Simplemente, el hecho de que hayamos perdido cien años antes de empezar no es motivo para que no intentemos vencer —respondió Atticus.

—Hablas como el primo Ike Finch —dije. El primo Ike Finch era el único veterano confederado superviviente del condado de Maycomb. Llevaba una barba a lo general Hood, de la cual estaba desmesuradamente ufano. Atticus, Jem y yo íbamos a visitarle al menos una vez al año, y yo tenía que besarle. Era horrible. Jem y yo escuchábamos respetuosamente como Atticus y primo Ike recomponían la guerra.

—Te lo digo, Atticus —solía exclamar el primo Ike—, el Compromiso de Missouri fue lo que nos derrotó, pero si hubiese de vivir otra vez todo aquello, daría los mismos pasos para ir allá y los mismos para volver, lo mismo exactamente que hice entonces, y además, esta vez les barreríamos... Ahora bien, en 1864, cuando Stonewall Jackson vino allá..., perdonadme, chiquillos. El viejo Blue Leigh estaba en el cielo entonces, Dios dé paz a su santa frente...

—Ven acá, Scout —dijo Atticus. Yo me acurruqué en su regazo y puse la cabeza debajo de su barbilla. El me rodeó con el brazo y me meció dulcemente—. Esta vez es distinto —dijo—. Esta vez no luchamos contra los yanquis, luchamos contra nuestros amigos. Pero tenlo presente, por muy mal que se pongan las cosas, siguen siendo nuestros amigos, y éste es nuestro hogar.

Con todo esto en la mente, al día siguiente me enfrenté con Cecil Jacobs en el patio de la escuela.

—¿Retirarás lo que dijiste, muchacho?

—¡Tendrás que obligarme primero! —chilló él—. ¡Mis padres dicen que tu padre era una calamidad y que aquel negro debería colgar del depósito de agua!

Yo le asesté un golpe, y recordando lo que Atticus me había dicho, dejé caer los puños a los costados y me marché. El grito de: «¡Scout es una co...barde!», retumbaba en mis oídos. Era la primera vez que abandonaba una pelea.

No sé cómo, pero si me hubiese peleado con Cecil habría traicionado a Atticus. Y eran tan pocas las veces que Atticus nos pedía a Jem y a mí que hiciésemos algo por él que podía tolerar muy bien, en su honor, que me llamasen cobarde. Me sentía singularmente noble por haberme acordado a tiempo, y continué siendo noble durante tres semanas. Entonces llegó la Navidad, y estalló el desastre.

Jem y yo esperábamos la Navidad con sentimientos contradictorios. El lado bueno nos lo proporcionaban el árbol y tío Jack Finch. Todos los años, la víspera de Navidad íbamos al Empalme de Maycomb a esperar a tío Jack, quien pasaba una semana con nosotros.

El reverso de la medalla ponía al descubierto las facciones intransigentes de tía Alexandra y de Francis.

Supongo que debería incluir a tío Jimmy, el marido de tía Alexandra, pero como no me habló una palabra en toda la vida, excepto una vez me dijo: «Apártate de la valla», nunca vi motivo alguno para tomar nota de su presencia. Tampoco la tomaba tía Alexandra. Mucho tiempo atrás, en un arranque de buena amistad, mi tía y tío Jimmy tuvieron un hijo llamado Henry, el cual abandonó su hogar tan pronto como fue humanamente posible, se casó y tuvo por hijo a Francis. Todas las Navidades, Henry y su esposa depositaban a Francis en casa de los abuelos, y luego ellos continuaban entregándose a sus propios placeres.

El mucho suspirar no valía para inducir a Atticus a dejarnos pasar la Navidad en casa. Desde que puedo recordar, todas las Navidades nos íbamos al Desembarcadero de Finch. El hecho de que mi tiíta fuese una buena cocinera compensaba en algo el tener que pasar una fiesta religiosa con Francis Hancock. Tenía un año más que yo, y le evitaba por principio; a él le divertía todo lo que yo desaprobaba, y le disgustaban mis ingenuas diversiones.

Tía Alexandra era hermana de Atticus, pero cuando Jem me habló de robos y trueques de niños, decidí que al nacer la habían cambiado y que acaso mis abuelos recibieron una Crawford en lugar de una Finch. Si mi mente hubiese albergado los simbolismos místicos relativos a las montañas que parecían obsesionar a jueces y abogados, a tía Alexandra la hubiera asimilado al Monte Everest: durante los primeros años de mi vida, fue fría y distante.

Cuando tío Jack saltó del tren la víspera de Navidad, hubimos de esperar que el mozo le entregase dos largos paquetes. A Jem y a mí siempre nos parecía chocante cuando tío Jack besaba a Atticus en la mejilla; eran los dos únicos hombres que habíamos visto jamás que se besasen. Tío Jack estrechó la mano a Jem, y a mí me levantó en alto, aunque no a suficiente altura: tío Jack era más bajo que Atticus; era el benjamín de la familia, más joven que tía Alexandra. El y la tía se parecían, pero tío Jack hacía mejor uso de su cara: nosotros nunca mirábamos con recelo su afilada nariz y su barbilla.

Era uno de los pocos hombres de ciencia que jamás me causaron terror, probablemente porque nunca adoptaba los aires de médico. Siempre que nos prestaba algún pequeño servicio profesional a Jem y a mí, tal como arrancar una astilla de un pie, nos explicaba al detalle lo que iba a hacer, nos daba una idea aproximada de lo mucho que dolería y nos describía el uso de las pinzas que hubiese de emplear. Una Navidad, asomaba yo por las esquinas llevando una astilla retorcida en el pie, sin permitir que se me acercase nadie. Cuando me cogió tío Jack, me tuvo riendo todo el rato, hablándome de un predicador al cual le fastidiaba tanto ir a la iglesia que todos los días se plantaba en la puerta del templo, en bata y fumando una pipa turca, y pronunciaba unos sermones de cinco minutos a los transeúntes que deseaban auxilio espiritual. Yo le interrumpí para pedirle que cuando fuese a sacar la astilla me avisase, pero él me presentó un pedacito de madera ensangrentada cogido con unas pinzas y dijo que me lo había arrancado mientras yo estaba riendo, y que aquello se conocía por el nombre de relatividad.

—¿Qué hay en aquellos paquetes? —le pregunté, señalando los dos largos envoltorios que el mozo le había entregado.

—Nada que te importe —respondió él.

Jem dijo:

—¿Cómo está «Rose Aylmer»?

«Rose Aylmer» era la gata de tío Jack. Era una hermosa hembra amarilla, y tío Jack decía que era una de las pocas mujeres a las que podía soportar de un modo permanente. Tío Jack se llevó la mano al bolsillo y sacó unas fotografías. Nosotros las admiramos.

—Está engordando —dije.

—Creo que sí. Se come todos los dedos y orejas que quedan de desecho en el hospital.

—¡Oh, vaya historia maldita! —exclamé.

—¿Cómo dices?

Atticus le recomendó:

—No le hagas caso, Jack. Pretende impresionarte. Cal dice que desde hace una semana suelta palabrotas con toda desenvoltura.

Tío Jack enarcó las cejas y no dijo nada. Yo obraba impulsada por la vaga teoría —aparte del atractivo innato que tienen tales palabras— de que si Atticus descubría que las había aprendido en la escuela, no me obligaría a ir.

Pero durante la cena, cuando le pedí que me pasase el maldito jamón, tío Jack me señaló con el dedo y me dijo:

—Ven después a verme, señorita.

Terminada la cena, tío Jack se fue a la sala y se sentó. Con una palmada en los muslos me indicó que fuera a sentarme en su regazo. A mí me gustaba su aroma: era como una botella de alcohol con algo agradablemente dulce. Tío Jack me apartó los cerquillos y me miró.

—Te pareces más a Atticus que a tu madre —dijo—. Además, estás creciendo tanto que te sales un poco de tus pantalones.

—Yo creo que me van muy bien.

—Te gustan las palabras tales como «maldito» y «diablo», ¿verdad?

Contesté que me parecía que sí.

—Pues a mí no —replicó él—, no, a menos que las motive una provocación extrema. Estaré aquí una semana, y mientras dure mi estancia no quiero oír palabras por el estilo. Si continúas diciendo cosas así, Scout, te verás en un conflicto. Tú quieres llegar a ser una dama, ¿verdad?

Yo dije que no tenía un empeño especial.

—Claro que sí lo tienes. Ahora vamos a ver el árbol.

Estuvimos adornándolo hasta la hora de acostarnos, y aquella noche soñé en los dos largos paquetes para Jem y para mí. A la mañana siguiente Jem y yo corrimos a buscarlos: procedían de Atticus, quien había escrito a tío Jack que nos los comprase, y contenían lo que habíamos pedido.

—No apuntéis dentro de casa —ordenó Atticus,

viendo que Jem lo hacía a un cuadro de la pared.

—Habrás de enseñarles a tirar —dijo tío Jack.

—Esta tarea te corresponde a ti —contestó Atticus—. Yo no hice otra cosa que inclinarme ante lo inevitable.

Atticus tuvo que emplear la voz que usaba en el juzgado para apartarnos del árbol. Se negó a permitirnos que nos llevásemos los rifles al Desembarcadero (yo había empezado ya a pensar en dispararle un tiro a Francis) y decía que como diésemos un paso en falso nos los quitaría por una buena temporada.

El Desembarcadero de Finch consistía en trescientos sesenta y seis escalones que descendían por una escarpadura y terminaban en un pontón de desembarque. Mucho más abajo del río, al otro lado de la escarpadura, había vestigios de un desembarcadero, donde los negros de los Finch habían embarcado balas y otros productos, y descargado bloques de hielo, harina y azúcar, equipo para la granja y prendas femeninas. De la orilla del río arrancaba un camino de dos roderas que se perdía entre los oscuros árboles. Al final del camino había una casa blanca, de dos plantas, con porches que rodeaban el piso y la planta baja. En su ancianidad, nuestro antepasado Simon Finch, la había construido para complacer a su fastidiosa esposa, pero los porches le quitaban todo parecido con las casas corrientes de aquella época. La distribución interna de la casa de los Finch daba testimonio de la inocencia de Simon y de la confianza absoluta con que miraba a sus retoños.

En el piso había seis dormitorios, cuatro para las ocho hijas, uno para Welcome Finch, el único hijo varón, y uno para los parientes que fueran a visitarles. Muy sencillo, pero a los cuartos de las hijas sólo se podía subir por una escalera; al de Welcome y al de los huéspedes sólo por otra. La escalera de las hijas empezaba en el dormitorio de sus padres en la planta baja, de modo que Simon sabía siempre las horas de las idas y venidas nocturnas de sus hijas.

Había una cocina separada del resto de la casa, aunque unida a ella por una escalerilla de madera; en el patio trasero existía una campana olvidada en la punta de una pértiga, utilizada para llamar a los que trabajaban en los campos, o como señal de alarma; en el tejado había una galería de las que llamaban «paseo de viuda», aunque no paseó por allí viuda alguna; desde aquella galería Simon vigilaba a su vigilante, espiaba las embarcaciones fluviales y observaba las vidas de los propietarios vecinos.

Adornaba la casa la leyenda de rigor sobre los yanquis: en cierta ocasión una hembra Finch, recién prometida, se puso su equipo completo de novia para salvarlo de los asaltantes de la vecindad y se apuntaló contra la puerta de la Escalera de las Hijas, pero la rociaron de agua y, finalmente, la atropellaron.

Cuando llegamos al Desembarcadero, tía Alexandra besó a tío Jack, Francis besó a tío Jack, tío Jimmy estrechó la mano en silencio a tío Jack, y Jem y yo dimos nuestros regalos a Francis, y él nos dio uno suyo. Jem se sintió mayor y gravitó alrededor de los adultos, dejándome la tarea de entretener a nuestro primo. Francis tenía ocho años y se peinaba el cabello hacia atrás.

—¿Qué te ha traído la Navidad? —le pregunté muy cortés.

—Lo que había pedido —dijo. Francis había pedido un par de pantalones hasta la rodilla, una cartera de cuero, cinco camisas y un lazo para el cuello.

—Está muy bien —mentí—. A Jem y a mí nos regalaron rifles de aire comprimido, y a Jem un equipo de química.

—Uno de juguete, supongo.

—No, uno de verdad. Me fabricará tinta invisible, y yo escribiré a Dill con ella.

Francis me preguntó qué utilidad reportaría el hacerlo así.

—¡Vaya! ¿No ves la cara que pondrá cuando reciba una carta mía que no dice nada? Se volverá lelo.

El hablar con Francis me daba la sensación de hundirme lentamente hacia el fondo del océano. Era el chico más aburrido que había conocido en mi vida. Como vivía en Mobile no podía delatarme a las autoridades de la escuela, pero se las arreglaba para explicar todo lo que sabía a tía Alexandra, la cual a su vez lo descargaba sobre Atticus, quien o lo olvidaba, o me pasaba una repulsa fenomenal, según le daba el antojo. Pero la única vez que oí a Atticus hablar en tono enojado a alguien, fue una vez que le sorprendí diciendo:

—¡Hermana, me desenvuelvo con ellos lo mejor que puedo!

Discutían algo relacionado con el hecho de que yo anduviera con mono.

En lo tocante a mi modo de vestir, tía Alexandra era una fanática. Yo no podía confiar en modo alguno en que me convertiría en una dama, si llevaba pantalones; y cuando dije que con faldas no podía hacer nada, me replicó que no se me mandaba que hiciese cosas que exigiesen pantalones. Tía Alexandra no concebía otra conducta por mi parte que la de jugar con cocinitas, juegos de té, y llevar el collarete de «Añade-una-Perla» que me regaló cuando nací; más aún, yo había de ser un rayo de sol en la vida solitaria de mi padre. Yo indiqué que una podía ser igualmente un rayo de sol con pantalones, pero tiíta dijo que una debía portarse como un rayo de sol, que yo había nacido buena, pero cada año me volvía progresivamente peor. Me ofendió en mis sentimientos y me dejó con los dientes dispuestos a morder en cualquier instante, mas cuando consulté a Atticus sobre ello, me contestó que en la familia existían ya suficientes rayos de sol y que siguiera ocupándome de mis asuntos, que a él no le importaba que fuese como era.

En la comida de Navidad, me senté a una mesita del comedor; Jem y Francis se sentaron con los adultos a la mesa grande. Tiíta había seguido aislándome mucho después de que Jem y Francis hicieran méritos para pasar a la mesa grande. Yo me preguntaba a menudo qué se figuraba que haría, ¿levantarme y tirar algo? A veces se me ocurría pedirle que me dejase sentar a la mesa grande una sola vez, y le demostraría lo civilizada que sabía ser; al fin y al cabo, en casa comía todos los días sin percances de consideración. Cuando supliqué a Atticus que pusiera en juego su influencia, me dijo que no tenía ninguna; éramos invitados y nos sentábamos donde ella nos mandaba. Dijo también que tía Alexandra no comprendía mucho a las niñas, pues no había tenido ninguna.

Pero su habilidad de cocinera lo compensaba todo: tres clases de carne, hortalizas de verano de los estantes de su despensa; melocotón en almíbar, dos clases de pasteles y ambrosía constituían una comida de Navidad bien decente. Después los adultos pasaron a la sala y se sentaron un tanto aturdidos. Jem se tendió en el suelo, y yo salí al patio posterior.

—Ponte el abrigo —me dijo Atticus con voz de sueño, de modo que no le oí.

Francis se sentó a mi lado en las escaleras.

—Esta ha sido la mejor —comenté.

—La abuela es una cocinera maravillosa —afirmó Francis—. Me enseñará a guisar.

—Los muchachos no guisan —y me reí al imaginarme a Francis con un delantal.

—La abuela dice que todos los hombres deberían aprender, y ser muy atentos con sus esposas y servirlas cuando no se encuentran bien —dijo mi primo.

—Yo no quiero que Dill me sirva —contesté—. Prefiero servirle yo a él.

—¿Dill?

—Sí. No digas nada de ello todavía, pero nos casaremos tan pronto como seamos bastante mayores. El verano pasado me pidió relaciones.

Francis soltó un sonido despectivo.

—¿Qué tiene de malo aquel chico? —pregunté—. No es cosa que te importe nada.

—¿Quieres decir aquel enanito que abuela dice que pasa todos los veranos con miss Rachel?

—Exactamente, ése quiero decir.

—Sé todo lo que hay de él —dijo Francis.

—¿Qué hay?

—La abuela dice que no tiene casa...

—Ha de tenerla, vive en Meridian.

—...Simplemente, se lo pasan de un pariente a otro, y miss Rachel lo acoge todos los veranos.

—¡Francis, eso no es verdad!

Francis me sonrió.

—A veces eres extremadamente estúpida, Jean Louise. De todos modos, supongo que no lo puedes remediar.

—¿Qué quieres decir?

—Si tío Atticus deja que te acompañes con perros sin dueño, él es quien manda, como dice mi abuela; por tanto, tú no tienes la culpa. Me figuro que no es culpa tuya que tío Atticus sea además un ama-negros, pero aquí estoy yo para decirte que ello mortifica de veras al resto de la familia...

—Francis, ¿qué diablos quieres decir?

—Lo que he dicho nada más. La abuela dice que ya era bastante lamentable que dejase que os criéis como salvajes, pero ahora que se ha vuelto un ama-negros no podrá pasar nunca más por las calles de Maycomb. Está arruinando a la familia, esto es lo que hace.

Francis se levantó y echó a correr escalerilla abajo en dirección a la vieja cocina. Fue fácil cogerle por el cuello. Yo le ordené que retirase en seguida lo dicho.

El se soltó de un tirón y se metió velozmente dentro de la cocina, gritando:

—¡Ama-negros!

Cuando uno acecha la presa, es mejor que se tome su tiempo. No digas nada, y tan seguro como sale el sol, la presa sentirá curiosidad y saldrá. Francis apareció en la puerta de la cocina.

—¿Todavía estás enojada, Jean Louise? —preguntó tanteando el terreno.

—No vale la pena mencionarlo —contesté.

Francis salió a la escalerilla.

Luego:

—¿Vas a retirar lo dicho, Fra...aancis?

Pero había sacado el arma demasiado pronto. Francis retrocedió disparado hacia la cocina, con lo cual yo me retiré hasta las escaleras. Sabía esperar con calma. Llevaba sentada quizá unos quince minutos cuando oí la voz de tía Alexandra:

—¿Dónde está Francis?

—Abajo en la cocina.

—Sabe que no tiene permiso para jugar allí.

Francis salió a la puerta y gritó:

—¡Abuela, ella me ha metido aquí dentro y no quiere dejarme salir!

—¿Qué significa todo eso, Jean Louise?

Yo fijé la mirada en tía Alexandra.

—No le he metido allí dentro, tiíta, ni tampoco le sujeto.

—Sí, sí —gritó Francis—, ¡no me deja salir!

—¿Os habéis peleado?

—¡Jean Louise se ha enfadado conmigo, abuela! —grito Francis.

—¡Francis, sal de ahí! Jean Louise, si te oigo una palabra más se lo diré a tu padre. ¿No te he oído decir «diablos» hace un rato?

—A mí, no.

—Me parecía que sí. Será mejor que no lo oiga más.

Tía Alexandra era una espía-conversaciones. Apenas hubo desaparecido de la vista, Francis salió con la cabeza erguida y sonriendo.

—No hagas el tonto conmigo —dijo.

Y saltó al patio, conservando la distancia, y se puso a dar patadas a las matas de hierba, volviéndose de vez en cuando para sonreírme. Jem apareció en el porche, nos miró y se fue. Francis trepó a la mimosa, bajó, se puso las manos en los bolsillos y empezó a deambular por el patio.

—¡Ah! —exclamó.

Yo le pregunté quién creía ser. ¿Tío Jack? Francis contestó que recordara que me había advertido: tenía que estar sentada allí precisamente y dejarle en paz.

—Yo no te molesto —le dije.

Francis me miró con minuciosa atención, dedujo

que me habían dominado lo bastante y se puso a canturrear en voz baja:

—Ama-negros...

Esta vez me partí el nudillo hasta el hueso sobre sus dientes. Inutilizada la izquierda, arremetí con la mano derecha, pero no por mucho rato. Tío Jack me sujetó los brazos a los costados y me dijo:

—¡Quieta!

Tía Alexandra auxilió a Francis, secándole las lágrimas con el pañuelo, frotándole el cabello, dándole palmaditas en la mejilla. Al oír los gritos de Francis, Atticus, Jem y tío Jimmy habían salido al porche trasero.

—¿Quién ha empezado? —preguntó tío Jack.

Francis y yo nos señalamos el uno al otro.

—¡Abuela —gimió él—, me ha llamado ramera y ha saltado sobre mí!

—¿Es cierto, Scout? —preguntó tío Jack.

—Me figuro que sí.

Cuando tío Jack inclinó la cabeza para mirarme, tenía una cara como la de tía Alexandra.

—¿No sabes que te dije que si usabas esas palabras te encontrarías en un conflicto? Quédate ahí.

Yo estaba especulando entre si me quedaba allí o echaba a correr, pero continué indecisa unos segundos de más: me volví para huir, pero tío Jack fue más rápido, y me encontré mirando una hormiga diminuta que luchaba entre la hierba con una migaja de pan.

—¡No hablaré con usted en toda mi vida! ¡Le odio y le desprecio y deseo que muera mañana!

La declaración pareció animar a tío Jack más que ninguna otra cosa. Corrí a buscar consuelo en Atticus, pero él me dijo que yo misma había traído la tormenta y que ya era hora de que nos marchásemos a casa. Subí al asiento trasero del coche sin

137

despedirme de nadie; en casa corrí a mi cuarto y cerré la puerta de golpe. Jem quiso decirme alguna cosa agradable, pero no se lo permití.

Cuando inspeccioné los destrozos sólo vi siete u ocho señales encarnadas, y estaba meditando sobre la relatividad cuando alguien llamó a la puerta. Pregunté quién era y contestó tío Jack.

—¡Váyase!

Tío Jack contestó que si hablaba de aquel modo me pegaría otra vez, con lo cual me callé. Cuando entró en el cuarto, retrocedí hasta un rincón y le volví la espalda.

—Scout —dijo—, ¿todavía me odias?

—Váyase, señor, se lo ruego.

—¿Cómo? No creía que me guardases resentimiento por aquello —dijo—. Me desilusionas; tú te lo buscaste, y lo sabes.

—¡Que no!

—Cariño, no puedes ir por ahí llamando a la gente...

—Usted no es justo —le interrumpí—, usted no es justo.

Las cejas de tío Jack se enarcaron.

—¿No soy justo? ¿Por qué no?

—Usted es agradable de veras, tío Jack, y creo que le quiero hasta después de haber hecho lo que hizo, pero usted no comprende mucho a los niños.

Tío Jack se llevó las manos a las caderas y me miró.

—¿Y por qué no comprendo a los niños, señorita Jean Louise? Una conducta como la tuya requería poca comprensión. Fue turbulenta, desordenada y abusiva...

—¿Me dará la oportunidad de explicárselo? No me propongo ser respondona, sólo trato de explicárselo.

Tío Jack se sentó en la cama. Sus cejas se juntaron, y mirándome por debajo de ellas, me dijo:

—Sigue.

Yo me llené los pulmones de aire.

—Bien, en primer lugar, usted no se detuvo a darme una oportunidad para explicar mi versión del caso; usted se contentó arrojándose contra mí. Cuando Jem y yo nos peleamos, Atticus no se detiene solamente a escuchar cómo lo cuenta Jem: me escucha a mí también; y en segundo lugar, usted me dijo que no empleara aquellas palabras más que en caso de provocación extrema, y Francis me provocó bastante para partirle la calabaza...

Tío Jack se rascó la cabeza.

—¿Cuál es tu versión del caso, Scout?

—Francis le llamó una cosa fea a Atticus, y yo no estaba dispuesta a consentírselo.

—¿Qué cosa le llamó?

—Ama-negros. No estoy muy segura de lo que signifique, pero del modo que lo dijo Francis... Ahora le diré una cosa, tío Jack, que me... juro ante Dios si soy capaz de estar sentada allí y le permito que diga algo de Atticus...

—¿Eso le llamó?

—Sí, señor, se lo llamó, y mucho más. Dijo que Atticus sería la ruina de la familia y que dejaba que Jem y yo fuésemos unos salvajes...

Por la expresión de la cara de tío Jack, pensé que me la cargaría otra vez. Pero cuando dijo:

—Nos ocuparemos de esto —comprendí que quien se la iba a cargar sería Francis—. Me da la idea de irme allá esta misma noche.

—Se lo ruego, señor, déjelo. Se lo ruego.

—No tengo intención de dejarlo —dijo—. Alexandra debe saberlo. La idea de... Espera hasta que le haya echado mano a ese muchacho...

—Tío Jack, prométame una cosa, por favor. Prométame que no le dirá nada a Atticus. Me... me pidió una vez que no permitiese que nada que oyera acerca de él me hiciese perder la cabeza, y preferiría que se imaginase que peleábamos por alguna otra cosa. Prométamelo, por favor...

—No me gusta que Francis se quede sin castigo por una cosa así...

—No se quedó. ¿Le parece que podría vendarme la mano? Todavía me sangra un poco.

—Claro que te la vendaré, niña. No conozco ninguna mano que pudiera vendar más a gusto. ¿Quieres venir acá?

Tío Jack se inclinó en una galante reverencia indicándome el cuarto de baño. Mientras limpiaba y vendaba mis nudillos, me entretenía con un relato sobre un anciano caballero, miope y ridículo, que tenía un gato llamado «Hodge» y que cuando iba a la ciudad contaba todas las grietas de la acera.

—Ya está —dijo—. Tendrás una cicatriz nada femenina en el dedo del anillo de boda.

—Gracias, señor. ¡Tío Jack!

—Señorita...

—¿Qué es una ramera?

Tío Jack se sumergió en otro largo cuento sobre un primer ministro viejo que se sentaba en la Cámara de los Comunes y levantaba una pluma al aire, soplando, y probaba de mantenerla en vuelo, mientras todos los demás a su alrededor perdían la cabeza. Me figuro que trataba de contestar a mi pregunta, pero yo no le veía ningún sentido.

Más tarde, cuando yo debía estar en la cama, fui hasta el vestíbulo para beber un trago de agua, y oí a Atticus y a tío Jack en la sala:

—No me casaré nunca, Atticus.

—¿Por qué?

—Podría tener hijos.

—Has de aprender mucho, Jack —dijo Atticus.

—Lo sé. Tu hija me ha dado la primera lección esta tarde. Me ha dicho que no comprendía mucho a los niños y me ha explicado por qué. Tenía mucha razón. Me ha explicado cómo debí tratarla; oh, querido, cuánto lamento haber saltado sobre ella.

Atticus se rió.

—Se lo ganó, de modo que no sientas demasiado remordimiento.

Yo aguardé con el alma en un hilo, creyendo que tío Jack le explicaría a Atticus mi versión del caso. Pero no se la explicó. Se limitó a murmurar:

—El uso que hace de invectivas de cuarto de aseo no deja sitio para la imaginación. Pero no sabe el sentido de la mitad de lo que dice; me ha preguntado qué era una ramera...

—¿Se lo has dicho?

—No, le he hablado de lord Melbourne.

—¡Jack! Por la bondad divina, cuando un niño te pregunte algo, contéstale. Los niños son niños, pero sorprenden una evasiva con mayor presteza que los adultos, y las evasivas solamente sirven para atontarles. No —murmuró mi padre—, esta tarde has tenido la respuesta acertada, pero los motivos eran equivocados. El lenguaje feo es una fase por la que pasan todos los niños, y que desaparece cuando se dan cuenta de que con las malas palabras no llaman la atención. En cambio, la testarudez no desaparece. Scout ha de aprender a conservar la calma, y ha de aprender pronto, con lo que le reservan los próximos meses. De todos modos, va progresando. Jem se hace mayor, y ella sigue ahora un poco su ejemplo. Todo lo que necesita es que la ayuden alguna vez.

—Atticus, tú nunca le has puesto la mano encima.

—Lo confieso. Hasta ahora he podido seguir adelante con amenazas, nada más. Jack, Scout me obedece lo mejor que sabe. La mitad de las veces no llega a la meta, pero lo intenta.

—Esta no es la solución —dijo tío Jack.

—No, la solución es que ella sabe que yo conozco que lo intenta. He ahí lo que importa. Lo que me atormenta es que ella y Jem tendrán que soportar pronto algunas cosas desagradables. No temo que Jem no sepa conservar la calma, pero Scout, cuando está en juego su orgullo, se arroja sobre uno con la misma rapidez que la vista...

Yo esperé para ver si tío Jack rompía su promesa. Todavía no lo hizo.

—Atticus, ¿será muy grave el caso? No has tenido mucha ocasión de hablarme de él.

—Podría haber sido peor, Jack. Lo único que tenemos es la palabra de un negro contra la de los Ewell. Las pruebas se reducen a lo de «lo hiciste; no lo hice». No se puede esperar que el Jurado acepte la palabra de Tom Robinson contra la de los Ewell... ¿Conoces a los Ewell?

Tío Jack dijo que sí; los recordaba. Y se los describió; pero Atticus dijo:

—Te quedas atrasado en una generación. Sin embargo, los Ewell actuales son igual.

—¿Qué harás, pues?

—Antes de terminar, me propongo destrozar un poco el tímpano al Jurado... De todos modos, creo que una apelación nos dará una probabilidad razonable. En este estadio no puedo adivinarlo, en verdad, Jack. Ya sabes, yo confiaba terminar mi vida sin un caso de esta índole, pero John Taylor me señaló con el dedo y dijo: «Usted es el hombre».

—Apartad de mí ese cáliz, ¿eh?

—Exacto. Pero, ¿crees que de otro modo podría volver a mirar a la cara a mis hijos? Tú sabes lo mismo que yo lo que ha de ocurrir, y espero y ruego que Jem y Scout atraviesen la prueba sin amargura, y sobre todo, sin contraer la enfermedad corriente de Maycomb. El motivo de que personas razonables se pongan a delirar como dementes en cuanto surge algo relacionado con un negro, es cosa que no pretendo comprender... Confío nada más en que Jem y Scout acudirán a mí para resolver sus dudas en lugar de prestar oídos a la población. Espero que tendrán bastante confianza en mí... ¡Jean Louise!

La cabeza me dio un salto. La asomé por la esquina.

—¡Señor!

—Vete a la cama.

Me escabullí hacia mi cuarto y me acosté. Tío Jack había sido un príncipe de los hombres al no traicionarme. Pero no supe imaginarme cómo se enteró Atticus de que estaba escuchando, y sólo al cabo de muchos años comprendí que quería que oyese todas las palabras que dijo.

10

Atticus está débil; se acercaba a los cincuenta. Cuando Jem y yo le preguntábamos por qué era tan viejo, nos respondía que había empezado a vivir tarde, lo cual nosotros lo reflejábamos sobre sus habilidades y su virilidad. Atticus era mucho más viejo que los padres de nuestros condiscípulos, y Jem y yo no podíamos replicar nada cuando los compañeros respectivos de clase comenzaban: «Mi padre...»

Jem estaba loco por el fútbol. Atticus no se cansaba nunca de jugar de guardameta, pero cuando Jem quería disputarle la pelota, Atticus solía decir:

—Soy demasiado viejo para esto, hijo.

Atticus no hacía nada; trabajaba en una oficina, no en una droguería. Atticus no conducía un camión volquete a cuenta del Condado, no era *sheriff*, no cultivaba tierras, no trabajaba en un garaje, ni hacía nada que pudiera despertar la admiración de nadie.

Aparte de lo dicho, llevaba gafas. Estaba casi ciego del ojo izquierdo, y decía que los ojos izquierdos eran la maldición tribal de los Finch. Cuando quería ver bien alguna cosa, volvía la cabeza y miraba con el ojo derecho.

No hacía las mismas cosas que los padres de nuestros compañeros de clase: jamás iba de caza, no jugaba al póker, ni pescaba, ni bebía, ni fumaba. Se sentaba en la sala y leía.

Con estos atributos, no obstante, no quedaba tan olvidado como nosotros habríamos deseado: aquel año en la escuela zumbaban las conversaciones acerca de que nuestro padre defendía a Tom Robinson, y ninguna de ellas tenía un tono laudatorio. Después de mi altercado con Cecil Jacobs, con motivo del cual me comprometí a una política de cobardía, corrió la voz de que Scout Finch no se pelearía más, ya que su padre no se lo permitía. Esto no era absolutamente exacto: yo no lucharía en público por Atticus, pero la familia era un terreno particular. Lucharía con cualquiera desde primo de tercer grado para arriba con los dientes y las uñas. Francis Hancock, por ejemplo, estaba enterado de ello.

Cuando nos regaló los rifles de aire comprimido, Atticus no quiso enseñarnos a tirar. Tío Jack nos instruyó en los rudimentos de tal deporte, y nos dijo que a Atticus no le interesaban las armas. Atticus le dijo un día a Jem:

—Preferiría que disparaseis contra botes vacíos en el patio trasero, pero sé que perseguiréis a los pájaros. Matad todos los arrendajos azules que queráis, si podéis darles, pero recordar que matar un ruiseñor es pecado.

Aquella fue la única vez que le oí decir a Atticus que esta o aquella acción fuese pecado, e interrogué a miss Maudie sobre el caso.

—Tu padre tiene razón —me respondió—. Los ruiseñores no se dedican a otra cosa que a cantar para alegrarnos. No devoran los frutos de los huertos, no anidan en los arcones del maíz, no hacen nada más que derramar el corazón, cantando para nuestro deleite. Por eso es pecado matar un ruiseñor.

—Miss Maudie, éste es un barrio viejo, ¿verdad?

—Existe desde hace más años que la misma ciudad.

—No, quiero decir que la gente de nuestra calle es vieja. Jem y yo somos los únicos niños que hay por aquí. Mistress Dubose se acerca mucho a los cien años, miss Rachel es vieja, y también lo son usted y Atticus.

—Yo no diría que a los cincuenta sea uno muy viejo —replicó miss Maudie con aspereza—. Todavía no me llevan en un sillón de ruedas, ¿verdad que no? Y a tu padre tampoco. Pero debo decir que la Providencia tuvo la bondad de quemar aquel mausoleo antiguo que era mi casa, y soy demasiado vieja para volver a levantarla... Quizá tengas razón, Jean Louise, éste es un barrio de gente sosegada. Tú jamás has tratado mucho con gente joven, ¿verdad que no?

—Sí, en la escuela.

—Quiero decir personas que sean mayores y jóvenes. Eres afortunada, debes saberlo. Tú y Jem habéis disfrutado del beneficio de la edad de tu padre. Si él hubiese tenido treinta años, habrías hallado una vida muy distinta.

—Habría sido distinta, sin duda. Atticus no sabe hacer nada...

—Te sorprendería —dijo miss Maudie—. Aún queda mucha vida en su cuerpo.

—¿Qué sabe hacer?

—Pues sabe redactar el testamento de cualquiera con tal minuciosidad que nadie puede buscarle pelos.

—Bah...

—¿Y no sabías que es el mejor jugador de ajedrez de esta población? Mira, abajo en el Desembarcadero, cuando éramos chicos aún, Atticus Finch vencía a todos los contrincantes de ambas orillas del río.

—Buen Dios, miss Maudie, Jem y yo le ganamos todas las partidas.

—Ya es hora, pues, de que sepas que ganáis porque os deja. ¿Y estabas enterada de que sabe tocar el arpa judía?

Esta modesta habilidad hizo que todavía me sintiera más avergonzada de mi padre.

—Pues... —dijo mi interlocutora.

—¿Pues qué, miss Maudie?

—Pues, nada. Nada...; parece que con todo esto deberías estar orgullosa de él. No todo el mundo sabe tocar un arpa judía. Y ahora no estorbes a los carpinteros. Yo estaré con mis azaleas y no podré vigilarte. Podría herirte algún madero.

Me fui al patio posterior y encontré a Jem disparando contra un bote de hojalata, cosa que parecía estúpida, con tantos arrendajos azules como había por allí. Volví al patio de la fachada y durante dos horas me atareé levantando, a un costado del porche, un complicado parapeto, consistente en una cubierta de coche, una caja de navajas, el canasto de la ropa, las sillas del porche y una bandera de los EE. UU. que Jem había encontrado en una caja de rosetas de maíz, y que me regaló.

Cuando Atticus llegó a casa para la comida, me encontró acurrucada detrás, apuntando al otro lado de la calle.

—¿Contra qué vas a disparar?

—Contra la parte trasera de miss Maudie.

Atticus se volvió y vio mi abundante blanco doblado sobre los arbustos. Echándose el sombrero hacia atrás, cruzó la calle.

—¡Maudie —gritó—, creo conveniente advertirte! ¡Corres considerable peligro!

Miss Maudie se irguió y volvió la vista hacia mí, exclamando:

—Atticus, eres un demonio del infierno.

Al regresar, Atticus me ordenó que levantase el campamento.

—No permitas que vuelva a sorprenderte nunca apuntando a nadie con esa arma —me dijo.

Yo deseé que mi padre fuese un demonio del infierno. Sondeé a Calpurnia sobre la cuestión que me preocupaba.

—¿Míster Finch? Vaya, sabe hacer infinidad de cosas.

—¿Como por ejemplo? —pregunté.

Calpurnia se rascó la cabeza.

—Pues, no lo sé exactamente —contestó.

Jem subrayó la fase cuando preguntó a Atticus si jugaría por los metodistas, y éste contestó que si jugara se rompería el cuello, que era demasiado viejo para aquellas cosas. Los metodistas trataban de pagar la hipoteca que pesaba sobre su templo, y habían retado a los bautistas a un partido de fútbol. Todos los padres de la ciudad jugaban, excepto, al parecer, Atticus. Jem dijo que no iría siquiera, pero era incapaz de resistirse al fútbol en cualquiera de sus formas, y permaneció malhumorado en las líneas laterales con Atticus y conmigo viendo al padre de Cecil Jacobs marcar tantos para los bautistas.

Un sábado, Jem y yo decidimos salir de exploración con nuestros rifles de aire comprimido para ver si encontrábamos un conejo o una ardilla. Habíamos ido quizá unas quinientas yardas más allá de la Mansión Radley cuando advertí que Jem miraba sesgadamente calle abajo. Había vuelto la cabeza hacia un lado y miraba por el rabillo del ojo.

—¿Qué estás mirando?

—Aquel perro viejo de allá abajo —dijo.

—Es el viejo «Tim Johnson», ¿verdad?

—Sí.

«Tim Johnson» era propiedad de míster Harry Johnson, que guiaba el autobús de Mobile y vivía en el extremo meridional de la ciudad. «Tim» era un perro perdiguero, color de hígado, el mimado de Maycomb.

—¿Qué hace?

—No lo sé, Scout. Será mejor que nos vayamos a casa.

—Bah, Jem, estamos en febrero.

—No me importa, se lo explicaré a Calpurnia.

Nos precipitamos hacia casa y corrimos a la cocina.

—Cal —dijo Jem—, ¿podrías salir a la acera un minuto?

—¿Para qué, Jem? Yo no puedo salir a la acera cada vez que tú me lo pides.

—Hay un perro allá abajo que le pasa algo.

Calpurnia suspiró.

—Ahora no puedo vendar las patas de ningún perro. En el cuarto de baño hay gasa; ve a buscarla y hazlo tú mismo.

Jem meneó la cabeza.

—Está enfermo, Cal. Le pasa algo raro.

—¿Qué hace? ¿Prueba de morderse la cola?

—No, hace así... —Jem hizo unos movimientos de deglución parecidos a los de una carpa, encogió los hombros y dobló el torso—. Anda de este modo, pero como si no lo hiciera adrede.

—¿Me estás contando un cuento, Jem? —la voz de Calpurnia se endureció.

—No, Cal, juro que no.

—¿Corría?

—No, sólo aviva el paso, aunque tan poco que apenas se nota. Viene hacia esta parte.

Calpurnia se lavó las manos y salió al patio detrás de Jem.

—No veo ningún perro —dijo.

Nos siguió hasta más allá de la Mansión Radley y miró hacia donde señalaba Jem. «Tim Johnson» no era mucho más que una mancha distante, pero estaba más cerca de nosotros. Andaba de un modo raro, como si tuviera las piernas delanteras más cortas que las traseras. Me hacía pensar en un coche encallado en un arenal.

—Se ha vuelto patituerto —dijo Jem.

Calpurnia miró con ojos muy abiertos, luego nos cogió por los hombros y nos hizo regresar corriendo a casa. Cerró la puerta de madera detrás de nosotros, cogió el teléfono y gritó:

—¡Póngame con la oficina de míster Finch! —al cabo de un momento gritaba—: ¡Míster Finch! Soy Cal. Juro por Dios que un trecho abajo de la calle hay un perro rabioso... Viene hacia acá, sí, señor..., es... míster Finch, declaro que es... el viejo «Tim Johnson», sí, señor..., sí, señor..., sí...

Colgó, y cuando probamos de preguntarle qué había dicho Atticus, movió la cabeza. Hizo sonar el soporte del teléfono y dijo:

—Miss Eula May, he terminado de hablar con míster Finch; le ruego que no me conecte más... Escuche, miss Eula May, ¿podría llamar a miss Rachel y a miss Stephanie Crawford y a todos los de esta calle que tengan teléfono y decirles que viene hacia acá un perro rabioso? ¡Se lo ruego, señora! —Calpurnia escuchó unos momentos—. Ya sé que estamos en febrero, miss May, pero reconozco un perro rabioso con sólo verlo. ¡Por favor, señora, dese prisa!

Luego preguntó a Jem:

—¿Tienen teléfono los Radley?

150

Jem consultó el listín y dijo que no.

—De todos modos, no saldrán, Cal.

—No me importa, voy a avisarles.

Y corrió al porche de la fachada, seguida de Jem y de mí, que le pisábamos los talones.

—¡Vosotros quedaos en casa! —gritó.

Los vecinos habían recibido el mensaje de Calpurnia; todas las puertas que quedaban dentro del límite de nuestra visión estaban cerradas herméticamente. No vimos ni rastro de «Tim Johnson». Con la mirada seguimos a Calpurnia, que corrió hacia la Mansión Radley levantándose la falda y el delantal por encima de las rodillas. Después de subir las escaleras de la fachada, golpeó con furia la puerta. No obtuvo respuesta, y entonces gritó:

—¡Míster Nathan, míster Arthur, viene un perro rabioso! ¡Viene un perro rabioso!

—Tendría que dar la vuelta y entrar por detrás —dije yo.

Jem movió la cabeza negativamente.

—Ahora ya es lo mismo.

Calpurnia golpeó la puerta en vano. Nadie agradeció su mensaje, y pareció que no lo había oído nadie.

Mientras Calpurnia venía como una flecha hacia el portal trasero, por el paseo de entrada asomó un «Ford» negro. Atticus y míster Heck Tate saltaron del coche.

Míster Heck Tate era el *sheriff* del Condado de Maycomb. Era tan alto como Atticus, pero más delgado. Tenía la nariz larga, llevaba botas con ojalitos brillantes de metal, pantalones de montar y chaqueta de leñador. De su cinturón asomaba una hilera de balas. Empuñaba un pesado rifle. Cuando él y Atticus llegaron al porche, Jem abrió la puerta.

—Quédate dentro, hijo —dijo Atticus—. ¿Dónde está, Cal?

—Ya debería estar ahora allí —contestó Calpurnia, señalando calle abajo.

—No corre, ¿verdad que no? —preguntó míster Tate.

—No, señor, está en la fase de los estremecimientos, míster Heck.

—¿Salimos a su encuentro, Heck? —preguntó Atticus.

—Será mejor que aguardemos, míster Finch. Generalmente siempre avanzan en línea recta, pero no es posible asegurarlo. Acaso siga la curva..., confío en que no lo haga, pues en este caso se metería directamente dentro del patio trasero de los Radley. Esperemos un minuto.

—No creo que se meta en el patio trasero de los Radley —replicó Atticus—. La valla le detendría. Probablemente seguirá la calle...

Yo creía que los perros rabiosos sacaban espuma por la boca, galopaban, daban saltos y se arrojaban sobre la garganta de la gente, y que todo esto lo hacían en agosto. Si «Tim Johnson» hubiese actuado según este modelo, hubiera estado menos asustada.

No hay otra cosa más muerta que una calle desierta, aguardando. Los árboles estaban inmóviles, los ruiseñores callados, los carpinteros de la casa de miss Maudie habían desaparecido. Oí que míster Tate estornudaba y luego se sonaba la nariz. Le vi levantar el arma hasta el ángulo del codo. Vi la cara de miss Stephanie Crawford enmarcada en el cristal de la ventana de su puerta de la fachada. Miss Maudie apareció y se quedó a su lado. Atticus apoyó un pie en un travesaño de una silla y se frotó lentamente un lado del muslo con la mano.

—Allí está —dijo con voz pausada.

«Tim Johnson» apareció a la vista, andando a ciegas por el borde interior de la curva paralela a la casa de los Radley.

—Míralo —susurró Jem—. Míster Heck decía que caminaban en línea recta. Ese ni siquiera sabe seguir la de la calle.

—Parece más enfermo que otra cosa —dije yo.

—Deja que se le ponga algo delante y se lanzará hacia ello derechamente.

Míster Tate se llevó la mano a la frente y se inclinó adelante.

—La ha cogido, no cabe duda, míster Finch.

«Tim Johnson» avanzaba a paso de caracol, pero no jugaba ni olfateaba el follaje; parecía haberse señalado una trayectoria determinada, impulsado por una fuerza invisible que le hacía avanzar lentamente hacia nosotros. Le vimos estremecerse como el caballo que expulsa las moscas; su quijada se abría y se cerraba; parecía sin conciencia, como si algo le empujase poco a poco hacia nosotros.

—Está buscando un lugar donde morir —dijo Jem.

Míster Tate se volvió.

—Está muy lejos todavía de la muerte, Jem; todavía no ha entrado en la fase aguda.

«Tim Johnson» llegó a la calle lateral que corría por delante de la Mansión Radley. Lo que quedaba de su pobre entendimiento le hizo pararse y considerar, al parecer, qué camino tomaría. Dio unos pasos indecisos y se detuvo delante de la puerta del patio de los Radley; luego trató de volverse, pero le resultaba difícil.

Atticus dijo:

—Está a tiro, Heck. Es mejor que le dé ahora, antes que baje por la calle lateral; Dios sabe quién

153

puede haber al otro lado de la esquina. Vete dentro, Cal.

Calpurnia abrió la puerta vidriera, pasó el cerrojo tras sí y se quedó con el mango en la mano. Trataba de taparnos la vista con su cuerpo, pero Jem y yo mirábamos por debajo de sus brazos.

—Cójalo, míster Finch —míster Tate ofrecía el rifle a Atticus; Jem y yo estuvimos a punto de desmayarnos.

—No pierda tiempo, Heck —replicó Atticus—. Adelante.

—Míster Finch, hay que resolver la tarea de un solo tiro.

Atticus movió la cabeza con vehemencia.

—¡No se quede ahí parado, Heck! El perro no le esperará todo el día...

—¡Por amor de Dios, míster Finch, vea dónde está! ¡Si yerro el tiro meto la bala dentro de la casa de los Radley! ¡Yo no soy tan buen tirador! ¡A usted le consta!

—Y yo no he disparado un arma desde hace treinta años...

Míster Tate casi arrojó el rifle a Atticus.

—Me sentiría muy satisfecho si la disparase ahora —dijo.

Como en una bruma, Jem y yo observamos a nuestro padre cogiendo el rifle y saliendo hasta el centro de la calle. Andaba de prisa, pero a mí se me antojó que se movía como un nadador debajo del agua: el tiempo parecía arrastrarse con una lentitud desesperante.

Cuando Atticus se levantó las gafas, Calpurnia murmuró:

—Dulce Jesús, ayúdale —y se llevó las manos a las mejillas.

Atticus se subió las gafas a la frente, pero se le

deslizaron abajo. Entonces las dejó caer al suelo. En el silencio, oí el ruido del golpe. Atticus se restregó los ojos y la barbilla; le vimos parpadear vivamente.

Delante de la puerta de los Radley, «Tim Johnson» había puesto en juego el poco entendimiento que le quedaba. Había dado media vuelta por fin, para seguir la trayectoria primera, subiendo por nuestra calle. Dio un par de pasos adelante, luego se paró y levantó la cabeza. Vimos que su cuerpo se ponía rígido.

Con movimientos tan rápidos que parecían simultáneos, la mano de Atticus dio un tirón a la bola del extremo de una palanca al mismo tiempo que se apoyaba el arma en el hombro.

El rifle rugió. «Tim Johnson» dio un salto, se desplomó y cayó en la acera formando un montón pardo y blanco. No supo lo que le había herido.

Míster Tate saltó del porche y corrió hacia la Mansión Radley. Se paró delante del perro, se agachó, volvióse y se dio unos golpecitos con el índice en la frente, encima del ojo izquierdo.

—¡Ha desviado un poco hacia la derecha, míster Finch! —gritó.

—Siempre me ocurría —respondió Atticus—. Si hubiese podido elegir a mi gusto habría cogido una escopeta.

Se inclinó, recogió las gafas, trituró las lentes rotas con el tacón hasta convertirlas en polvo, fue hasta donde estaba míster Tate y se quedó mirando a «Tim Johnson».

Las puertas se abrieron una tras otra, y los vecinos fueron dando, poco a poco, señales de vida. Miss Maudie bajó las escaleras en compañía de miss Stephanie Crawford.

Jem estaba paralizado. Yo le pellizqué para ponerle en marcha, pero cuando Atticus vio que nos acercábamos, nos gritó:

—¡Quedaos donde estáis!

Cuando míster Tate y Atticus regresaron al patio, el primero sonreía.

—Mandaré a Zeebo que lo recoja —dijo—. No lo ha olvidado mucho, míster Finch. Dicen que uno no pierde nunca la habilidad.

Atticus guardaba silencio.

—¡Atticus! —dijo Jem.

—¿Qué?

—Nada.

—¡Lo he visto, Finch «Un Tiro»!

Atticus giró sobre sus talones y se encontró cara a cara con miss Maudie. Se miraron sin decir nada, y Atticus subió al coche del *sheriff*.

—Ven acá —le dijo a Jem—. No os acerquéis al perro, ¿comprendes? No os acerquéis a él; es tan peligroso muerto como vivo.

—Sí, señor —respondió Jem—. Atticus...

—¿Qué, hijo?

—Nada.

—¿Qué te pasa, muchacho, no sabes hablar? —dijo míster Tate sonriendo a Jem—. ¿No sabías que tu padre...?

—Cállese, Heck —ordenó Atticus—. Volvamos a la ciudad.

Cuando se hubieron marchado, Jem y yo nos fuimos a las escaleras de la fachada de miss Stephanie y nos sentamos aguardando a que llegase Zeebo con el camión de la basura.

Jem continuaba mudo y confuso. Miss Stephanie Crawford dijo:

—¿Eh?, ¿eh?, ¿eh? ¿Quién habría pensado en que podía rabiar un perro en febrero? Quizá no estaba rabioso, quizá sólo estaba loco y nada más. No me gustaría ver la cara de Harry Johnson cuando regrese del viaje a Mobile y se encuentre con que Atticus Finch ha matado a su perro. Lo que pasa es que en alguna parte hubo algo que le puso de mal humor...

Miss Maudie dijo que miss Stephanie cantaría otra canción distinta si «Tim Johnson» todavía estuviera subiendo calle arriba, y que pronto sabrían si rabiaba o no, porque enviarían la cabeza a Montgomery.

Jem recobró, aunque confusamente, el uso de la palabra.

—...¿Le has visto, Scout?, ¿le has visto plantado allá?... Y de repente se ha quedado tan tranquilo, y parecía que el arma formaba parte de su persona... y con aquella rapidez, como si... Yo tengo que apuntar diez minutos para hacer blanco en algo...

Miss Maudie sonrió con malicia.

—Veamos, señorita Jean Louise —dijo—, ¿todavía piensas que tu padre no sabe hacer nada? ¿Todavía te avergüenzas de él?

—No —dije tímidamente.

—El otro día olvidé que además de tocar el arpa judía, Atticus Finch era en sus tiempos el tirador más certero del Condado de Maycomb.

—Tirador certero... —repitió Jem.

—Así lo he dicho, Jem Finch. Supongo que ahora cambiaréis de tonada. La mismísima idea..., ¿no sabíais que cuando era muchacho le apodaban Finch «Un Tiro»? Caramba, allá abajo en el Desembarcadero, cuando se hacía mayor, si tiraba quince tiros y mataba catorce tórtolas se quejaba de malgastar municiones.

—Nunca nos había contado nada de esto —murmuró Jem.

—No os había contado nada, ¿verdad que no?

—No, señora.

—Me sorprende que ahora nunca salga de caza —dije.

—Quizá yo pueda explicároslo —contestó miss Maudie—. Por encima de todo, vuestro padre es, en el fondo del corazón, un hombre educado. Una habilidad sobresaliente es un don de Dios...; ah, claro, uno ha de ejercitarla para hacerla perfecta, pero el tirar no es como tocar el piano, u otra cosa por el estilo. Yo creo que quizá dejó el arma cuando comprendió que Dios le había concedido una ventaja poco equitativa sobre la mayoría de seres vivientes. Me figuro que decidió no disparar hasta que se viera en la obligación de hacerlo, y hoy se ha visto.

—Parece que debería estar orgulloso de ello —dije.

—Las personas que están en sus cabales no se enorgullecen de sus talentos —respondió miss Maudie.

Entonces vimos llegar el camión de Zeebo. De la parte trasera del vehículo, Zeebo sacó una horca, recogió el perro con gesto vivo, lo arrojó sobre la caja del camión y luego derramó un líquido de un bidón sobre el punto en que había caído «Tim», así como por los alrededores.

—Durante un rato no os acerquéis por aquí —nos gritó.

Cuando nos fuimos a casa le dije a Jem que el lunes tendríamos de verdad algo de que hablar en la escuela.

—No digas una palabra de ello, Scout —me pidió.

—¿Qué? Ya lo creo que la diré. No todos tienen un padre que sea el mejor tirador del Condado de Maycomb.

—Me figuro que si quisiera que lo supiéramos

nos lo habría dicho —replicó Jem—. Si estuviera
orgulloso de ello, nos lo hubiera explicado.

—Quizá se le fue de la memoria —objeté.

—No, Scout, es una cosa que tú no comprende-
rías. Atticus es viejo de veras, pero a mí no me im-
portaría que no supiera hacer nada..., no me impor-
taría que no supiera hacer maldita cosa. —Jem cogió una piedra y la arrojó contra la cochera. Echando a correr tras ella, me gritó—: ¡Atticus es un caballero, lo mismo que yo!

11

Cuando éramos pequeños, Jem y yo confinábamos nuestras actividades a la parte sur del barrio, pero cuando estuve bien adelantada en el segundo grado de la escuela y el atormentar a Boo Radley fue cosa pretérita, el sector comercial de Maycomb nos atrajo con frecuencia calle arriba, hasta más allá de la finca de mistress Henry Lafayette Dubose. Era imposible ir a la ciudad sin pasar por delante de su casa, a menos que quisiéramos dar un rodeo de una milla. Los encuentros de poca monta que había tenido previamente con aquella señora no me dejaron ganas para otros, pero Jem decía que alguna vez tenía que hacerme mayor.

Dejando aparte una criada negra de servicio permanente, mistress Dubose vivía sola, dos puertas más arriba de la nuestra, en una casa con unas empinadas escaleras en la fachada y un pasillo reducido. Era muy anciana; se pasaba la mayor parte del día en la cama, y el resto en un sillón de ruedas. Se rumoreaba que llevaba una pistola escondida entre sus numerosas bufandas y envolturas.

Jem y yo la odiábamos. Si estaba en el porche al pasar, nos escudriñaba con una mirada airada, nos sometía a despiadados interrogatorios acerca de nuestra conducta, y nos hacía tristes presagios rela-

160

tivos a lo que valdríamos cuando fuésemos mayores, los cuales podían resumirse siempre en que no valdríamos para nada. Hacía tiempo que abandonamos la idea de pasar por delante de su casa yendo por la acera opuesta; aquello sólo servía para que ella levantase la voz haciendo partícipes a todos los vecinos de sus imprecaciones.

No podíamos hacer nada que le agradase. Si la saludaba lo más risueña que sabía con un:

—Hola, mistress Dubose —recibía por respuesta:

—¡No me digas hola, a mí, niña fea! ¡Debes decirme, buenas tardes, mistress Dubose!

Era malvada. Una vez oyó a Jem refiriéndose a nuestro padre con el nombre de «Atticus» y su reacción fue apoplética. Además de ser los mocosos más respondones y antipáticos que pasaban por allí, tuvimos que escuchar que era una pena que nuestro padre, después de la muerte de mamá, no hubiera vuelto a casarse. Dama más encantadora que nuestra madre no había existido, decía ella, y destrozaba el corazón ver que Atticus Finch permitía que sus hijos crecieran como unos salvajes. Yo no recordaba a nuestra madre, pero Jem sí —a veces me hablaba de ella—, y cuando mistress Dubose nos disparó su mensaje, se puso lívido.

Después de haber sobrevivido a los peligros de Boo Radley, de un perro rabioso y a otros terrores, Jem decidió que era una cobardía pararse delante de las escaleras de la fachada de miss Rachel y esperar, y decretó que habíamos de correr hasta la esquina de la oficina de Correos yendo al encuentro de Atticus cuando regresaba del trabajo. Innumerables tardes, Atticus encontraba a Jem furioso por algo que había dicho mistress Dubose mientras pasábamos.

—El remedio está en la calma, hijo —solía contestar Atticus—. Es una señora anciana y está enferma. Limítate a conservar la cabeza alta y a portarte como un caballero. Te diga lo que te diga, tu deber consiste en no permitir que te haga perder los estribos.

Jem replicaba que no debía de estar muy enferma cuando gritaba de aquel modo. Cuando llegábamos los tres a la altura de su casa, Atticus se quitaba el sombrero con una reverencia, le hacía un ademán afectuoso y la saludaba:

—¡Buenos días, mistress Dubose! Esta mañana parece usted un cuadro.

Jamás le oí decir a Atticus qué clase de cuadro. Luego le comunicaba las noticias del juzgado, y decía que le deseaba de todo corazón un buen día para mañana. En seguida se ponía el sombrero de nuevo, me subía a los hombros en presencia de la vieja y nos íbamos a casa bajo la luz del crepúsculo. Hubo ocasiones como éstas en que pensé que mi padre, que odiaba las armas y no había estado en ninguna guerra, era el hombre más valiente que había existido.

Al día siguiente al de su decimosegundo cumpleaños, a Jem le quemaba el dinero en el bolsillo, y a primera hora de la tarde nos dirigimos hacia la ciudad. Jem pensaba que tendría bastante para comprarse una máquina de vapor de miniatura, y un bastón para mí, de esos que se voltean en los desfiles.

Hacía mucho tiempo que puse yo el ojo en aquella vara de mando. Estaba en la tienda de V. J. Elmore, tenía incrustados cequines y lentejuelas, y costaba diecisiete centavos. En aquella época ardía en mí la ambición de hacerme mayor y desfilar con mi bastón delante de la banda del Instituto del Condado de Maycomb. Habiendo desarrollado mi habilidad hasta el punto de lanzar un palo al aire y faltarme poco para cogerlo en la bajada, había motivado que Calpurnia no me dejase entrar en casa cada vez que me veía con uno en la mano. Yo pensaba que vencería el inconveniente si tenía un bastoncito de verdad, y consideraba que Jem era muy generoso al comprarme uno.

Cuando pasamos por delante, mistress Dubose estaba estacionada en su porche.

—¿Adónde vais vosotros dos a estas horas del día? —nos gritó—. A hacer novillos, supongo. ¡Llamaré al director y se lo diré! —llevó las manos a las ruedas y ejecutó un giro perfecto.

—Oh, es sábado, mistress Dubose —contestó Jem.

—Importa poco que sea sábado —dijo, con oscuro sentido—. Me gustaría saber si vuestro padre está enterado de dónde os encontráis.

—Mistress Dubose, nosotros hemos ido a la ciudad solos desde que éramos así —Jem se inclinó para señalar con la palma de la mano una altura de unos dos pies sobre la acera.

—¡No me mientas! —chilló—. Jeremy Finch, Maudie Atkinson me ha dicho que esta mañana le destrozaste la parra *scuppernongs*. ¡Se lo dirá a tu padre y entonces desearás no haber visto nunca la luz del día! ¡Si no te mandan al reformatorio antes de la semana próxima, es que yo no me llamo Dubose!

Jem, que no se había acercado al árbol de miss Maudie desde el verano pasado, y que sabía que, si se lo hubiera hecho, miss Maudie no se lo diría a Atticus, se encerró en una negativa absoluta.

—¡No me contradigas! —bramó mistress Dubose—. Y tú —dijo, señalándome con un dedo artrítico—, ¿qué haces con ese mono? ¡Deberías ir con vestido y camisola, señorita! Te harás mayor sirvien-

do mesas, si alguien no te hace cambiar de camino...
Una Finch sirviendo mesas en el «Café O.K.»...,
¡ja!, ¡ja!

Yo estaba aterrorizada. El «Café O.K.» era una
fatídica institución de la cara norte de la plaza. Me
cogí al brazo de Jem, pero él me hizo soltarle con
una sacudida.

—Ven, Scout —susurró—. No le hagas ningún
caso; levanta bien la cabeza, nada más, y sé un caballero.

Pero mistress Dubose nos retuvo.

—¡No solamente una Finch sirviendo mesas, sino
uno en el juzgado defendiendo negros!

Jem se puso rígido. El disparo de mistress Dubose había hecho blanco, y ella lo comprendía.

—Sí, ¿verdad? ¿Es qué ha terminado este mundo cuando un Finch se revuelve contra los que le
han formado? ¡Yo os lo diré! —Aquí se llevó la
mano a la boca. Al retirarla, colgaba de ella un largo
hilo plateado de saliva—. ¡Vuestro padre no vale
más que los negros y la canalla por los cuales trabaja!

Jem se había puesto escarlata. Le tiré de la manga, y mientras caminábamos por la acera nos siguió una filípica acerca de la degeneración de moral de nuestra familia, cuya premisa más considerable era que, de todos modos la mitad de los Finch
estaban en el asilo; aunque si nuestra madre viviera
no habríamos llegado a tal estado.

No estuve segura de qué era lo que le ofendía
más a Jem, pero las alusiones al estado mental de
la familia provocaron en mí un vivo resentimiento
contra mistress Dubose. Me había acostumbrado
casi a escuchar insultos dirigidos contra Atticus,
pero aquél era el primero que venía de un adulto.
Excepto por sus comentarios con respecto a Atticus,

el ataque de mistress Dubose era cosa trillada. La atmósfera traía una insinuación del verano; en las sombras hacía fresco, pero el sol era caliente, lo cual significaba que se acercaban los buenos tiempos: sin escuela y con Dill.

Jem se compró su máquina de vapor, y fuimos a la tienda de Elmore por mi bastón. A Jem no le causó placer alguno la adquisición; se la metió en el bolsillo y de regreso a casa caminaba silenciosamente a mi lado. Por el camino le faltó poco para que tocara con el bastón a míster Link Deas, quien me dijo:

—¡Ten cuidado ahora, Scout! —cuando no supe cogerlo al vuelo.

Al llegar cerca de la casa de mistress Dubose, el bastón estaba sucio por haberlo recogido del suelo tantas veces.

En años posteriores, repetidamente me pregunté cuál fue el motivo que impulsó a Jem, por qué causa quebró el mandato de «Sé un caballero nada más, hijo», y la fase de presuntuosa rectitud en que había entrado recientemente. Probablemente tuvo que escuchar tantas tonterías como yo misma por el hecho de que Atticus defendiera en el juzgado a los negros, y yo daba por descontado que se dominaría los nervios; mi hermano tenía un temperamento naturalmente tranquilo y se inflamaba despacio. A la sazón, sin embargo, creí que la única explicación por su conducta consistía en admitir que, por unos minutos, simplemente, se volvió loco de rabia.

Jem hizo lo que hubiese hecho yo con toda tranquilidad de no haberme encontrado bajo la prohibición de Atticus, la cual incluía, a mi entender, el no pelearme con viejas horribles. Apenas llegamos delante de la puerta de mistress Dubose, me arrebató el bastón y ascendiendo las escaleras con furia salvaje, se metió en el patio delantero de la anciana, olvidando todo lo que Atticus nos dijo siempre, olvidando que mistress Dubose llevaba una pistola escondida debajo de sus manteletas, olvidando que si mistress Dubose erraba el tiro, su criada Jessie probablemente acertaría.

No empezó a calmarse hasta que hubo cortado las puntas de todas las plantas de camelia que mistress Dubose poseía, hasta que el suelo quedó alfombrado de capullos verdes y de hojas. Entonces dobló el bastón sobre la rodilla, lo partió en dos y lo arrojó al suelo.

En aquel momento yo estaba ya dando alaridos. Jem me tiró del cabello, dijo que no le importaba, que volvería a hacerlo si se le presentaba ocasión y que si no me callaba me arrancaría todos los cabellos de la cabeza. Yo no me callé y él me dio una patada. Perdí el equilibrio y caí de bruces. Jem me levantó con aire brusco, pero tenía una expresión como si lo lamentase. No había nada que decir.

Aquella tarde no se nos antojó ir al encuentro de Atticus, de regreso al hogar. Rondamos huraños por la cocina hasta que Calpurnia nos echó. Por algún arte de magia, Calpurnia parecía enterada de todo. Calpurnia fue una fuente de alivio menos que satisfactoria, pero le dio a Jem un panecillo caliente con mantequilla, que él partió en dos, dándome la mitad a mí. Aquello sabía a algodón.

Nos fuimos a la sala. Yo cogí una revista de fútbol, encontré un retrato de Dixie Howell, lo enseñé a Jem y dije:

—Este se parece a ti.

Fue la cosa más agradable que se me ocurrió decirle, pero no sirvió de nada. Jem se sentó junto a las ventanas, acurrucado en una mecedora, esperando con el ceño adusto. La luz del día se apagaba.

Dos edades geológicas más tarde, oímos las suelas de los zapatos de Atticus arañando las escaleras de la fachada. La puerta vidriera se cerró de golpe, hubo una pausa (Atticus estaba delante de la percha del vestíbulo) y le oímos llamar:

—¡Jem! —su voz era como el viento del invierno.

Atticus encendió la luz del techo de la sala y nos encontró allí, inmóviles, petrificados. En una mano llevaba mi bastón, cuya sucia borla se arrastraba por la alfombra. Entonces extendió la otra mano; contenía hinchados capullos de camelia.

—Jem —dijo—, ¿eres el responsable de esto?

—Sí, señor.

—¿Por qué lo has hecho?

Jem respondió en voz baja:

—Ella ha dicho que defendía a negros y canallas.

—¿Lo has hecho porque ella ha dicho estas palabras?

Los labios de Jem se movieron, pero su «Sí, señor» resultó inaudible.

—Hijo, no dudo que tus contemporáneos te han fastidiado mucho a causa de que yo defienda a los *nigros*, como vosotros decís, pero hacer una cosa como ésta a una dama anciana no tiene excusa. Te aconsejo encarecidamente que vayas a hablar con mistress Dubose —dijo Atticus—. Después ven directamente a casa.

Jem no se movió.

—He dicho que vayas.

Yo quise salir de la sala, detrás de Jem.

—Ven acá —me ordenó Atticus. Yo retrocedí.

Atticus cogió el *Bobile Press* y se sentó en la mecedora que Jem había dejado vacía. Por mi vida, no comprendía cómo podía estar sentado allí con aquella sangre fría cuando su único hijo varón corría el considerable riesgo de morir asesinado por

167

una antigualla del Ejército Confederado. Por supuesto, Jem me hacía enfadar tanto a veces que habría sido capaz de matarle yo, pero si mirábamos la realidad desnuda, él era todo lo que tenía. Atticus ni parecía darse cuenta de eso, o si se daba, no le importaba.

Por tal motivo le odié, pero cuando uno está en apuros se cansa fácilmente; pronto me hallé escondida en su regazo, y los brazos de mi padre me rodearon.

—Eres demasiado mayor para mecerte —me dijo.

—A ti no te importa lo que le pase —dije yo—. Le has enviado tan tranquilo a que le peguen un tiro, cuando todo lo que ha hecho ha sido salir en tu defensa.

Atticus me empujó la cabeza debajo de su barbilla, diciendo:

—Todavía no es tiempo de inquietarse. Jamás creí que Jem perdiese la cabeza por ese asunto; pensaba que me crearías más problemas tú.

Yo contesté que no veía por qué habíamos de conservar la calma, al fin y al cabo; en la escuela no conocía a nadie que tuviese que conservar la calma por nada.

—Scout —dijo Atticus—, cuando llegue el verano tendrás que conservar la calma ante cosas mucho peores... No es equitativo para ti y para Jem, lo sé, pero a veces hemos de tomar las cosas del mejor modo posible, y del modo que nos comportemos cuando estén en juego las apuestas... Bien, todo lo que puedo decir es que cuando tú y Jem seáis mayores, quizá volveréis la vista hacia esta época con cierta compasión y con el convencimiento de que no os traicioné. Este caso, el caso de Tom Robinson, es algo que entra hasta la esencia misma de la conciencia de un hombre... Scout, yo no podría ir a la iglesia y adorar a Dios si no probara de ayudar a aquel hombre.

—Atticus, es posible que te equivoques...

—¿Cómo es eso?

—Mira, parece que muchos creen que tienen razón ellos y que tú te equivocas...

—Tienen derecho a creerlo, ciertamente, y tienen derecho a que se respeten en absoluto sus opiniones —contestó Atticus—, pero antes de poder vivir con otras personas tengo que vivir conmigo mismo. La única cosa que no se rige por la regla de la mayoría es la conciencia de uno.

Cuando Jem regresó me encontró todavía en el regazo de mi padre.

—¿Qué, hijo? —preguntó Atticus. Y se puso de pie. Yo procedí a un reconocimiento secreto de Jem. Parecía continuar todo de una pieza, pero tenía una expresión rara en el rostro. Quizá la vieja le había dado una dosis de calomelanos.

—Le he limpiado el patio y he dicho que me pesaba (aunque no me pesa) y que trabajaría en su jardín todos los sábados para tratar de hacer renacer las plantas.

—No había por qué decir que te pesaba si no te pesa —dijo Atticus—. Es vieja y está enferma, Jem. No se la puede hacer responsable de lo que dice y hace. Por supuesto, hubiera preferido que me lo hubiese dicho a mí antes que a ninguno de vosotros dos, pero no siempre podemos ver cumplidos nuestros deseos.

Jem parecía fascinado por una rosa de la alfombra.

—Atticus —dijo—, quiere que vaya a leerle.

—¿A leerle?

—Sí, señor. Quiere que vaya todas las tardes al salir de la escuela, y también los sábados, y le lea en alta voz durante dos horas. ¿Debo hacerlo, Atticus?

—Ciertamente.

—Pero quiere que lo haga durante un mes.

—Entonces lo harás durante un mes.

Jem puso la punta del pie delicadamente en el centro de la rosa y apretó. Por fin, dijo:

—Atticus, en la acera está muy bien pero dentro... dentro está oscuro y da hormigueos. Hay sombras y cosas en el techo...

Atticus sonrió con una sonrisa fea.

—Eso debería excitar tu imaginación. Figúrate, simplemente, que estás en la casa de los Radley.

El lunes siguiente por la tarde, Jem y yo subimos las empinadas escaleras de la casa de mistress Dubose y recorrimos el pasillo abierto. Jem, armado con *Ivanhoe* y repleto de superiores conocimientos, llamó a la segunda puerta de la izquierda.

—¡Mistress Dubose! —gritó.

Jessie abrió la puerta de madera y corrió el cerrojo de la de cristales.

—¿Eres tú, Jem Finch? —dijo—. Te acompaña tu hermana. No sé si...

—Hazles entrar a los dos —ordenó mistress Dubose.

Jessie nos hizo pasar y se fue a la cocina.

Un olor opresivo vino a nuestro encuentro apenas cruzamos el umbral, un olor que había percibido muchas veces en casas grises consumidas por la lluvia, donde hay lámparas de petróleo, cazos de agua y sábanas domésticas sin pasar por la colada. Un olor que siempre me dio miedo y me puso en guardia, recelosa.

En el ángulo del cuarto había una cama de latón;

170

y en la cama, mistress Dubose. Yo me pregunté si la había puesto allí la acción de Jem, y por un momento me inspiró pena. Yacía debajo de una pila de colchas y tenía una expresión casi amistosa.

Junto a la cama había un lavabo con una losa de mármol; sobre la losa había una cucharilla, una jeringa encarnada para los oídos, una caja de algodón hidrófilo y un despertador de acero que se sostenía sobre tres patillas pequeñas.

—¿De modo que te has traído a tu sucia hermanita? —fue el saludo que nos dedicó.

Jem contestó sosegadamente:

—Mi hermana no es sucia, y yo no la temo a usted —pero advertí que le temblaban las rodillas.

Esperaba un rosario de improperios, mas la vieja se limitó a decir:

—Puedes empezar a leer, Jeremy.

Jem se acomodó en una silla con asiento de caña y abrió *Ivanhoe*. Yo me acerqué otra y me senté a su lado.

—Acercaos —ordenó mistress Dubose—. Poneos al lado de la cama.

Nosotros movimos las sillas adelante. Era la vez que había estado más cerca de la vieja, y lo que anhelaba más era retirar la silla de nuevo.

Aquella mujer era horrible. Tenía la cara del color de una funda sucia de almohada, y en los ángulos de su boca brillaba la humedad, que descendía pausadamente, como un glaciar, por los profundos surcos que encerraban su barbilla. Las manchas violáceas de la ancianidad moteaban sus mejillas, y sus pálidos ojos ostentaban unas pupilas negras, pequeñas como puntas de aguja. Tenía las manos nudosas, y las crecidas cutículas cubrían buena parte de las uñas. Su encía inferior no quedaba escondida, y el labio superior lo tenía saliente; de tiempo en tiempo retraía el labio inferior hacia la encía superior arrastrando la barbilla en el movimiento. Esto hacía que la humedad descendiese más de prisa.

No miré más de lo preciso. Jem abrió de nuevo *Ivanhoe* y se puso a leer. Probé a seguirle, pero leía demasiado aprisa. Cuando llegaba a una palabra que no conocía, se la saltaba, pero mistress Dubose le pescaba y se la hacía deletrear. Jem leyó durante veinte minutos quizá; entretanto yo estuve contemplando la campana de la chimenea, manchada de hollín, y mirando por la ventana y hacia todas partes, con el fin de tener la vista apartada de la vieja. A medida que mi hermano seguía leyendo, advertí que las correcciones de mistress Dubose iban siendo menos, y más espaciadas, y que Jem hasta había dejado una frase suspendida en el aire. Mistress Dubose no escuchaba.

Entonces volví la vista hacia la cama.

Algo le había pasado a mistress Dubose. Yacía tendida de espaldas, con las colchas subidas hasta la barbilla. Sólo se le veían la cabeza y los hombros. Una cabeza que se movía lentamente de un lado para otro. De tarde en tarde abría por completo la boca, y yo veía su lengua ondulando levemente. Sobre los labios se le acumulaban cintas de saliva; la anciana las echaba hacia el interior de la boca y abría los labios de nuevo. La boca parecía tener una existencia suya particular. Trabajaba por separado e independientemente del resto del organismo, afuera y adentro, lo mismo que el agujero de una almeja en la marea baja. De vez en cuando producía un sonido de «Pt», cual una sustancia viscosa cuando empieza a hervir.

Yo tiré a Jem de la manga.

El me miró; luego miró a la cama. La cabeza de

la vieja continuaba con su movimiento oscilatorio en dirección a nosotros. Jem preguntó:

—Mistress Dubose, ¿se encuentra bien?

Ella no le oyó.

El despertador se puso a tocar y nos dejó tiesos de espanto. Un minuto después, con los nervios todavía estremecidos, Jem y yo estábamos en la acera, camino de casa. No habíamos huido, nos envió Jessie: antes de que la campana del despertador parase había entrado en el cuarto y nos había despedido.

—Fuera —nos dijo—, idos a casa.

En la puerta, Jem se paró indeciso.

—Es la hora de la medicina —explicó Jessie.

Mientras la puerta se cerraba detrás de nosotros, la vi andando rápidamente hacia la cama de mistress Dubose.

Eran solamente las tres cuarenta y cinco cuando llegamos a casa, por lo que Jem y yo salimos al patio trasero hasta que llegó la hora de ir a esperar a Atticus. Nuestro padre nos traía dos lápices amarillos para mí y una revista de fútbol para Jem, lo cual era, supongo, una recompensa muda por nuestra primera sesión cotidiana con mistress Dubose. Jem le explicó cómo había ido.

—¿Habéis tenido mucho miedo? —preguntó Atticus.

—No, señor —respondió Jem—, pero es muy desagradable. Sufre ataques, o algo por el estilo. Escupe mucho.

—No puede evitarlo. Cuando las personas están enfermas, a veces no tienen un aspecto agradable.

—A mí me ha dado miedo —dije yo.

Atticus me miró por encima de las gafas.

—No es preciso que acompañes a Jem, ya lo sabes.

La tarde siguiente en casa de mistress Dubose fue lo mismo que la anterior, y lo mismo fue la otra, hasta que gradualmente quedó establecido un programa: todo empezaba normal, es decir, mistress Dubose acosaba un rato a Jem con sus temas favoritos; sus camelias y las inclinaciones de ama-negros de nuestro padre; poco a poco iba quedándose callada y, luego, se olvidaba de nosotros. Después sonaba el despertador, Jessie nos empujaba fuera, y el resto del día nos pertenecía por entero.

—Atticus —pregunté una tarde—, ¿qué es exactamente un ama-negros?

Atticus tenía la cara seria.

—¿Te ha llamado alguien con esa palabra?

—No, señor, mistress Dubose te lo llama a ti. Todas las tardes se entusiasma dándote ese nombre. Francis me lo dio a mí la Navidad pasada, entonces fue la primera vez que lo oí.

—¿Por eso arremetiste contra él? —preguntó Atticus.

—Sí, señor...

—Entonces, ¿cómo me preguntas qué significa?

Yo traté de explicar a Atticus que no fue tanto lo que decía Francis como su forma de decirlo lo que me puso furiosa.

Era lo mismo que si hubiese dicho «nariz mocosa» u otra cosa parecida.

—Scout —dijo Atticus—, ama-negros es simplemente una de esas expresiones que no significan nada; igual que nariz mocosa. Es difícil de explicar; la gente ignorante y peleona la emplea cuando se figura que uno favorece a los negros más que a ella y por encima de ella. Se ha deslizado en el uso de algunas personas, como nosotros mismos, cuando necesitan una palabra vulgar y fea para ponerle una etiqueta a uno.

—De modo que tú no eres realmente un ama-negros, ¿verdad que no?

—Claro que lo soy. Hago lo que puedo por amar a todo el mundo... A veces me encuentro en una situación difícil... Niña, no es un insulto que a uno le den un nombre que a otro le parece malo. Ello le demuestra a uno lo mísera que es aquella persona, y no le hiere. Por lo tanto, deja que mistress Dubose se ensañe contigo. La pobre tiene bastantes problemas para sí.

Un mes después, una tarde, Jem se iba abriendo camino a través de sir Walter «Scout», como él le llamaba, y mistress Dubose le corregía a cada frase, cuando llamaron a la puerta.

—¡Entre! —chilló la anciana.

Atticus entró. Se acercó a la cama y cogió la mano de mistress Dubose.

—Venía de la oficina y no he visto a los niños —dijo—. He pensado que quizá estarían aquí.

Mistress Dubose le sonrió. Por mi vida que no sabía imaginarme cómo podía dirigir la palabra a mi padre cuando parecía odiarle tanto.

—¿Sabe qué hora es, Atticus? —le preguntó.

—Las cinco y cinco minutos exactamente. El despertador está puesto para las cinco y media. Quiero que se fije.

De súbito me di cuenta de que cada día habíamos pasado un rato más en casa de mistress Dubose, que el despertador tocaba un poco más tarde cada día, y que la anciana estaba sumida por completo en uno de sus ataques cuando sonaba el despertador. Aquel día había buscado pelea a Jem durante dos horas sin la idea de sufrir un ataque, y yo me sentía irremediablemente cogida en la trampa. El despertador era la señal de nuestra liberación; si un día no sonaba, ¿qué haríamos?

—Se me antoja que a Jem le quedan pocos días de lectura —dijo Atticus.

—Sólo una semana más —replicó la anciana—, únicamente para estar bien segura...

Jem se puso en pie.

—Pero...

Atticus levantó la mano y Jem se calló. De regreso a casa, Jem protestó que sólo tenía que leer durante un mes, que el mes había pasado y que aquello no era justo.

—Sólo una semana más, hijo —le dijo Atticus.

—No —replicó Jem.

—Sí —insistió Atticus.

La semana siguiente fuimos a casa de mistress Dubose todos los días. El despertador había cesado de sonar, pero la vieja nos dejaba en libertad con un «Ya bastará» tan avanzada la tarde que cuando regresábamos Atticus solía estar en casa leyendo el periódico. Aunque los ataques habían desaparecido, en todos los otros aspectos mistress Dubose seguía siendo la misma de siempre: cuando sir Walter Scott se enzarzaba en largas descripciones de fosos y castillos, ella se aburría y la tomaba con nosotros.

—Jeremy Finch, te dije que habrías de vivir para lamentar el haberme destrozado las camelias. Ahora ya lo lamentas, ¿verdad?

Jem respondía que lo sentía de veras.

—Pensabas que podrías matar mi «Nieve de la Montaña», ¿verdad? Bien, Jessie dice que las puntas vuelven a crecer. La próxima vez sabrás hacer el trabajo más perfecto, ¿verdad que sí? La arrancarás de raíz, ¿no es cierto?

Jem contestaba que, ciertamente, lo haría así.

—¡No me hables en murmullos, muchacho! Levanta la cabeza y di: «Sí, señora». No creo que tengas mucho ánimo para levantarla, sin embargo, siendo tu padre lo que es.

La barbilla de Jem se levantaba, y mi hermano miraba a mistress Dubose con una cara libre de resentimiento. A lo largo de las semanas había cultivado una expresión educada de persona que siente interés, pero que vive en otra esfera, expresión que presentaba a la anciana en respuesta a sus invenciones más escalofriantes.

Al final llegó el día. Una tarde, mistress Dubose dijo:

—Con esto bastará. —Pero añadió—: Y hemos terminado. Buenos días a los dos.

Habíamos terminado. Acera abajo, corríamos, saltábamos y gritábamos en un arrebato de profundo alivio.

Aquella primavera fue buena: los días se hicieron más largos y nos concedieron más tiempo para jugar. La mente de Jem estaba ocupada principalmente por las estadísticas vitales de todos los colegiales de la nación entera que jugaban al fútbol. Atticus nos leía todas las noches las páginas de deporte de los periódicos. A juzgar por los jugadores en perspectiva, ninguno de cuyos nombres sabíamos pronunciar, Alabama podría disputar de nuevo aquel año la Rose Bowe. Atticus estaba a mitad del artículo de Windy Seaton, una noche, cuando sonó el teléfono.

Después de contestar a la llamada, Atticus fue hasta la percha del vestíbulo.

—Me voy un rato a casa de mistress Dubose —nos dijo—. No tardaré.

Pero estuvo fuera hasta después de la hora de irme a la cama. De regreso, traía una caja de bombones. Se sentó en la sala y dejó la caja en el suelo, al lado de la silla.

—¿Qué quería? —preguntó Jem.

Hacía más de un mes que no habíamos visto a mistress Dubose. Cuando pasábamos ya no estaba en el porche.

—Ha muerto, hijo —respondió Atticus—. Ahora ya no sufre. Ha estado enferma muchísimo tiempo. Hijo, ¿sabías la causa de sus ataques?

Jem movió la cabeza negativamente.

—Mistress Dubose era una consumidora de morfina —explicó Atticus—. La había tomado durante años para calmar el dolor. El médico la había habituado a ello. Habría pasado el resto de la vida sirviéndose de la droga, y habría muerto sin sufrir tanto, pero le repugnaba demasiado...

—¿Señor? —dijo Jem.

Atticus prosiguió:

—Poco antes de tu arranque me llamó para redactar el testamento. El doctor Reynolds le había dicho que le quedaban pocos meses. Sus asuntos financieros estaban en orden perfecto, pero ella dijo: «Todavía queda una cosa por ordenar».

—¿Qué era? —preguntó Jem, perplejo.

—Dijo que iba a dejar este mundo sin tener que estar agradecida a nadie ni a nada. Jem, cuando uno está enfermo como lo estaba ella, tiene derecho a tomar lo que sea para hacer más llevaderos sus males; pero mistress Dubose no lo creía así. Dijo que antes de morir quería quitarse de la morfina, y lo hizo.

—¿Quieres decir que esto era lo que provocaba aquellos ataques? —preguntó Jem.

—Sí, era esto. La mayor parte del tiempo que tú le leías dudo que oyese una sola palabra de las que pronunciabas. Todo su cuerpo y toda su mente concentraban la atención en el despertador. Si no hubieses caído en sus manos, yo te habría mandado que fueses a leerle, de todos modos. Acaso la hayas distraído un poco. No había otro motivo...

—¿Ha muerto libre? —preguntó Jem.

—Como el aire de las montañas —respondió Atticus—. Ha conservado el conocimiento casi hasta el final. —Atticus sonrió—. El conocimiento y las ganas de pelear. Ha seguido desaprobando cordialmente mi conducta, y me ha dicho que probablemente me pasaría el resto de la vida depositando fianzas para sacarte de la cárcel. Ha mandado a Jessie que te preparase esta caja...

Atticus se inclinó, recogió la caja del suelo y la entregó a Jem.

Jem la abrió. Dentro, rodeada de almohadillas de algodón húmedo, había una camelia, blanca, perfecta, como de cera. Era una «Nieve de la Montaña».

A Jem casi se le saltaban los ojos de la cabeza.

—¡Demonio infernal de vieja! ¡Demonio infernal de vieja! —chilló, arrojando la camelia al suelo—. ¿Por qué no puede dejarme en paz?

En un abrir y cerrar de ojos, Atticus estuvo de pie delante de Jem. Mi hermano hundió el rostro en la pechera de la camisa de nuestro padre.

—Sssiittt —le dijo—. Yo creo que ha sido su manera de decirte: «Ahora todo está como es debido, Jem, todo está en orden». Ya sabes, era una gran dama.

—¿Una dama? —Jem levantó la cabeza. Tenía la cara encarnada—. ¿Después de todas aquellas cosas que decía de ti, una dama?

—Lo era. Tenía sus puntos de vista propios sobre las cosas, muy diferentes de los míos, quizá... Hijo, ya te dije que aunque tú no hubieses perdido la cabeza te habría mandado que fueses a leerle. Quería que vieses una cosa de aquella mujer; que

179

ría que vieses lo que es la verdadera bravura, en vez de hacerte la idea de que la bravura la encarna un hombre con un arma en la mano. Uno es valiente cuando, sabiendo que ha perdido ya antes de empezar, empieza a pesar de todo y sigue hasta el final pase lo que pase. Uno vence raras veces, pero alguna vez vence. Mistress Dubose venció; todas sus noventa y ocho libras triunfaron. Desde su punto de vista, ha muerto sin quedar obligada a nada ni a nadie. Era la persona más valiente que he conocido en mi vida.

Jem tomó la caja de bombones y la echó al fuego. Luego recogió la camelia, y cuando me fui a la cama le vi acariciando los blancos pétalos. Atticus estaba leyendo el periódico.

SEGUNDA PARTE

12

Jem tenía doce años. Era inconsciente, tornadizo; se hacía difícil vivir con él. Tenía un apetito espantoso, y me ordenó tantas veces que dejase de fastidiarle que consulté a Atticus.

—¿Calculas que tiene la solitaria?

Atticus dijo que no, que Jem estaba creciendo. Debía tener paciencia con él y molestarle lo menos posible.

Este cambio de Jem se había producido en cuestión de unas semanas. Mistress Dubose todavía no se había enfriado en su sepultura... y, sin embargo, Jem parecía haber agradecido ya lo suficiente mi compañía durante los días en que fue a leerle. De la noche a la mañana, al parecer, Jem había adquirido un juego extraño de valores y trataba de imponérmelos a mí: varias veces llegó al extremo de decirme lo que debía hacer. Después de un altercado, rugió:

—¡Ya sería hora que empezases a ser una muchacha y a portarte debidamente!

Yo estallé en lágrimas y corrí a buscar consuelo en Calpurnia.

—No te acongojes mucho por míster Jem... —empezó ella.

—¿Mís...ter Jem?

—Sí, ahora ya viene a ser, poco más o menos, míster Jem.

—No es tan mayor —dije yo—. Todo lo que necesita es alguno que le dé una paliza, pero yo no soy bastante fuerte.

—Niña —respondió Calpurnia—, si míster Jem está creciendo, yo no puedo remediarlo. Ahora querrá estar muchos ratos solo, haciendo todo lo que hacen los muchachos, de modo que cuando tengas necesidad de compañía puedes entrar en la cocina. Aquí dentro encontraremos infinidad de cosas que hacer.

El principio de aquel verano se presentaba prometedor: Jem podía hacer lo que quisiera; yo me pasaría el día con Calpurnia, hasta que llegase Dill. Ella parecía contenta de verme cuando aparecía por la cocina, y al observarla empecé a pensar que el ser mujer requería cierta habilidad.

Pero llegó el verano sin que Dill hubiese llegado. Recibí de él una carta y una fotografía. La carta decía que tenía un padre nuevo, cuyo retrato me acompañaba, y que tendría que quedarse en Meridian porque proyectaban construir un bote de pesca. Su nuevo padre era abogado como Atticus, pero mucho más joven. Tenía una cara agradable, por lo cual me alegró que Dill lo hubiese capturado, pero quedé abatida. Dill terminaba diciendo que me amaría eternamente y que no me preocupase; él vendría a buscarme para casarse conmigo tan pronto como tuviese dinero suficiente, y, por tanto, que le escribiera.

El hecho de tener novio permanente me compensaba muy poco de su ausencia. Jamás me había detenido a pensarlo, pero el verano era Dill junto al estanque de peces fumando cordeles, sus ojos animados por complicados planes para hacer salir a Boo Radley; el verano era la prontitud con que Dill levantaba el brazo y me besaba cuando Jem no estaba mirando, las añoranzas que cada uno de nosotros notaba a veces que el otro sentía. Con él la vida era una dulce rutina; sin él, la vida era insoportable. Me sentí desdichada durante dos días.

Como si esto no fuese bastante, convocaron la legislatura del Estado para una sesión de urgencia y Atticus estuvo ausente un par de semanas. El gobernador ansiaba arrancar unos cuantos percebes del barco del Estado; había unas huelgas estacionarias en Birmingham; las colas del pan crecían cada día en las ciudades, y la gente del campo se empobrecía. Pero estos acontecimientos se encontraban a una distancia tremenda del mundo de Jem y mío.

Una mañana nos sorprendió ver en el *Montgomery Advertiser* una caricatura con el pie: «Finch, de Maycomb». Presentaba a Atticus con pantalón corto y los pies descalzos, encadenado a una mesa escritorio: estaba escribiendo diligentemente mientras unas chicas de aspecto frívolo le gritaban: «¡Oye, tú!»

—Esto es un elogio —explicó Jem—. Atticus pasa el tiempo haciendo cosas que si nadie las hiciera quedarían por hacer.

—¿Eh?

Además de otras características recientemente adquiridas, Jem había asumido un aire enloquecedor de hombre enterado.

—Ah, Scout, cosas tales como reorganizar el sistema de impuestos de los condados, y por el estilo. Para la mayoría de hombres son cuestiones extremadamente áridas.

—¿Cómo lo sabes?

—Oh, vete y déjame en paz. Estoy leyendo el periódico.

Jem vio cumplido su deseo. Yo me fui a la cocina.

Mientras les quitaba la vaina a los guisantes, Calpurnia dijo de pronto:

—¿Qué haré con vosotros este domingo a la hora de ir a la igleisa?

—Nada, me figuro. —Calpurnia entornó los ojos y yo adiviné lo que pasaba por su mente—. Cal —le dije—, ya sabes que nos portaremos bien. Hace años que no hemos hecho nada malo en la iglesia.

Evidentemente, Calpurnia se acordaba de un domingo de lluvia en que estábamos a la vez sin padre y sin maestro. Abandonada a sus propias iniciativas, la clase ató a Eunice Ann Simpson a una silla y la puso en el cuarto de la caldera de la calefacción. Luego nos olvidamos de ella y subimos en tropel al templo, y estábamos escuchando muy callados el sermón cuando de los tubos del radiador salió un ruido espantoso de porrazos, persistiendo hasta que alguno fue a investigar y trajo a Eunice Ann diciendo que no quería representar más el papel de Shadrach... Jem Finch dijo que si Eunice tenía bastante fe no se quemaría, pero allí abajo hacía mucho calor.

—Además, Cal, ésta no es la primera vez que Atticus nos deja solos —protesté.

—Sí, pero siempre se asegura de que vuestra maestra estará allí. Esta vez no he oído que lo dijera; me figuro que lo habrá olvidado. —Calpurnia se rascó la cabeza. De pronto sonrió—. ¿Os gustaría, a míster Jem y a ti, venir al templo conmigo, mañana?

—¿De veras?

—¿Qué me dices? —inquirió ella con una sonrisa.

Si Calpurnia me había bañado sin miramientos en otras ocasiones, no había sido nada comparado con la inspección de la maniobra habitual de aquel sábado por la noche. Me hizo enjabonar todo el cuerpo dos veces, puso agua nueva en la bañera para cada aclarado; me hundió la cabeza en la pila, y me la lavó con jabón Octagon y jabón de Castilla. A Jem le había concedido su confianza durante años, pero aquella noche invadió sus dominios, provocando un estallido:

—¿Acaso en esta casa nadie puede tomar un baño sin que toda la familia esté mirando?

A la mañana siguiente empezó la tarea más temprano que de costumbre, para «repasar nuestras ropas». Cuando Calpurnia se quedaba a pasar la noche con nosotros dormía en un catre plegable, en la cocina; aquella mañana el catre estaba cubierto con nuestros vestidos domingueros. Había almidonado tanto el mío que, cuando me sentaba, el vestido quedaba en alto, como una tienda. Me hizo poner las enaguas y me rodeó la cintura con una faja color de rosa. Y frotó mis zapatos de charol con un panecillo frío hasta que se vio la cara en ellos.

—Parece como si fuéramos a un Martes de Carnaval —dijo Jem—. ¿A qué viene todo eso, Calpurnia?

—No quiero que nadie diga que no cuido de mis niños —murmuró Calpurnia—. Míster Jem, de ningún modo puedes llevar esa corbata con aquel traje. Es verde.

—¿Cuál va mejor?

—La azul. ¿No las distingues?

187

—¡Eh, eh! —grité yo—. Jem es ciego para los colores.

Jem se puso encarnado de rabia, pero Calpurnia dijo:

—Vamos, dejadlo los dos. Vais a ir a «Primera Compra» con la sonrisa en la cara.

La «Primera Compra African M. E. Church» estaba en los Quarters, fuera de los límites meridionales de la ciudad, al otro lado de los caminos de las aserradoras. Era un antiguo edificio de madera, cuya pintura se desconchaba, el único templo de Maycomb con campanario y campana, llamado «Primera Compra» porque lo pagaron con sus primeras ganancias los esclavos liberados. Los negros celebraban culto en ella todos los domingos, y los blancos iban a jugar allí los días de trabajo.

El patio era de arcilla dura como ladrillo, lo mismo que el cementerio que había al lado. Si moría alguien durante un período seco, cubrían el cadáver con pedazos de hielo hasta que la lluvia ablandaba la tierra. Unas cuantas sepulturas del cementerio estaban cubiertas con losas sepulcrales que se desmijaban; las más nuevas presentaban el contorno señalado con cristales de brillantes colores y botellas de «Coca-Cola» rotas. Los pararrayos que guardaban algunas tumbas denotaban muertos que tenían un descanso inquieto; en las cabeceras de las tumbas de los niños se veían cabos de cirios consumidos. Era un cementerio dichoso.

Al entrar en el patio de la iglesia nos dio la bienvenida el olor cálido, agridulce, de negro limpio: loción de Corazones de Amor mezclada con asafética, rapé, Colonia Hoyt, tabaco de mascar, menta y talco lila.

Cuando nos vieron a Jem y a mí en compañía de Calpurnia, los hombres retrocedieron unos pasos y se quitaron los sombreros; las mujeres cruzaron los brazos sobre la cintura, gestos cotidianos de respetuosa atención. Y separándose en dos filas nos dejaron un estrecho sendero hasta la puerta de la iglesia. Calpurnia caminaba entre Jem y yo, respondiendo a los saludos de sus vecinos, vestidos con ropas de colores llamativos.

—¿Qué se propone, miss Cal? —preguntó una voz detrás de nosotros.

Las manos de Calpurnia corrieron a posarse en nuestros hombros, y nosotros nos paramos y miramos a nuestro alrededor; detrás, de pie en el sendero, había una mujer negra y alta. Cargaba el peso del cuerpo sobre una pierna y apoyaba el codo izquierdo en la curva de la cadera, señalándonos con la palma de la mano cara arriba. Tenía la cabeza como una bala, unos ojos raros en forma de almendra, la nariz recta y la boca dibujando un arco indio. Parecía medir siete pies de estatura.

Sentí que la mano de Calpurnia se me clavaba en el hombro.

—¿Qué quieres, Lula? —preguntó con unos acentos que no le había oído emplear jamás. Hablaba con voz calmosa y despectiva.

—Quiero saber por qué traes niños blancos a una iglesia negra —dijo con lenguaje dialectal.

—Son mis acompañantes —contestó Calpurnia. Otra vez me pareció extraña su voz: hablaba como los demás negros.

—Sí, y creo que tú eres la compañía que hay en casa de los Finch durante la semana.

Un murmullo se extendió por la multitud.

—No te asustes —me susurró Calpurnia, aunque las rosas de su sombrero temblaban de indignación.

Cuando Lula vino hacia nosotros por el sendero, Calpurnia dijo:

—Párate donde estás, negra.

Lula se detuvo, pero replicó:

—No tienes obligación alguna de traer niños blancos aquí: ellos tienen su iglesia, nosotros tenemos la nuestra. Es nuestra iglesia, ¿verdad que sí, miss Cal?

—Es el mismo Dios, ¿verdad que sí? —replicó Calpurnia.

Jem intervino:

—Vámonos a casa, Cal; no nos quieren aquí...

Yo estuve de acuerdo: no nos querían allí. Más bien que verlo, percibí que la masa de gente se nos acercaba. Parecían apiñarse hacia nosotros, pero cuando levanté la mirada hacia Calpurnia vi una expresión divertida en sus ojos. Cuando me fijé de nuevo en el sendero, Lula había desaparecido. En su lugar había un sólido muro de gente de color.

Un negro salió de la muchedumbre. Era Zeebo, el que recogía la basura.

—Míster Jem —dijo—, estamos contentísimos de tenerles a ustedes aquí. No haga ningún caso a Lula, está hoy muy susceptible porque el reverendo Sykes la amenazó con purificarla. Es una camorrista de toda la vida, tiene ideas extravagantes y maneras altaneras...; todos estamos contentísimos de tenerlos a ustedes aquí.

Con esto Calpurnia nos dirigió hacia la puerta del templo, donde el reverendo Sykes nos saludó y nos acompañó hasta el primer banco.

El interior de «Primera Compra» estaba sin techo y sin pintar. A lo largo de sus paredes colgaban, de unos soportes de bronce, unas lámparas de petróleo, apagadas; los bancos eran de pino. Detrás del tosco púlpito de roble una bandera de seda de un rosa descolorido proclamaba: «Dios es Amor», único adorno del templo, si se exceptuaba un huecograbado del cuadro de Hunt *La Luz del Mundo*. No había signo alguno de piano, órgano, programas de iglesia... La impedimenta eclesiástica familiar que veíamos todos los domingos. Dentro se reflejaba una luz vaga, con un frescor húmedo disipado por la aglomeración de fieles. En cada asiento había un abanico barato de cartón presentando un abigarrado Jardín de Getsemaní, regalo de «Ferretería Tyndal Co.» («Nombre usted lo que quiera, nosotros lo vendemos»)

Calpurnia nos empujó hacia el final de la fila, y se sentó entre Jem y yo. Buscó en el bolso, sacó el pañuelo y desató el duro nudo de moneda fraccionaria que tenía en una punta. Me dio una moneda de diez centavos a mí y otra a Jem.

—Nosotros tenemos dinero nuestro —susurró mi hermano.

—Guardadlo —respondió Calpurnia—, sois mis invitados...

La cara de Jem manifestó una breve indecisión acerca del valor ético de retener su moneda propia, pero su cortesía innata venció, y se puso la moneda de diez centavos en el bolsillo. Yo seguí su ejemplo sin ningún escrúpulo de conciencia.

—Cal —murmuré—, ¿dónde están los libros de los himnos?

—No tenemos —me contestó.

—¿Pues cómo...?

—Ssssitt —me ordenó.

El reverendo Sykes estaba de pie detrás del púlpito, mirando a la congregación para imponer silencio. Era un hombre bajo, recio, con un traje negro, corbata negra, camisa blanca y una cadena de reloj de oro que brillaba a la luz de las ventanas translúcidas.

—Hermanos y hermanas —dijo—, nos alegra particularmente tener compañía nueva entre nosotros esta mañana: Miss y míster Finch. Todos conocéis a su padre. Pero antes de empezar leeré unas noticias. —El reverendo Sykes revolvió unos papeles, escogió uno y lo sostuvo con el brazo bien estirado—. La Missionary Society se reúne en casa de la hermana Annette Reeves el martes próximo. Traed la labor de costura. —En otro papel leyó—: Todos estáis enterados del problema que afecta al hermano Tom Robinson. Ha sido un miembro fiel de «Primera Compra» desde que era un muchacho. La recaudación que se recoja hoy y los tres domingos venideros la destinamos a Helen, su esposa, para ayudarle en casa.

Yo le di un codazo a Jem.

—Este es el Tom que Atticus...

—¡Ssstt!

Me volví a Calpurnia, pero me hizo callar antes de que abriese la boca. Mortificada, fijé mi atención en el reverendo Sykes, que parecía esperar a que yo me apaciguase.

—El maestro de música tenga la bondad de dirigirnos en el primer himno —dijo.

Zeebo se levantó de su banco y vino al pasillo central, parándose delante de nosotros, de cara a la congregación. Llevaba un libro de himnos muy destrozado. Lo abrió y dijo:

—Cantaremos el número dos sesenta y tres.

Aquello era demasiado para mí.

—¿Cómo vamos a cantar si no hay libros de himnos?

Calpurnia murmuró, sonriendo:

—Cállate, niña; dentro de un minuto lo verás.

Zeebo se aclaró la garganta y leyó con una voz que era como el retumbar de una artillería distante:

—*Hay un país al otro lado del río.*

Milagrosamente conjuntadas, un centenar de voces cantaron las palabras de Zeebo. La última sílaba, prolongada en un ronco y bajo acorde, fue seguida por la voz de Zeebo:

—*Que nosotros llamamos eternamente delicioso.*

La música se levantó de nuevo a nuestro alrededor; la última nota vibró largamente, y Zeebo la unió con el verso siguiente:

—*Y sólo llegamos a aquella orilla por la ley de la fe.*

La congregación titubeó, Zeebo repitió el verso con cuidado, y lo cantaron. En el coro, Zeebo cerró el libro, lo cual era una señal para que la congregación siguiera adelante sin su ayuda.

A continuación de las notas murientes de «Jubileo», Zeebo dijo:

—*En aquel lejano país de delicias eternas, al otro lado del río luminoso.*

Verso por verso, las voces siguieron con sencilla armonía hasta que el himno terminó en un melancólico murmullo.

Yo miré a Jem, que estaba mirando a Zeebo por el rabillo del ojo. Tampoco yo lo consideraba posible; pero ambos lo habíamos oído.

Entonces el reverendo Sykes suplicó al Señor que bendijese a los enfermos y a los que sufrían, acto que no se diferenciaba de los hábitos de nuestra iglesia, excepto que el reverendo Sykes solicitó la atención de la Divinidad hacia varios casos concretos.

En su sermón, el reverendo denunció sin tapujos el pecado, explicó austeramente el lema de la pared de su espalda; advirtió a su rebaño contra los males de las bebidas fuertes, del juego y de las mujeres ajenas. Los contrabandistas de licores causaban sobrados contratiempos en los Quarters, pero las mujeres eran peores. Como me había pasado con frecuencia en mi propio templo, otra vez me enfrentaba con la doctrina de la Impureza de las Mujeres que parecía preocupar a todos los clérigos.

Jem y yo habíamos oído el mismo sermón un domingo tras otro, con una sola variante. El reverendo Sykes utilizaba su púlpito con más libertad para expresar sus opiniones sobre los alejamientos individuales de la gracia: Jim Hardy había estado ausente de la iglesia durante cinco domingos, sin encontrarse enfermo; Constance Jackson tenía que vigilar su comportamiento: estaba en grave peligro por pelearse con sus vecinas; había levantado el único muro de odio de la historia de los Quarters.

El reverendo Sykes concluyó su sermón. Puesto de pie al lado de una mesa enfrente del púlpito, reclamó el tributo de la mañana, un procedimiento que a Jem y a mí nos resultaba extraño. Uno tras otro, los fieles desfilaron dejando caer monedas de cinco y de diez centavos en un cazo esmaltado de café. Jem y yo seguimos el ejemplo, y recibimos un tierno:

—Muchas gracias, muchas gracias —mientras nuestras monedas tintineaban.

Con gran sorpresa nuestra, el reverendo Sykes vació el cazo sobre la mesa y rastrilló las monedas hacia la palma de su mano. Luego se irguió y dijo:

—Esto no es bastante, hemos de reunir diez dólares. —La congregación se agitó—. Todos sabéis para qué: Helen no puede dejar a sus hijos para irse a trabajar mientras Tom está en la cárcel. Si todos dan diez centavos más, los tendremos... —El reverendo Sykes hizo una señal con la mano y orde-

194

nó con voz fuerte a algunos del fondo de la iglesia—:
Alec, cierra las puertas. De aquí no sale nadie hasta
que tengamos diez dólares.

Calpurnia hurgó en su bolso y sacó un monedero
de cuero ajado.

—No, Cal —susurró Jem, cuando ella le entrega-
ba un brillante cuarto de dólar—, podemos poner
nuestras monedas. Dame la tuya, Scout.

La atmósfera empezaba a cargarse, y pensé que
el reverendo Sykes quería arrancar a su rebaño la
cantidad requerida bañándolo en sudor. Se oía el
chasquear de los abanicos, los pies restregaban el
suelo, los mascadores de tabaco sufrían lo inde-
cible.

El reverendo Sykes me dejó pasmada diciendo:
—Carlos Richardson, no te he visto subir por
este pasillo todavía.

Un hombre delgado, con pantalones caqui, subió
y depositó una moneda. De los fieles se levantó un
murmullo de aprobación. Entonces el reverendo Sykes dijo:

—Quiero que todos los que no tenéis hijos hagáis un sacrificio y deis diez centavos por cabeza.
De este modo reuniremos lo preciso.

Lenta, penosamente, se recogieron los diez dólares. La puerta se abrió y un chorro de aire tibio
nos reanimó a todos. Zeebo leyó verso por verso,
En las tempestuosas orillas del Jordán, y el servicio
se dio por concluido.

Quería quedarme a explorar, pero Calpurnia me
empujó hacia el pasillo, delante de ella. En la puerta
del templo, mientras Cal estuvo hablando con Zeebo
y su familia, Jem y yo charlamos con el reverendo
Sykes. Yo reventaba de deseos de hacer preguntas,
pero determiné que esperaría y dejaría que me las
contestase Calpurnia.

—Hemos tenido una satisfacción especial al verles aquí —dijo el reverendo Sykes—. Esta iglesia no tiene mejor amigo que el padre de ustedes.

Mi curiosidad estalló.

—¿Por qué recaudaban dinero para la esposa de Tom Robinson?

—¿No ha oído el motivo? —preguntó el reverendo—. Helen tiene tres pequeñuelos y no puede ir a trabajar...

—¿Cómo no se los lleva consigo, reverendo? —pregunté.

Era costumbre que los negros que trabajan en el campo y tenían hijos pequeños los dejasen en cualquier sombra mientras ellos trabajaban; generalmente los niños estaban sentados a la sombra entre dos hileras de algodón. A los que por edad no podían estar sentados, las madres los llevaban atados a la espalda al estilo de las mujeres indias, o los tenían en sacos.

El reverendo Sykes vaciló.

—Para decirle la verdad, miss Jean Louise, Helen encuentra dificultad en hallar trabajo estos días... Cuando llegue la temporada de la recolección, creo que míster Link Deas la aceptará.

—¿Por qué no lo encuentra, reverendo?

Antes de que él pudiera contestar, sentía la mano de Calpurnia en mi hombro. Bajo su presión, dije:

—Le damos las gracias por habernos dejado venir.

Jem repitió la frase, y emprendimos el camino de nuestra casa.

—Cal, ya sé que Tom Robinson está en el calabozo y que ha cometido algún terrible delito, pero, ¿por qué no quieren contratar a Helen los blancos? —pregunté.

Calpurnia caminaba entre Jem y yo con su vestido de vela de barco y su sombrero de tubo.

—Es a causa de lo que la gente dice que ha hecho Tom —contestó—. La gente no desea tener nada que ver con ninguno de su familia.

—Pero, ¿qué hizo, Cal?

Calpurnia suspiró.

—El viejo míster Bob Ewell le acusó de haber violado a su hija y le hizo detener y encerrar en la cárcel...

—¿Míster Ewell? —Mi memoria se puso en marcha—. ¿Tiene algo que ver con aquellos Ewell que vienen el primer día de clase y luego se marchan a casa? Caramba, Atticus dijo que eran la basura más sucia; jamás había oído hablar a Atticus de nadie como hablaba de los Ewell. Dijo...

—Sí, aquéllos son.

—Pues bien, si en Maycomb todo el mundo sabe qué clase de gente son los Ewell deberían contratar a Helen de muy buena gana... ¿Y qué es violar, Cal?

—Es una cosa que se la tendrás que preguntar a míster Finch —contestó—. El sabrá explicártela mejor que yo. ¿Tenéis hambre? El reverendo ha prolongado mucho el servicio esta mañana; por lo general no es tan aburrido.

—Es lo mismo que nuestro predicador —dijo Jem—. Pero, ¿por qué cantáis los himnos de aquella manera?

—¿Verso por verso? —preguntó Calpurnia.

—¿Así lo llaman?

—Sí, lo llaman verso por verso. Se hace de este modo desde que yo recuerdo.

Jem dijo que parecía que podían ahorrar el dinero de las cuestaciones durante un año e invertirlo comprando unos cuantos libros de himnos.

Calpurnia se puso a reír y explicó:

—No serviría de nada. No saben leer.

—¿No saben leer? —pregunté—. ¿Toda aquella gente no sabe leer?

—Esta es la verdad —afirmó Calpurnia, apoyando las palabras con un movimiento de cabeza—. En «Primera Compra» no habrá más que cuatro personas que sepan leer... Yo soy una de ellas.

—¿Dónde fuiste a la escuela, Cal? —inquirió Jem.

—En ninguna parte. Veamos ahora..., ¿quién me enseñó lo que sé? La tía de miss Maudie Atkinson, la anciana miss Buford...

—¿*Tan* vieja eres?

—Soy más vieja que míster Finch, incluso. —Calpurnia sonrió—. Sin embargo, no sé con certeza cuán vieja soy. Una vez nos pusimos a rememorar, tratando de adivinar los años que tenía... Sólo recuerdo unos años más del pasado que él, de modo que no soy mucho más vieja, sobre todo teniendo en cuenta el hecho de que los hombres no recuerdan tan bien como las mujeres.

—¿Cuándo es tu cumpleaños, Cal?

—Lo celebro por Navidad, de este modo uno se acuerda más fácilmente... No tengo un verdadero cumpleaños.

—Pero, Cal —protestó Jem—, no pareces tan vieja como Atticus, ni mucho menos.

—La gente de color no acusa la edad tan pronto —explicó ella.

—Acaso sea porque no saben leer. Cal, ¿a Zeebo le enseñaste tú?

—Sí, míster Jem. Cuando él era niño, ni siquiera había escuela. De todos modos le hice aprender.

Zeebo era el hijo mayor de Calpurnia. Si alguna vez me hubiese detenido a pensarlo, habría sabido que Calpurnia estaba en sus años maduros: Zeebo tenía hijos a la mitad del crecimiento; pero es que nunca lo había pensado.

—¿Le enseñaste con un abecedario, como nosotros? —pregunté.

—No, le hacía aprender una página de la Biblia cada día, y había un libro con el que miss Buford me enseñó a mí... Apuesto a que no sabéis de dónde lo saqué —dijo.

No, no lo sabíamos.

—Vuestro abuelo Finch me lo regaló —dijo Calpurnia.

—¿Eras del Desembarcadero? —preguntó Jem—. Nunca nos lo habías contado.

—Lo soy, en efecto, míster Jem. Me crié allá abajo, entre la Mansión Buford y el Desembarcadero. He pasado mis días trabajando para los Finch o para los Buford, y me trasladé a Maycomb cuando se casaron tu papá y tu mamá.

—¿Qué libro era, Cal?

—Los *Comentarios*, de Blackstone.

Jem se quedó de una pieza.

—¿Quieres decir que enseñaste a Zeebo con *aquello*?

—Pues sí, señor, míster Jem. —Calpurnia se llevó los dedos a la boca con gesto tímido—. Eran los únicos libros que tenía. Tu abuelo decía que míster Blackstone escribía un inglés excelente...

—He ahí por qué no hablas como el resto de ellos —dijo Jem.

—¿El resto de cuáles?

—De la gente de color. Pero en la iglesia, Cal, hablabas como los demás...

Jamás se me había ocurrido pensar que Calpurnia llevase una modesta doble vida. La idea de que tuviese una existencia aparte, fuera de nuestra casa, era nueva para mí, por no hablar del hecho de que dominara dos idiomas.

—Cal —le pregunté—, ¿por qué hablas el lenguaje negro con... con tu gente, sabiendo que no está bien?

—Pues, en primer lugar, yo soy negra...

—Esto no significa que debas hablar de aquel modo, sabiéndolo hacer mejor —objetó Jem.

Calpurnia se ladeó el sombrero y se rascó la cabeza; luego se lo caló cuidadosamente sobre las orejas.

—Es muy difícil explicarlo —dijo—. Supón que tú y Scout hablaseis en casa el lenguaje negro; estaría fuera de lugar, ¿no es verdad? Pues, ¿qué sería si yo hablase lenguaje blanco con mi gente, en la iglesia, y con mis vecinos? Pensarían que me había dado la pretensión de aventajar a Moisés.

—Pero, Cal, tú sabes que no es así —protesté.

—No es necesario que uno explique todo lo que sabe. No es femenino... Y, en segundo lugar, a la gente no le gusta estar en compañía de una persona que sepa más que ellos. Les deprime. No transformaría a ninguno, hablando bien; es preciso que sean ellos mismos los que quieran aprender, y cuando no quieren, uno no puede hacer otra cosa que tener la boca cerrada, o hablar su mismo idioma.

—Cal, ¿puedo ir a verte alguna vez?

Ella me miró.

—¿Ir a verme, cariño? Me ves todos los días.

—Ir a verte a tu casa —dije—. ¿Alguna vez después del trabajo? Atticus podría pasar a buscarme.

—Siempre que quieras —contestó—. Te recibiremos con mucho gusto.

Estábamos en la acera, delante de la Mansión Radley.

—Mira aquel porche de allá —dijo Jem.

Yo miré hacia la Mansión Radley, esperando que vería a su ocupante fantasma tomando el sol en la mecedora. Pero estaba vacía.

—Quiero decir nuestro porche —puntualizó Jem.

Miré calle abajo. Enamorada de sí misma, erguida, sin soltar prenda, tía Alexandra estaba sentada en una mecedora, exactamente igual que si se hubiera sentado allí todos los días de su vida.

13

—Pon mi maleta en el dormitorio de la fachada, Calpurnia —fue lo primero que dijo tía Alexandra. Y lo segundo que dijo, fue—: Jean Louise, deja de rascarte la cabeza.

Calpurnia cogió la pesada maleta de tía Alexandra y abrió la puerta.

—Yo la llevaré —dijo Jem. Y la llevó. Después oí que la maleta hería el suelo del dormitorio con un golpe sordo. Un ruido revestido de la cualidad de una sorda permanencia.

—¿Ha venido de visita, tiíta? —pregunté.

Tía Alexandra salía pocas veces del Desembarcadero para venir a visitarnos, y viajaba con toda pompa. Tenía un «Buik» cuadrado, verde brillante, y un chófer negro, ambos conservados en un estado de limpieza poco saludable, pero aquel día no los veía por ninguna parte.

—¿No os lo dijo vuestro padre? —preguntó.

Jem y yo movimos la cabeza negativamente.

—Probablemente se le olvidó. No ha llegado todavía, ¿verdad?

—No, generalmente no regresa hasta muy entrada la tarde —respondió Jem.

—Bien, vuestro padre y yo decidimos que ya era hora de que pasara algún rato con vosotros.

En Maycomb «un rato» significaba un período de tiempo que podía oscilar entre tres días y treinta años. Jem y yo nos miramos.

—Ahora Jem crece mucho y tú también —me dijo—. Decidimos que a los dos os convenía recibir alguna influencia femenina. No pasarán muchos años, Jean Louise, sin que te interesen los vestidos y los muchachos...

Yo habría podido replicar con varias respuestas: «Cal es una mujer», «Pasarán muchos años antes de que me interesen los muchachos», «Los vestidos no me interesarán nunca». Pero guardé silencio.

—¿Y tío Jimmy? —preguntó Jem—. ¿Vendrá también?

—Oh, no, él se queda en el Desembarcadero. Conservará la finca en marcha.

En el mismo momento en que dije:

—¿No le echará usted de menos? —comprendí que no era una pregunta con tacto. Que tío Jimmy estuviera presente o ausente no implicaba una gran diferencia; tío Jimmy nunca decía nada. Tía Alexandra pasó por alto la pregunta.

No se me ocurrió ninguna otra cosa que decirle. Lo cierto era que nunca se me ocurría nada que decirle, y me senté pensando en conversaciones pretéritas, y penosas, que habíamos sostenido: «¿Cómo estás, Jean Louise?» «Perfectamente, gracias, señora, ¿cómo está usted?» «Muy bien, gracias. ¿Qué has hecho todo este tiempo?» «¿No haces nada?» «No.» «Tendrás amigos, ciertamente.» «Sí.» «Bien, ¿pues qué hacéis todos juntos?» «Nada.»

Era evidente que tiíta me creía en extremo obtusa, porque una vez oí que le decía a Atticus que yo era tarda de comprensión.

Detrás de todo aquello había una historia, pero yo no quería que tía Alexandra la sacase a flote en aquel momento: aquel día era domingo, y en el Día del Señor tía Alexandra se mostraba positivamente irritable. Me figuro que se debía a su corsé de los domingos. No era gorda, aunque sí maciza, y escogía prendas protectoras que elevasen su seno a una altura de vértigo, le redujesen la cintura, pusieran de relieve la parte posterior y lograran dar la idea de que en otro tiempo tía Alexandra fue una figurita de adorno. Desde todos los puntos de vista, era una cosa estupenda.

El resto de la tarde transcurrió en medio de la suave melancolía que desciende cuando se presentan los parientes, pero la tristeza se disipó cuando oímos entrar un coche en el paseo. Era Atticus que regresaba de Montgomery. Jem, olvidando su dignidad, corrió conmigo a su encuentro. El le cogió la cartera y la maleta, yo salté a sus brazos, percibí su beso vago y seco, y le dije:

—¿Me traes un libro? ¿Sabes que tiíta está aquí?

Atticus respondió a ambas preguntas afirmativamente.

—¿Te gustaría que viniese a vivir con nosotros?

Yo dije que me gustaría mucho, lo cual era una mentira, pero uno debe mentir en ciertas circunstancias... y en todas las ocasiones en que no puede modificar las circunstancias.

—Hemos creído que hacía tiempo que vosotros, los pequeños, necesitabais... Ea, la cosa está así, Scout —dijo Atticus—, tu tía me hace un favor a mí lo mismo que a vosotros. Yo no puedo estar aquí todo el día, y el verano va a ser muy caluroso.

—Sí, señor —respondí, sin haber entendido ni una palabra de lo dicho. No obstante, se me antojaba que la aparición de tía Alexandra en la escena no era tanto obra de Atticus como de ella misma.

Tiíta tenía la manía de sentenciar qué era «lo mejor para la familia», y supongo que el venir a vivir con nosotros entraba en esta categoría.

Maycomb le dio la bienvenida. Miss Maudie Atkinson preparó un pastel tan cargado de licor que me embriagó; miss Stephanie Crawford le hacía largas visitas, que consistían principalmente en que miss Stephanie movía la cabeza para decir: «Oh, oh, oh». Miss Rachel, la de la puerta de al lado, tenía a tía Alexandra a tomar el café por las tardes, y míster Nathan Radley llegó al extremo de subir al porche de la fachada y decirle que se alegraba de verla.

Cuando estuvo definitivamente acomodada con nosotros y la vida recobró su ritmo cotidiano, pareció como si tía Alexandra hubiese vivido siempre en nuestra casa. Los refrescos con que obsequiaba a la Sociedad Misionera se sumaron a su reputación como anfitriona. (No permitía que Calpurnia preparase las golosinas requeridas para que la Sociedad aguantase los largos informes sobre los Cristianos de Arroz [1]). Se afilió al Club de Escribientes de Maycomb y pasó a ser la secretaria del mismo. Para todas las reuniones, que constituían la vida social del condado, tía Alexandra era uno de los pocos ejemplares que quedaban de su especie: tenía modales de yate fluvial y de internado de señoritas; en cuanto salía a relucir la moral en cualquiera de sus formas, ella la defendía; había nacido en caso acusativo; era una murmuradora incurable. Cuando tía Alexandra fue a la escuela, la expresión «dudar de sí mismo» no se encontraba en ningún libro de texto; por lo tanto, ignoraba su significado. Nunca

_____

(1) En los EE. UU. llaman «Cristianos de arroz» a los chinos y japoneses que se convierten por las raciones de arroz que reparten las misiones, o por gozar de otras ventajas. (N. del T.)

se aburría, y en cuanto se le ofrecía la menor oportunidad ejercitaba sus prerrogativas reales: componía, aconsejaba, prevenía y advertía.

Jamás dejaba escapar la ocasión de señalar los defectos de otros grupos tribales, para mayor gloria del nuestro, una costumbre que a Jem más bien le divertía que le enojaba.

—Tiíta debería tener cuidado con lo que dice; saca al sol los trapitos sucios de la mayoría de personas de Maycomb, y resulta que son parientes nuestros.

Al subrayar el aspecto moral del suicidio de Sam Merriweather, tía Alexandra dijo que era debido a una tendencia mórbida de la familia. Si a una chica de dieciséis años se le escapaba una risita en el coro de la iglesia, tía Alexandra decía:

—Eso viene a demostraros, simplemente, que todas las mujeres de la familia Penfield son traviesas.

Según parecía, en Maycomb todo el mundo tenía una tendencia a la bebida, tendencia al juego, tendencia ruin, tendencia ridícula.

En una ocasión en que tiíta nos aseguraba que la tendencia de miss Stephanie Crawford a ocuparse de los asuntos de las otras personas era hereditaria, Atticus dijo:

—Hermana, si te paras a pensarlo, nuestra generación es la primera de la familia Finch en que no se casan primos con primos. ¿Dirías tú que los Finch tienen una tendencia incestuosa?

Tiíta dijo que no, que de ahí venía que tuviésemos los pies y las manos pequeños.

Nunca comprendí que le preocupase tanto la herencia. De alguna parte había recogido yo la idea de que eran personas excelentes aquellas que obraban lo mejor que sabían según el criterio que poseían, pero tía Alexandra alimentaba la creencia, que expresaba de un modo indirecto, de que cuanto más tiempo había estado asentada una determinada familia en el mismo trozo de terreno tanto más distinguida y excelente era.

—De este modo, los Ewell son una gente excelente —decía Jem.

La tribu que fomaban Burris Ewell y su hermandad vivía en el mismo pedazo de terreno y medraba alimentándose del dinero de la beneficencia del condado desde hacía tres generaciones.

La teoría de tía Alexandra tenía algo, no obstante, que la respaldaba. Maycomb era una ciudad antigua. Estaba veinte millas al este del Desembarcadero de Finch, absurdamente tierra adentro para una población tan antigua. Pero Maycomb habría estado enclavada más cerca del río si no hubiese sido por el talento despierto de un Sinkfield, que en los albores de la historia regentaba una posada en la conjunción de dos caminos de cabras, la única taberna del territorio. Sinkfield, que no era patriota, proporcionaba y suministraba municiones a los indios y a los colonos por igual, sin saber ni importarle si formaban parte del territorio de Alabama o de la nación creek, con tal que el negocio se diera bien. Y el negocio era excelente cuando el gobernador William Wyat Bibb, con el propósito de promover la paz doméstica del condado recién formado, envió un equipo de inspectores a localizar su centro exacto para establecer allí la sede del Gobierno. Los inspectores, huéspedes suyos, explicaron a Sinkfield que se encontraba en los límites territoriales del condado de Maycomb, y le enseñaron el lugar donde probablemente se erigiría la capital del mismo. Si Sinkfield no hubiese dado un golpe audaz para salvar sus intereses, Maycomb habría estado enclavado en medio de la Ciénaga de Winston, un lugar totalmente desprovisto de interés. En cambio Maycomb creció y se extendió a partir de su eje, la Taberna de Sinkfield, porque éste, una noche, redujo a sus huéspedes a la miopía de la borrachera, les indujo a sacar sus mapas y planos, y a trazar una curva aquí y añadir un trocito allí, hasta situar el centro del condado en el punto que a él le convenía. Al día siguiente les hizo recoger el equipaje y los envió armados de sus planos y de cinco cuartos de galón de licor: dos por cabeza, y uno para el gobernador.

Como la primera razón de su existencia fue la de servir de sede para el Gobierno, Maycomb se ahorró desde un prinpicio el aspecto sucio y mísero que distinguía a la mayoría de poblaciones de Alabama de su categoría. Ya en el principio tuvo edificios sólidos, uno de ellos para el juzgado, unas calles generosamente anchas. La proporción de profesiones liberales era muy elevada en Maycomb: uno podía ir allá a que le arrancasen un diente, le reparasen el carromato, le auscultasen el corazón, le guardasen el dinero, le salvasen el alma, o a que el veterinario le curase las mulas. Pero la sabiduría de largo alcance de la maniobra de Sinkfield puede someterse a discusión. Sinkfield situó la ciudad demasiado lejos del único medio de transporte de aquellos días —la embarcación fluvial— y un hombre del extremo norte del condado necesitaba dos días de viaje para ir a proveerse de géneros en las tiendas de Maycomb. En consecuencia, la población conservó las mismas dimensiones por espacio de un centenar de años, constituyendo una isla en un mar cuadriculado de campos de algodón y arboledas.

Aunque Maycomb quedó ignorado durante la Guerra de Secesión, la ley de Reconstrucción y la ruina económica la obligaron a crecer. Creció hacia dentro. Raramente se establecían allí personas forasteras: las mismas familias se unían en casamiento con otras mismas familias, hasta que todos los miembros de la comunidad tuvieron una ligera semejanza. De cuando en cuando alguno regresaba de Montgomery o de Mobile con una pareja forastera, pero el resultado sólo causaba una ligera ondulación en la tranquila corriente del parecido de las familias. Todo ello seguía igual, poco más o menos, durante mis primeros años.

En Maycomb existía ciertamente un sistema de castas: pero para mi modo de pensar funcionaba de este modo: se podía predecir que los ciudadanos más antiguos, la presente generación de los moradores que habían vivido codo a codo durante años y años, se relacionarían y se unirían entre sí; tenderían a las actitudes admitidas, a los rasgos generales del carácter y hasta a los gestos que se habían repetido en cada generación y que el tiempo había refinado. Así pues, las sentencias: «Ningún Crawford se ocupa de sus asuntos». «De cada tres Merriweather uno es enfermizo», «La verdad no se halla en casa de los Delafield», «Todos los Buford caminan de este modo», eran simples guías de la vida cotidiana. Nunca se aceptaba un cheque de un Delafield sin una discreta consulta previa al Banco; miss Maudie Atkinson tenía los hombros caídos porque era una Buford; si mistress Grace Merriweather sorbía ginebra, no era cosa inusitada: su madre hacía lo mismo.

Tía Alexandra encajaba en el mundo de Maycomb lo mismo que la mano en el guante, pero jamás en el mundo de Jem y mío. Me pregunté tan a menudo cómo era posible que fuese hermana de Atticus y de tío Jack que reavivé en mi mente las historias, recordadas a medias, de trueques y raíces de mandrágora, inventadas por Jem mucho tiempo atrás.

Durante su primer mes de estancia, todo esto fueron especulaciones abstractas, pues tenía poca cosa que decirnos a Jem y a mí, y sólo la veíamos a las horas de comer y por la noche, antes de irnos a la cama. Era verano y pasábamos el tiempo al aire libre. Naturalmente, algunas tardes, al entrar corriendo a beber un trago de agua, encontraba la sala de estar invadida de damas de Maycomb que bebían, susurraban y se abanicaban, y a mí se me ordenaba:

—Jean Louise, ven a hablar con estas señoras.

Cuando yo aparecía en el umbral, tiíta tenía una cara como si lamentase haberme llamado; por lo general yo iba llena de salpicaduras de barro, o cubierta de arena.

—Habla con tu prima Lily —me dijo una tarde, cuando me tuvo en el vestíbulo, cogida en la trampa.

—¿Con quién? —pregunté.

—Con tu prima Lily Brooke —dijo tía Alexandra.

—¿Lily es prima nuestra? No lo sabía.

Tía Alexandra se las compuso para sonreír de un modo que transmitía una suave petición de excusas a prima Lily y una firme reprimenda a mí. Más tarde, cuando Lily Brooke se hubo marchado, nos declaró a Jem y a mí lo lamentable que era que nuestro padre hubiera olvidado hablarnos de la familia e inculcarnos el orgullo de ser unos Finch. A continuación salió de la sala y regresó con un libro de cubiertas moradas con unas letras impresas en oro que decían: *Meditaciones de Joshua S. Sta Clair*.

—Tu primo escribió este libro —dijo tía Alexandra—. Era un hombre notable.

Jem examinó el pequeño volumen.

—¿Es el primo Joshua que estuvo encerrado tanto tiempo?

—¿Cómo estás enterado de eso? —preguntó a su vez tía Alexandra.

—Caramba, Atticus dijo que en la Universidad le suspendieron y trató de pegarle un tiro al presidente del tribunal. Dijo que el primo Joshua afirmaba que el presidente no era otra cosa que un busca-cloacas y que intentó disparar contra él con una vieja pistola de pedernal, sólo que el arma le estalló en la mano. Atticus dice que a la familia le costó quinientos dólares el sacarle de aquel lío...

Tía Alexandra estaba inmóvil, de pie y tiesa como una cigüeña.

—Basta ya —dijo—. Luego hablaremos de esto.

Antes de la hora de acostarme, estaba yo en el cuarto de Jem tratando de que me prestase un libro, cuando Atticus dio unos golpecitos en la puerta y enfró. Sentóse en el borde de la cama de Jem, nos miró muy serio, y luego sonrió.

—Errr... hummm... —comenzó. Había empezado a adquirir la costumbre de preludiar algunas de las cosas que decía con unos sonidos guturales, por lo cual yo pensaba que quizá al fin se hacía viejo, aunque tenía el mismo aspecto de siempre—. No sé cómo decirlo exactamente —anunció.

—Pues dilo y nada más —replicó Jem—. ¿Hemos hecho algo?

Nuestro padre se estrujaba los dedos.

—No; sólo quería explicarte que... tu tía Alexandra me ha pedido... Hijo, tú sabes que eres un Finch, ¿verdad?

—Esto me han dicho. —Jem miraba por el rabillo del ojo. Su voz subió de tono sin que la pudiera dominar—. Atticus, ¿qué pasa?

Atticus cruzó las piernas y los brazos.

—Estoy tratando de explicarte las realidades de la vida.

El disgusto de Jem fue en aumento.

—Conozco todas esas sandeces —dijo.

Atticus se puso súbitamente serio. Con su voz de abogado, sin la sombra de una inflexión, dijo:

—Tu tía me ha pedido que probase de inculcaros a ti y a Jean Louise la idea de que no descendéis de gente vulgar, de que sois el producto de varias generaciones de personas de buena crianza... —Atticus se interrumpió para ver cómo yo localizaba una nigua huidiza en mi pierna—. De buena crianza —continuó, cuando la hube encontrado y escarbado—, y que debéis tratar de hacer honor a vuestro nombre... Me ha pedido que os diga que debéis tratar de portaros como la damita y el pequeño caballero que sois. Quiere que os hable de nuestra familia y de lo que ha significado para el Condado de Maycomb en el transcurso de los años, con el fin de que tengáis idea de quiénes sois y os sintáis impulsados a obrar en consecuencia —concluyó de un tirón.

Jem y yo nos miramos atónitos; luego miramos a Atticus, a quien parecía molestarle el cuello de la camisa. Pero no le contestamos nada.

Un momento después yo cogí un peine de la mesa tocador de Jem y me puse a frotar sus púas contra el borde de la mesa.

—Acaba con ese ruido —ordenó Atticus.

Su brusquedad me hirió. El peine estaba a mitad de su carrera; lo dejé con un golpe. Noté que lloraba sin motivo alguno, pero no pude reprimirme. Aquél no era mi padre. Mi padre jamás concebía tales pensamientos. Mi padre nunca hablaba de aquella manera. Fuese como fuere, tía Alexandra le había asignado aquel papel. A través de las lágrimas vi a Jem plantado en un similar estanque de aislamiento; tenía la cabeza inclinada hacia un lado.

Aunque no sabía adónde ir, me volví para marcharme y topé con la chaqueta de Atticus. Hundí la cabeza en ella y escuché los pequeños ruidos internos que se producían detrás de la delgada tela azul: el tic-tac del reloj de bolsillo, el leve crepitar de la camisa almidonada, el sonido suave de la respiración de mi padre.

—Te ronca el estómago —le dije.

—Lo sé —respondió.

—Te conviene tomar un poco de agua carbónica.

—La tomaré —prometió.

—Atticus, esta manera de proceder y todas estas cosas, ¿van a cambiar la situación? Quiero decir, ¿vas a...?

Sentí su mano detrás de mi cabeza.

—No te inquietes por nada —me dijo—. No es tiempo de inquietarse.

Al oír estas palabras comprendí que había vuelto con nosotros. La sangre de mis piernas empezó a circular de nuevo y levanté la cabeza.

—¿Quieres de veras que hagamos todas esas cosas? Yo no puedo recordar todo lo que se da por supuesto que los Finch deben hacer...

—No quiero que recuerdes nada. Olvídalo.

Atticus se encaminó hacia la puerta y salió del cuarto, cerrando la puerta tras de sí. Estuvo a punto de cerrarla con recio golpe, pero se dominó en el último momento y la cerró suavemente. Mientras Jem y yo mirábamos fijamente en aquella dirección, la puerta se abrió de nuevo y Atticus asomó la cabeza. Tenía las cejas levantadas, y se le habían deslizado las gafas.

—Cada día me vuelvo más como el primo Joshua, ¿verdad? ¿Creéis que acabaré costándole quinientos dólares a la familia?

Ahora comprendo su intención, pero es que Atticus sólo era un hombre. Para esa clase de trabajo se precisa una mujer.

14

Aunque a tía Alexandra no la oímos hablar más de la familia Finch, escuchamos sobradamente a toda la población. Los sábados, armados con nuestras monedas de diez centavos, cuando Jem me permitía acompañarle (actualmente manifestaba una positiva alergia a mi presencia, estando en público), avanzábamos serpenteando entre las sudorosas turbas reunidas en las aceras, y a veces escuchábamos: «Ahí van sus hijos», o «Allá hay unos Finch». Al volvernos para enfrentarnos con nuestros acusadores, sólo veíamos un par de granjeros estudiando las bolsas para enemas del escaparate de la Droguería Mayco. O a dos regordetas campesinas con sombrero de paja sentadas en un carro Hoover.

—A juzgar por lo que se preocupan quienes rigen este condado, pueden andar sueltos y violar el campo entero —fue la oscura observación con que topamos cuando un flaco y arrugado caballero se cruzó con nosotros. Lo cual me recordó que tenía que hacer una pregunta a Atticus.

—¿Qué es violar? —le pregunté aquella noche. Atticus me miró desde detrás del periódico. Estaba en su sillón, junto a la ventana. Al hacernos mayores, Jem y yo considerábamos un acto de generosidad concederle treinta minutos después de cenar.

El suspiró y dijo que violar era conocer carnalmente a una hembra por la fuerza y sin consentimiento.

—Bien, si todo acaba en esto, ¿cómo cortó Calpurnia la conversación cuando le pregunté qué era?

Atticus pareció pensativo.

—¿Y eso a qué viene?

—A que aquel día, al volver de la iglesia, pregunté a Calpurnia qué era violar y ella me dijo que te lo preguntase a ti, pero me había olvidado, y ahora te lo pregunto.

Mi padre tenía el periódico en el regazo.

—Repítelo, te lo ruego.

Yo le expliqué con todo detalle nuestra ida a la iglesia con Calpurnia. A Atticus pareció gustarle, pero tía Alexandra, que estaba sentada en un rincón cosiendo en silencio, dejó su labor y nos miró fijamente.

—¿Aquel domingo regresabais los tres del templo de Calpurnia?

—Sí, ella nos llevó —contestó Jem.

Yo recordé algo.

—Sí, y me prometió que podría ir a su casa alguna tarde. Atticus, si no hay inconveniente, iré el próximo domingo, ¿me dejas? Cal dijo que vendría a buscarme, si tú estabas fuera con el coche.

—No puedes ir.

Lo había dicho tía Alexandra. Yo, pasmada, me volví en redondo, luego giré de nuevo la cara hacia Atticus a tiempo para sorprender la rápida mirada que le dirigió, pero era demasiado tarde.

—¡No se lo he preguntado a usted! —exclamé.

Con todo y ser un hombre alto, Atticus sabía sentarse y levantarse de la silla con más rapidez que ninguna otra persona que yo conociese. Ahora estaba de pie.

—Pide perdón a tu tía —me dijo.

—No se lo he preguntado a ella, te lo preguntaba a ti...

Atticus ladeó la cabeza y me clavó en la pared con su ojo bueno. Su voz sonó mortalmente amenazadora.

—Lo siento, tiíta —murmuré.

—Vamos, pues —dijo él—. Que quede esto bien claro: tú harás lo que Calpurnia te mande, harás lo que yo te mande, y mientras tu tía esté en esta casa, harás lo que ella te mande. ¿Comprendes?

Yo lo comprendí, reflexioné un momento y deduje que la única manera que tenía de retirarme con un resto de dignidad consistía en irme al cuarto de baño, donde estuve el rato suficiente para hacerles creer que mi marcha había respondido a una necesidad. De regreso me entretuve en el vestíbulo para escuchar una acalorada discusión que tenía lugar en la sala. Por la rendija de la puerta pude ver a Jem en el sofá con una revista de fútbol delante de la cara, moviendo la cabeza como si sus páginas contuvieran un interesante partido de tenis.

—...Debes hacer algo con respecto a ella —estaba diciendo mi tía—. Has dejado que las cosas continuaran así demasiado tiempo, Atticus, demasiado tiempo.

—No veo ningún mal en permitirle que vaya allá. Cal cuidará tan bien de ella como cuida aquí.

¿Quién era la «ella» de la cual estaba hablando? El corazón se me encogió: era yo. Sentí que las almidonadas paredes de una penitenciaría modelo se cerraban sobre mí, y por segunda vez en mi vida pensé en huir. Inmediatamente.

—Atticus, no está mal tener el corazón tierno. Tú

eres un hombre sencillo, pero tienes también una hija en quien pensar. Una hija que se hace mayor.

—En eso estoy pensando.

—Y no trates de eludir el problema. Tendrás que afrontarlo más pronto o más tarde, y lo mismo da que sea esta noche. Ahora no la necesitamos.

Atticus replicó con voz sosegada:

—Alexandra, Calpurnia no saldrá de esta casa hasta que ella quiera. Tú puedes pensar de otro modo, pero yo no hubiera podido desenvolverme sin Calpurnia todos estos años. Es un miembro fiel de esta familia, y, simplemente, tendrás que aceptar las cosas tal como están. Por lo demás, hermana, no quiero que te estrujes el cerebro por nosotros; no tienes motivo alguno para hacerlo. Seguimos necesitando a Cal como nunca la hayamos necesitado.

—Pero, Atticus...

—Por otra parte, no creo que los niños hayan perdido nada porque los haya criado ella. Si alguna diferencia hay, Calpurnia ha sido más dura con ellos, en algunos aspectos, de lo que habría sido una madre... Jamás les ha dejado pasar nada sin castigo, nunca les ha consentido un mal comportamiento, como suelen hacer las niñeras de color. Ha tratado de educarlos según sus propias luces, y conste que las tiene muy buenas... Y otra cosa: los niños la quieren.

Yo respiré de nuevo. No era de mí, era de Calpurnia de quien estaban hablando. Vuelta a la vida, entré en la sala. Atticus se había parapetado detrás de su periódico, y tía Alexandra atormentaba su labor. Punk, punk, punk, su aguja rompía el tenso círculo. Se interrumpió y puso la tela más tirante: punk, punk, punk. Tía Alexandra estaba furiosa.

Jem se puso en pie y pisó la alfombra con paso tardo, haciéndome señas para que le siguiera. Me condujo a su cuarto y cerró la puerta. Tenía la cara seria.

—Se han peleado, Scout.

Jem y yo nos peleábamos mucho aquellos días, pero no había visto ni sabido que nadie se pelease con Atticus. No era un cuadro reconfortante.

—Scout, procura no hacer enfadar a tiíta, ¿oyes?

Como las observaciones de Atticus me escocían aún, no supe ver el tono de súplica de las palabras de Jem. Ericé el pelo de nuevo.

—¿Estás tratando de decirme lo que debo hacer?

—No, lo que hay... Atticus tiene muchas cosas en la cabeza actualmente, sin necesidad de que nosotros le demos disgustos.

—¿Qué cosas? —Atticus no parecía tener nada especial en la cabeza.

—El caso ese de Tom Robinson le da unas inquietudes de muerte...

Yo dije que Atticus no se inquietaba por nada. Por otra parte, el caso no nos causaba molestias más que una vez por semana, y entonces todavía no duraba mucho.

—Esto es porque no puedes retener nada en la mente, salvo un corto rato —dijo Jem—. Con la gente mayor es distinto; nosotros...

Aquellos días su enloquecedora superioridad se hacía insoportable. No quería hacer otra cosa que leer y marcharse solo. Sin embargo, todo lo que leía me lo pasaba, pero con esta diferencia: antes me lo pasaba porque creía que me gustaría; ahora, para que me edificase y me instruyese.

—¡Tres mil recanastos, Jem! ¿Quién te figuras ser?

—Ahora lo digo en serio, Scout; si haces enfadar a nuestra tía, yo... yo te zurraré.

Con esto perdí los estribos.

—¡So maldito mamarracho, te mataré!

Jem estaba sentado en la cama y fue fácil cogerle por el cabello de encima de la frente y descargarle un golpe en la boca. El me dio un cachete, yo intenté otro puñetazo con la izquierda, pero uno suyo en el estómago me envió al suelo con los brazos y las piernas extendidos. El golpe me dejó casi sin respiración, pero no importaba, porque veía que Jem estaba luchando, respondía a mi ataque. Todavía éramos iguales.

—¡Ahora no te sientes tan alto y poderoso! ¿Verdad que no? —grité volviendo al ataque.

Jem continuaba en la cama, por lo cual no pude plantarme sólidamente en el suelo, y me arrojé contra él con toda la dureza que pude, golpeando, tirando, pellizcando, arañando. Lo que había empezado como una pelea terminó en un alboroto. Estábamos todavía luchando cuando Atticus nos separó.

—Basta ya —dijo—. Ahora, los dos inmediatamente a la cama.

—¡Hala! —le dije a Jem. Le enviaban a la cama a la misma hora que yo.

—¿Quién ha empezado? —preguntó Atticus, con resignación.

—Jem. Quería decirme lo que debo hacer. Yo no tengo que obedecerle, ¿verdad que no?

Atticus sonrió.

—Dejémoslo así: tú obedecerás a Jem siempre que él pueda obligarte a obedecerle. ¿Te parece justo?

Tía Alexandra estaba presente, aunque callada, y cuando bajó al vestíbulo con Atticus oímos que decía:

—...Precisamente una de las cosas de que te había hablado —una frase que volvió a unirnos de nuevo.

Nuestros cuartos se comunicaban; mientras cerraba la puerta entre ambos, Jem dijo:

—Buenas noches, Scout.

—Buenas noches —murmuré cruzando la habitación a tientas para encender la luz.

Al pasar junto a la cama pisé un objeto cálido, elástico y más bien blando. No era exactamente como el caucho duro, y tuve la sensación de que aquello estaba vivo. Además, oí que se movía.

Encendí la luz y miré al suelo contiguo a la cama. Fuese lo que fuere, lo que pisé había desaparecido. Llamé a la puerta de Jem.

—¿Qué? —me contestó.

—¿Qué tacto tiene una serpiente?

—Un tacto áspero. Frío. Polvoriento. ¿Por qué?

—Creo que hay una debajo de mi cama. ¿Puedes venir a verlo?

—¿Estás de guasa? —Jem abrió la puerta. Iba con pantalón de pijama. Yo advertí, no sin satisfacción, que sus labios conservaban la huella de mis nudillos. Cuando vio que hablaba en serio, dijo—: Si te figuras que voy a poner la cara en el suelo al alcance de una serpiente, te equivocas. Espera un minuto —y se fue a la cocina a buscar una escoba—. Será mejor que te subas a la cama —dijo entonces.

—¿Supones que se ha marchado de verdad? —pregunté.

Aquello era un acontecimiento. Nuestras casas no tenían bodegas, estaban construidas de sillares de piedra hasta cierta altura sobre el suelo, y la entrada de reptiles no era cosa desconocida, pero tampoco frecuente. La excusa de miss Rachel Haverford para tomarse un vaso de whisky puro todas las mañanas consistía en que jamás podía vencer el susto de haber encontrado una serpiente de cascabel arrollada en el armario de su dormitorio, cuando fue cierto día a colgar su *negligée*.

Jem metió la escoba en un movimiento de tanteo. Yo miré por encima de los pies de la cama para ver si salía alguna serpiente. No salió ninguna. Jem dio un escobazo más adentro.

—¿Gruñen las serpientes?

—No es una serpiente —dijo Jem—. Es una persona.

De súbito salió disparado de debajo de la cama un paquete pardo y sucio. Cuando apareció, Jem levantó la escoba y no acertó a la cabeza de Dill por una pulgada.

—Dios todopoderoso —la voz de Jem tenía un acento reverente.

Nos quedamos mirando cómo Dill salía poco a poco. Estaba encogido en un apretado fardo. Se puso en pie, desencogió los hombros, hizo girar los pies dentro de los calcetines que le llegaban al tobillo y, restaurada la circulación, dijo:

—Hola.

Jem volvió a dirigirse a Dios. Yo me había quedado sin palabra.

—Estoy a punto de desfallecer —dijo Dill—. ¿Tenéis algo de comida?

Fui a la cocina como una sonámbula. Le traje leche y media cacerola de tortas de maíz que habían sobrado de la cena. Dill las devoró, mascando con los dientes de delante, como tenía por costumbre. Por fin recobré la voz.

—¿Cómo has llegado hasta aquí?

Por una ruta complicada. Reanimado por el alimento, Dill recitó la siguiente narración: después de haber sido encadenado por su nuevo padre, que le odiaba, y abandonado en el sótano para que muriese (en Meridian había sótanos), y después de conservar la vida gracias a un campesino que al pasar por allí oyó sus gritos de socorro y le llevó, en secreto, guisantes crudos de los campos (el buen hombre metió una medida entera, vaina por vaina; por el respiradero), Dill se libertó arrancando las cadenas de la pared. Todavía con las muñecas esposadas, se alejó sin rumbo dos millas más allá de Meridian, donde descubrió un pequeño circo de animales y fue contratado inmediatamente para lavar el camello. Viajó con el circo por todo el Mississipi, hasta que su infalible sentido de orientación le indicó que estaba en el Condado de Abbott, Alabama, enfrente mismo de Maycomb, pero al otro lado del río. El resto del camino lo recorrió a pie.

—¿Cómo has llegado hasta aquí? —insistió Jem.

Había cogido trece dólares del monedero de su madre, subido al tren de las nueve de Meridian y saltando en el Empalme de Maycomb. Había recorrido diez u once de las millas que le separaban de nuestra ciudad andando por entre matorrales por miedo a que las autoridades estuvieran buscándole, y había salvado el resto del camino colgándose del cierre trasero de un vagón del algodón. Calculaba que había estado unas dos horas debajo de la cama; nos había oído en el comedor, y el tintineo de platos y tenedores estuvo a punto de volverle loco. Pensaba que Jem y yo no nos acostaríamos nunca. Tomó en consideración la idea de presentarse y ayudarme a pegar a Jem, pues había crecido mucho más, pero comprendió que míster Finch interrumpiría pronto la pelea, y pensó que sería mejor que continuase donde estaba. Se hallaba rendido, sucio como no se podía imaginar, pero en casa.

—No deben de saber que estás aquí —dijo Jem—. Si te estuvieran buscando nos habríamos enterado...

—Me figuro que todavía buscan por todos los cines de Meridian —Dill sonrió.

—Deberías comunicar a tu padre dónde te encuentras —indicó Jem—. Deberías decirle que estás aquí...

Los ojos de Dill revolotearon hacia Jem, y éste bajó los suyos al suelo. En seguida se levantó y rompió el código inalterado de nuestra infancia. Salió del dormitorio y bajó al vestíbulo.

—Atticus —su voz sonaba distante—, ¿puedes venir acá un momento, señor?

Debajo de la suciedad surcada por el sudor, la cara de Dill se volvió blanca. Yo me sentí enferma. Atticus estaba en el umbral.

Luego, entró hasta el centro de la habitación y se quedó plantado con las manos en los bolsillos, mirando a Dill.

Al final encontré la voz.

—Todo va bien, Dill. Cuando quiere que te enteres de algo, te lo dice —Dill me miró—. Quiero decir que todo marcha bien —añadí—. Ya sabes que Atticus no te molestará; ya sabe que no le tienes miedo.

—No tengo miedo... —musitó Dill.

—Sólo hambre, apostaría —la voz de Atticus tenía su agradable tono seco habitual—. Scout, podemos proporcionarle algo mejor que una cacerola de tortas frías de maíz, ¿verdad? Ahora le llenáis la barriga a ese sujeto y cuando yo vuelva veremos lo que podemos hacer.

—¡Míster Finch, no avise a tía Rachel, no me haga regresar allá, *se lo ruego*, señor! ¡Me escaparía otra vez...!

—Bah, hijo —respondió Atticus—. Nadie te obligará a ir a ninguna parte más que a la cama temprano. Voy sólo a decirle a miss Rachel que estás

224

aquí y a preguntarle si puedes pasar la noche con nosotros..., porque a ti te gustaría, ¿no es cierto? Y por amor de Dios, devuelve al condado la parte de suelo que le pertenece; la erosión es bastante considerable ya sin que la aumentemos nosotros.

Dill se quedó mirando fijamente la figura de mi padre, que se retiraba.

—Procura ser gracioso —dije yo—. Quiere decir que tomes un baño. ¿Ves? Ya te he dicho que no te molestaría.

Jem estaba en pie en un ángulo del cuarto, con la cara de traidor que le correspondía.

—Tenía que decírselo, Dill —dijo—. No puedes huir a trescientas millas de distancia sin que tu madre lo sepa.

Le dejamos sin contestación.

Dill comía, y comía, y comía. No había comido desde la noche anterior. Gastó todo el dinero comprando el billete, subió al tren como en muchas ocasiones anteriores y charló tranquilamente con el revisor, para quien Dill era una figura familiar, pero no tuvo la osadía para invocar la norma de los niños cuando hacen un viaje largo: si uno ha perdido el dinero, el revisor le presta el necesario para comer, y luego, al final del trayecto, el padre del niño se lo devuelve.

Dill había despejado los sobrantes de la cena y estaba tendiendo el brazo hacia un bote de tocino con habichuelas de la despensa cuando estalló en el vestíbulo el «¡Duul-ce Jeesús!» de miss Rachel. Dill se estremeció como un conejo.

Luego soportó con fortaleza sus: «Espera cuando te tenga en casa», «Tu familia se vuelve loca de inquietud», «Está saliendo en ti todo lo de los Harris»; sonrió ante su «Me figuro que puedes quedarte una noche», y devolvió el abrazo que al final le concedieron.

Atticus se subió las gafas y se frotó el rostro.

—Vuestro padre está cansado —dijo tía Alexandra; sus primeras palabras durante horas, parecía. Había estado presente, pero muda de sorpresa, me figuro, la mayor parte del tiempo—. Ahora, niños, debéis iros a la cama.

Los dejamos en el comedor, Atticus todavía restregándose la cara.

—Pasamos de violencias a alborotos y a fugas —le oímos exclamar riendo—. Veremos lo que nos traen las dos horas siguientes.

Como parecía que las cosas habían salido bastante bien, Dill y yo decidimos mostrarnos corteses con Jem. Además, Dill había de dormir con él, por lo tanto daba lo mismo que le hablase.

Yo me puse el pijama, leí un rato y de pronto me vi incapaz de continuar con los ojos abiertos. Dill y Jem estaban callados; cuando apagué la lámpara de noche no se veía la raya de luz debajo de la puerta del cuarto de mi hermano.

Debí de dormir mucho rato porque, cuando me despertaron con un ligero golpe, en el cuarto había la claridad indecisa de la luna al ponerse.

—Deja sitio, Scout.

—El se creyó en el deber de hacerlo de aquel modo —murmuré yo—. No le guardes rencor.

Dill se metió en la cama, a mi lado.

—No se lo guardo —dijo—. Sólo que quería dormir contigo. ¿Estás despierta?

En aquel momento lo estaba, aunque perezosamente.

—¿Por qué lo hiciste?

No hubo respuesta.

—He preguntado por qué te fugaste. ¿Aquel hombre era de verdad tan aborrecible como decías?

—No...

—¿No construiste el bote como me escribías cuando estabas fuera?

—El dijo que lo construiríamos, nada más. Pero no lo construimos.

Me incorporé sobre el codo, contemplando la silueta de Dill.

—Eso no es motivo para huir. Los mayores no se ponen a hacer lo que han prometido ni la mitad de las veces...

—No era eso; él... ellos no se interesaban por mí, simplemente.

Aquél era el motivo más extravagante para fugarse que hubiese escuchado en mi vida.

—¿Cómo ocurrió?

—Estaban ausentes continuamente, y hasta cuando se encontraban en casa se iban a un cuarto solos.

—¿Qué hacen allí dentro?

—Nada, estar sentados y leer, únicamente..., pero no me querían con ellos.

Empujé la almohada hacia la cabecera y me senté.

—¿Sabes una cosa? Yo estaba dispuesta a huir esta noche porque los tenía a todos aquí. Uno no los quiere siempre todos a su alrededor, Dill... —Dill respiró con aquella respiración suya de hombre de paciencia, que era casi un suspiro—. Atticus está fuera todo el día y a veces la mitad de la noche, y se va a la legislatura y no sé adónde más. Uno no los quiere a su alrededor todo el tiempo, Dill, no podrías hacer nada si estuvieran.

—No es eso.

A medida que Dill se explicó, me sorprendí, preguntándome qué sería la vida si Jem fuese diferente, incluso de como era ahora; qué haría yo si Atticus no sintiese la necesidad de mi presencia, ayuda y consejo. Diantre, no podría pasar ni un día sin mí. Ni la misma Calpurnia sabría desenvolverse si yo no estuviera allí. Me necesitaban.

—Dill, tú no me lo explicas bien; tus familiares no podrían pasar sin ti. Serán mezquinos contigo, y nada más. Te diré lo que debes hacer respecto a ello...

La voz de Dill prosiguió en la oscuridad:

—La cuestión es... Lo que trato de decirte es... que se lo pasan muchísimo mejor sin mí; no puedo ayudarles en nada. No son mezquinos. Me compran todo lo que quiero, pero es aquello de «ahora que tienes lo que pedías vete a jugar con ello». «Tienes un cuarto lleno de cosas». «Como te he comprado ese libro, ve a leerlo». —Dill trató de dar profundidad a su voz—. «Tú no eres un muchacho. Los muchachos salen y juegan al beisbol con otros, no se quedan por la casa fastidiando a sus padres». —Dill habló de nuevo con su voz propia—. Oh, no son mezquindades. Te besan y te abrazan al darte las buenas noches y los buenos días y al despedirte, y te dicen que te aman... Scout, compremos un niño.

—¿Dónde?

Dill había oído decir que había un hombre que tenía un bote que llevaba a fuerza de remos a una isla de niebla donde estaban los niños pequeños; se podía pedir uno...

—Esto es una mentira. Tiíta dice que Dios los baja por la chimenea. Al menos esto es lo que creo que dijo. —Por una vez la pronunciación de tiíta no había sido demasiado clara.

—Bah, no es así. La gente saca niños el uno del otro. Pero hay ese hombre, además... ese hombre que tiene una infinidad de niños esperando que les despierten; él les da vida con un soplo...

Dill estaba disparado otra vez. Por su cabeza soñadora flotaban cosas hermosas. Podía leer dos libros mientras yo leía uno, pero prefería la magia de sus propias invenciones. Sabía sumar y restar más de prisa que el rayo, pero prefería su mundo entre dos luces, un mundo en el que los niños dormían, esperando que fueran a buscarlos como lirios matutinos. Hablando, hablando se dormía a sí mismo, y me arrastraba a mí con él, pero en la quietud de su isla de niebla se levantó la imagen confusa de una casa gris con unas puertas pardas, tristes.

—¿Dill?

—¿Mmmm?

—¿Por qué no se ha fugado nunca Boo Radley? ¿Te lo figuras?

Dill exhaló un largo suspiro y se volvió de espaldas a mí.

—Quizá no tenga adonde huir...

15

Después de muchas llamadas telefónicas, de mucho argüir en favor del acusado y de una larga carta de su madre perdonando, se decidió que Dill podía quedarse. Vivimos juntos una semana de paz. Poca más quedaba por lo visto. Sobre nosotros se cernía una pesadilla.

Empezó una noche después de cenar. Dill había terminado; tía Alexandra estaba en su sillón del ángulo, Atticus en el suyo; Jem y yo, sentados en el suelo, leyendo. Había sido una semana plácida: yo había obedecido a tiíta; Jem, a pesar de haber crecido en exceso para la choza del árbol, nos había ayudado a Dill y a mí a construir una nueva escalera de cuerda para subir a ella; Dill había dado con un plan a prueba de fracasos para hacer salir a Boo Radley sin que nosotros arriesgásemos nada (formaríamos una senda de trocitos de limón desde la puerta trasera hasta el porche de la fachada, y él los seguiría, lo mismo que una hormiga). Oímos unos golpecitos a la puerta; Jem abrió y dijo que era míster Heck Tate.

—Bien, pídele que entre —contestó Atticus.

—Se lo he dicho ya. Hay unos hombres fuera, en el patio; quieren que salgas.

En Maycomb, los hombres adultos sólo se quedaban en el patio por dos motivos: defunciones y política. Yo me pregunté quién habría muerto. Jem y yo salimos a la puerta de la fachada, pero Atticus nos gritó que volviésemos a entrar en casa.

Jem apagó las luces de la sala de estar y aplastó la nariz contra la persiana de una ventana. Tía Alexandra protestó.

—Un segundo nada más, tiíta, veamos quiénes son —dijo él.

Dill y yo ocupamos otra ventana. Un tropel de hombres estaba de pie rodeando a Atticus. Parecía que todos hablaban a la vez.

—...Trasladarle mañana al calabozo del condado —decía míster Tate—. Yo no busco alborotos, pero no puedo garantizar que no los haya...

—No sea tonto, Heck —replicó Atticus—. Estamos en Maycomb.

—...dicho que sólo estaba intranquilo.

—Heck, hemos conseguido un aplazamiento del caso únicamente para asegurarnos de que no haya motivo de inquietud. Hoy es sábado —decía Atticus—. El juicio se celebrará probablemente el lunes. Puede guardarlo todavía una noche, ¿verdad? No creo que ninguna persona de Maycomb quiera indisponerme con un cliente, con lo difíciles que están los tiempos.

Hubo un murmullo de regocijo que murió súbitamente cuando míster Link Deas dijo:

—Nadie de por aquí trama nada, son la manada de Old Sarum los que me preocupan... ¿No podríais conseguir... cómo se llama, Heck?

—Un cambio de sede del jurado —contestó míster Tate—. No serviría de mucho, ¿verdad que no?

Atticus pronunció unas palabras inaudibles. Yo me volví hacia Jem, que me hizo callar con un ademán.

—...Además —estaba diciendo Atticus—, usted no le tiene miedo a la turba aquella, ¿verdad que no?

—...Sé cómo se portan cuando están saturados de licor.

—Habitualmente, en domingo no beben; pasan la mayor parte del día en la iglesia... —dijo Atticus.

—De todos modos, ésta es una ocasión especial —indicó uno...

El murmullo y el zumbido de la conversación continuó hasta que tiíta dijo que si Jem no encendía las luces de la sala deshonraría a la familia. Jem no la oyó.

—...No comprendo cómo se metió en esto desde un principio —estaba diciendo míster Link Deas—. Con este caso puede perderlo todo, Atticus. Todo, se lo digo.

—¿Lo cree así, de veras?

Aquélla era la pregunta peligrosa, en boca de Atticus.

«¿Crees de veras que quieres jugar esa pieza ahí, Scout?» Bam, bam, bam, y el tablero quedaba limpio de fichas mías. «¿Lo crees así de veras, hijo? Entonces lee esto». Y Jem luchaba todo el resto de la velada, con los discursos de Henry W. Gray.

—Link, es posible que aquel muchacho vaya a la silla eléctrica, pero no irá hasta que se haya dicho la verdad. —La voz de Atticus era tranquila—. Y usted sabe cuál es la verdad.

Del grupo de hombres se levantó un murmullo que se hizo más ominoso cuando Atticus retrocedió hacia la escalera de la fachada y los hombres se le acercaron.

De repente Jem gritó:

—¡Atticus, el teléfono está llamando!

Los hombres titubearon, sorprendidos. Eran gente a la cual veíamos todos los días: comerciantes, granjeros que vivían en la población; estaba allí el doctor Reynolds; y también estaba míster Avery.

—Bien, contesta tú, hijo —gritó Atticus.

Los hombres se dispersaron riendo. Cuando Atticus encendió la lámpara del techo de la sala encontró a Jem junto a la ventana, muy pálido, excepto por la huella encarnada que la persiana había dejado en su nariz.

—¿Cómo diablos estáis todos sentados a oscuras? —preguntó.

Jem le siguió con la mirada mientras él se iba a su sillón y cogía el periódico de la noche. A veces pienso que Atticus sometía todas las crisis de su vida a una tranquila evaluación detrás de *The Mobile Register*, *The Birmingham News* y *The Montgomery Advertiser*.

Jem se le acercó.

—Venían a por ti, ¿verdad? Querían hacerte daño, ¿no es cierto?

Atticus bajó el periódico y miró a Jem.

—¿Qué has estado leyendo? —preguntó. Luego dijo dulcemente—: No, hijo, ésos eran amigos nuestros.

—¿No era una... banda? —Jem estaba mirando por el rabillo del ojo.

Atticus trató de sofocar una sonrisa, pero no lo consiguió.

—No, en Maycomb no tenemos bandas ni tonterías de esa clase. Jamás he oído hablar de ninguna banda en Maycomb.

—El Ku Klux Klan persiguió a algunos católicos, tiempo atrás.

—Tampoco había oído hablar de católicos en Maycomb —dijo Atticus—. Te estás confundiendo

233

con alguna otra cosa. Tiempo atrás, hacia 1920, había un Klan, pero más que nada era una organización política. Por lo demás, apenas encontraban a quien asustar. Una noche desfilaron por delante de la casa de míster Sam Levy, pero éste se limitó a plantarse en su porche y decirles que las cosas habían tomado un cariz divertido, pues él mismo les había vendido las sábanas que les cubrían. Sam les llenó de vergüenza hasta tal punto que se marcharon.

La familia Levy llenaba todos los requisitos para ser gente excelente: obraban lo mejor que podían según el criterio que poseían, y habían vivido en el mismo pedazo de terreno durante cinco generaciones.

—El Ku Klux Klan ha desaparecido —añadió Atticus—. No revivirá nunca.

Yo acompañé a Dill a casa y regresé a tiempo para oír que Atticus decía:

—...En favor de las mujeres del Sur como el primero, pero no para sostener una comedia política a costa de vidas humanas —declaración que me hizo sospechar que habían vuelto a pelearse.

Busqué a Jem y le encontré en su cuarto, tendido en la cama y sumido en profundas reflexiones.

—¿Han vuelto a las andadas? —le pregunté.

—Algo por el estilo. Ella no quiere dejarle en paz con respecto a Tom Robinson. Casi ha dicho que Atticus deshonraba a la familia. Scout..., estoy asustado.

—¿Asustado de qué?

—Asustado por Atticus. Sería posible que alguien le hiciera algo malo. —Jem prefirió encerrarse en el misterio; todo lo que contestó a mis preguntas fue que marchase y le dejara tranquilo.

El día siguiente era domingo. En el intervalo

entre la escuela dominical y la función religiosa, durante el cual la congregación estiraba las piernas, vi a Atticus de pie en el patio con otro apiñamiento de hombres. Como míster Tate estaba presente, me pregunté si se habría convertido, pues jamás iba a la iglesia. Hasta míster Underwood estaba allí. A míster Underwood no le interesaba ninguna organización que no fuera *The Maycomb Tribune*, periódico del cual era el único propietario, director e impresor. Se pasaba los días delante de la linotipia, donde se refrescaba de vez en cuando bebiendo sorbos de una jarra de aguardiente que nunca faltaba. Raras veces se preocupaba de recoger noticias: la gente se las llevaba allí. Se decía que ideaba por sí mismo todas las ediciones de *The Maycomb Tribune* y las escribía en la linotipia. Y era admisible. Algo importante había de ocurrir para que saliera a la calle míster Underwood.

Alcancé a Atticus en la puerta, al entrar, y me dijo que habían trasladado a Tom Robinson a la cárcel de Maycomb. Dijo también, más para sí mismo que a mí, que si le hubiesen tenido allí desde el principio no se habría producido el menor revuelo. Le vi cómo se sentaba en su asiento de la tercera fila y le oí cantar en voz baja y profunda «Más cerca, mi Dios, de Ti», un poco rezagado del resto de nosotros. Nunca se sentaba con tía Alexandra, Jem y yo. En la iglesia le gustaba estar solo.

La presencia de tía Alexandra hacía más irritante la paz ficticia que imperaba los domingos. Inmediatamente después de comer, Atticus solía escapar a su oficina, donde le encontrábamos, si alguna vez íbamos a verle, arrellanado en su sillón giratorio, leyendo. Tía Alexandra se preparaba para una siesta de un par de horas y nos amenazaba severamente por si osábamos hacer el menor ruido en el patio, pues los vecinos estaban descansando. Llegado ya a la ancianidad, Jem se había habituado a retirarse a su cuarto con un montón de revistas deportivas. Con todo ello, Dill y yo pasábamos los domingos rondando por el prado.

Como en domingo estaba prohibido disparar, Dill y yo dábamos patadas a la pelota de fútbol de Jem, lo cual no era nada divertido. Dill preguntó si me gustaría que tratásemos de echar una ojeada a Boo Radley. Yo contesté que no creía que estuviese bien ir a molestarle, y me pasé el resto de la tarde informándole de los acontecimientos del invierno anterior. Le impresionaron considerablemente.

Nos separamos a la hora de cenar, y después de la comida Jem y yo estábamos sentados pasando la velada de la manera habitual, cuando Atticus hizo algo que nos llamó la atención: entró en la sala de estar trayendo un largo cordón eléctrico preparado para empalmarlo. En el extremo del cordón había una lámpara.

—Salgo un rato —dijo—. Cuando regrese, vosotros ya estaréis en la cama, de modo que os doy las buenas noches ahora.

Dicho esto, se puso el sombrero y salió por la puerta trasera.

—Coge el coche —dijo Jem.

Nuestro padre tenía algunas peculiaridades: una era que nunca comía postres; otra, que le gustaba andar. Desde que puedo recordar, hubo siempre en la cochera un «Chevrolet» en excelente estado, y Atticus hizo muchas millas en viajes profesionales, pero en Maycomb iba y venía a pie de la oficina cuatro veces al día, cubriendo unas dos millas. Decía que el único ejercicio que hacía era andar. En Maycomb, si uno salía a dar un paseo sin un objetivo concreto en la mente, era acertado creer que su mente era incapaz de un objetivo concreto.

Un rato después, di las buenas noches a mi tía y a mi hermano, y estaba ensimismada en la lectura de un libro cuando oí a Jem ajetreado en la habitación. Los ruidos que hacía al acostarse me eran tan familiares que llamé a la puerta.

—¿Por qué no te vas a la cama?

—Me voy un rato al centro de la ciudad. —Se estaba cambiando los pantalones.

—¿Cómo? ¡Si son casi las diez, Jem!

Ya lo sabía, pero a pesar de todo se marchaba.

—Entonces me voy contigo. Si dices que no, que tú no vas, iré igual, ¿me oyes?

Jem vio que tendría que pelearse conmigo para hacerme quedar en casa, de modo que cedió con poca galantería.

Me vestí rápidamente. Esperamos hasta que la luz de nuestra tía se apagó, y bajamos calladamente las escaleras de la parte posterior. Aquella noche no había luna.

—Dill querrá venir con nosotros —susurré.

—Claro que querrá —dijo Jem lúgubremente.

Saltamos la pared del paseo, cruzamos el patio lateral de miss Rachel y fuimos a la ventana de Dill. Jem imitó el canto de la perdiz. La faz de Dill apareció en la persiana, desapareció, y cinco minutos después su propietario abría y se deslizaba al exterior. Viejo combatiente, no dijo nada hasta que estuvimos en la acera.

—¿Qué pasa?

—A Jem le ha dado la fiebre de ir a echar vistazos por ahí. —Una dolencia que Calpurnia decía que, a su edad, cogían todos los muchachos.

—Simplemente, he sentido el impulso —dijo Jem—. El impulso, simplemente.

Pasamos por delante de la casa de miss Dubose, desierta y destrozada, con las camelias creciendo entre malas hierbas. Hasta la esquina de la oficina de Correos había otras ocho casas.

La cara sur de la plaza estaba desierta. En cada esquina erizaban sus púas arbustos gigantes de «monkey-puzzle», y entre ellos, bajo la luz de las lámparas de la calle, brillaba un larguero de hierro donde atar animales. En el cuarto de aseo del juzgado se veía una luz; por todo lo demás, aquella fachada del edificio estaba oscura. Un gran cuadrado de almacenes rodeaba la plaza del juzgado; muy al interior de ellos ardían unas luces tímidas.

Cuando empezó a ejercer su carrera, Atticus tenía la oficina en el edificio del juzgado, pero después de varios años de actuación se trasladó a un lugar más tranquilo, en el edificio del Banco de Maycomb. Al doblar la esquina de la plaza, vimos el coche aparcado delante del Banco.

—Está allá dentro —dijo Jem.

Pero no estaba. A su oficina se llegaba por un largo pasillo. Mirando hacia el fondo del mismo deberíamos haber visto *Atticus Finch, Abogado* en letras pequeñas y serias resaltando contra la luz de detrás de la puerta. Estaba oscuro.

Jem examinó con la mirada la puerta del Banco para asegurarse. Hizo rodar la empuñadura. La puerta estaba cerrada.

—Subamos calle arriba. Quizá esté visitando a míster Underwood.

Míster Underwood no sólo dirigía la oficina de *The Maycomb Tribune,* sino que vivía en ella. Es decir, sobre ella. Las noticias del juzgado y de la cárcel las recogía, simplemente, mirando por la ventana del piso. El edificio de la oficina del periódico se encontraba en el ángulo noroeste de la plaza;

para llegar allí teníamos que pasar por delante de la cárcel.

La cárcel de Maycomb era el edificio más venerable y aborrecible del condado. Atticus decía que era tal como el primo Joshua St. Clair habría podido diseñarla. Ciertamente, aquello había salido de la fantasía de alguno. Muy fuera de lugar en una población de tiendas de fachadas cuadradas y de casas de inclinados tejados, la cárcel de Maycomb era una humorada gótica en miniatura, de una celda de ancho y dos de alto, completada por unos diminutos sótanos y unos contrafuertes salientes. Realzaban la fantasía del edificio su fachada de ladrillo rojo y las gruesas barras de hierro de sus ventanas monacales. No se levantaba sobre ningún monte solitario, sino que estaba enclavada entre la ferretería de Tyndal y la oficina de *The Maycomb Tribune*. La cárcel era el único motivo de conversación de Maycomb: sus destractores decían que tenía el aspecto de un retrete victoriano; sus defensores afirmaban que daba a la ciudad un aspecto sólido, respetable, interesante, y que ningún forastero sospecharía nunca que estaba llena de negros.

Mientras subíamos por la acera, vimos una luz solitaria encendida en la distancia.

—Es chocante —dijo Jem—, la cárcel no tiene ninguna luz exterior.

—Parece como si estuviese encima de la puerta —dijo Dill.

Un largo cordón eléctrico descendía entre las barras de una ventana del segundo piso y por el costado del edificio. A la luz de la lámpara sin pantalla, Atticus estaba sentado, recostado contra la puerta de la fachada. Se sentaba en una silla de su oficina y leía, sin prestar atención a los insectos nocturnos que danzaban sobre su cabeza.

Yo eché a correr, pero Jem me cogió.

—No vayas —me dijo—; es posible que no le gustase. Está bien y no le pasa nada. Volvámonos a casa. Sólo quería saber dónde se encontraba.

Estábamos siguiendo un atajo a través de la plaza cuando entraron en ella cuatro coches polvorientos procedentes de la carretera de Meridian, avanzando lentamente en hilera. Dieron la vuelta a la plaza, dejaron atrás el edificio del Banco y se pararon delante de la cárcel.

No saltó nadie. Nosotros vimos que Atticus miraba por encima del periódico. Lo cerró, lo dobló pausadamente, lo dejó caer en su regazo y se echó el sombrero atrás. Parecía que les estaba esperando.

—Venid —susurró Jem. Volvimos a cruzar rápida y sigilosamente la plaza y la calle hasta encontrarnos en el hueco de la puerta de «Jitney Jungle». Jem miró acera arriba—. Podemos acercarnos más —dijo. Entonces corrimos hasta la puerta de la «Ferretería Tyndal», suficientemente próxima, y al mismo tiempo discreta.

Varios hombres bajaron de los coches en grupos de uno y de dos. Las sombras tomaban cuerpo a medida que la luz ponía de relieve macizas figuras moviéndose en dirección a la puerta de la cárcel. Atticus continuó donde estaba. Los hombres lo escondían a nuestra vista.

—¿Está ahí dentro, Finch? —dijo uno.

—Sí está —oímos que contestaba Atticus—, y duerme. No le despertéis.

En obediencia a mi padre, se produjo entonces lo que más tarde comprendí que era un aspecto tristemente cómico de una situación nada divertida; aquellos hombres hablaron casi en susurros.

—Ya sabe lo que queremos —dijo otro—. Apártese de la puerta, míster Finch.

—Puede dar media vuelta y regresar a casa, Walter —dijo Atticus con aire campechano—. Heck Tate está por estos alrededores.

—¡Como el diablo está! —exclamó otro—. La patrulla de Heck se ha internado tanto en los bosques que no volverá a salir hasta mañana.

—¿De veras? ¿Y por qué?

—Los invitaron a cazar agachadizas —fue la lacónica respuesta—. ¿No se le había ocurrido pensar en eso. míster Finch?

—Sí lo había pensado, pero no lo creía. Bien, pues —la voz de mi padre continuaba inalterada—, esto cambia la situación, ¿verdad?

—Sí, la cambia —dijo otra voz. Su propietario era una mera sombra.

—¿Lo cree así de veras?

Era la segunda vez en dos días que oía la misma pregunta en labios de Atticus, y ello significaba que alguno perdería una pieza del tablero. Aquello era demasiado bueno para no verlo de cerca. Apartándome de Jem corrí tan de prisa como pude hacia Atticus.

Jem soltó un chillido e intentó cogerme, pero yo les llevaba delantera a él y a Dill. Me abrí paso entre oscuros y malolientes cuerpos y salí de repente al círculo de luz.

—¡Hoo...la, Atticus!

Me figuraba que le daría una excelente sorpresa, pero su cara mató mi alegría. Un destello de miedo inconfundible desaparecía en aquel momento de sus ojos, pero volvió de nuevo cuando Jem y Dill penetraron dentro del espacio de luz.

Se notaba en el aire un olor a whisky barato y a pocilga, y cuando eché una mirada a mi alrededor vi que aquellos hombres eran extraños. No eran los que había visto la noche anterior. Una acalorada turbación me invadió instantáneamente: había saltado con aire de triunfo en un corro de personas que no conocía.

Atticus se levantó de la silla, pero se movía despacio, como un anciano. Dejó el periódico con mucho cuidado, arreglando sus pliegues con dedos perezosos. Unos dedos que temblaban un poco.

—Vete a casa, Jem —dijo—. Llévate a Scout y a Dill a casa.

Estábamos acostumbrados a una pronta, si bien no siempre gustosa, sumisión a los mandatos de Atticus, pero por la actitud de Jem se veía que no pensaba moverse.

—Vete a casa, digo.

Jem movió la cabeza, negándose. Cuando los puños de Atticus subieron hasta las caderas, los de Jem le imitaron, y mientras padre e hijo se enfrentaban vi que se parecían muy poco: el suave cabello castaño de Jem, y sus ojos, también castaños, su cara ovalada y sus bien proporcionadas orejas eran de nuestra madre, formando un contraste raro con el pelo canoso de Atticus y sus rasgos angulosos; aunque en cierto sentido eran iguales. El mutuo desafío los asemejaba.

—Hijo, he dicho que te vayas a casa.

Jem movió la cabeza en un signo negativo.

—Yo le enviaré allá —dijo un hombre corpulento, cogiendo brutalmente a Jem por el cuello de la camisa y haciéndole perder casi el contacto con el suelo de un tirón.

—¡No le toque! —Y con tremenda presteza di una patada al forastero. Como iba con los pies descalzos, me sorprendió verle retroceder sufriendo un dolor auténtico. Me había propuesto darle en la espinilla, pero apunté demasiado alto.

—Basta ya, Scout. —Atticus me puso la mano en el hombro—. No des patadas a la gente. No... —insistió mientras yo quería justificarme.

—Nadie atropellará a Jem de ese modo —protesté.

—Está bien, míster Finch, sáquelos de aquí —refunfuñó uno—. Tiene quince segundos para echarles de aquí.

De pie en medio de aquella extraña reunión, Atticus intentaba conseguir que Jem le obedeciese.

—No me iré —fue la firme respuesta que dio Jem a las amenazas, los requerimientos y, por último al:

—Por favor, Jem, llévalos a casa —de Atticus.

Yo me cansaba ya un poco de todo aquello, pero comprendía que Jem tenía sus motivos particulares para portarse como se portaba, en vista de las perspectivas que le aguardaban en cuanto Atticus le tuviera en casa. Paseé una mirada por la turba. Era una noche de verano, a pesar de lo cual la mayoría de aquellos hombres vestían mono y camisas azules abrochadas hasta el cuello. Me figuré tendrían un temperamento frío, pues no llevaban las mangas subidas, sino abrochadas en la muñeca. Algunos llevaban sombrero, firmemente calado hasta las orejas. Eran gente de aire huraño y ojos somnolientos; parecían poco habituados a estar levantados hasta muy tarde. De nuevo busqué una cara familiar, y en el centro del semicírculo encontré una.

—Hola, míster Cunningham.

Por lo visto, el hombre no me oyó.

—Hola, míster Cunningham. ¿Cómo marcha su amortización?

Estaba bien enterada de los asuntos legales de míster Cunningham; una vez, Atticus me los había explicado al detalle. El hombre, de aventajada estatura, pasó los pulgares por debajo de los tirantes de su mono. Parecía incómodo; se aclaró la garganta y apartó la mirada. Mi amistoso saludo había caído en el vacío.

Míster Cunningham no llevaba sombrero; tenía la mitad superior de la frente muy blanca, en contraste con la cara, requemada por el sol, lo cual me hizo pensar que la mayoría de días sí lo llevaba. Entonces movió los pies, protegidos por gruesos zapatos de trabajo.

—¿No me recuerda, míster Cunningham? Soy Jean Louise Finch. Una vez usted nos trajo castañas de Indias, ¿se acuerda? —Yo empezaba a experimentar la sensación de ridículo que le invade a uno cuando un conocido de casualidad se niega a reconocerle—. Voy a la escuela con Walter —empecé de nuevo—. Es hijo de usted, ¿verdad? ¿Verdad que lo es, señor?

Míster Cunningham se dignó hacer un leve movimiento afirmativo con la cabeza. Después de todo, me reconocía.

—Está en mi grado —dije— y se porta muy bien. Es un buen muchacho —añadí—, un muchacho bueno de verdad. Una vez nos lo llevamos a comer a casa. Quizá le haya hablado de mí; una vez le pegué, pero él no me guardó rencor y se portó muy bien. Dígale hola por mí, ¿querrá hacerlo?

Atticus decía que para ser cortés había que hablar a las personas de lo que les interesaba, no de lo que pudiera interesarnos a nosotros. Míster Cunningham no manifestó el menor interés por su hijo; en consecuencia abordé el tema de su vinculación una vez más, en un desesperado esfuerzo por hacerle sentir como en su casa.

—Las vinculaciones son malas —le estaba aconsejando, cuando empecé a darme cuenta poco a poco de que me dirigía a toda la reunión. Todos aquellos hombres me miraban; algunos con la boca entreabierta. Atticus había dejado de importunar a Jem; ambos estaban de pie al lado de Dill. De tan atentos, parecían fascinados. Hasta el mismo Atticus tenía la boca entreabierta, actitud que en cierta ocasión nos dijo era grosera. Nuestras miradas se encontraron, y la cerró.

»Mira, Atticus, estaba diciendo a míster Cunningham que las amortizaciones son malas y todo eso, pero que tú dijiste que no se apurase, que a veces se necesita mucho dinero... Que entre los dos recorreríais el camino preciso... —Me estaba quedando sin palabras, preguntándome qué idiotez había cometido. Las vinculaciones parecían un tema bueno únicamente para conversaciones de sala de estar.

Empecé a sentir que el sudor se acumulaba en los bordes de mi cuello; era capaz de resistirlo todo menos un puñado de gente con la mirada fija en mí. Todos estaban perfectamente inmóviles.

—¿Qué pasa? —pregunté.

Atticus no dijo nada. Miré a mi alrededor y levanté la vista hacia míster Cunningham, cuyo rostro estaba igualmente impasible. Entonces hizo una cosa singular. Se puso en cuclillas y me cogió por ambos hombros.

—Le diré que me has dicho «hola», damita —prometió.

Luego se levantó de nuevo y agitó su enorme zarpa.

—Vámonos —gritó—. En marcha, muchachos.

Lo mismo que habían venido, de uno en uno y

de dos en dos, los hombres retrocedieron con paso tardo hacia sus destartalados coches. Las puertas se cerraron, los motores tosieron, y unos segundos después habían desaparecido.

Yo me volví hacia Atticus, pero se había ido hasta la cárcel y se apoyaba en la pared con la cara pegada a ella. Me acerqué a él y tiré de su manga.

—¿Podemos irnos a casa ahora?

Atticus movió la cabeza asintiendo, se sacó el pañuelo, se lo pasó por la cara y se sonó con estrépito.

—¿Míster Finch? —Una voz baja y ronca sonó en la oscuridad—. ¿Se han marchado?

Atticus retrocedió unos pasos y levantó la vista.

—Se han marchado —contestó—. Duerme un poco, Tom. Ya no te molestarán más.

Desde otra dirección, una voz rasgó vivamente la noche.

—Puedes pregonar muy bien que no. Te he tenido protegido todo el rato, Atticus.

Míster Underwood y una escopeta de dos cañones asomaban por la ventana encima de la oficina de *The Maycomb Tribune.*

Había pasado hacía mucho la hora de acostarme y me iba sintiendo completamente cansada; parecía que Atticus y míster Underwood seguirían hablando todo el resto de la noche, míster Underwood desde su ventana y Atticus con la cabeza levantada hacia él. Por fin Atticus regresó, desconectó la luz de encima de la puerta de la cárcel, y recogió la silla.

—¿Puedo llevársela, míster Finch? —preguntó Dill. No había pronunciado ni una sola palabra en todo el rato.

—Naturalmente; gracias, hijo.

246

Andando hacia la oficina, Dill y yo nos encontramos caminando al mismo paso detrás de Atticus y Jem. Con la molestia de la silla, Dill andaba más despacio. Atticus y Jem iban un buen trecho más adelante, y yo presumí que Atticus regañaba airadamente a Jem por no haberse marchado a casa, pero me equivoqué. Cuando pasaban por debajo de un farol de la calle, Atticus levantó la mano y la pasó, como dando masaje, por la cabeza de Jem; único gesto de afecto que solía permitirse.

16

Jem me oyó y asomó la cabeza por la puerta de comunicación. Mientras se acercaba a mi cama, la luz de Atticus se encendió. Permanecimos inmóviles donde nos encontrábamos hasta que se apagó; le oímos revolverse, y esperamos hasta que se quedó quieto de nuevo.

Jem me llevó a su cuarto y me puso en la cama, a su lado.

—Prueba de dormirte —dijo—. Es posible que mañana termine todo.

Habíamos entrado silenciosamente, para no despertar a tía Alexandra. Atticus había parado el motor en el paseo y seguido hasta la cochera; habíamos entrado por la puerta posterior y nos habíamos ido a nuestros cuartos sin decir una palabra. Yo estaba muy cansada y me sumergí ya en el sueño cuando el recuerdo de Atticus doblando calmosamente el periódico y echándose el sombrero atrás se convirtió en Atticus de pie en medio de una calle desierta y anhelante, subiéndose las gafas a la frente. Mi mente registró el impacto del significado pleno de los acontecimientos de aquella noche y me puse a llorar. Jem se portó estupendamente bien conmigo; por una vez no me recordó que las personas que se acercan a los nueve años no hacen esas cosas.

Aquella mañana todo el mundo tuvo un apetito menguado, excepto Jem, que despachó lindamente tres huevos. Atticus miraba con franca admiración; tía Alexandra bebía el café a sorbitos, emitiendo oleadas de reproche. Los niños que de noche se marchaban en secreto eran una desgracia para la familia. Atticus replicó que se alegraba de que sus desgracias hubiesen aparecido ante la cárcel, pero tiíta repuso:

—Tonterías, míster Underwood estuvo vigilando todo el rato.

—Pues eso fue chocante en Braxton —contó Atticus—. Desprecia a los negros; no quiere ver a ninguno cerca.

Según la opinión corriente de la ciudad, míster Underwood era un hombrecito vehemente y mal hablado, a quien su padre, en un arranque de humorismo, puso el nombre de Braxton Bragg; y míster Braxton se había esforzado siempre todo lo posible en hacer honor a tal nombre. Atticus decía que el dar nombres de generales confederados a las personas convertía poco a poco a éstas en bebedores empedernidos.

Calpurnia estaba sirviendo más café a tía Alexandra, y contestó moviendo la cabeza negativamente a una mirada mía que yo consideraba suplicante y subyugadora.

—Eres demasiado joven todavía —me dijo—. Cuando ya no lo seas, te avisaré. —Yo repliqué que le sentaría bien a mi estómago—. De acuerdo —contestó, cogiendo una taza del aparador. Después de echar en ella una cucharada de café, la llenó hasta el borde de leche. Yo le di las gracias sacando la lengua despectivamente al recibir y mirar la taza, y levanté los ojos a tiempo para advertir el ceño de reproche de tiíta. Pero lo cierto es que ella destinaba el ceño a Atticus.

Tía Alexandra aguardó a que Calpurnia estuviera en la cocina, y entonces dijo:

—No hables de este modo delante de ellos.

—¿De qué modo y delante de quién? —preguntó él.

—De este modo delante de Calpurnia. Has dicho delante de ella que Braxton Underwood desprecia a los negros.

—Bah, estoy seguro de que Calpurnia lo sabía. Todo Maycomb lo sabe.

Por aquellos días empezaba a notar un cambio sutil en mi padre, cambio que se manifestaba cuando hablaba con tía Alexandra. Lo hacía con un tono levemente zahiriente, nunca con franca irritación. En su voz hubo una ligera rigidez al añadir:

—Todo lo que puede decirse en esta mesa puede decirse delante de Calpurnia. Ella sabe lo que representa para esta familia.

—No creo que sea una buena costumbre, Atticus. Les da ánimo. Todo lo que sucede en esta ciudad se sabe en los Quarters antes de la puesta de sol.

Mi padre dejó el cuchillo.

—No conozco ninguna ley que diga que no pueden hablar. Pero si nosotros no les diésemos tanto de qué hablar quizá estarían callados. ¿Por qué no te bebes el café, Scout?

Yo estaba jugando con la cucharilla.

—Pensaba que míster Cunningham era amigo nuestro. Hace mucho tiempo tú me dijiste que lo era.

—Y lo sigue siendo.

—Pero anoche quería hacerte daño.

Atticus dejó el tenedor al lado del cuchillo y apartó el plato.

—Fundamentalmente, míster Cunningham es un buen hombre —dijo—; tiene nada más sus pequeñas taras, como todos nosotros.

Jem tomó la palabra.

—No digas que eso sea una pequeña tara. Anoche, al llegar allá, habría sido capaz de matarte.

—Es posible que me hubiese causado alguna pequeña lesión —convino Atticus—, pero, hijo, cuando seas mayor entenderás un poco mejor a las personas. Una turba, sea la que fuere, está compuesta siempre por personas. Anoche míster Cunningham formaba parte de una turba, pero, con todo, seguía siendo un hombre. Todas las turbas de todas las ciudades pequeñas del Sur están compuestas siempre de personas a quienes uno conoce... Aunque esto no hable mucho en favor de ellas, ¿verdad que no?

—Yo diría que no —contestó Jem.

—Y resulta que se precisó una niña de ocho años para hacerles recobrar el buen sentido, ¿no es cierto? —dijo Atticus—. Ello demuestra una cosa: que es *posible* detener a una cuadrilla, simplemente porque continúan siendo seres humanos. Hummm, quizá necesitamos una fuerza de policía compuesta por niños... Anoche vosotros, chiquillos, conseguisteis que Walter Cunningham se pusiera dentro de mi pellejo por un minuto. Con esto bastó.

Confié en que, cuando fuese mayor, Jem entendería un poco mejor a las personas; yo no las entendería nunca.

—El primer día que Walter Cunningham vuelva a la escuela será también el último —afirmé.

—No le tocarás —dijo Atticus llanamente—. No quiero que ninguno de vosotros dos guarde el menor resentimiento por lo de anoche, pase lo que pase.

—Ya ves, ¿verdad? —intervino tía Alexandra—, lo que resulta de cosas así. No digas que no te lo había advertido.

Atticus contestó que nunca lo diría, apartó la silla y se levantó.

—Nos espera un día de trabajo; por lo tanto, dispensadme. Jem, no quiero que ni tú ni Scout vayáis al centro de la ciudad durante el día de hoy, os lo ruego.

Cuando Atticus hubo salido, Dill vino saltando por el vestíbulo hasta el comedor.

—Esta mañana la noticia ha corrido por toda la ciudad —anunció—. Todos hablan de cómo pusimos en fuga a un centenar de sujetos nada más que con las manos desnudas...

Tía Alexandra le impuso silencio con la mirada.

—No eran un centenar de hombres —dijo—, ni nadie puso en fuga a nadie. Eran simplemente un puñado de esos Cunningham, borrachos y alborotados.

—Bah, tiíta, es la manera de hablar de Dill, no hay otra cosa —dijo Jem, al mismo tiempo que nos indicaba con una seña que le siguiéramos.

—Hoy quedaos todos en el patio —ordenó tía Alexandra, mientras nos encaminábamos hacia el porche de la fachada.

El día parecía un sábado. La gente del extremo sur del condado pasaba por delante de nuestra casa en una riada pausada, pero continua.

Míster Dolphus Raymond pasó dando bandazos sobre su «pura sangre».

—¿No veis cómo se sostiene sobre la silla? —murmuró Jem—. ¿Cómo es posible que uno aguante

252

una borrachera que empieza antes de las ocho de la mañana?

Por delante de nosotros desfiló traqueteando una carreta cargada de señoras. Llevaban unos bonetes de algodón para protegerse del sol y unos vestidos con mangas largas. Guiaba la carreta un hombre con sombrero de lana.

—Allá van unos mennonitas (1) —le dijo Jem a Dill—. No usan botones. —Vivían en el interior de los bosques, realizaban la mayoría de sus transacciones en la otra orilla del río, y raras veces venían a Maycomb—. Todos tienen los ojos azules —explicaba Jem—, y en cuanto se han casado ya no se afeitan más. A sus esposas les gusta que les hagan cosquillas con la barba.

Míster X Billups pasó, caballero en una mula.

—Es un hombre chocante —dijo Jem—. X no es una inicial, es todo su nombre. Una vez estuvo en el juzgado y le preguntaron cómo se llamaba. Contestó: «X Billups». El escribiente le pidió que dijera las letras y él contestó X. Le preguntó de nuevo y él volvió a contestar X. Continuaron así hasta que escribió una X en una hoja de papel y la sostuvo en la mano para que todos lo vieran. Entonces le preguntaron de dónde había sacado ese nombre y él dijo que sus padres le habían inscrito de este modo cuando nació.

Mientras el condado desfilaba por allí, Jem le contaba a Dill la historia y las características generales de las figuras más destacadas: Míster Tensaw Jones votaba la candidatura de los prohibicionistas absolutos; en privado, miss Emily Davis tomaba rapé; a míster Jake Slade le salían ahora los terceros dientes.

_____

(1) Secta protestante. (N. del T.)

Entonces apareció un carromato lleno de ciudadanos de caras inusitadamente serias. Cuando señalaban el patio de mis Maudie Atkinson, encendido en una llamarada de flores de verano, miss Maudie en persona salió al porche. Mis Maudie tenía un detalle curioso: su porche estaba demasiado lejos de nosotros para que distinguiésemos claramente su fisonomía, pero siempre adivinábamos su estado de humor por la postura de su cuerpo. Ahora estaba con los brazos en jarras, los hombros ligeramente caídos y la cabeza inclinada a un lado; sus gafas centelleaban bajo la luz del sol. Nosotros comprendimos que sonreía con la malignidad más absoluta.

El que guiaba el carromato aminoró el paso de las mulas, y una mujer de voz estridente gritó:

—«¡El que vino en vanidad partió en tinieblas!»

—«¡Un corazón contento proporciona un semblante alegre!» —contestó miss Maudie.

Mientras el carretero apresuraba el paso de sus mulas, yo supuse que los «lavapiés» pensarían que el diablo estaba citado con las Escrituras para sus propios fines. El motivo de que estuvieran disconformes con el patio de miss Maudie era un misterio: un misterio más impenetrable para mí por el hecho de que, para ser una persona que pasaba todas las horas diurnas fuera de casa, miss Maudie demostraba un dominio formidable de la Escritura.

—¿Irá al juzgado esta mañana? —preguntó Jem. Nos habíamos acercado allá.

—No —respondió ella—. Esta mañana no tengo nada que hacer en el juzgado.

—¿No irá a ver qué pasa? —inquirió Dill.

—No. Ir a ver a un pobre diablo que tiene la vida en juego es morboso. Fijaos en toda esa gente; parece un carnaval romano.

—Tienen que juzgarle públicamente, miss Maudie —dije yo—. Si no lo hicieran no sería justo.

—Me doy cuenta perfectamente —replicó ella—. Pero no porque el juicio sea público estoy obligada a ir, ¿verdad que no?

Miss Stephanie Crawford pasaba por allí. Llevaba sombrero y guantes.

—Hummm, hummm, hummm —dijo—. Mira cuánta gente... Una pensaría que ha de hablar William Jennings Bryan.

—¿Y tú adónde vas, Stephanie? —inquirió miss Maudie.

—Al «Jitney Jungle» (1).

Miss Maudie dijo que en toda su vida había visto a miss Stephanie yendo al «Jitney Jungle» con sombrero.

—Bueno —contestó miss Stephanie—, he pensado que tanto da que asome la cabeza en el juzgado, para ver qué se propone Atticus.

—Vale la pena que te asegures de que no te cita para comparecer.

Nosotros le pedimos que aclarase el sentido de su frase, y ella respondió que miss Stephanie parecía tan enterada del caso que no estaría de más que la llamasen a declarar.

Continuaron rondando por allí hasta el mediodía, cuando Atticus vino a comer y dijo que habían pasado la mañana eligiendo el jurado. Después de comer nos detuvimos a recoger a Dill y nos fuimos a la ciudad.

Era una fiesta de gala. En el poste de amarre no existía sitio para atar ni un animal más; debajo de todos los árboles posibles había mulas y carros parados. La plaza de delante del edificio del juzgado

(1) Bazar de artículos baratos. (N. del T.)

estaba cubierta de gente sentada sobre periódicos, comiendo bollos con jarabe y empujándolos gaznate abajo con leche caliente traída en jarros de fruta. Algunos mordisqueaban tajadas frías de pollo y de cerdo. Los más pudientes regaban el alimento con «Coca-Cola» de la tienda, bebida en vasos abombados. Unos niños de cara sucia correteaban por entre la multitud, y los rorros almorzaban en los pechos de sus madres.

En un rincón apartado de la plaza, los negros estaban sentados en silencio, consumiendo sardinas y galletas «craker» entre los aromas, más penetrantes, del «Nehi-Cola». Míster Dolphus Raymond estaba con ellos.

—Mira, Jem —dijo Dill—, bebe de una bolsa.

Parecía, en efecto, que lo hacía así: dos pajas amarillas descendían de su boca hasta las profundidades de una bolsa de papel marrón.

—No lo había visto hacer nunca a nadie —murmuró Dill—. ¿Cómo hace para que no se le vierta lo que haya allí dentro?

Jem soltó una risita.

—Allí dentro tiene una botella de «Coca-Cola» llena de whisky. Lo hace así para no alarmar a las señoras. Le verás chupando toda la tarde; luego se marchará un rato a llenarla otra vez.

—¿Por qué está sentado con la gente de color?

—Siempre lo hace así. Los quiere más que a nosotros, me figuro. Vive solo allá abajo, cerca del límite del condado. Tiene una mujer negra y un montón de hijos mestizos. Te los enseñaré, si los vemos.

—No tiene aire de chusma —aseguró Dill.

—No lo es; allá abajo posee toda una ribera del río, y, como propina, viene de una familia antigua de verdad.

—Entonces, ¿cómo obra de este modo?

—Es su estilo, sencillamente —contestó Jem—. Dicen que no supo sobreponerse a lo de la boda. Tenía que casarse con una de... de las señoritas Spender, creo. Iban a celebrar una boda estupenda, pero no pudo ser... Después del ensayo, la novia subió a su cuarto y se destrozó la cabeza. Con una escopeta. Apretó el gatillo con los dedos del pie.

—¿Llegaron a saber el motivo?

—No, nadie se enteró bien de la causa, excepto míster Dolphus. Dicen que fue porque supo lo de la mujer negra; él calculaba que podía continuar con la negra y además casarse. Desde entonces siempre ha estado más o menos borracho. Ya sabes, a pesar de todo siempre ha sido muy bueno con aquellos pequeños...

—Jem —pregunté yo—, ¿qué es un niño mestizo?

—Mitad blanco y mitad de color. Tú lo has visto, Scout. Tú conoces a aquel chico de cabello rojo y ensortijado que reparte para la droguería. Es mitad blanco. Son una cosa triste de veras.

—¿Triste? ¿Cómo es eso?

—No pertenecen a ninguna parte. La gente de color no los quiere porque son mitad blancos; los blancos no los quieren con ellos porque son de color, de modo que son una cosa intermedia, ni blancos ni negros. Por eso míster Dolphus de ahí ha enviado dos al norte, donde esto no les importa. Allí hay uno.

Un niño pequeño, cogido de la mano de una mujer negra, venía, hacia nosotros. Para mis ojos era perfectamente negro: tenía un hermoso color chocolate con unas narices anchas y unos dientes preciosos. A veces se ponía a saltar gozosamente, y la mujer negra le tiraba de la mano para hacerle parar.

257

Jem esperó hasta que hubieron pasado.

—Aquél es uno de los pequeños que os decía —explicó.

—¿Cómo lo conoces? —preguntó Dill—. A mí me ha parecido completamente negro.

—A veces no se conoce, a menos que uno lo sepa de antemano. Pero es mitad Raymond, no cabe duda.

—¿Cómo puedes *adivinarlo*? —pregunté yo.

—Ya te lo he dicho, Scout, es preciso saber quiénes son.

—Ea, ¿cómo conoces que nosotros no somos negros?

—Tío Jack Finch dice que en realidad no lo sabemos. Dice que por todo lo que ha podido seguir de la línea de antepasados de los Finch, nosotros no lo somos; pero por lo que sabe, también sería posible que hubiésemos salido de Etiopía en los tiempos del Antiguo Testamento.

—Bien, si salimos durante el Antiguo Testamento hace tantísimo tiempo que ya no importa.

—Esto es lo que yo pensaba —contestó Jem—, pero en estas tierras en cuanto uno tiene una gota de sangre negra, todo él es negro. Eh, mirad...

Una señal invisible había motivado que los que comían en la plaza se levantasen y desparramaran pedazos de papel de periódicos, de celofana y de papel de envolver. Los hijos corrían hacia sus madres, los de pecho eran colocados sobre las caderas y los hombres, con los sombreros manchados de sudor, reunían a sus familias y las hacían cruzar en rebaño las puertas del juzgado. En el rincón más apartado de la plaza, los negros y míster Dolphus Raymond se pusieron en pie y se limpiaron de polvo los pantalones. Entre ellos había pocas mujeres y pocos niños, lo cual parecía disipar el aire dominguero. Los negros aguardaron pacientemente en las puertas, detrás de las familias blancas.

—Entremos —dijo Dill.

—No, será mejor que esperemos a que entre la gente. A Atticus quizá no le gustase vernos —dijo Jem.

El edificio del juzgado del Condado de Maycomb le recordaba un poco a uno, y en un aspecto, Arlington: las columnas de cemento armado que sostenían el tejado de la parte sur eran demasiado recias para su leve carga. Las columnas eran todo lo que quedó en pie cuando el edificio primitivo ardió en 1856. Alrededor de ellas construyeron un edificio nuevo. Sería mejor decir que lo construyeron a pesar de ellas. Exceptuando el porche meridional, el edificio del juzgado del Condado de Maycomb era de estilo victoriano primitivo, y visto desde el norte presentaba un cuadro inofensivo. No obstante, desde el otro lado, las columnas estilo renacimiento griego contrastaban con la torre del reloj, del siglo XIX, que albergaba un aparato herrumbroso y poco digno de confianza; una perspectiva indicadora de que hubo una gente resuelta a conservar todo resto material del pasado.

Para llegar a la sala de los juicios, en el segundo piso, había que pasar por delante de varias madrigueras privadas de sol: la del asesor de impuestos, la del recaudador de éstos, la del escribiente del condado, la del distrito; el juez de instrucción vivía en unas ratoneras frescas y oscuras que olían a libros de registro en descomposición mezclados con cemento húmedo y orina rancia. Durante el día era preciso encender las luces; en los ásperos maderos del suelo había siempre una capa de polvo. Los habitantes de aquellas oficinas eran criaturas adaptadas a su medio ambiente: hombrecillos de cara gris a los que le parecía no haber tocado nunca el aire ni el sol.

Sabíamos que habría una buena masa de gente, pero no habíamos pensado encontrar las multitudes que llenaban el pasillo del primer piso. Me vi separada de Jem y de Dill, pero me abrí paso hacia la pared de la caja de escalera, sabiendo que antes o después, Jem bajaría a buscarme. De pronto me hallé en medio del Club de los Ociosos y procuré pasar lo más inadvertida posible. El Club de los Ociosos era un grupo de ancianos de camisa blanca, pantalones caqui y tirantes, que se habían pasado la vida sin hacer nada y dejaban transcurrir ahora sus días crepusculares dedicados a la misma ocupación en los bancos de pino de debajo de las encinas de la plaza. Críticos minuciosos de los negocios del juzgado. Atticus decía que, a copia de largos años de observación, sabían tantas leyes como el Juez Decano. Normalmente eran los únicos espectadores de los juicios, y hoy parecían quejosos de que se hubiera alterado su confortable rutina. Cuando hablaron, sus voces me parecieron por casualidad revestidas de importancia. La conversación tenía por tema a mi padre.

—...Se figura que sabe lo que hace —dijo uno.

—Ooooh, yo no diría eso —opuso otro—. Atticus Finch es un hombre muy documentado, un hombre que sabe estudiar la ley a fondo.

—Sí, estudia mucho, es lo único que hace. —El Club soltó una risita.

—Permíteme que te diga una cosa, Billy —intervino un tercero—. Tú sabes que el tribunal le encargó la defensa de ese negro.

—Sí, pero Atticus se propone defenderle. Esto es lo que no me gusta del caso.

He ahí una noticia; una noticia que arrojaba una

luz distinta sobre las cosas: Atticus tenía que defender al negro, tanto si le gustaba como si no. Me pareció raro que no nos hubiese dicho nada de ello; lo habríamos podido utilizar muchas veces para defenderle y defendernos. «Está obligado, he ahí la razón de que lo haga», habría significado menos peleas y menos alborotos. Pero, ¿explicaba esto la actitud de la ciudad? El tribunal designó a Atticus para defender al negro. Atticus se proponía defenderle. He ahí lo que no les gustaba del caso. Realmente, una se quedaba confundida.

Los negros, después de esperar que subiesen los blancos, empezaron a entrar.

—Eh, un minuto nada más —dijo un miembro del Club, levantando su bastón—. No empiecen a subir estas escaleras hasta dentro de un momento.

El Club inició su apiñada ascensión topando con Jem y Dill, que bajaban a buscarme. Los dos muchachos pasaron por entre los viejos, y Jem me gritó:

—¡Ven, Scout, no queda ni un asiento libre! Tendremos que estar de pie. ¡Y ahora, mira! —exclamó irritado, cuando los negros se lanzaron en alud escaleras arriba. Los viejos que les precedían ocuparían la mayor parte del espacio para estar de pie. No teníamos suerte, y todo era por culpa mía, me informó Jem. Nos quedamos de pie malhumorados junto a la pared.

—¿No pueden entrar?

El reverendo Sykes nos estaba mirando, con el negro sombrero en la mano.

—Hola, reverendo —respondió Jem—. No, esa Scout nos lo ha desbaratado todo.

—Bien, veamos lo que podemos hacer. —El reverendo Sykes se abrió camino escaleras arriba. Unos momentos después estaba de regreso—. Abajo no hay ningún asiento. ¿Les parece que habría inconveniente en que viniesen a la galería conmigo?

—No, diantre —exclamó Jem.

Muy gozosos subimos con gran presteza delante del reverendo hacia el piso de la sala del juzgado. Allí trepamos por una escalera cubierta y esperamos en la puerta. El reverendo Sykes llegó resollando detrás de nosotros, y nos condujo suavemente entre los negros de la galería. Cuatro hombres se levantaron y nos cedieron sus asientos de primera fila.

La galería de la gente de color ocupaba tres paredes de la sala del juzgado, como una especie de terraza de segundo piso, y desde ella podíamos verlo todo.

El jurado estaba sentado hacia la izquierda, bajo unas altas ventanas. Sus miembros, tostados por el sol y flacos, parecían todos campesinos, aunque esto era natural: los hombres de la ciudad raras veces se sentaban en los bancos del jurado; o los recusaban, o se excusaban. Uno o dos del jurado tenían un lejano aire de Cunningham bien vestidos. En aquella fase del juicio estaban sentados muy erguidos y atentos.

El fiscal del distrito y otro hombre, Atticus y Tom Robinson estaban sentados a unas mesas, de espaldas a nosotros. En la mesa del fiscal había un libro marrón y varias tablillas amarillas. Atticus tenía la cabeza descubierta.

Dentro de la baranda que separaba a los espectadores del tribunal, los testigos estaban sentados en unas sillas con asientos de cuero de vaca. También ellos nos daban la espalda.

El juez Taylor estaba en la presidencia, con el aire de un tiburón viejo y somnoliento, mientras su pez piloto escribía rápidamente más abajo y enfrente de él. El juez Taylor tenía el aspecto de la mayoría de jueces que he visto: afable, con el cabello blanco, la cara ligeramente rubicunda; era un hombre que gobernaba su tribunal con una falta de formulismo alarmante; a veces levantaba los pies hasta la mesa, a menudo se limpiaba las uñas con la navaja de bolsillo. Durante las largas declaraciones de los juicios de faltas, especialmente después de comer, daba la impresión de estar dormitando, una impresión que se desvaneció definitivamente y para siempre en una ocasión en que un abogado empujó una pila de libros intencionadamente, haciéndolos caer al suelo, en un desesperado esfuerzo por despertarle. Sin abrir los ojos, el juez Taylor murmuró:

—Míster Whitley, repítalo una vez más y le costará cien dólares.

Era un profundo conocedor de la ley, y aunque parecía tomarse su empleo con indiferencia, en realidad gobernaba con mano fuerte todos los casos que se le presentaban. Sólo una vez se vio al juez Taylor en un punto muerto en el juzgado, y fue por causa de los Cunningham. Old Sarum, el reducido terreno en que se revolcaban, estaba poblado por dos familias, separadas y distintas al principio, pero que por desgracia llevaban el mismo apellido. Los Cunningham se casaron con los Coningham con tal frecuencia que la ortografía del apellido llegó a ser una cuestión académica..., académica hasta que un Cunningham disputó a un Coningham unos títulos de propiedad y acudió al juzgado. Durante una controversia sobre la cuestión. Jems Cunningham declaró que su madre escribía Cunningham en documentos y papeles, pero que en realidad era una Coningham, pues escribía mal, leía muy poco, y por las tardes, cuando se sentaba en la galería de la fachada, tenía la costumbre de fijar la mirada a lo lejos. Después de nueve horas de escuchar las excentricidades de los habitantes de Old Sarum, el juez Taylor echó el caso del juzgado. Cuando le preguntaron con qué fundamento, el juez Taylor contestó: «Connivencia entre las partes», y declaró que le pedía a Dios que los litigantes se sintieran satisfechos con haber podido decir en público cada cual lo que tenía que decir. No habían ,pretendido otra cosa desde el primer momento.

El juez Taylor tenía una costumbre interesante. Permitía que se fumase en su sala, aunque él no fumaba; a veces, si uno era afortunado, disfrutaba del privilegio de verle poniéndose un cigarro largo y reseco en la boca y mascándolo poco a poco. Trocito a trozo, el apagado cigarro desaparecía, para reaparecer unas horas más tarde en forma de una masa lisa y aplanada, cuya esencia había ido a mezclarse con los jugos digestivos del juez Taylor. Una vez le pregunté a Atticus cómo podía sufrir mistress Taylor el besar a su marido, pero Atticus contestó que no se besaban mucho.

El estrado de los testigos se hallaba a la derecha del juez Taylor. Cuando llegamos a nuestros asientos lo ocupaba ya míster Heck Tate.

17

—Jem —pregunté—, ¿están los Ewell sentados allá abajo?

—Cállate —contestó—. Míster Heck Tate está prestando declaración.

Míster Tate se había vestido para la solemnidad. Llevaba un traje corriente, que en cierto modo, le hacía parecerse a todos los demás hombres. Sus botas altas, su chaqueta de cuero y su cinturón repleto de balas habían desaparecido. Desde aquel momento dejó de causarme espanto. Sentado en la silla de los testigos, tenía el cuerpo inclinado adelante, las manos enlazadas entre las rodillas, y escuchaba atentamente al fiscal del distrito.

Al fiscal, un tal míster Gilmer, no le conocíamos bien. Era de Abbottsville; le veíamos únicamente cuando se convocaba el tribunal, y no en todas las ocasiones, porque a Jem y a mí los asuntos del juzgado nos interesan muy poco. Hombre calvo y de cara lisa, su edad podía oscilar entre los cuarenta y los sesenta años. Aunque se encontraba de espaldas a nosotros, sabíamos que tenía un ojo ligeramente desviado, defecto del que sacaba ventaja: parecía estar mirando a una persona, cuando en realidad no era así, y de este modo atormentaba a los miembros del jurado y a los testigos. El jurado, creyéndose observado minuciosamente, fijaba la atención; y lo mismo hacía el testigo, con igual convencimiento.

—...Con sus propias palabras, míster Tate —estaba diciendo míster Gilmer.

—Pues bien —contestó míster Tate, manoseando sus gafas y como si hablara a sus rodillas—, me llamaron...

—¿Podría explicárselo al jurado, míster Tate? Gracias. ¿Quién le llamó?

Míster Tate continuó:

—Vino a buscarme Bob... Míster Bob Ewell, el de allá, una noche...

—¿Qué noche, señor?

—Fue la noche del veintiuno de noviembre. Salía en aquel momento de la oficina cuando Bob... Míster Ewell llegó, muy excitado el hombre, y me dijo que fuese a su casa en seguida, que un negro había violado a su hija.

—¿Acudió usted?

—En efecto. Subí al coche y me fui allá todo lo de prisa que pude.

—¿Y qué encontró?

—Encontré a la muchacha tendida en el suelo en el centro del cuarto de la fachada, el que hay a la derecha entrando. La habían golpeado de lo lindo, pero yo la puse en pie; ella se lavó la cara en un cubo de un rincón y dijo que se sentía bien. Le pregunté quién la había atacado y me dijo que había sido Tom Robinson...

El juez Taylor, que parecía absorto en sus uñas, levantó la vista como si esperase una objeción; pero Atticus continuó callado.

—...Le pregunté si la había golpeado de aquel modo, y ella respondió que sí. En consecuencia, me fui a casa de Robinson y me lo llevé allá. Ella le identificó como el agresor, y yo entonces le detuve. Esto es todo lo que hubo.

—Gracias —dijo míster Gilmer.

—¿Alguna pregunta, Atticus? —inquirió el juez.

—Sí —respondió mi padre. Estaba sentado detrás de su mesa; tenía la silla desviada hacia un lado, las piernas cruzadas y un brazo descansando sobre el respaldo de la silla—. ¿Llamó a un médico, *sheriff*? ¿Llamó alguien a un médico? —preguntó Atticus.

—No, señor —contestó míster Tate.

—¿No llamaron a un médico?

—No, señor —repitió míster Tate.

—¿Por qué no? —La voz de Atticus tenía un tono cortante.

—Le diré por qué no lo llamé. No era necesario, míster Finch. A la muchacha la habían aporreado de un modo terrible. Algo había pasado, era obvio.

—¿Pero no llamó a un médico? Mientras usted estuvo allí, ¿llamó alguien a alguno, fue a buscarlo, o le llevó a la muchacha?

—No, señor...

—Ha contestado la pregunta tres veces, Atticus. No llamó a un médico —advirtió el juez.

Atticus dijo:

—Quería asegurarme bien, señor juez. —Y el juez sonrió.

La mano de Jem, que reposaba sobre la baranda de la galería, se crispó alrededor de su apoyo. Mi hermano contuvo repentinamente la respiración. Al mirar abajo y no ver una reacción correspondiente, me pregunté si Jem quería mostrarse teatral. Dill miraba sosegadamente, y lo mismo el reverendo Sykes, sentado a su lado.

—¿De qué se trata? —inquirí, sin obtener más que un seco:

—¡Ssshhhitt!

—*Sheriff* —estaba diciendo Atticus—, usted afirma que la habían aporreado de un modo terrible. ¿De qué manera?

—Pues...

—Describa sus lesiones, nada más, Heck.

—Pues, le habían golpeado en la cabeza, por todas partes. En sus brazos aparecían ya unos morados; aquello había tenido lugar unos treinta minutos antes...

—¿Cómo lo sabe?

Míster Tate sonrió.

—Lo siento, es lo que ellos me dijeron. Sea como fuere, cuando llegué allá estaba llena de magulladuras, y se le ponía un ojo amoratado.

—¿Qué ojo?

Míster Tate se pasó la mano por el cabello.

—Veamos —dijo. Luego miró a Atticus como si considerase pueril aquella pregunta.

—¿No puede recordarlo? —insistió Atticus.

Míster Tate señaló a una persona invisible, a unas cinco pulgadas delante de él, y dijo:

—El izquierdo.

—Espere un minuto, *sheriff* —dijo Atticus—. ¿Era el izquierdo mirando de cara a usted, o el izquierdo mirando en la misma dirección que usted miraba?

—Ah, sí —puntualizó míster Tate—, con esto resulta que era el ojo derecho de la chica. Sí, era su ojo derecho, míster Finch. Ahora lo recuerdo; tenía todo aquel lado de la cara hinchado...

Míster Tate parpadeó otra vez, como si acabaran de hacerle comprender claramente alguna cosa. Luego volvió la cabeza y miró a Tom Robinson. Como por instinto, Tom Robinson levantó la cabeza.

También Atticus había visto algo con toda claridad, y ello fue causa de que se pusiera en pie.

—*Sheriff*, repita, por favor, lo que ha dicho.

—He dicho que era su ojo derecho.

—No... —Atticus se acercó a la mesa del escribiente del juzgado y se inclinó sobre la mano que escribía con furia. Esta se paró, echó atrás el cuaderno de taquígrafo, y el escribiente dijo:

—Míster Finch, ahora recuerdo que la joven tenía hinchado ese lado de la cara.

Atticus levantó la vista hacia míster Tate.

—¿Qué lado, una vez más, Heck?

—El lado derecho, míster Finch, pero tenía otras magulladuras... ¿Quiere que le hable de ellas?

Atticus parecía a punto de hacer otra pregunta, pero lo pensó mejor y dijo:

—Sí, ¿cuáles eran las otras lesiones?

Mientras míster Tate contestaba, Atticus se volvió y miró a Tom Robinson como para decirle que aquello era algo en lo cual no habían confiado.

—...Tenía los brazos llenos de cardenales, y me enseñó el cuello. En la garganta se le veían huellas digitales bien claras...

—¿Todo alrededor? ¿Incluso en la nuca?

—Yo diría que todo alrededor, míster Finch.

—¿De veras?

—Sí, señor, la muchacha tenía un cuello delgado, cualquiera habría podido rodearlo con...

—Por favor, *sheriff*, limítese a contestar sí o no a la pregunta —dijo Atticus secamente. Y míster Tate se quedó callado.

Atticus se sentó e hizo un signo de cabeza al fiscal del distrito, el cual movió la suya negativamente mirando al juez, quien dirigió una inclinación de la suya a míster Tate, que se levantó muy tieso y bajó del estrado de los testigos.

Abajo, las cabezas se volvieron, los pies restregaron el suelo, los rorros fueron subidos a los hombros y unos cuantos chiquillos salieron de estampía de la sala. Detrás, los negros susurraban en voz baja entre ellos. Dill preguntaba al reverendo Sykes a qué venía todo aquello, pero el reverendo contestó que no lo sabía. Hasta el momento todo se desenvolvía de un modo completamente soso: nadie había atronado el aire, no hubo discusiones entre fiscal y abogado, no había drama; todos los presentes parecían profundamente desilusionados. Atticus procedía con aire amistoso, como si estuviera enzarzado en una disputa de poca monta. Con su infinita habilidad en calmar mares turbulentos, era capaz de conseguir que un caso de violación resultase tan árido como un sermón. De mi mente había huido el terror al whisky barato y a los olores de establo, a los hombres ceñudos de ojos somnolientos, a la voz ronca preguntando en la noche: «¿Míster Finch? ¿Se han marchado?» Con la luz del día se había disipado nuestra pesadilla; todo saldría bien.

Todos los espectadores estaban tan sosegados como el juez Taylor, excepto Jem. Mi hermano tenía los labios curvados en una media sonrisa cargada de intención, los ojos alegres, y dijo algo acerca de corroborar las pruebas que me dio la seguridad de que estaba presumiendo.

—¡...Robert E. Lee Ewell!

Respondiendo a la voz estentórea de escribiente, un hombrecito jactancioso como un gallo de pelea se levantó, y correteó hacia el estrado, mientras la nuca se le ponía encarnada al escuchar su nombre. Cuando se volvió para prestar juramento, vimos que tenía la cara tan encarnada como el pescuezo. Vimos, además, que no tenía ninguna semejanza con su tocayo (1). De su frente se levantaba una greña de cabello hirsuto, recién lavado; tenía la nariz estrecha, puntiaguda y brillante; no tenía barbilla digna de mención: parecía formar parte de su movible cuello.

—...y que Dios me ayude —cacareó.

Todas las ciudades de la categoría de Maycomb tenían familias como los Ewell. Ninguna fluctuación económica cambiaba su nivel de vida; gente como los Ewell vivían en calidad de huéspedes del condado en la prosperidad lo mismo que en las hondonadas de una depresión. Ningún agente del orden era capaz de sujetar a su numerosa descendencia en la escuela; ningún sanitario podía librarla de sus defectos congénitos, gusanos diversos y enfermedades endémicas en los ambientes sucios.

Los Ewell de Maycomb vivían detrás del vaciadero de la ciudad, en lo que en otro tiempo fue una choza de negros. Las paredes de tablas de madera de la choza estaban suplidas con planchas onduladas de hierro; el tejado, cubierto con botes de hojalata aplanados a martillazos, de modo que únicamente su forma indicaba su destino primitivo; era cuadrada con cuatro cuartos y pequeñísimos que se abrían en un vestíbulo alargado, y descansaba sobre cuatro elevaciones de piedra caliza. Las ventanas eran meros espacios abiertos de las paredes, y en verano las cubrían con pedazos grasientos de estopilla, con el fin de cerrar el paso a los bichos que se nutrían de los desechos de Maycomb.

Pero estos bichos no celebraban grandes banquetes, pues los Ewell procedían a un repaso diario del vaciadero, y los frutos de sus pesquisas (los que no

_____
(1) Se refiere al general confederado cuyo nombre lleva el personaje. (N. del T.)

aprovechaban para comer) hacían que el trozo de terreno que rodeaba la cabaña pareciese la casa de juguetes de un niño demente: lo que pasaba por valla eran trozos de ramas de árboles, escobas y mangos de aperos, todo ello coronado con herrumbrosas cabezas de martillo, palas, hachas y azadas de escardar, sujetadas con trozos de alambre espinoso. Encerrado dentro de aquella barricada había un patio sucio conteniendo los restos de un «Ford Modelo-T» (a trozos), un sillón desechado de dentista, una nevera antigua, además de otros objetos menores: zapatos viejos, destrozadas radios de mesa, marcos de cuadros y jarros de frutas, debajo de los cuales unas gallinas flacas color naranja picoteaban confiadamente.

Sin embargo, había un rincón del patio que maravillaba a todo Maycomb. En fila, junto a la valla, había seis jarros de lavabo, con el esmalte desconchado, conteniendo unos geranios de color rojo vivo, cuidados con la misma ternura que si hubiesen pertenecido a miss Maudie Atkinson, suponiendo que miss Maudie se hubiese dignado admitir un geranio en sus dominios. La gente decía que pertenecían a Mayella Ewell.

Nadie sabía con seguridad cuántos niños había en la casa. Unos decían seis, otros nueve; cuando alguno pasaba por allí, en las ventanas, siempre había varios pequeñuelos con la cara sucia. Pero nadie tenía ocasión de pasar, excepto por Navidad, cuando las iglesias repartían cestos de provisiones, y el alcalde de Maycomb nos rogaba que tuviésemos la bondad de ayudar al encargado de la limpieza yendo a arrojar al vaciadero los árboles y la basura de nuestras casas.

La Navidad anterior, al cumplir con lo que el alcalde había pedido, Atticus nos llevó consigo. De la carretera partía hacia el vaciadero un camino de tierra que iba a terminar en una pequeña colonia negra, a unas quinientas yardas más allá de los Ewell. Era preciso retroceder hacia la carretera, o continuar hasta el final del camino y dar la vuelta; la mayoría de personas iba a darla delante de los patios de la fachada de los negros. En el atardecer helado de diciembre, sus cabañas aparecían limpias, cuidadas, con una cinta pálida de humo azul saliendo por la chimenea y los umbrales de un color ámbar luminoso a causa del fuego que ardía en el interior. Allí se percibían aromas deliciosos: pollo y tocino friéndose, tersos como el aire del atardecer; Jem y yo olimos que guisaban ardilla, pero se necesitaba un antiguo campesino como Atticus para identificar la zarigüeya y el conejo; aromas todos que se desvanecieron cuando pasamos por delante de la residencia de los Ewell.

Lo único que poseía el hombrecito del estrado de los testigos, susceptible de darle alguna ventaja sobre su vecinos más cercanos, era que si le restregaban con jabón de sosa dentro de agua muy caliente, le saldría la piel blanca.

—¿Míster Robert Ewell? —preguntó míster Gilmer.

—Ese es mi nombre, capitán —contestó él, pronunciando horrorosamente el inglés.

La espalda de míster Gilmer se puso un tanto rígida y yo le compadecí. Quizá convendría que aclarase un detalle. He oído decir que los hijos de los abogados, al ver a sus padres en el calor de una discusión, se forman una idea equivocada: creen que el abogado de la parte contraria es un enemigo personal de su padre, sufren vivo tormento, y se llevan una sorpresa tremenda al ver, a menudo, a sus padres saliendo del brazo de sus atormentadores en cuanto llega el primer descanso. En el caso de Jem y mío, esto no era cierto. No recibíamos herida alguna al ver que nuestro padre ganaba o perdía. Lamento no poder ofrecer ninguna versión teatral en lo tocante a este punto; si lo hiciera, faltaría a la verdad. No obstante, en las ocasiones en que el debate tomaba un cariz más acrimonioso que profesional, sabíamos notarlo, pero esto ocurría cuando observábamos a otros abogados que no eran nuestro padre. En toda mi vida no había oído que Atticus levantase la voz, excepto si hablaba con un testigo sordo. Míster Gilmer hacía su trabajo, lo mismo que Atticus hacía el suyo. Además, míster Ewell era el testigo de Gilmer, y éste no tenía por qué mostrarse grosero con nadie, y menos con él.

—¿Es usted el padre de Mayella Ewell? —le preguntó a continuación.

La respuesta consistió en un:

—Vaya, si no lo soy, ya no puedo tomar medidas sobre el asunto: su madre ha muerto.

El juez Taylor se agitó. Volvióse lentamente en su sillón giratorio y dirigió una mirada benigna al testigo.

—¿Es usted el padre de Mayella Ewell? —preguntó de un modo que hizo que, abajo, las risas parasen súbitamente.

—Sí, señor —dijo míster Ewell, con aire manso.

El juez Taylor prosiguió con su acento de benevolencia:

—¿Es esta la primera vez que se encuentra ante un Tribunal? No recuerdo haberle visto nunca aquí —y ante el cabezazo afirmativo del testigo, continuó—: Vamos a dejar una cosa bien sentada. Mientras yo esté sentado aquí no habrá en esta sala ninguna nueva especulación obscena sobre ningún tema. ¿Queda entendido?

Míster Ewell movió la cabeza afirmativamente, pero no creo que le entendiese. El juez Taylor dijo con un suspiro:

—¿Quiere seguir, míster Gilmer?

—Gracias, señor. Míster Ewell, ¿querría contarnos, por favor, con sus propias palabras, qué pasó el anochecer del veintiuno de noviembre?

Jem sonrió y se echó el cabello atrás. «Con sus propias palabras» era la marca de fábrica de míster Gilmer. Nosotros nos preguntábamos, a menudo, de quién temía que fuesen las palabras que el testigo podía emplear.

—Pues, la noche del veintiuno de noviembre, yo venía del bosque con una carga de leña y, apenas había llegado a la valla, cuando oí a Mayella chillando dentro de la casa como un cerdo apaleado...

Aquí, el juez Taylor miró vivamente al testigo y decidió, sin duda, que sus especulaciones estaban desprovistas de mala intención, porque se apaciguó y volvió a tomar un aire somnoliento.

—¿Qué hora era, míster Ewell?

—Momentos antes de ponerse el sol. Bien, iba diciendo que Mayella chillaba como para sacar a Jesús de... —otra mirada de la presidencia hizo callar a míster Ewell.

—¿Sí? ¿Gritaba? —preguntó míster Gilmer.

Míster Ewell miró confuso al juez.

—Sí, y como Mayella armaba aquel condenado alboroto, yo dejé caer la carga y corrí cuanto pude, pero me enredé en la valla y, cuando pude soltarme, corrí hacia la ventana y vi... —la cara de míster Ewell se puso escarlata. Levantando el índice, señaló a Tom Robinson—, ¡...vi aquel negro de allá maltratando a mi Mayella!

La sala del Tribunal del juez Taylor era tan tranquila que en pocas ocasiones tenía él que utilizar

275

el mazo, pero ahora estuvo golpeando la mesa cinco minutos largos. Atticus estaba junto al asiento diciéndole algo; míster Heck Tate, en su calidad de primer oficial del condado, se plantó en medio del pasillo para apaciguar a la atestada sala. Detrás de nosotros, la gente de color dejó oír un sofocado gruñido de enojo.

El reverendo Sykes se inclinó por encima de mí y de Dill para tirar del codo a Jem.

—Míster Jem —dijo—, será mejor que lleve a miss Jean Louise a casa. ¿Me oye, míster Jem?

Jem volvió la cabeza.

—Scout, vete a casa. Dill, tú y Scout marchaos a casa.

—Primero tienes que obligarme —contesté, recordando la bendita sentencia de Atticus.

Jem me miró frunciendo el ceño con furor; luego, le dijo al reverendo Sykes:

—Creo que es igual, reverendo; Scout no lo entiende.

Yo me sentí mortalmente ofendida.

—Sí que lo entiendo, y muy bien.

—Bah, cállate. No lo entiende, reverendo; todavía no tiene nueve años.

Los negros ojos del reverendo Sykes manifestaban ansiedad.

—¿Sabe míster Finch que estáis aquí? Esto no es adecuado para miss Jean Louise, ni para ustedes, muchachos.

Jem movió la cabeza.

—Aquí tan lejos no puede vernos. No hay inconveniente, reverendo.

Comprendí que Jem ganaría, porque ahora nada le convencería de marcharse. Dill y yo estábamos a salvo, por un rato... Desde donde se hallaba, Atticus podía vernos, si miraba en nuestra dirección.

Mientras el juez Taylor daba con el mazo, míster Ewell inspeccionaba su obra, cómodamente instalado en el sillón de los testigos. Con una sola frase había convertido a un grupo alegre que salió de merienda en una turba tensa, murmurante, hipnotizada poco a poco por los golpes del mazo, que perdían intensidad, hasta que el único sonido que se oyó en la sala fue un débil pinc-pinc-pinc. Lo mismo que si el juez hubiese golpeado la mesa con un lápiz.

Dueño una vez más de la sala, el juez Taylor se recostó en el sillón. De pronto se le vio cansado; su edad se manifestaba, y yo me acordé de lo que había dicho Atticus: él y mistress Taylor no se besaban mucho; debía de acercarse a los setenta años.

—Se ha presentado la petición de que despejemos esta sala de espectadores —dijo entonces—, o al menos de mujeres y niños; una petición que por ahora será denegada. Por lo general, la gente ve lo que desea ver y oye lo que desea escuchar, y tiene el derecho de someter a sus hijos a ello; pero puedo asegurarles una cosa: o reciben ustedes lo que vean y oigan en silencio, o abandonarán la sala; aunque no la abandonarán hasta que todo ese hormiguero humano se presente ante mí acusado de desacato. Míster Ewell, usted mantendrá su declaración dentro de los límites del lenguaje inglés y cristiano, si es posible. Continúe, míster Gilmer.

Míster Ewell me hacía pensar en un sordomudo. Estaba segura de que no había oído nunca las palabras que el juez Taylor le dirigió —su boca las configuraba trabajosamente en silencio—, pero su cara revelaba que las consideraba importantes. De ella desapareció la complacencia, substituida por una terca seriedad que no engañó al juez; todo el rato que míster Ewell continuó en el estrado, el juez tuvo los ojos fijos en él, como si le desafiara a dar un paso en falso.

Míster Gilmer y Atticus se miraron. Atticus se había sentado de nuevo, su puño descansaba en la mejilla; no podíamos verle la cara. Míster Gilmer tenía una expresión más bien desesperada. Una pregunta del juez Taylor le sosegó.

—Míster Ewell, ¿vio usted al acusado teniendo relación sexual con su hija?

—Sí, señor, lo vi.

Los espectadores guardaron silencio, pero el acusado dijo algo. Atticus le susurró unas palabras, y Tom Robinson se calló.

—¿Dice usted que estaba junto a la ventana? —preguntó míster Gilmer.

—Sí, señor.

—¿A qué distancia queda del suelo?

—A unos tres pies.

—¿Veía bien todo el cuarto?

—Sí, señor.

—¿Qué aspecto tenía?

—Estaba todo revuelto, lo mismo que si hubiera tenido lugar una pelea.

—¿Qué hizo usted cuando vio al acusado?

—Corrí a dar la vuelta a la casa para entrar, pero él salió corriendo unos momentos antes de que yo llegase a la puerta. Vi quién era, perfectamente. Yo estaba demasiado alarmado, pensando en Mayella, para perseguirle. Entré corriendo en la casa y la encontré tendida en el suelo gimiendo...

—Entonces, ¿qué hizo usted?

—Fui a buscar a Tate, corriendo todo lo que pude. Sabía quién era, sin lugar a dudas, vivía allá abajo en aquel avispero de negros, y todos los días pasaba por delante de casa. Juez, desde hace quince años pido al condado que limpie aquella madriguera; son un peligro para el que vive por las cercanías, además de que desvalorizan mi propiedad...

—Gracias, míster Ewell —dijo precipitadamente míster Gilmer.

El testigo descendió a toda prisa del estrado y topó de manos a boca con Atticus, que se había levantado para interrogarle. El juez Taylor permitió que la sala soltase la carcajada.

—Un minuto nada más, señor —dijo Atticus del mejor talante—. ¿Puedo hacerle un par de preguntas?

Míster Ewell retrocedió hasta la silla de los testigos, se acomodó y dirigió a Atticus una mirada de vivo recelo; expresión corriente entre los testigos del Condado de Maycomb cuando se enfrentaban con el abogado de la parte contraria.

—Míster Ewell —empezó Atticus—, la gente corrió mucho aquella noche. Veamos, usted corrió hacia la casa, corrió hacia la ventana, entró en la casa corriendo, corrió adonde estaba Mayella, corrió a buscar a míster Tate. Durante todas esas carreras, ¿no corrió a buscar a un médico?

—No había necesidad. Yo había visto lo ocurrido.

—Pero hay una cosa que no entiendo —dijo Atticus—. ¿No le preocupaba a usted el estado de Mayella?

—Mucho me preocupaba —respondió míster Ewell—. Había visto al autor del mal.

—No, me refiero a su estado físico. ¿No se le ocurrió que la naturaleza de sus lesiones requería cuidados médicos inmediatos?

—¿Qué?

—¿No consideró que debía contar con un médico, inmediatamente?

El testigo contestó que no se le había ocurrido; en toda la vida jamás había llamado a un médico para ninguno de los suyos, y si lo hubiese llamado le habría costado cinco dólares.

—¿Eso es todo? —terminó preguntando.

—Todavía no —contestó Atticus con naturalidad—. Míster Ewell, usted ha oído la declaración del *sheriff*, ¿verdad?

—¿A qué viene eso?

—Usted estaba en la sala cuando míster Heck Tate ocupaba el estrado, ¿no es cierto? Usted ha oído todo lo que él ha dicho, ¿verdad?

Míster Ewell consideró la cuestión con todo cuidado y pareció decidir que la pregunta no encerraba peligro.

—Sí —contestó.

—¿Está de acuerdo con la descripción que nos ha hecho de las lesiones de Mayella?

—¿Qué significa eso?

Atticus miró a su alrededor, y míster Gilmer sonrió. Míster Ewell pareció determinado a no permitir que la defensa pasara un rato agradable.

—Míster Tate ha declarado que la hija de usted tenía el ojo derecho morado, que la habían golpeado en...

—Ah, sí —declaró el testigo—. Estoy de acuerdo con todo lo que ha dicho Tate.

—¿De verdad? —preguntó Atticus afablemente—. Sólo quiero estar bien seguro —entonces se acercó al escribiente, le dijo algo, y el otro nos entretuvo unos minutos leyendo la declaración de míster Tate como si se tratara de datos del mercado de Bolsa:

—...un ojo amoratado, era el izquierdo, ah, sí, con esto resulta que era el ojo derecho de la chica, sí era su ojo derecho, míster Finch; ahora lo recuerdo, tenía aquel lado —aquí volvió la página— de la cara hinchado. *Sheriff*, repita, por favor, lo que ha dicho. He dicho que era su ojo derecho...

—Gracias, Bert —dijo Atticus—. La ha oído una vez más, míster Ewell. ¿Tiene algo que añadir? ¿Está de acuerdo con el *sheriff*?

—De acuerdo con Tate. Tenía el ojo morado y la habían golpeado de lo lindo.

El hombrecito parecía haber olvidado la humillación que anteriormente le había hecho sufrir la presidencia. Empezaba a notarse con toda claridad que consideraba a Atticus un adversario fácil. Parecía ponerse encarnado de nuevo; hinchaba el pecho y se convertía una vez más en un gallito de pelea de rojas plumas.

—Míster Ewell, ¿usted sabe leer y escribir?

Míster Gilmer interrumpió:

—Protesto —dijo—. No sé ver qué relación tiene con el caso la instrucción del testigo; es irrelevante, sin trascendencia.

El juez Taylor se disponía a decir algo, pero Atticus se le adelantó:

—Señor juez, si autoriza la pregunta y otra más, pronto lo verá.

—Está bien, veamos —contestó el juez Taylor—, pero asegúrese de que lo veamos, Atticus. Denegada la protesta.

Míster Gilmer parecía tan curioso como todos los demás por ver qué relación tenía el estado cultural de míster Ewell con el caso.

—Repetiré la pregunta —dijo mi padre—. ¿Sabe usted leer y escribir?

—Muy cierto que sí.

—¿Quiere escribir su nombre y enseñárnoslo?

—Muy cierto que sí. ¿Cómo se figura que firmo los cheques de la beneficencia?

Míster Ewell buscaba la simpatía de sus conciudadanos. Los susurros y risitas que se oían abajo se referían, sin duda, a lo raro que era aquel hombre.

Yo me ponía nerviosa. Atticus parecía saber lo que estaba haciendo, pero a mí se me antojó que había salido a pescar ranas sin llevar farol. Nunca, nunca jamás en un interrogatorio, hagas una pregunta a un testigo sin saber de antemano cuál es la respuesta; he ahí un axioma que yo había asimilado junto con los alimentos de mi niñez. Hazla, y a menudo obtendrás una respuesta que no esperas, una respuesta que puede echar a perder tu caso.

Atticus puso la mano en el bolsillo interior y sacó un sobre. Luego, de otro bolsillo de la chaqueta, sacó la estilográfica. Se movía con desenvoltura, y se había situado de modo que el Jurado le viese bien. Desenroscó el capuchón de la pluma y lo dejó suavemente sobre la mesa. Sacudió un poco la pluma y la entregó, junto con el sobre, al testigo.

—¿Quiere escribirnos su nombre? —preguntó—. Con calma, que el Jurado pueda ver cómo lo hace.

Míster Ewell escribió en el reverso del sobre y levantó los ojos complacido para ver que el juez Taylor le estaba mirando fijamente, cual si fuera una gardenia aromática en plena floración en el estrado de los testigos, y para ver a míster Gilmer en su mesa, mitad sentado, mitad de pie. También el Jurado le estaba observando; uno de sus miembros se inclinaba adelante con las manos sobre la baranda.

—¿Tan interesante ha sido? —preguntó él.

—Usted es zurdo, míster Ewell —dijo el juez Taylor.

Míster Ewell se volvió enojado hacia el juez y dijo que no veía qué tenía que ver el ser zurdo con lo que se discutía, que él era un hombre temeroso de Dios y que Atticus Finch se burlaba de él con engaños. Los abogados marrulleros como Atticus Finch le engañaban continuamente con sus mañosas tretas. El había explicado lo que ocurrió, lo diría una y mil veces... y lo dijo. Nada de lo que le preguntó Atticus después alteró su versión: que él había mirado por la ventana, luego el negro huyó corriendo, luego él corrió a buscar al *sheriff*. Por fin Atticus le despidió.

Míster Gilmer le hizo una pregunta más.

—En relación a lo de escribir con la mano izquierda, míster Ewell, ¿es usted ambidextro?

—Sé usar una mano tan bien como la otra. Una mano tan bien como la otra —repitió, mirando furioso hacia la mesa de la defensa.

Jem parecía estar sufriendo un ataque silencioso. Estaba golpeando blandamente la baranda de la galería, y en determinado momento, murmuró:

—Le hemos cazado.

Yo no lo creía así; Atticus estaba tratando de demostrar, se me antojaba, que quien había dado la paliza a Mayella pudo haber sido míster Ewell. Hasta aquí lo comprendía bien. Si ella tenía morado el ojo derecho y la habían pegado principalmente en la mitad derecha de la cara, ello tendía a manifestar que el que la pegó era zurdo. Sherlock Holmes y Jem Finch estarían de acuerdo. Pero era muy fácil que Tom Robinson también fuese zurdo. Lo mismo que míster Heck Tate, me imaginé a una persona situada frente a mí, repasé una rápida pantomima en mi mente, y concluí que era posible que el negro hubiese sujetado a Mayella con la mano derecha, pegándola al mismo tiempo con la izquierda. Bajé la vista hacia Tom. Estaba de espaldas a nosotros, pero pude notar sus anchos hombros y su cuello, recio como el de un toro. Podía haberlo hecho perfectamente. Y me dije que Jem estaba echando las cuentas de la lechera.

18

Pero alguien estaba retumbando de nuevo.

—¡Mayella Violet Ewell...!

Una muchacha joven se encaminó hacia el estrado de los testigos. Mientras levantaba la mano y juraba decir la verdad, toda la verdad y nada más que la verdad, y que Dios la ayudase, parecía tener un aspecto un tanto frágil, pero cuando se sentó de cara a nosotros en el sillón de los testigos se convirtió en lo que era: una muchacha de cuerpo macizo, acostumbrada a los trabajos penosos.

En el Condado de Maycomb era fácil distinguir a los que se bañaban con frecuencia de los que se lavaban una vez al año: míster Ewell tenía un aspecto escaldado, como si un lavado intempestivo le hubiese despojado de las capas protectoras de suciedad; su cutis parecía muy sensible a los elementos. Mayella, en cambio, tenía el aire de esforzarse en conservarse limpia, y yo me acordé de la fila de geranios del patio de los Ewell.

Míster Gilmer pidió a Mayella que contase al Jurado, con sus propias palabras, lo que había ocurrido al atardecer del veintiuno de noviembre del año anterior; con sus propias palabras, se lo rogaba.

Mayella continuó sentada en silencio.

—¿Dónde estaba usted al atardecer de aquel día? —empezó míster Gilmer con toda paciencia.

—En el porche.

—¿En qué porche?

—No tenemos más que uno, el de la fachada.

—¿Qué hacía usted en el porche?

—Nada.

El juez Taylor intervino:

—Explíquenos lo que ocurrió, simplemente. Puede hacerlo, ¿verdad que sí?

Mayella le miró con ojos muy abiertos y estalló en llanto. Se cubrió la cara con las manos y se puso a sollozar. El juez Taylor la dejó llorar un rato, y luego, le dijo:

—Basta por el momento. No tema a ninguno de los presentes, con tal de que diga la verdad. Todo esto a usted le resulta extraño, lo sé, pero no tiene que avergonzarse de nada ni temer nada. ¿Qué es lo que le asusta?

Mayella dijo algo detrás de las manos.

—¿Qué era? —preguntó el juez.

—El —sollozó la muchacha, señalando a Atticus.

—¿Míster Finch?

Mayella movió la cabeza vigorosamente, afirmando:

—No quiero que haga conmigo como ha hecho con papá, a quien ha probado de hacer pasar por zurdo...

El juez Taylor se rascó el blanco y espeso cabello. Era obvio que no se había enfrentado nunca con un problema de aquella clase.

—¿Cuántos años tiene usted? —preguntó.

—Diecinueve y medio —dijo Mayella.

El juez Taylor carraspeó para aclararse la voz y trató, aunque sin éxito, de hablar en tonos apaciguadores.

—Míster Finch no tiene el propósito de asustarla —dijo—, y si lo tuviera, aquí estoy yo para impedírselo. Para esto y para otras cosas estoy sentado aquí. Ahora usted ya es una chica mayor, enderece pues el cuerpo y cuéntenos la..., cuéntenos lo que le pasó. Sabe contarlo, ¿verdad que sí?

Yo le susurré a Jem:

—¿Tiene buen sentido esa chica?

Jem miraba oblicuamente hacia el estrado de los testigos.

—No sabría decirlo todavía —contestó—. Tiene el sentido suficiente para conseguir que el juez la compadezca, pero podría ser nada más... Ah, no sé, no sé.

Apaciguada, Mayella dirigió una última mirada de terror a Atticus y dijo a míster Gilmer:

—Pues, señor, yo estaba en el porche y... y llegó él y, vea usted, había en el patio un armario viejo que papá había traído con el fin de partirlo para leña... Papá me había dicho que lo partiese yo mientras él estaba en el bosque, pero yo no me sentía bastante fuerte, y en esto él pasó por allí...

—¿Quién es ese «él»?

Mayella señaló a Tom Robinson.

—Habré de pedirle que sea más explícita, por favoz —dijo míster Gilmer—. El escribiente no puede anotar los gestos suficientemente bien.

—Aquél de allá —dijo la muchacha—. Robinson.

—¿Qué pasó entonces?

—Yo dije: «Ven acá, negro, y hazme pedazos de ese armario, tengo una moneda para ti». El podía hacerlo fácilmente, en verdad que podía. El entró en el patio, y yo entré en casa para ir a buscar los cinco centavos, pero volví la cabeza y antes de que me diera cuenta, él se me había echado encima. Había subido corriendo tras de mí, de ahí lo que había hecho. Me cogió por el cuello, maldiciéndome y diciendo palabras feas... Yo luché y grité, pero él me tenía por el cuello. Me golpeó una y otra vez...

Míster Gilmer aguardó a que Mayella recobrase la compostura. La muchacha había retorcido el pañuelo hasta convertirlo en una soga mojada de sudor: cuando lo desplegó para secarse la cara era una masa de arrugas producidas por sus manos calientes. Mayella esperaba que míster Gilmer le hiciese otra pregunta, pero al ver que no se la hacía, dijo:

—...me echó al suelo, me tapó la boca y se aprovechó de mí.

—Usted, ¿gritaba? —preguntó míster Gilmer—. ¿Gritaba y se resistía?

—Ya lo creo que sí; gritaba todo lo que podía, daba patadas y gritaba con toda mi fuerza.

—¿Qué sucedió entonces?

—No lo recuerdo demasiado bien, pero de lo primero que me di cuenta, luego, fue de que papá estaba en el cuarto preguntando a voces quién lo había hecho, quién había sido. Entonces casi me desmayé y después vi que míster Tate me levantaba del suelo y me acompañaba hasta el cubo del agua.

Al parecer, la narración había dado confianza a Mayella, aunque no era una confianza desvergonzada como la de su padre. Mayella tenía una audacia furtiva, era como un gato con la mirada fija y la cola enroscada.

—¿Dice usted que luchó con él con toda la energía que pudo? ¿Combatió con las uñas y los dientes? —preguntó míster Gilmer.

—En verdad que sí —contestó Mayella.

—¿Está segura de que él se aprovechó de usted hasta el mayor extremo?

La faz de la muchacha se contrajo: yo temí que

se pondría a llorar de nuevo. Pero en vez de llorar, respondió:

—Hizo lo que se había propuesto hacer.

Míster Gilmer rindió tributo al calor del día secándose la cabeza con la mano.

—Basta por el momento —dijo placenteramente—, pero no se mueva de ahí. Espero que ese gran malvado de míster Finch quiera hacerle algunas preguntas.

—El Estado no ha de predisponer a la testigo contra el defensor del acusado —murmuró, minucioso, el juez Taylor—; al menos, no en este momento.

Atticus se puso en pie sonriendo, pero en lugar de acercarse al estrado de los testigos, se desabrochó la chaqueta y hundió los pulgares en el chaleco; luego cruzó la sala caminando despacio hasta las ventanas. Miró al exterior, sin que pareciese interesarle especialmente lo que veía; en seguida rotrocedió y se encaminó hacia el estrado de los testigos. Por mi experiencia de largos años, pude adivinar que trataba de llegar a una decisión sobre algún punto determinado.

—Miss Mayella —dijo sonriendo—, durante un rato no trataré de asustarla; todavía no. Conozcámonos bien, nada más. ¿Cuántos años tiene?

—He dicho que tenía diecinueve; se lo he dicho al señor juez —Mayella indicó a la presidencia con un movimiento resentido de cabeza.

—Sí lo ha dicho, sí lo ha dicho, señorita. Tendrá que ser tolerante conmigo, miss Mayella; voy entrando en años y no tengo tan buena memoria como solía. Es posible que le pregunte algunas cosas que ha dicho ya, pero usted me responderá, ¿verdad que sí? Bien.

Yo no sabía ver nada en la expresión de la muchacha que justificase la presunción de Atticus de que se había conquistado su franca y entusiasta colaboración. Mayella le miraba furiosa.

—No contestaré a una sola palabra suya mientras usted siga burlándose de mí —replicó.

—¿Señorita? —inquirió Atticus, pasmado.

—Mientras usted siga haciendo burla de mí.

El juez Taylor intervino diciendo:

—Míster Finch no se burla de usted. ¿Qué le pasa?

Mayella miró a Atticus con los párpados bajos, pero contestó al juez:

—Mientras me llame señorita y diga miss Mayella. No admito este descaro, y no estoy aquí para soportarlo.

Atticus reanudó el paseo hacia la ventana y el juez Taylor se encargó de resolver el incidente. El juez Taylor no tenía una figura que moviese nunca a compasión, a pesar de lo cual sentí pena por él, mientras trataba de explicar:

—Este es el estilo de míster Finch, sencillamente. Hace años y años que trabajamos juntos en este juzgado, y míster Finch se muestra siempre cortés con todo el mundo. No trata de burlarse de usted, sino de ser cortés. Es su manera de proceder —el juez se recostó en el sillón—. Atticus, sigamos con el procedimiento, y que conste en el escrito que nadie ha tratado con descaro a la testigo.

Yo me pregunté si alguien la había llamado «señorita» o «miss Mayella» en toda su vida; probablemente no, pues a ella la ofendía la cortesía habitual. ¿Qué diablos de vida llevaba? Pronto lo averigüé.

—Usted dice que tiene diecinueve años —empezó de nuevo Atticus—. ¿Cuántos hermanos y hermanas tiene? —preguntó al mismo tiempo que se apartaba de las ventanas.

—Siete —contestó ella. Y yo me pregunté si todos eran igual que el ejemplar que había visto en la escuela.

—¿Es usted la mayor? ¿La de más edad?

—Sí.

—¿Cuánto tiempo hace que ha muerto su madre?

—No lo sé; mucho tiempo.

—¿Ha ido alguna vez a la escuela?

—Leo y escribo tan bien como papá.

—¿Cuánto tiempo fue a la escuela?

—Dos años..., tres años... No lo sé.

Lenta, pero claramente, empecé a ver la trama del interrogatorio. Con unas preguntas que míster Gilmer no consideró bastante intrascendentes o inmateriales para protestar de ellas, Atticus estaba levantando sosegadamente ante el Jurado el cuadro de la vida de familia de los Ewell. El Jurado se enteró de los hechos siguientes: el cheque de la beneficencia que recibían los Ewell distaba mucho de bastar para alimentar a la familia, existiendo, además, la fundada sospecha de que, de todos modos, papá lo gastaba en bebida; a veces pasaba fuera de casa días enteros, remojándose el gaznate, y volvía enfermo; el tiempo raramente estaba lo bastante frío para requerir zapatos, pero cuando lo estaba uno podía hacérselos muy elegantes con pedazos de cubiertas viejas de coche; la familia traía el agua en cubos de un manantial que nacía en un extremo del vaciadero (los alrededores del manantial los limpiaban de basura), y en lo tocante a la limpieza, cada uno cuidaba de sí mismo: el que quería lavarse había de traerse el agua; los niños menores estaban resfriados continuamente y sufrían picores crónicos; había una señora que iba allá alguna que otra vez y preguntaba a Mayella por qué no asistían a la escuela; la tal señora anotó la respuesta: con dos miembros de la familia que sabían leer y escribir, no era preciso que los demás aprendiesen; papá los necesitaba en casa.

—Miss Mayella —dijo Atticus, a despecho de sí mismo—, siendo una muchacha de diecinueve años, usted debe de tener amigos. ¿Quiénes son sus amigos?

—¿Amigos?

—Sí, ¿no conoce a nadie de su edad, o mayor, o más joven? Amigos corrientes, sencillamente.

La hostilidad de Mayella, que había descendido hasta una neutralidad refunfuñante, se inflamó de nuevo.

—¿Otra vez mofándose de mí, mister Finch?

Atticus dejó que la pregunta de la chica sirviera de respuesta a la suya.

—¿Ama usted a su padre, miss Mayella? —inquirió luego.

—Amarle..., ¿qué quiere decir?

—Quiero decir si se porta bien con usted, si es un hombre con quien se convive sin dificultad.

—Se porta tolerablemente, excepto cuando...

—¿Excepto cuándo?

Mayella miró a su padre, sentado en una silla que inclinaba hacia la baranda. El irguió el cuerpo y esperó la respuesta.

—Excepto nada —respondió ella—. He dicho que se porta tolerablemente.

Míster Ewell se recostó otra vez en la silla.

—¿Excepto cuando bebe? —preguntó Atticus con tal dulzura que Mayella movió la cabeza asintiendo.

—¿Se mete alguna vez con usted?

—¿Qué quiere decir?

—Cuando está... irritado, ¿la ha pegado alguna vez?

Mayella miró a su alrededor, bajó la vista hacia el escribiente y la levantó hacia el juez.

—Responda a la pregunta, miss Mayella —ordenó el juez.

—Mi padre no me ha tocado un pelo de la cabeza en toda la vida —declaró ella con firmeza—. Nunca me ha tocado.

A Atticus se le habían deslizado un poco las gafas, y volvió a subírselas.

—Hemos tenido una conversación interesante para conocernos bien, miss Mayella; ahora creo será mejor que nos ocupemos del caso presente. Usted ha dicho que pidió a Tom Robinson que entrara a partirle un..., ¿qué era aquello?

—Un armario ropero, un armario viejo con un costado lleno de cajones.

—Usted, ¿conocía bien a Tom Robinson?

—¿Qué quiere decir?

—Quiero decir si usted sabía quién era, dónde vivía.

Mayella asintió.

—Sabía quién era; pasaba por delante de nuestra casa todos los días.

—¿Era aquélla la primera vez que usted le pedía que pasase al otro lado de la valla?

La pregunta hizo dar un leve salto a Mayella. Atticus estaba realizando su lenta peregrinación hacia las ventanas, como la había realizado todo el rato: hacía una pregunta y, luego, miraba fuera, esperando la respuesta. No vio el salto involuntario de la muchacha, pero me pareció que sabía que se había movido. Entonces se volvió y enarcó las cejas.

—¿Era...? —empezó de nuevo.

—Sí, lo era.

—¿No le había pedido nunca, anteriormente, que entrase en el cercado?

Ahora ella estaba preparada.

—No, ciertamente que no.

—Con un no, hay bastante —le dijo serenamente Atticus—. ¿No le había pedido nunca anteriormente que le hiciese algún trabajo extraordinario?

—Es posible que sí —concedió Mayella—. Había por allí varios negros.

—¿Puede recordar alguna otra ocasión?

—No.

—Muy bien; pasemos ahora a lo que ocurrió. Usted ha dicho que Tom Robinson estaba detrás cuando usted se volvió, ¿no es cierto?

—Sí.

—Usted ha dicho que la cogió por el cuello maldiciendo y pronunciando palabras feas, ¿no es cierto?

—Sí, es cierto.

La memoria de Atticus se había vuelto muy fiel.

—Usted ha dicho: «Me echó al suelo, me tapó la boca y se aprovechó de mí», ¿es cierto?

—Esto es lo que he dicho.

—¿Recuerda si le pegó en la cara?

La testigo vaciló.

—Usted parece muy segura de que él la asfixiaba. Todo aquel tiempo usted se resistía luchando, recuérdelo. Usted «daba patadas y gritaba tan fuerte como podía». ¿Recuerda si le pegaba en la cara?

Mayella seguía callada. Parecía estar tratando de poner algo en claro para sí misma. Por un momento pensé que estaba empleando la estratagema de míster Heck Tate y mía de imaginar que teníamos una persona delante. En seguida dirigió una mirada a míster Gilmer.

—Es una pregunta sencilla, miss Mayella, de modo que lo intentaré otra vez. ¿Recuerda si le pegó en la cara? —la voz de Atticus había perdido su acento agradable; ahora hablaba en su tono profesional, árido e indiferente—. ¿Recuerda si le pegó en la cara?

—No, no recuerdo si me pegó. Quiero decir que sí lo recuerdo; me pegó.

—¿La respuesta de usted es la última frase?

—¿Eh? Sí, me pegó..., no, no lo recuerdo, no lo recuerdo... ¡Todo ocurrió tan de prisa!

El juez Taylor miró severamente a Mayella.

—No llore, joven —empezó.

Pero Atticus dijo:

—Déjela llorar, si le gusta, señor juez. Tenemos todo el tiempo que se precise.

Mayella dio un bufido airado y miró a Atticus.

—Contestaré todas las preguntas que tenga que hacerme... Póngame aquí arriba y mófese de mí, ¿quiere? Contestaré todas las preguntas que me haga...

—Esto está muy bien —dijo Atticus—. Quedan sólo unas cuantas más. Para no ser aburrido, miss Mayella, usted ha declarado que el acusado le pegó, la cogió por el cuello, la asfixiaba y se aprovechó de usted. Quiero que esté segura de si acusa al verdadero culpable. ¿Quiere identificar al hombre que la violó?

—Sí, quiero, es aquél de allá.

Atticus se volvió hacia el acusado.

—Póngase en pie, Tom. Deje que miss Mayella le mire larga y detenidamente. ¿Es este el hombre, miss Mayella?

Los hombros poderosos de Tom Robinson se dibujaban debajo de la delgada camisa. El negro se puso en pie y permaneció con la mano derecha apoyada en el respaldo de la silla. Parecía sufrir una extraña falta de equilibrio, aunque ello no venía de la manera de estar en pie. El brazo izquierdo le colgaba, muerto, sobre el costado, y lo tenía unas buenas doce pulgadas más corto que el derecho, terminado en una mano pequeña, encogida, y hasta desde un punto tan distante como la galería pude ver que no podía utilizarla.

—Scout —dijo Jem—. ¡Mira! ¡Reverendo, es manco!

El reverendo Sykes se inclinó y le susurró a Jem:

—Se la cogió en una desmontadora de algodón (en la de míster Dolphus Raymond) cuando era muchacho... Parecía que iba a morir desangrado..., la máquina desprendió todos los músculos de los huesos...

Atticus preguntó:

—¿Es ese el hombre que la violó a uted?

—Muy ciertamente, lo es.

La pregunta siguiente de Atticus constó de una sola palabra:

—¿Cómo?

Mayella estaba rabiosa.

—No sé cómo lo hizo, pero lo hizo... He dicho que todo ocurrió tan de prisa que yo...

—Veamos, consideremos esto con calma... —empezó Atticus. Pero míster Gilmer le interrumpió con una protesta: Atticus no se entretenía en cosas irrelevantes, sin importancia, pero estaba intimidando con la mirada a la testigo.

El juez Taylor soltó la carcajada instantáneamente.

—Oh, siéntese, Horace, no hace cosa parecida. En todo caso, es la testigo la que está intimidando con la mirada a Atticus.

El juez Taylor era la única persona de la sala que reía.

—Veamos —dijo Atticus—, usted, miss Mayella, ha declarado que el acusado la asfixiaba y la pegaba; no ha dicho que se hubiese deslizado detrás de usted y la hubiese dejado sin sentido de un golpe, sino que usted se volvió y allí estaba él... —Atticus se encontraba detrás de su mesa y acentuó sus palabras pegando con los nudillos sobre la madera—. ¿Desea reconsiderar algún punto de sus declaraciones?

—¿Quiere que diga algo que no ocurrió?

—No, señorita, quiero que diga algo que sí le ocurrió. Cuéntenos una vez más, por favor, ¿qué sucedió?

—He contado ya lo que sucedió.

—Usted ha declarado que se volvió y allí estaba él. ¿Entonces la cogió por el cuello?

—Sí.

—¿Luego le soltó el cuello y la golpeó?

—Ya he dicho que sí.

—¿Le puso morado el ojo izquierdo con un golpe del puño derecho?

—Yo me agaché y... y el puño vino como una exhalación, esto es lo que pasó. Me agaché, y vino otra vez —por fin Mayella había visto la luz.

—Ahora, de pronto, usted se expresa de un modo muy claro y concreto sobre este punto. Hace un rato no lo recordaba demasiado bien, ¿verdad que no?

—He dicho que me había golpeado.

—De acuerdo. El la cogió por el cuello, la golpeó y, luego, la violó. ¿Es así?

—Es así, muy ciertamente.

—Usted es una muchacha fuerte, ¿qué hacía, estar allí nada más?

—Le he dicho que gritaba y luchaba —replicó la testigo.

296

Atticus levantó el brazo y se quitó las gafas, volvió el ojo bueno, el derecho, hacia la testigo y la sometió a un diluvio de preguntas. El juez Taylor intervino diciendo:

—Una pregunta cada vez, Atticus. Dé ocasión a la testigo de contestar.

—Muy bien, ¿por qué no echó a correr?

—Lo intenté...

—¿Lo intentó? ¿Quién se lo impidió?

—Yo..., él me arrojó al suelo. Esto es lo que hizo, me arrojó al suelo y se echó sobre mí.

—¿Usted estaba chillando continuamente?

—Ciertamente que sí.

—Entonces, ¿cómo no la oyeron los otros hijos? ¿Dónde estaban? ¿En el vaciadero?

No hubo respuesta.

—¿Dónde estaban?... ¿Cómo no los hicieron acudir a toda prisa los gritos de usted? El vaciadero está más cerca que el bosque, ¿no es verdad?

Ninguna respuesta.

—¿O no chilló usted hasta que vio a su padre en la ventana? Hasta entonces no se acordó de chillar, ¿verdad?

Ninguna respuesta.

—¿Quién le dio la paliza? ¿Tom Robinson o su padre de usted?

Sin respuesta.

—¿Qué vio su padre en la ventana, el delito de violación, o la mejor defensa para el mismo? ¿Por qué no dice la verdad, niña? ¿No fue Bob Ewell el que la pegó?

Cuando Atticus se alejó de Mayella tenía un aspecto como si le doliera el estómago, pero la cara de la testigo era una mezcla de terror y de furia. Atticus se sentó con aire fatigado.

De súbito Mayella recobró el uso de la palabra.

—Tengo que decir una cosa —dijo.

—¿Quiere explicarnos lo que ocurrió? —pidió Atticus.

Pero ella no oyó el tono de compasión de sus palabras.

—Tengo que decir una cosa, y luego no diré nada más. Aquel negro de allá se aprovechó de mí, y si ustedes, distinguidos y elegantes caballeros, no quieren hacer nada por remediarlo, es que son un puñado de cobardes hediondos; cobardes hediondos todos ustedes. Sus elegantes modales no significan nada; su «señorita» y su «miss Mayella» no significan nada, míster Finch...

Entonces estalló en lágrimas de verdad. Sus hombros se movían sacudidos por enojados sollozos. E hizo honor a su palabra. No contestó a ninguna otra pregunta, ni cuando míster Gilmer intentó ponerla de nuevo en vereda. Me figuro que si no hubiera sido tan pobre e ignorante, el juez Taylor la habría recluido en la cárcel por el desprecio con que había tratado a toda la sala. De todos modos, Atticus la había herido de una determinada forma que yo no comprendía claramente; pero lo hizo sin sentir el menor placer. Se quedó sentado con la cabeza inclinada; y jamás he visto a nadie fijar una mirada de odio tan profundo como la que le dirigió Mayella cuando bajó del estrado.

Cuando míster Gilmer anunció al juez Taylor que el fiscal del Estado descansaba, el juez contestó:

—Ya es hora de que descansemos todos. Nos concederemos diez minutos.

Atticus y míster Gilmer se encontraron delante de la presidencia, se dijeron algo en voz baja y salieron de la sala por una puerta que había detrás del estrado de los testigos, lo cual fue una señal para que todos nos desencogiésemos. Yo descubrí que había estado sentada en el borde del largo banco y tenía las piernas un poco dormidas. Jem se puso en pie y bostezó, Dill siguió el ejemplo, y el reverendo Sykes se secó la cara en el sombrero. La temperatura era «de unos dulces noventa grados» (1), nos dijo.

Míster Braxton Underwood, que había estado todo el rato callado en una silla reservada para la Prensa, absorbiendo declaraciones con la esponja de su cerebro, permitió que sus ojos cáusticos rondaran un momento por la galería de los negros, y nos vio. Dio un bufido y desvió la mirada.

—Jem —dije yo—, míster Underwood nos ha visto.

—Es igual. No se lo dirá a Atticus, sólo lo pondrá en las notas de sociedad de la *Tribune.*

Luego se volvió hacia Dill, explicándole, supongo, los puntos más delicados del juicio; pero yo no fui capaz más que de preguntarme cuáles serían. No había habido largas discusiones entre Atticus y míster Gilmer sobre ningún punto; míster Gilmer parecía llevar la acusación casi con renuencia; a los testigos los habían conducido de la rienda como a borriquitos, con pocas protestas. Pero Atticus nos había dicho en cierta ocasión que en la sala del juez Taylor el abogado que se limitara a construir su defensa estrictamente sobre las declaraciones acacaba recibiendo instrucciones estrictas de la presidencia. Y me especificó que esto quería decir que por más que el juez Taylor pudiera dar la sensación de perezoso y de actuar durmiendo, raras veces se dejaba desencaminar. Atticus decía que el juez Taylor era un buen juez.

Poco después, regresó el juez y se acomodó en su sillón giratorio. En seguida sacó un cigarro del bol-

_____

(1) Treinta y dos grados centígrados. (N. del T.)

sillo de la chaqueta y lo examinó minuciosamente.

—A veces venimos a observarle —expliqué—. Ahora tiene tarea para el resto de la tarde. Fíjate —sin advertir que le observaban desde arriba, el juez Taylor se desembarazó de la punta cortada, echó el resto con movimiento experto hacia los labios e hizo: «¡Fluck!», y acertó tan bien en una escupidera que oímos el chapoteo del agua.

—Apuesto a que escupiendo bolitas de papel mascado era imbatible —murmuró Dill.

Por lo común, un descanso significaba un éxodo general; en cambio aquel día la gente no se movía. Hasta los Ociosos, que no habían conseguido que otros hombres más jóvenes sintieran vergüenza y les cedieran los asientos, se habían quedado de pie, arrimados a las paredes. Me figuro que míster Heck había reservado el cuarto de aseo para los empleados del Juzgado.

Atticus y míster Gilmer volvieron también, y el juez Taylor miró su reloj de bolsillo.

—Pronto darán las cuatro —dijo. Afirmación intrigante, porque el reloj del edificio tenía que haber dado las campanadas de la hora al menos dos veces. Yo no las había oído, ni había percibido sus vibraciones—. ¿Procuraremos dejarlo resuelto esta tarde? ¿Qué le parece Atticus?

—Creo que podremos —contestó mi padre.

—¿Cuántos testigos tiene?

—Uno.

—Pues llámelo.

19

Thomas Robinson cruzó el brazo derecho hacia el otro costado, pasó la mano debajo del izquierdo y lo levantó. Guió el brazo hacia la Biblia, y la mano izquierda, que era como de goma, buscó el contacto de la oscura encuadernación. Mientras levantaba la derecha, la mano inútil se deslizó fuera de la Biblia y fue a golpear la mesa del escribiente. Estaba intentándolo de nuevo cuando el juez Taylor murmuró:

—Ya basta, Tom.

Tom pronunció el juramento y fue a sentarse en la silla de los testigos. Con toda rapidez, Atticus le introdujo a explicarnos que tenía veinticinco años de edad; estaba casado y tenía tres hijos; se había visto en apuros con la justicia anteriormente: en una ocasión hubo de cumplir treinta días por conducta desordenada.

—Muy desordenada hubo de ser —dijo Atticus—. ¿En qué consistió el desorden?

—Me peleé con otro hombre; quería darme una cuchillada.

—¿Lo consiguió?

—Sí, señor, un poco, no lo bastante para hacerme daño —contestó Tom con su inglés dialectal de

301

negro—. Ya ve usted, yo... —Tom movió el hombro izquierdo.

—Sí —respondió Atticus—. ¿Les condenaron a los dos?

—Sí, señor. Yo tuve que cumplir condena porque no pude pagar la multa. El otro pudo pagar la que le pusieron.

Dill se inclinó por delante de mí y preguntó a Jem qué estaba haciendo Atticus. Jem contestó que Atticus estaba demostrando al Jurado que Tom no tenía nada que ocultar.

—¿Conocía usted a Mayella Violet Ewell? —preguntó Atticus.

—Sí, señor, pasaba por delante de su casa todos los días yendo y viniendo del campo.

—¿Del campo de quién?

—Recojo algodón para míster Link Deas.

—¿Estaba cosechando algodón en noviembre?

—No, señor, en otoño e invierno trabajo en su patio. Trabajo fijo para él todo el año; tiene muchos nogales y otras cosas.

—Dice usted que pasaba por delante de la casa de los Ewell para ir y volver del trabajo. ¿No se puede ir por otro camino?

—No, señor; que yo sepa, ninguno más.

—Tom, ¿le hablaba alguna vez la muchacha?

—Pues sí, señor, al pasar, yo me quitaba el sombrero, y un día me pidió que entrase en el cercado e hiciese pedazos un armario.

—¿Cuándo le pidió que partiese el... el armario?

—Fue la primavera pasada, míster Finch. Lo recuerdo porque era la época de partir leña, y yo llevaba una azada. Yo le dije que no tenía más que aquella azada, y me contestó que ella tenía un hacha. Me dio el hacha y yo hice pedazos el armario.

Entonces me dijo: «Me figuro que debo darle una moneda de cinco centavos, ¿verdad?» Y yo le dije: «No, señorita, no le cobro nada». Entonces me fui a casa. Míster Finch, esto era la primavera del año pasado, hace más de un año.

—¿Entró en la finca otras veces?

—Sí, señor.

—¿Cuándo?

—Pues, muchas veces.

El juez Taylor cogió instintivamente el mazo, pero dejó caer la mano. El murmullo levantado debajo de nosotros murió sin que hubiera de intervenir.

—¿En qué circunstancias?

—¿Qué quiere decir, señor?

—¿Por qué entró en el cercado muchas veces?

La frente de Tom Robinson se serenó.

—Ella me lo pedía, señor. Por lo visto, siempre que yo pasaba por allí tenía algún pequeño trabajo que encargarme: partir leña, traerle agua... Ella regaba todos los días aquellas flores rojas...

—¿Le pagaba sus servicios?

—No, señor; después de haberme ofrecido una moneda el primer día, no. Yo lo hacía muy contento; parecía que míster Ewell no la ayudaba en nada, como tampoco los pequeños, y yo sabía que no podía ahorrar dinero.

—¿Dónde estaban los otros hijos?

—Siempre estaban por los alrededores, por la finca. Algunos miraban cómo trabajaba; otros salían a la ventana.

—¿Solía hablar con usted miss Mayella?

—Sí, señor, hablaba conmigo.

Mientras Tom Robinson prestaba declaración se me ocurrió pensar que Mayella Ewell debía de ser la persona más solitaria del mundo. Era aún más solitaria que Boo Radley, que no había salido de casa en veinticinco años. Cuando Atticus le preguntó si tenía amigos, pareció que ella no entendía lo que quería decir; luego pensó que se burlaba. Era un ser tan triste como lo que Jem llamaba un niño mestizo: los blancos no querían contacto con ella porque vivía entre cerdos; los negros no querían contacto con ella porque era blanca. No podía vivir como míster Dolphus Raymond, que prefería la compañía de los negros, porque no poseía toda una orilla del río ni pertenecía a una familia antigua y distinguida. De los Ewell nadie decía: «Es su estilo, simplemente». Maycomb les regalaba cestos de Navidad, dinero de beneficencia... y el dorso de la mano. Tom Robinson era, probablemente, la única persona que la había tratado jamás con afecto. No obstante, ella dijo que la había forzado, y cuando él se puso en pie le miró como si fuese el polvo que pisaban sus zapatos.

Atticus interrumpió mis meditaciones.

—¿Entró alguna vez en la propiedad de los Ewell, puso el pie en la finca de los Ewell sin una invitación expresa de uno de ellos?

—No, señor, míster Finch, nunca lo hice.

Atticus decía a veces que la manera de adivinar si un testigo mentía o decía la verdad consistía en escuchar, más bien que en mirar. Yo apliqué la prueba: Tom negó tres veces de un solo tirón, pero sosegadamente, sin asomo de gimoteo en su voz; y yo me sorprendí creyéndole, a pesar de que hubiese negado demasiado. Parecía un negro respetable, y un negro respetable jamás entraría en el patio de nadie por su propia decisión.

—Tom, ¿qué le sucedió la tarde del veintiuno de noviembre del año pasado?

Abajo, los espectadores inspiraron profundamente, todos a una, e inclinaron el cuerpo adelante. Detrás de nosotros, los negros hicieron lo mismo.

Tom tenía el color del terciopelo negro, pero no brillante, sino de terciopelo blando. El blanco de los ojos brillantes en medio de su cara, y al hablar veíamos destellos de sus dientes. Si no hubiese estado mutilado, habría sido un hermoso ejemplar de hombre.

—Míster Finch —dijo—, aquella tarde volvía a casa como de costumbre, y cuando pasé por delante de la de los Ewell, miss Mayella estaba en el porche, como ella misma ha dicho. Parecía haber un gran silencio, pero yo no comprendía bien por qué. Estaba estudiando el porqué, mientras iba caminando, cuando ella me dijo que entrase y la ayudase un minuto. Bien, entré en el cercado y me puse a mirar si había leña que partir, pero no vi ninguna, y ella me dijo: «No, tengo un poco de trabajo y para ti dentro de casa. La vieja puerta está fuera de sus goznes y el otoño se acerca a grandes pasos». Yo le dije: «¿Tiene usted un destornillador, miss Mayella?» Ella contestó que sí, tenía uno. Bien, subí las escaleras y ella me indicó con el ademán que entrase; yo entré en el cuarto de la fachada y examiné la puerta. Dije: «Miss Mayella, esta puerta está perfectamente bien». La moví adelante y atrás, y los goznes estaban bien. Entonces ella cerró la puerta ante mis propias narices. Míster Finch, yo me estaba preguntando cómo había tanto silencio, y de pronto me di cuenta de que no había ni un solo niño en la casa; no había ni uno, y le pregunté a miss Mayella: «¿Dónde están los niños?»

La piel de terciopelo negro de Tom había empezado a brillar: el acusado se pasó la mano por la cara.

—Dije: «¿Dónde están los niños?» —continuó—, y ella me dijo (estaba riendo, o lo parecía), ella me dijo que se habían ido todos a la ciudad a comprar mantecados. Me dijo: «Me ha costado un año bisiesto el reunir las monedas suficientes, pero lo he conseguido. Están todos en la ciudad».

La incomodidad de Tom no venía del sudor.

—¿Qué dijo usted entonces, Tom? —preguntó Atticus.

—Dije algo así como: «Caramba, ha hecho usted muy bien, miss Mayella, invitándoles». Y ella dijo: «¿Lo crees así?» No creo que entendiese lo que yo estaba pensando; yo quería decir que había hecho bien ahorrando de aquel modo para darles un gusto.

—Le comprendo, Tom. Siga —dijo Atticus.

—Bien, yo dije que sería mejor que continuase mi camino, que no podía serle útil, pero ella dijo que sí; yo le pregunté en qué, y ella me dijo que subiese en aquella silla de allá y le alcanzase una caja que había encima del armario.

—¿No era el mismo armario que usted partió? —preguntó Atticus.

El testigo sonrió.

—No, señor, otro. Casi tan alto como el techo. Así pues, hice lo que me pedía, y estaba levantando el brazo para alcanzar la caja cuando, sin que me hubiera dado cuenta, ella me... me había abrazado las piernas; se me había abrazado a las piernas, míster Finch. Me asustó tanto que bajé de un salto y tumbé la silla; aquélla fue la única cosa, el único mueble que quedó fuera de sitio en el cuarto cuando me marché, míster Finch. Lo juro ante Dios.

—¿Qué pasó luego que usted hubo volcado la silla?

Tom Robinson había llegado a un punto muerto.

Miró a Atticus, luego al Jurado, luego a míster Underwood, sentado al otro lado de la sala.

—Tom, usted ha jurado decir toda la verdad. ¿Quiere decirla?

Tom se pasó la mano por la boca con gesto nervioso.

—¿Qué ocurrió después de aquello?

—Conteste la pregunta —dijo el juez Taylor. Un tercio de su cigarro había desaparecido.

—Míster Finch, al saltar de la silla me volví y ella se me echó encima.

—¿Se le echó encima? ¿Violentamente?

—No, señor, me... me abrazó. Me abrazó por la cintura.

Esta vez el mazo del juez Taylor se abatió con estrépito, al mismo tiempo que se encendían las luces de la sala. La oscuridad no había llegado todavía, pero el sol se había apartado de las ventanas. El juez Taylor restableció rápidamente el orden.

—¿Qué hizo luego la muchacha?

El testigo estiró el cuello con dificultad.

—Se puso de puntillas y me besó en un lado de la cara. Dijo que no había besado nunca a un hombre adulto y que lo mismo daba que besase a un negro. Dijo que lo que le hiciese su padre no importaba. Dijo: «Devuélveme el beso, negro». Yo dije: «Miss Mayella, déjeme salir de aquí», y probé de echar a correr, pero ella se apuntalaba de espaldas en la puerta y hubiera tenido que empujarla. No tenía intención de hacerle ningún daño, míster Finch, y le dije que me dejase pasar, pero en el momento en que se lo decía, míster Ewell se puso a gritar por la ventana.

—¿Qué dijo?

Tom Robinson cerró los ojos, apretando los párpados.

—Decía: «¡So puta maldita, te mataré!»

—¿Qué pasó entonces?

—Míster Finch, yo corrí tan de prisa que no sé lo que pasó.

—Tom, ¿usted no violó a Mayella Ewell?

—No, señor.

—¿No le hizo ningún daño en ningún sentido?

—No, señor.

—¿Se resistió a sus requerimientos?

—Lo intenté, míster Finch. Intenté resistir sin portarme mal con ella, no quería empujarla ni hacerle ningún daño.

A mí se me antojó que, a su manera, Tom tenía tan buenos modales como Atticus. Hasta que mi padre me lo explicó más tarde, no comprendí lo delicado del caso en que se encontraba Tom: bajo ninguna circunstancia habría osado pegar a una mujer blanca, cierto de que si lo hacía no viviría mucho tiempo; por ello aprovechó la primera oportunidad para huir corriendo: signo seguro de culpabilidad.

—Tom, retroceda una vez más a míster Ewell —dijo Atticus—. ¿Le dijo algo a usted?

—Nada en absoluto, señor. Es posible que luego dijera algo, pero yo no estaba allí...

—Con esto basta —dijo Atticus—. ¿Qué oyó usted? ¿A quién estaba hablando él?

—Míster Finch, él estaba hablando y mirando a miss Mayella.

—¿Entonces usted echó a correr?

—Eso es lo que hice, señor.

—¿Por qué corrió?

—Tenía miedo, señor.

—¿Por qué tenía miedo?

—Míster Finch, si usted fuese negro, como yo, también lo habría tenido.

Atticus se sentó. Míster Gilmer se encaminaba hacia el estrado de los testigos, pero antes de que llegase allí, míster Link Deas se levantó de entre los espectadores y anunció:

—Quiero nada más que todos ustedes sepan una cosa desde este mismo momento. Ese muchacho ha trabajado ocho años para mí y no me ha dado ni el más pequeño disgusto. Una sombra.

—¡Cierre la boca, señor! —el juez Taylor estaba perfectamente despierto y. rugiendo. Tenía, además, la cara encarnada. Por milagro, el cigarro no constituía el menor estorbo para su palabra—. ¡Link Deas —gritó—, si tiene usted algo que decir puede decirlo bajo juramento y en el momento adecuado, pero hasta entonces salga de esta sala! ¿Me oye? Salga de esta sala, señor, ¿me oye? ¡Que me cuelguen si tengo que volver a ocuparme de este caso!

Los ojos del juez Taylor lanzaban puñales contra Atticus, como retándole a que dijera algo, pero Atticus había bajado la cabeza y reía sobre su regazo. Yo recordé un comentario que había hecho acerca de que las observaciones ex-cátedra del juez Taylor salían a veces de los límites del deber, pero que pocos abogados protestaban de ellas. Miré a Jem, pero éste movió la cabeza negativamente.

—Esto no es lo mismo que si se levantase un miembro del Jurado y tomase la palabra —dijo—. Pienso que entonces sería diferente. Míster Link no ha hecho otra cosa que alterar el orden, o algo por el estilo.

El juez Taylor ordenó al escribiente que suprimiera todo lo que hubiese escrito, si había escrito algo, después de «Míster Finch, si usted fuese negro, como yo, también lo habría tenido», y dijo al Jurado que pasara por alto la interrupción. Fijó la mirada con recelo hacia el fondo del pasillo central y esperó, supongo, que míster Link Deas se marchase definitivamente. Luego, dijo:

—Adelante, míster Gilmer.

—¿Le impusieron treinta días por conducta desordenada, Robinson? —preguntó míster Gilmer.

—Sí, señor.

—¿Qué aspecto tenía el negro cuando usted le dejó?

—El me pegó, míster Gilmer.

—Pero a usted le condenaron, ¿verdad?

Atticus levantó la cabeza.

—Fue un delito de mala conducta y figura en los archivos, juez —me pareció que su voz denotaba cansancio.

—El testigo debe responder, a pesar de todo —replicó el juez Taylor con idéntica fatiga.

—Sí, señor, me pusieron treinta días.

Yo comprendí que míster Gilmer quería sinceramente hacer notar al Jurado que toda persona que hubiera sufrido condena por conducta desordenada era muy fácil que hubiese albergado en su pecho el propósito de atropellar a Mayella Ewell, que era el único argumento que le interesaba. Argumentos de tal especie siempre producían impresión.

—Robinson, usted se desenvuelve sobradamente bien para desmenuzar armarios y partir leña con una mano, ¿verdad?

—Sí, señor, eso creo.

—¿Es bastante fuerte para cortarle la respiración a una mujer y arrojarla al suelo?

—Eso no lo he hecho nunca, señor.

—¿Pero es bastante fuerte para hacerlo?

—Creo que sí, señor.

—Hacía mucho tiempo que tenía el ojo puesto en esa joven, ¿verdad que sí, muchacho?

—No, señor, nunca la había mirado.

—Entonces, era usted terriblemente cortés al partir tantas cosas y transportar tantos pesos por ella, ¿no es cierto?

—Sencillamente, trataba de ayudarla, señor.

—Era usted extraordinariamente generoso, porque después de la jornada corriente tenía cosas que hacer en casa, ¿verdad?

—Sí, señor.

—¿Por qué no las hacía, en lugar de preocuparse de las de miss Ewell?

—Hacía las unas y las otras, señor.

—Debía de estar muy ocupado. ¿Por qué?

—¿Qué quiere decir ese por qué, señor?

—¿Por qué tenía tanto afán por hacer las tareas de aquella mujer?

Tom titubeó buscando una respuesta.

—Como dije, parecía que no había nadie que la ayudase...

—¿Con míster Ewell y siete niños en la casa, muchacho?

—Bien, yo dije que parecía como si no la ayudasen nada...

—Muchacho, ¿usted se entretenía partiendo leña y haciendo todos aquellos trabajos por pura bondad?

—Procuraba ayudarla, como he dicho.

Míster Gilmer sonrió al Jurado.

—Por lo visto es usted un sujeto muy bueno. ¿Hacía todo aquello sin pensar en cobrar ni un penique?

—Sí, señor. Ella me daba mucha compasión, parecía poner más empeño que todos los demás...

—¿A *usted* le daba compasión *ella*, a *usted* le daba compasión *ella*? —míster Gilmer parecía dispuesto a elevarse hasta el techo.

El testigo comprendió su error y se revolvió desazonado en la silla. Pero el mal estaba hecho. Debajo de nosotros, la respuesta de Tom Robinson no gustó a nadie. Míster Gilmer hizo una larga pausa para dejar que fuese penetrando.

—He ahí que usted pasó por delante de la casa, como de costumbre, el veintiuno de noviembre pasado —dijo luego—, y ella le pidió que entrase y le hiciese pedazos un armario.

—No, señor.

—¿Niega que pasara por delante de la casa?

—No, señor; ella dijo que tenía que hacerle algo dentro de la casa...

—Ella dice que le pidió que le partiese un armario, ¿no es eso?

—No, señor, no lo es.

—Entonces, ¿usted dice que miente, muchacho?

Atticus se había puesto en pie, pero Tom Robinson no le necesitó.

—Yo no digo que mienta, míster Gilmer, digo que está en una confusión.

—¿Míster Ewell no le hizo huir corriendo de la casa, muchacho?

—No, señor, no lo creo.

—No lo creo... ¿Qué quiere decir con eso?

—Quiero decir que no me quedé el rato suficiente para que me hiciera huir corriendo.

—Es muy franco sobre este punto. ¿Por qué huyó tan de prisa?

—He dicho que tenía miedo, señor.

—Si tenía la conciencia limpia, ¿por qué tenía miedo?

—Como he dicho antes, no era conveniente para un negro encontrarse en un... compromiso como aquél.

—Pero usted no estaba en un compromiso; usted ha declarado que resistía las insinuaciones de miss Ewell. ¿Tenía tanto miedo de que ella le hiciese algún daño, que corrió, siendo un varón fornido como es?

—No, señor, tenía miedo de verme en el Juzgado, como me veo ahora.

—¿Miedo de que le detuvieran? ¿Miedo de tener que enfrentarse con lo que hizo?

—No, señor; miedo de tener que enfrentarme con lo que no hice.

—¿Se muestra descarado conmigo, muchacho?

—No, señor; no me he propuesto serlo.

Esto fue todo lo que oí del interrogatorio a que procedió míster Gilmer, porque Jem me obligó a sacar fuera a Dill. Por no sé qué motivo, Dill se había puesto a llorar y no podía dejarlo; calladamente al principio, pero luego varias personas de la galería oyeron sus sollozos. Jem dijo que si no me iba con él, me obligaría, y como el reverendo Sykes también insistió en que saliera, así lo hice.

—¿No te sientes bien? —le pregunté después.

Dill procuró dominarse mientras bajábamos corriendo las escaleras. En el peldaño superior estaba míster Link Deas.

—¿Ocurre algo, Scout? —preguntó cuando pasamos por su vera.

—No, señor —contesté volviendo la cabeza—. Dill está enfermo... Vámonos allá, debajo de los árboles —le dije a Dill—. El calor se te ha puesto en el cuerpo, me figuro.

Escogimos una encina y nos sentamos debajo.

—Es que no podía sufrir a aquel hombre —explicó Dill.

—¿A quién, a Tom?

—Al viejo aquél de míster Gilmer que le trataba de aquel modo, que le hablaba de una manera tan odiosa...

—Es su misión, Dill. Mira, si no tuviésemos fiscales... Bueno, no podríamos tener abogados defensores, calculo.

Dill suspiró pacientemente.

—Sé todas esas cosas, Scout. Era su manera de hablar lo que me ha dado náuseas; me ha puesto malo de veras.

—Tiene que obrar de aquel modo, Dill, estaba inte...

—No obraba así cuando...

—Dill, aquéllos eran los testigos suyos.

—Ea, míster Finch no se portaba igual con Mayella y el viejo Ewell cuando los interrogaba. ¡El tono con que aquel hombre llamaba continuamente «muchacho» al negro y se mofaba de él, y volvía la vista hacia el Jurado cada vez que contestaba...!

—Bien, Dill al fin y al cabo no es más que un negro.

—No me importa un comino. No es justo, sea como fuere, no es justo tratarlos de aquel modo...

—Es el estilo de míster Gilmer, Dill; a todos los trata así. Tú no le has visto ensañarse de veras con alguno todavía. Vaya, cuando... mira, a mí se me antojaba que hoy míster Gilmer no ponía ni la mitad de esfuerzo. A todos los tratan de aquel modo; la mayoría de abogados, quiero decir.

—Míster Finch no lo hace.

—Atticus no sigue la regla general, Dill, él es...
—Estaba tratando de buscar en la memoria una frase aguda de miss Maudie Atkinson. Ya la tenía—: Atticus es lo mismo en la sala del juzgado que en la vía pública.

314

—No es esto lo que quiero decir —objetó Dill.

—Sé lo que quieres decir, muchacho —exclamó una voz detrás de nosotros. Pensábamos que había salido del tronco detrás de nosotros. Pertenecía a míster Dolphus Raymond—. No es que tengas el cutis demasiado fino, es sencillamente que te da asco, ¿verdad?

20

—Da la vuelta y ven acá, hijo, tengo algo que te sosegará el estómago.

Como míster Dolphus Raymond era un hombre malo, acepté su invitación con renuncia, pero seguí a Dill. No sé por qué motivo no creía que a Atticus le gustase que nos hiciésemos amigos de míster Raymond, y sabía perfectamente que a tía Alexandra no le gustaría.

—Toma —dijo, ofreciendo a Dill su bolsa de papel con las dos pajas—. Bebe un buen sorbo; esto te sosegará.

Dill dio una chupada a las pajas, sonrió, y luego chupó un largo rato.

—¡Eh, eh! —exclamó míster Raymond, visiblemente complacido de corromper a un chiquillo.

—Dill, ten cuidado ahora —le avisé.

Dill soltó las pajas y sonrió.

—Scout, no es otra cosa que «Coca-Cola».

Míster Raymond se sentó, apoyando el cuerpo en el tronco. Hasta entonces había estado tendido en la hierba.

—Vosotros, chiquillos, no me delataréis ahora, ¿verdad que no? Si lo descubrieseis arruinaríais mi reputación.

—¿Quiere decir que todo lo que bebe de esa bolsa es «Coca-Cola»? ¿«Coca-Cola» y nada más?

—Sí, señorita —asintió míster Raymond. Me gustaba el olor que despedía: olor a cuero, caballos y semillas de algodón. Llevaba las únicas botas inglesas de montar que había visto en mi vida—. Es lo único que bebo la mayor parte del tiempo.

—¿Entonces usted únicamente finge que está medio...? Le pido perdón, señor. —Me contuve a tiempo—. No pretendía ser... —Míster Raymond soltó una risita, sin mostrarse nada ofendido, y yo intenté formular una pregunta discreta—: ¿Por qué obra de ese modo?

—Bah..., oh, sí, ¿queréis decir por qué finjo? Es muy sencillo —contestó—. A ciertas personas no les... gusta mi manera de vivir. Bien, yo podría mandarles al diablo, si no les gusta no me importa. Que si no les gusta no me importa, lo digo, en efecto, pero no las mando al diablo, ¿comprendéis?...

Dill y yo contestamos al unísono:

—No, señor.

—Yo procuro proporcionarles una explicación, ya lo veis. La gente se siente satisfecha si puede encontrar una explicación. Si cuando vengo a esta ciudad, que es muy raramente, muy de tarde en tarde, me bamboleo un poco y bebo de esa bolsa, la gente puede decir que Dolphus Raymond es un esclavo del whisky, y por esto no cambia de conducta. No es dueño de sí mismo, por eso vive como vive.

—Pero no está bien, míster Raymond, que se finja más malo de lo que ya es.

—No está bien, pero a la gente le resulta muy útil. Diciéndolo en secreto, miss Finch, yo no soy un gran bebedor, pero ya ves que los demás nunca,

nunca sabrían comprender que vivo como vivo porque es de la manera que quiero vivir.

Yo tenía la convicción de que no debía estar allí escuchando a aquel hombre pecaminoso que tenía hijos mestizos y no le importaba que la gente lo supiera, pero le encontraba fascinador. Jamás había topado con un ser que deliberadamente quisiera desacreditarse a sí mismo. Pero, ¿cómo nos había confiado su secreto más escondido? Le pregunté la causa.

—Porque vosotros sois niños y podéis comprenderlo —dijo—, y porque he oído a ése... —Y con un ademán de cabeza indicó a Dill—. Las cosas del mundo no le han pervertido el instinto todavía. Deja que se haga un poco mayor y ya no sentirá asco ni llorará. Quizá se le antoje que las cosas no están... del todo bien, digamos, pero no llorará; cuando tenga unos años más, ya no.

—¿Llorar por qué, míster Raymond? —La masculinidad de Dill empezaba a dar fe de vida.

—Llorar por el infierno puro y simple en que unas personas hunden a otras... sin detenerse a pensarlo tan sólo. Llorar por el infierno en que los hombres blancos hunden a los de color, sin pensar que también son personas.

—Atticus dice que estafar a un hombre de color es diez veces peor que estafar a un blanco —murmuró—. Dice que es lo peor que se puede hacer.

—No creo que lo sea —replicó míster Raymond—. Miss Jean Louise, tú no sabes que tu padre no es un hombre corriente; tardarás unos años todavía en penetrarte de este hecho; no has visto aún bastante mundo. No has visto ni siquiera esta ciudad, pero todo lo que tienes que hacer es volver a entrar en el edificio del juzgado.

Lo cual me recordó que nos estábamos perdiendo

casi todo el interrogatorio del acusado por parte de míster Gilmer. Levanté los ojos hacia el sol y vi que se hundía rápidamente detrás de los tejados de los almacenes de la parte oeste de la plaza. Entre dos fuegos, no sabía sobre cuál saltar: si míster Raymond, o el Tribunal del Quinto Distrito Judicial.

—Ven, Dill —dije—. ¿Te sientes bien ahora?

—Sí. Encantado de haberle conocido, míster Raymond, y gracias por la bebida; ha sido un gran remedio.

Retrocedimos a toda prisa hacia el edificio del juzgado, subimos las escaleras corriendo y nos abrimos paso avanzando junto a la baranda de la galería. El reverendo Sykes nos había guardado los asientos.

La sala estaba callada; una vez más me pregunté dónde estarían los niños de pecho. El cigarro del juez Taylor era una mancha parda en el centro de su boca; míster Gilmer estaba escribiendo en uno de los cuadernos amarillos de su mesa, tratando de aventajar al escribiente del juzgado, cuya mano se movía rápidamente.

—Truenos —murmuré—, nos lo hemos perdido.

Atticus estaba a la mitad de su discurso al Jurado. Sin duda había sacado de su cartera, que reposaba al lado de la silla, unos papeles, pues ahora los tenía sobre la mesa. Tom Robinson estaba jugueteando con ellos.

—...Ausencia de toda prueba corroborativa, este hombre ha sido acusado de un delito capital y en estos momentos se le juzga, y del fallo depende su vida...

Di un codazo a Jem.

—¿Cuánto rato lleva hablando?

—Ha hecho un repaso de las pruebas, nada más

—susurró Jem—, y ganaremos. No veo ninguna posibilidad de que no ganemos. Ha invertido en ello cinco minutos. Lo ha presentado todo tan claro y sencillo como... como si yo te lo hubiese explicado a ti. Hasta tú lo habrías entendido.

—¿Míster Gilmer le ha...?

—Ssstt. Nada nuevo; lo corriente. Ahora cállate.

Otra vez miramos abajo. Atticus hablaba con soltura, con la misma naturalidad indiferente que cuando dictaba una carta. Paseaba arriba y abajo, despacio, delante del Jurado, y los miembros de éste parecían atentos: tenían las cabezas levantadas y seguían a Atticus con una expresión que parecía de aprecio. Me figuro que se debía a que Atticus no hablaba con voz tonante.

Atticus se interrumpió y luego hizo una cosa que no solía hacer. Se quitó el reloj y la cadena y los dejó encima de la mesa, diciendo:

—Con el permiso de la sala...

El juez Taylor asintió con la cabeza, y entonces Atticus hizo algo que no le he visto hacer nunca antes ni después, ni en público ni en privado: se desabrochó el chaleco y el cuello de la camisa, se aflojó la corbata y se quitó la chaqueta. Jamás se aflojaba ni una prenda de ropa hasta que se desnudaba para acostarse, y para Jem y para mí aquello era como si estuviera delante de nosotros desnudo. Mi hermano y yo nos miramos horrorizados.

Atticus se puso las manos en los bolsillos, y mientras se acercaba de nuevo al Jurado vi el botón de oro del cuello de su camisa y las puntas de su lápiz y de su pluma centelleando a la luz.

—Caballeros —dijo, Jem y yo nos volvimos a mirar: Atticus habría podido decir del mismo modo: «Scout». Su voz había perdido la aridez, el tono indiferente, y hablaba con el Jurado como si fuese un grupo de hombres en la esquina de la oficina de Correos.

—Caballeros —iba diciendo—, seré breve, pero querría emplear el tiempo que me queda con ustedes para recordarles que este caso no ofrece dificultad, no requiere un tamizado minucioso de hechos complicados, pero sí exige que ustedes estén seguros, más allá, de toda duda razonable, de la culpabilidad del acusado. Para empezar, diré que este caso no debía haber sido llevado ante un tribunal. Es un caso tan simple como lo blanco y lo negro.

»La acusación no ha presentado ni la más mínima prueba médica de que el crimen que se atribuye a Tom Robinson tuviera lugar jamás. En vez de ello se ha apoyado en las declaraciones de dos testigos cuyo testimonio no sólo ha quedado en grave entredicho al interrogarles la defensa, sino que ha sido llanamente rechazado por el acusado. El acusado no es culpable, pero hay alguien en esta sala que lo es.

»No tengo en el corazón otra cosa que pena por la testigo principal de la acusación, pero mi piedad no llega hasta el punto de admitir que ponga en juego la vida de un hombre, cosa que ella ha hecho en un esfuerzo por librarse de su propia culpa.

»He dicho culpa, caballeros, porque la culpa fue lo que la impulsó. La testigo no ha cometido ningún delito; simplemente, ha roto un código de nuestra sociedad, rígido y sancionado por el tiempo, un código tan severo que todo el que lo desprecia es expulsado de nuestro medio como inadecuado para vivir en nuestra compañía. La testigo es víctima de una pobreza y una ignorancia crueles, pero no puedo compadecerla: es blanca. Ella conocía bien la enormidad de su delito, pero como sus deseos eran más fuertes que el código que estaba rompiendo, persis-

321

tió en romperlo. Persistió, y su reacción subsiguiente pertenece a una especie que todos hemos visto en una u otra ocasión. Hizo una cosa que todos los niños han hecho: trató de apartar de sí la prueba de su delito. Pero en este caso no se trataba de un niño escondiendo el contrabando robado: quiso herir a su víctima; sentía la necesidad de apartarlo de sí; había que quitarlo de su presencia, de este mundo. Ella había de destruir la prueba de su crimen.

»¿Cuál era la prueba de su crimen? Tom Robinson, un ser humano. La testigo había de alejar de sí a Tom Robinson. Tom Robinson le recordaría todos los días lo que había hecho. Pero, ¿qué hizo? Tentar a un negro.

»Ella es blanca, y tentó a un negro. Hizo una cosa que en nuestra sociedad no tiene explicación: besó a un hombre negro. No a un tío anciano, sino a un negro joven y vigoroso. Ningún código le importaba antes de quebrarlo, pero luego cayó sobre ella con fuerza.

»Su padre lo vio, y el acusado ha dicho cuáles fueron sus palabras. ¿Qué hizo su padre? No lo sabemos, pero hay pruebas circunstanciales que indican que Mayella Ewell fue golpeada salvajemente por una persona que pegaba casi exclusivamente con la izquierda. Sabemos en parte lo que hizo míster Ewell: hizo lo que todo hombre blanco respetable, perseverante y temeroso de Dios habría hecho en aquellas circunstancias: firmó una denuncia, sin duda con la mano izquierda, y aquí está Tom Robinson, sentado ante ustedes, habiendo prestado juramento con la única mano buena que posee, la derecha.

»Y un negro tan callado, humilde, respetable, que cometió la inexcusable temeridad de «sentir pena» por una mujer blanca, ha tenido que poner su palabra contra la de dos personas blancas. No necesito recordarles a ustedes el modo cómo éstas se han presentado y conducido en el estrado; lo han visto por sí mismos. Los testigos de la acusación, exceptuando al *sheriff* del Condado de Maycomb, se han presentado ante ustedes, caballeros, ante este tribunal, con la cínica confianza de que nadie dudaría de su testimonio, confiados en que ustedes, caballeros, compartirían con ellos la presunción (la malvada presunción) de que *todos* los negros mienten, de que *todos* los negros son fundamentalmente seres inmorales, que no se puede dejar con el espíritu tranquilo a *ningún* negro cerca de nuestras mujeres, una presunción que uno asocia con mentes de su calibre.

»Lo cual, caballeros, sabemos que es una mentira tan negra como la piel de Tom Robinson, una mentira que no tengo que hacer resaltar ante ustedes. Ustedes saben la verdad, y la verdad es que algunos negros mienten, algunos negros son inmorales, algunos negros no merecen la confianza de estar cerca de las mujeres... blancas o negras. Pero ésta es una verdad que se aplica a toda la especie humana y no a una raza particular de hombres. No hay en esta sala una sola persona que jamás haya dejado de decir una mentira, que nunca haya cometido una acción inmoral, y no hay un hombre vivo que siempre haya mirado a una mujer sin deseo.

Atticus hizo una pausa y sacó el pañuelo. Luego se quitó las gafas y las limpió. Nosotros vimos otra cosa «nueva»: nunca le habíamos visto sudar; era uno de esos hombres cuyos rostros jamás transpiran, y en cambio ahora tenía la piel húmeda.

—Una cosa más, caballeros, antes de que termine. Thomas Jefferson dijo una vez que todos los hombres son creados igual, una frase que a los yanquis y al mundo femenino de la rama ejecutiva de Washington les gusta soltarnos. En este año de gracia de 1935 ciertas personas tienden a utilizar esa frase en un sentido literal, aplicándola a todas las situaciones. El ejemplo más ridículo que se me ocurre es que las personas que rigen la educación pública favorecen a los vagos y tontos junto con los laboriosos; como todos los hombres son creados iguales, les dirán gravemente los educadores, los niños que se quedan atrás sufren terribles sentimientos de inferioridad. Sabemos que no todos los hombres son creados iguales en el sentido que algunas personas querrían hacernos creer; unos son más listos que otros, unos tienen mayores oportunidades porque les vienen de nacimiento, unos hombres ganan más dinero que otros, unas mujeres guisan mejor que otras, algunas personas nacen mucho mejor dotadas que el término medio de los seres humanos.

»Pero hay una cosa en este país ante la cual todos los hombres son creados iguales; hay una institución humana que hace a un pobre el igual de un Rockefeller, a un estúpido el igual de un Einstein, y al hombre ignorante el igual de un director de colegio. Esta institución, caballeros, es un tribunal. Puede ser el Tribunal Supremo de Estados Unidos, o el Juzgado de Instrucción más humilde del país, o este honorable tribunal que ustedes componen. Nuestros tribunales tienen sus defectos, como los tienen todas las instituciones humanas, pero en este país nuestros tribunales son los grandes niveladores, y para nuestros tribunales todos los hombres han nacido iguales.

»No soy un idealista que crea firmemente en la integridad de nuestros tribunales ni del sistema de jurado; esto no es para mí una cosa ideal, es una realidad viviente y operante. Caballeros, un tribunal no es mejor que cada uno de ustedes, los que están sentados delante de mí en este Jurado. La rectitud de un tribunal llega únicamente hasta donde llega la rectitud de su Jurado, y la rectitud de un Jurado llega sólo hasta donde llega la de los hombres que lo componen. Confío en que ustedes, caballeros, repasarán sin pasión las declaraciones que han escuchado, tomarán una decisión y devolverán este hombre a su familia. En nombre de Dios, cumplan con su deber.

La voz de Atticus había descendido, y mientras se volvía de espaldas al Jurado dijo algo que no entendí. Lo dijo más para sí mismo que al tribunal.

—¿Qué ha dicho? —le pregunté a Jem, dándole un codazo.

—«En nombre de Dios, creedle», eso creo que ha dicho.

Dill levantó el brazo súbitamente por delante de mí y dio un tirón a Jem.

—¡Mirad allá!

Seguimos la dirección de su índice con el corazón abatido. Calpurnia avanzaba por el pasillo central, yendo directamente adonde estaba Atticus.

21

Calpurnia se detuvo tímidamente ante la baranda y esperó a que el juez Taylor se fijase en ella. Llevaba un delantal nuevo y un sobre en la mano.

El juez Taylor la vio y dijo:

—Es Calpurnia, ¿verdad?

—Sí, señor —respondió ella—. ¿Tendría la bondad de dejarme entregar esta nota a míster Finch? No tiene nada que ver con... con el juicio.

El juez Taylor movió la cabeza afirmativamente, y Atticus cogió el sobre. Lo abrió, leyó su contenido y dijo:

—Juez, yo... Esta nota es de mi hermana. Dice que mis hijos faltan de casa, no han aparecido por allí desde el mediodía... Yo..., ¿podría usted...?

—Sé dónde están, Atticus. —Era míster Underwood el que había hablado—. Están en la galería de los de color; han estado allí desde la una y dieciocho minutos de la tarde.

Nuestro padre se volvió y levantó la mirada.

—¡Jem, baja de ahí! —llamó.

Luego dijo algo al juez, que no oímos. Nosotros pasamos al otro lado del reverendo Sykes y nos dirigimos hacia la caja de escalera.

Abajo, Atticus y Calpurnia se reunieron con nosotros. Calpurnia parecía irritada; en cambio, Atticus parecía agotado. Jem saltaba de entusiasmado.

—Hemos ganado, ¿verdad que sí?

—No tengo idea —contestó secamente Atticus—.
¿Habéis estado aquí toda la tarde? Marchaos a casa
con Calpurnia, cenad... y quedaos allá.

—Oh, Atticus, déjanos volver —suplicó Jem—.
Déjanos oír el veredicto, por favor; *por favor.*

—El Jurado puede salir y volver a entrar al cabo
de un minuto, es cosa que no sabemos... —Pero
todos adivinamos que estaba cediendo—. Bien, habéis oído todo lo que se ha dicho, tanto da que
oigáis el resto. Os diré lo que haremos: cuando
hayáis cenado podéis regresar (comed despacio, eh,
no perderéis nada importante), y si el Jurado todavía está deliberando, podréis esperar con nosotros.
Pero confío en que antes de que regreséis habrá
terminado todo.

—¿Crees que le absolverán tan de prisa? —preguntó Jem.

Atticus abrió la boca para contestar, pero la
cerró en seguida y nos dejó.

Yo rogaba a Dios que el reverendo Sykes nos
guardase los asientos, pero dejé de rezar cuando
recordé que mientras el Jurado estaba deliberando
la gente se levantaba y salía a riadas; hoy habrían
invadido las droguerías, el «Café O.K.» y el hotel; es
decir, a menos que también se hubiesen traído
la cena.

Calpurnia nos hizo desfilar hacia casa:

—...Despellejaré a todos y cada uno en vivo.
¡Pensar, Dios mío, que vosotros, niños, habéis escuchado todas aquellas cosas! Míster Jem, ¿no sabe
llevar a su hermana a un sitio mejor que a un juicio?
¡Cuando lo sepa, no cabe duda, miss Alexandra tendrá un ataque de parálisis! No está bien que los
niños oigan... —Las luces de la calle estaban encen-

didas; cuando pasábamos por debajo de ellas veíamos por un momento el indignado perfil de Calpurnia—. Míster Jem, yo pensaba que empezaba a tener la cabeza encima de los hombros... ¡Qué idea, Señor; es su hermanita! ¡Qué idea, Señor! Debería estar perfectamente avergonzado de sí mismo... ¿Es que no tiene nada de buen sentido?

Yo rebosaba de gozo. En tan poco rato habían pasado tantas cosas que comprendía que necesitaría años enteros para clasificarlas, y ahora ahí estaba Calpurnia revolcando por el suelo a su adorado Jem... ¿Qué nuevas maravillas traería la velada?

Jem se reía.

—¿No quieres que te lo expliquemos, Cal?

—¡Cierre la boca, señor! Cuando debería bajar la cabeza avergonzado, continúa riendo... —Calpurnia sacó a relucir una serie de amenazas enmohecidas, que suscitaron pocos remordimientos en Jem, y subió a toda prisa las escaleras de la fachada con su clásico—: ¡Si míster Finch no le deja molido a golpes, lo haré yo!... ¡Entre en esa casa, señor!

Jem entró sonriendo, y Calpurnia consintió, con un movimiento mudo, que Dill se quedase a cenar.

—Ahora os vais todos a ver a miss Rachel y le dices dónde estás —ordenó—. Anda desesperada, buscándoos por todas partes; ten cuidado de que mañana por la mañana lo primero que haga no sea embarcarte para Meridian.

Tía Alexandra salió a nuestro encuentro y por poco se desmaya cuando Calpurnia le dijo dónde estábamos. Me figuro que se dio por ofendida cuando le explicamos que Atticus había dicho que podíamos volver allá, pues durante toda la cena no pronunció ni una palabra. Se limitó a reordenar el alimento en su plato, mirándolo tristemente mientras Calpurnia nos servía a Jem, a Dill y a mí con actitud airada.

Mientras iba llenando las tazas de leche y sacaba ensalada de patatas con jamón, repetía en varios grados de apasionamiento:

—Deberíais avergonzaros de vosotros mismos. —Su mandato final fue un—: Y ahora comed despacio.

El reverendo Sykes nos había guardado el puesto. Nos sorprendió comprobar que habíamos estado ausentes cerca de una hora, y nos sorprendió igualmente encontrar la sala del tribunal exactamente como la habíamos dejado, con sólo algunos cambios de poca importancia: el recinto del Jurado estaba vacío; el acusado estaba fuera; también el juez Taylor había salido, pero reapareció cuando nos sentábamos.

—Apenas se ha movido nadie —dijo Jem.

—La gente se ha agitado un poco cuando ha salido el Jurado —explicó el reverendo Sykes—. Los de ahí abajo han traído la cena a sus mujeres, y ellas han alimentado a los pequeños.

—¿Cuánto rato hace que están fuera? —preguntó Jem.

—Unos treinta minutos. Míster Finch y míster Gilmer han dicho algunas cosas, y el juez Taylor ha dirigido la palabra al Jurado.

—¿Cómo ha estado? —inquirió Jem.

—¿Qué ha dicho? Ah, lo ha hecho muy bien. No me quejo nada en absoluto; ha demostrado gran sentido de la equidad. Ha dicho, más o menos: «Si creéis esto habéis de volver con un veredicto, pero si creéis lo otro, habéis de volver con otro». Yo creo que se inclinaba un poco de nuestra parte... —El reverendo Sykes se rascó la cabeza.

Jem sonrió.

—El no tiene que inclinarse de ninguna parte, reverendo, pero no se inquiete: hemos ganado —dijo con aire de persona enterada—. No veo que ningún Jurado pueda condenar sobre la base de lo que hemos oído...

—No esté tan confiado, míster Jem, no he visto nunca a ningún Jurado decidirse en favor de un negro pasando por encima de un blanco...

Pero Jem recusó las palabras del reverendo Sykes, y nos sometió a un extenso repaso de las pruebas, mezcladas con sus ideas acerca de la ley sobre la violación: no era violación si ella consentía, aunque había de tener dieciocho años —en Alabama, al menos— y Mayella tenía diecinueve. Al parecer, una tenía que dar patadas y gritar, tenía que ser sometida por la fuerza bruta y amarrada al suelo, y era preferible todavía que la dejasen sin sentido de un golpe. Si una tenía menos de dieciocho años, no había de pasar por todo esto.

—Míster Jem —protestó el reverendo Sykes—, no es de buena crianza que las señoritas jóvenes escuchen estas cosas...

—Bah, Scout no sabe de lo que estamos hablando —dijo Jem—. Scout, esto es demasiado de persona mayor para ti, ¿verdad?

—Muy en verdad que no; entiendo todas las palabras que dices. —Quizá tuve un acento demasiado convincente, porque Jem se calló y no volvió a referirse al tema.

—¿Qué hora es, reverendo? —preguntó entonces.
—Cerca de las ocho.

Miré abajo y vi a Atticus deambulando por allí con las manos en los bolsillos. Después de dar una vuelta por las ventanas siguió a lo largo de la baranda hasta el redil del Jurado. Miró al interior, inspeccionó al juez Taylor en su trono, y regresó al punto de partida. Yo capté su mirada y le saludé con la mano. El correspondió a mi saludo con un movimiento de cabeza, y reanudó el paseo.

Míster Gilmer estaba de pie junto a las ventanas, hablando con míster Underwood. Bert, el escribiente del juzgado, estaba fumando en cadena, arrellanado en la silla y con los pies sobre la mesa.

Pero los empleados del tribunal, los que estaban presentes: Atticus, míster Gilmer, el juez Taylor, profundamente dormido, y Bert, eran las únicas personas que aparentaban proceder de un modo normal. No he visto jamás una sala de tribunal tan atestada y al mismo tiempo tan quieta. Algunas veces un pequeñuelo lloraba medroso, y un chiquillo se escabullía al exterior, pero las personas mayores se portaban como si estuvieran en la iglesia. En la galería, los negros permanecían sentados o de pie a nuestro alrededor con una paciencia bíblica.

El reloj del edificio sufrió su tirón preliminar y dio la hora, ocho campanadas ensordecedoras que estremecían nuestro esqueleto.

Cuando dio once campanadas, yo no sentía nada; cansada de tanto resistir el sueño, me había concedido la libertad de descabezarlo recostada en el cómodo apoyo del brazo y el hombro del reverendo Sykes. Me desperté de una sacudida e hice un sincero esfuerzo por continuar despierta, bajando la vista y concentrando la atención en las cabezas de abajo: había dieciséis que estaban calvas, catorce hombres que podían pasar por pelirrojos, cuarenta cabezas oscilando entre el castaño y el negro, y... entonces recordé una cosa que Jem me había explicado en cierta ocasión, durante un breve período en que se aficionó a los estudios síquicos. Decía Jem que si un número bastante grande de personas —un estadio entero, quizá— concentrase la voluntad en una cosa, como, por ejemplo, en pegar fuego a un bosque, los árboles se encenderían espontáneamente. Yo acaricié la idea de pedir a todos los que estaban abajo que concentrasen la voluntad en dejar libre a Tom Robinson, pero pensé que si estaban tan cansados como yo, no saldría bien.

Dill estaba profundamente dormido, la cabeza apoyada en el hombro de Jem, y éste permanecía inmóvil.

—¿No ha pasado mucho tiempo? —le pregunté.

—Sin duda, Scout —dijo muy gozoso.

—Vaya, según lo pintabas tú, habían de bastar cinco minutos.

Jem arqueó las cejas.

—Hay cosas que tú no entiendes —replicó. Yo estaba demasiado fatigada para discutir.

Pero debí de estar razonablemente despierta, de lo contrario no habría recibido la impresión que estaba penetrando dentro de mí. No era muy distinta de una que recibí el invierno precedente, y, a pesar de que la noche era cálida, un escalofrío recorrió mi cuerpo. La sensación fue en aumento hasta que la atmósfera de la sala fue exactamente la misma que en una fría mañana de febrero, cuando los ruiseñores estaban callados y los carpinteros habían dejado de dar martillazos en la casa nueva de miss Maudie, y todas las puertas de madera de la ciudad estaban tan herméticamente cerradas como las de la Mansión Radley. La calle desierta, vacía, aguardando, y la sala del tribunal atestada de gente. Una noche sofocante de verano no difería de una mañana de invierno. Míster Heck Tate, que había entrado en la sala y estaba hablando con Atticus, habría podido llevar sus botas altas y su chaqueta de cuero. Atticus había interrumpido su caminata y apoyaba el pie en el travesaño más bajo de una silla; y mientras escuchaba lo que míster Tate iba diciendo, se pasaba lentamente la mano arriba y abajo del muslo. Yo esperaba que míster Tate diría en cualquier momento: «Lléveselo, míster Finch...»

Pero lo que dijo míster Tate fue:

—El tribunal se constituye de nuevo —con una voz que vibraba con tono de autoridad; y, abajo, las cabezas se levantaron con una sacudida.

Míster Tate salió de la sala y regresó con Tom Robinson. Le condujo hasta su puesto al lado de Atticus, y se quedó plantado allí. El juez Taylor se manifestaba de pronto despierto y alerta; estaba sentado con el cuerpo muy erguido, mirando el recinto vacío del Jurado.

Lo que ocurrió después pareció cosa de sueño: en un sueño vi regresar al Jurado, cuyos miembros se movían como nadadores bajo del agua, y la voz del juez Taylor llegaba de muy lejos, y muy tenue. Entonces vi una cosa que sólo podría esperarse que viese, que buscase con la mirada la hija de un abogado, y era como si contemplase a Atticus saliendo a la calle, llevándose la culata del rifle al hombro y apretando el gatillo, pero cómo contemplarle sabiendo todo el rato que el rifle estaba descargado...

Un Jurado no mira nunca al acusado al cual acaba de condenar: ninguno de aquellos hombres miró a Tom Robinson. El presidente entregó una hoja de papel a míster Tate, quien la pasó al escribiente, el cual la dio al juez...

Yo cerré los ojos. El juez Taylor estaba leyendo los votos del jurado:

—Culpable... Culpable... Culpable... Culpable... —Yo pellizqué a Jem; mi hermano tenía las manos blancas de tanto oprimir el larguero de la baranda, y sus hombros sufrían una sacudida como si cada

«Culpable» fuese una puñalada nueva que recibiese entre los omóplatos.

El juez Taylor estaba diciendo algo. Tenía el mazo en la mano, pero no lo empleaba. Vi confusamente que Atticus recogía papeles de la mesa y los ponía en su cartera. La cerró de golpe, se acercó al escribiente del juzgado y le dijo algo, saludó a míster Gilmer con una inclinación de cabeza y luego fue adonde estaba Tom Robinson y le susurró unas palabras. Mientras le hablaba le puso la mano en el hombro. Después cogió la chaqueta del respaldo de la silla y se la echó sobre el hombro. A continuación abandonó la sala, pero no por su salida habitual. Sin duda quería marcharse por el camino más corto, porque se puso a caminar con paso vivo por el pasillo central en dirección a la puerta del sur. Mientras avanzaba hacia la salida, yo seguía el movimiento de su cabeza. El no levantó los ojos.

—¡Miss Jean Louise!

Miré a mi alrededor. Todos estaban de pie. A nuestro alrededor y en la galería de la pared de enfrente, los negros se ponían en pie. La voz del reverendo Sykes sonaba tan distante como la del juez Taylor.

—Miss Jean Louise, póngase en pie. Pasa su padre.

22

Ahora le tocó a Jem el turno de llorar. Mientras nos abríamos paso entre la alegre multitud, lágrimas de cólera surcaban su cara.

—Esto no es justo —murmuró todo el camino hasta la esquina de la plaza, donde encontramos a Atticus esperando.

Atticus estaba de pie debajo del farol de la calle, con el mismo aspecto que si no hubiese ocurrido nada: llevaba el chaleco abrochado, el cuello y la corbata pulcramente en su sitio, la cadena del reloj lanzaba destellos; volvía a tener su aire impasible de siempre.

—Eso no es justo, Atticus —dijo Jem.

—No, hijo, no es justo.

Nos fuimos a casa.

Tía Alexandra nos esperaba levantada. Llevaba la bata, y yo habría jurado que debajo tenía puesto el corsé.

—Lo siento, hermano —murmuró.

Como hasta entonces no había oído nunca que llamase «hermano» a Atticus, dirigí una mirada furtiva a Jem, pero éste no escuchaba. Levantaba la vista hacia Atticus y después la fijaba en el suelo. Yo me pregunté si en cierto modo consideraba responsable a nuestro padre de que hubieran condenado a Tom Robinson.

—¿Está perfectamente bien? —preguntó tía Alexandra, indicando a Jem.

—Lo estará dentro de poco —respondió Atticus—. Ha sido demasiado fuerte para él. —Nuestro padre suspiró—. Me voy a la cama —dijo—. Si por la mañana no me despierto, no me llaméis.

—Desde el primer momento no consideré prudente permitirles...

—Este es su país, hermana —respondió Atticus—. Se lo hemos forjado de este modo, y vale la pena que aprendan a aceptarlo tal como es.

—Pero no hay necesidad de que vayan al juzgado a revolcarse en esas cosas...

—Unas cosas que representan al Condado de Maycomb tanto como los tés misionales.

—Atticus... —Los ojos de tía Alexandra manifestaban ansiedad—. Tú eres la última persona que hubiera pensado que podía dejarse amargar por este incidente.

—No estoy amargado, sino solamente cansado. Me voy a la cama.

—Atticus... —dijo Jem con tono abatido.

Atticus, que estaba ya en el umbral, se volvió de cara a nosotros.

—¿Qué, hijo?

—¿Cómo han podido hacerlo; cómo han podido?

—No lo sé, pero lo han hecho. Lo hicieron en otras ocasiones anteriores, lo han hecho esta noche y lo harán de nuevo, y cuando lo hacen... parece que sólo lloran los niños. Buenas noches.

Por la mañana todo se presenta siempre mejor. Atticus se levantó a la impía hora de costumbre y estaba en la sala detrás del *Mobile Register* cuando

336

nosotros entramos con paso tardo. La cara de Jem formulaba la pregunta que sus labios ansiaban expresar en palabras.

—Todavía no es hora de inquietarse —le tranquilizó Atticus cuando pasamos al comedor—. Todavía no hemos terminado. Habrá apelación, puedes darlo por descontado. Santo Dios vivo, Calpurnia, ¿qué es todo esto? —Atticus tenía la mirada fija en su plato de desayuno.

—El papá de Tom Robinson le ha enviado ese pollo esta mañana. Yo lo he guisado.

—Dile que me siento orgulloso al recibirlo; apuesto a que en la Casa Blanca no desayunan con pollo. ¿Y esto, qué es?

—Bizcochos —contestó Calpurnia—. Estelle, la del hotel, los ha enviado. —Atticus la miró, desorientado, y ella le dijo—: Vale más que salga hasta la cocina y vea lo que hay allá.

Nosotros seguimos detrás de Atticus. La mesa de la cocina estaba cubierta de alimento suficiente para enterrar a toda la familia: grandes pedazos de tocino salado, tomates, habichuelas y hasta racimos de uvas. Atticus sonrió al encontrar un tarro de patas de cerdo en salmuera.

—¿Os parece que tiíta me las dejará comer en el comedor?

Calpurnia dijo:

—Todo esto estaba en las escaleras de la parte trasera cuando llegué aquí esta mañana. Ellos... Ellos aprecian lo que usted hizo, míster Finch. ¿Verdad... verdad que no se están propasando? ¿Verdad que no?

Los ojos de Atticus se llenaron de lágrimas. Durante un momento no abrió los labios.

—Diles que quedo muy agradecido —dijo luego—.

Diles... diles que no vuelvan a hacer eso. Los tiempos están demasiado duros...

Después, Atticus salió de la cocina, pasó al comedor, se excusó con tía Alexandra, se puso el sombrero y se fue a la ciudad.

Al oír las pisadas de Dill en el vestíbulo, Calpurnia dejó el desayuno de Atticus, que continuaba intacto, sobre la mesa. Mientras comía con su mordisco de conejo, Dill nos explicó la reacción de miss Rachel a lo de la noche anterior, que había sido así: si un hombre como Atticus Finch quiere dar cabezazos contra una pared de piedra, suya es la cabeza.

—Yo se lo hubiera explicado todo —gruñó Dill, mordisqueando una pierna de pollo—, pero ella no tenía aspecto de estar para narraciones esta mañana. Ha dicho que estuvo despierta la mitad de la noche preguntándose dónde estaría yo; ha dicho que hubiera encargado al *sheriff* que me buscase, pero el *sheriff* se encontraba en el juicio.

—Dill, eso de salir sin decírselo, debes terminarlo —dijo Jem—. Sólo sirve para ponerla peor.

Dill suspiró con paciencia.

—¡Si yo le expliqué, hasta ponérseme la cara morada por falta de aliento, adónde iba!... Lo que hay es que ve demasiadas serpientes en el armario. Apuesto a que esa mujer se bebe una pinta como desayuno todas las mañanas; sé que bebe dos vasos llenos. La he visto.

—No hables de ese modo, Dill —dijo tía Alexandra—. A un niño no le está bien. Es... cínico.

—No es cínico, miss Alexandra. Decir la verdad no es cínico, ¿verdad que no?

—Del modo que tú la dices, sí lo es.

Los ojos de Jem la miraron lanzando destellos, pero dijo a Dill:

—Vámonos. Puedes llevarte ese aro.

Cuando salimos al porche de la fachada, miss Stephanie Crawford estaba atareada explicando el juicio a miss Maudie Atkinson y a míster Avery. Los tres dirigieron una mirada hacia nosotros y continuaron hablando. Jem sacó de la garganta un gruñido de fiera. Yo habría deseado tener un arma.

—A mí me molesta que la gente mayor le mire a uno —dijo Dill—. Le hace sentir a uno como si hubiera hecho algo malo.

Miss Maudie gritó ordenando a Jem Finch que fuese allá.

Jem se levantó con esfuerzo y refunfuñando de la mecedora.

—Iremos contigo —dijo Dill.

La nariz de miss Stephanie se estremecía de curiosidad. Quería saber quién nos había dado permiso para ir al juzgado; ella no nos vio, pero esta mañana corría por toda la ciudad que estábamos en la galería de los negros. ¿Acaso Atticus nos puso allá arriba como una especie de...? ¿No se estaba muy encerrado allí con todos aquellos...? ¿Entendió Scout todas las...? ¿No nos enfureció ver a nuestro padre derrotado?

—Cállate, Stephanie. —La dicción de miss Maudie tenía carácter de amenaza—. No tengo la mañana disponible para pasarla entera en el porche. Jem Finch, te he llamado para saber si tú y tus colegas estáis en condiciones de comer pastel: Me he levantado a las cinco para hacerlo, de manera que vale más que digáis que sí. Excúsanos, Stephanie. Buenos días, míster Avery.

En la mesa de la cocina de miss Maudie había un pastel grande y dos pequeños. Debía haber habido tres pequeños. No era propio de miss Maudie el olvidarse de Dill, y sin duda nosotros lo manifestamos con la actitud. Pero lo comprendimos cuando cortó una rebanada del pastel grande y se la dio a Jem.

Mientras comíamos, nos dimos cuenta de que aquellla era la manera que tenía miss Maudie de decirnos que por lo que a ella se refería no había cambiado nada. Miss Maudie estaba sentada calladamente en una silla de la cocina, mirándonos. De pronto dijo:

—No te inquietes, Jem. Las cosas nunca están tan mal como aparentan.

Dentro de casa, cuando miss Maudie quería explicar alguna cosa extensa, solía extender los dedos sobre las rodillas y acomodarse el puente de la dentadura. Ahora lo hizo, y nosotros nos quedamos aguardando.

—Quiero deciros sencillamente que en este mundo hay hombres que nacieron para hacer los trabajos desagradables que nos corresponderían a los otros. Vuestro padre es uno de tales hombres.

—Ah, bien —dijo Jem.

—No me vengas con «ah, bien», señorito —replicó miss Maudie, reconociendo los sonidos fatalistas de Jem—; no eres bastante mayor para valorar lo que he dicho.

Jem tenía la mirada fija en su rebanada de pastel, a medio comer.

—Es como ser una oruga dentro del capullo —dijo—. Es como una cosa dormida, abrigada en un sitio caliente. Yo siempre había pensado que la gente de Maycomb era la mejor del mundo; al menos, parecían serlo.

—Somos la gente de más confianza de este mundo —afirmó miss Maudie—. Pocas veces nos llama la vocación para ser verdaderos cristianos, pero cuando nos llama, tenemos hombres como Atticus que salen por nosotros.

Jem sonrió tristemente.

—¡Ojalá el resto del condado creyese eso!

—Te sorprendería el número de personas que lo creemos.

—¿Quién? —Jem levantaba la voz—. En esta ciudad, ¿quién hizo algo por ayudar a Tom Robinson? ¿Quién?

—Sus amigos negros, por una parte, y personas como nosotros. Personas como el juez Taylor. Personas como míster Heck Tate. Deja de comer y empieza a pensar, Jem. ¿No se te ha ocurrido ni un momento que el juez Taylor no designó por casualidad a Atticus para defender a aquel muchacho? ¿Que el juez Taylor quizá tuviera sus razones para nombrarle?

Aquél era un gran pensamiento. Cuando el mismo juzgado había de nombrar defensor, solían confiar los casos a Maxwell Green, el abogado de Maycomb ingresado más recientemente y que necesitaba experiencia. El caso de Tom Robinson correspondía a Maxwell Green.

—Piénsalo bien —estaba diciendo miss Maudie—. No fue un azar. Anoche yo estaba sentada en el porche, esperando. Esperé y volví a esperar hasta que os vi llegar a todos por la acera, y mientras esperaba pensé: «Atticus Finch no ganará, no puede ganar, pero es el único hombre por estas comarcas capaz de tener ocupado tanto rato a un Jurado por un caso como éste». Y me dije: «Bien, estamos dando un paso; no es más que un paso de niño, pero es un paso».

—Hablar de este modo está muy bien..., pero los jueces y los abogados cristianos no pueden reparar el daño de los Jurados paganos —musitó Jem—. En cuanto yo sea mayor...

341

—Esa es una cosa que debes decírsela a tu padre —le interrumpió miss Maudie.

Descendimos las frescas escaleras nuevas de miss Maudie hasta sumergirnos en la luz del sol y encontramos a miss Stephanie Crawford y a míster Avery todavía en la tarea. Habían caminado un poco por la acera y estaban de pie delante de la casa de miss Stephanie. Miss Rachel se acercaba a ellos.

—Cuando sea mayor, creo que seré payaso —dijo Dill.

Jem y yo nos paramos en seco.

—Sí, señor, payaso —repitió él—. En relación a la gente, no hay cosa alguna en el mundo que pueda hacer si no es reírme; por lo tanto, ingresaré en el circo y me reiré hasta volverme loco.

—Lo tomas al revés, Dill —advirtió Jem—. Los payasos son hombres tristes; es la gente la que se ríe de ellos.

—Bien, yo seré un payaso de una especie nueva. Me plantaré en mitad del círculo y me reiré de la gente. Mirad allá nada más —dijo señalando—. Todos ellos deberían ir montados en escobas. Tía Rachel ya la monta.

Miss Stephanie y miss Rachel nos hacían señas agitando la mano con furia, de un modo que no desmentía la observación de Dill.

—Oh, cielos —suspiró Jem—: Me figuro que sería una grosería no verlas.

Pasaba algo anormal. Míster Avery tenía la cara encarnada a causa de un acceso de estornudos, y cuando nos acercamos por poco nos echa fuera de la acera con un golpe de aire. Miss Stephanie temblaba de excitación, y miss Rachel cogió a Dill por el hombro.

—Vete al patio trasero y quédate allí —le dijo—. Se acerca un peligro.

—¿Qué pasa? —pregunté yo.

—¿No lo has oído todavía? Corre por toda la ciudad...

En aquel momento tía Alexandra salió a la puerta y nos llamó, pero llegaba demasiado tarde. Miss Stephanie tuvo el placer de contárnoslo: aquella mañana míster Bob Ewell había parado a Atticus en la esquina de la oficina de Correos, le había escupido en el rostro, y le había dicho que le saldaría las cuentas aunque ello le costara todo lo que le quedaba de vida.

23

—Desearía que Bob Ewell no mascara tabaco —fue todo el comentario de Atticus sobre el incidente.

Según miss Stephanie Crawford, sin embargo, Atticus salía de la oficina de Correos cuando míster Ewell se le acercó, le maldijo, le escupió y le amenazó con matarle. Miss Stephanie (que, después de haberlo contado dos veces resultó que estaba allí y lo vio todo, pues venía del «Jitney Jungle»), miss Stephanie dijo que Atticus ni siquiera había movido un párpado: se limitó a sacar el pañuelo y limpiarse la cara, y se quedó plantado permitiendo que míster Ewell le dirigiera insultos que ni los caballos salvajes soportarían que ella repitiese. Míster Ewell era veterano de una guerra indeterminada, lo cual, sumado a la pacífica reacción de Atticus, le impulsó a inquirir:

—¿Demasiado orgulloso para luchar, bastardo ama-negros?

Miss Stephanie explicaba que Atticus respondió:

—No, demasiado viejo —y se puso las manos en los bolsillos y siguió andando. Miss Stephanie decía que había que reconocerle una cosa a Atticus Finch: a veces sabía ser perfectamente seco y lacónico.

A Jem y a mí aquello no nos pareció divertido.

—Después de todo, no obstante —dije yo—, en otro tiempo fue el tirador más certero del condado. Podría...

—Ya sabes que ni siquiera llevaría un arma, Scout. No tiene ninguna... —objetó Jem—. Ya sabes que ni aquella noche, delante de la cárcel, tenía ninguna. A mí me dijo que el tener un arma equivale a invitar al otro a que dispare contra ti.

—Esto es diferente —dije—. Podemos suplicarle que pida prestada una.

Se lo dijimos, y él contestó:

—Tonterías.

Dill fue del parecer que quizá diera resultado apelar a los buenos sentimientos de Atticus: al fin y al cabo, si míster Ewell le matase nosotros moriríamos de hambre, aparte de que nos educaría tía Alexandra, exclusivamente, y de que todos sabíamos que lo primero que haría antes de que Atticus hubiera recibido sepultura sería despedir a Calpurnia. Jem dijo que lo que acaso diera fruto sería si yo llorase y simulara un ataque, puesto que era una niña y de pocos años. Pero tampoco esto salió bien.

Sin embargo, cuando advirtió que andábamos sin rumbo por la vecindad, no comíamos y poníamos poco interés en nuestras empresas habituales, Atticus descubrió cuán profundamente amedrentados estábamos. Quiso tentar a Jem una noche con una revista deportiva nueva; y al ver que Jem la hojeaba rápidamente y la arrojaba a un lado, preguntó:

—¿Qué te preocupa, hijo?

Jem fue muy concreto.

—Míster Ewell.

—¿Qué ha pasado?

—No ha pasado nada. Tenemos miedo por ti, y creemos que deberías tomar alguna medida en relación a ese hombre.

Atticus sonrió torcidamente.

—¿Qué medida? ¿Hacerle encerrar por amenazas?

—Cuando un hombre asegura que matará a otro, parece que ha de decirlo en serio.

—Cuando lo dijo lo decía en serio —adujo Atticus—. Jem, a ver si sabes ponerte en el puesto de Bob Ewell durante un minuto. En el juicio yo destruí el último vestigio de crédito que mereciese su palabra, si es que merecía alguno al empezar. El hombre tenía que tomarse algún desquite; los de su especie siempre se lo toman. De modo que si el escupirme en la cara consiste en eso, acepto gustoso estas afrentas. Con alguien había de desahogarse, y prefiero que se haya desahogado conmigo antes que con la nidada de chiquillos que tiene en casa. ¿Lo comprendes?

Jem movió la cabeza afirmativamente.

Tía Alexandra entró en el cuarto mientras Atticus estaba diciendo:

—No tenemos nada que temer de Bob Ewell; esta mañana ha sacado toda la rabia fuera de su organismo.

—No estaría tan segura, Atticus —dijo ella—. Los de su especie son capaces de todo para devolver un agravio. Ya sabes cómo son esa gente.

—¿Qué demonios puede hacerme Ewell, hermana?

—Te atacará a traición —respondió tía Alexandra—. Puedes darlo por descontado.

—En Maycomb nadie tiene muchas posibilidades de hacer algo y pasar inadvertido.

Después de aquello ya no tuvimos miedo. El verano se disipaba poco a poco, y nosotros lo aprovechábamos al máximo. Atticus nos aseguraba que a Tom Robinson no le pasaría nada hasta que el tribunal superior revisara su caso, y que tenía muchas posibilidades de salir absuelto, o al menos de que se le juzgase de nuevo. Estaba en la Granja-Prisión de Enfield, a setenta millas de distancia, en el Condado de Chester. Yo le pregunté si a su esposa e hijos les permitían ir a visitarle, pero me contestó que no.

—Si pierde la apelación, ¿qué le sucederá? —pregunté una tarde.

—Irá a la silla eléctrica —respondió Atticus—, a menos que el gobernador le conmute la sentencia. No es tiempo de inquietarse todavía, Scout. Tenemos buenas probabilidades.

Jem se había tendido en el sofá leyendo la *Popular Mechanics*.

—Esto no es justo —dijo levantando los ojos—. Aun suponiendo que fuese culpable, no mató a nadie. No quitó la vida a nadie.

—Ya sabes que en Alabama la violación es un delito capital —explicó Atticus.

—Sí, señor, pero el jurado no estaba obligado a condenarlo a muerte; si hubiesen querido habrían podido ponerle veinte años.

—Imponerle —corrigió Atticus—. Tom Robinson es negro, Jem. En esta parte del mundo ningún Jurado diría: «Nosotros creemos que usted es culpable, pero no mucho», tratándose de una acusación como ésta. O se obtenía una absolución total, o nada.

Jem meneaba la cabeza.

—Sé que no es justo, pero no logro imaginarme qué es lo que no marcha bien; quizá la violación no debería ser un delito capital...

Atticus dejó caer el periódico al lado de su silla, y dijo que no se quejaba en modo alguno de las disposiciones acerca de la violación, pero que le asaltaban dudas tremendas cuando el fiscal solicitaba, y el Jurado concedía, la pena de muerte basándose en pruebas puramente circunstanciales. Echó una mirada hacia mí, vio que estaba escuchando y lo expresó de un modo más claro:

—Quiero decir que antes de condenar a un hombre por asesinato, digamos, debería haber uno o dos testigos presenciales. Debería haber una persona en condiciones de decir: «Sí, yo estaba allí, y le vi apretar el gatillo».

—Sin embargo, infinidad de gentes han sido colgadas..., ahorcadas... basándose en pruebas circunstanciales —dijo Jem.

—Lo sé, y es probable que muchos lo mereciesen; pero en ausencia de testigos oculares siempre queda una duda, a veces sólo la sombra de una duda. Siempre existe la posibilidad, por muy improbable que se considere, de que el acusado sea inocente.

—Entonces todo el conflicto carga sobre el Jurado. Deberíamos suprimir los Jurados —Jem se mostraba inflexible.

Atticus se esforzó con empeño en no sonreír, pero no pudo evitarlo.

—Eres muy severo con nosotros, hijo. Yo creo que podría haber un recurso mejor: cambiar la ley. Cambiarla de modo que los jueces tuvieran potestad para fijar el castigo en los delitos capitales.

—Entonces, vete a Montgomery y cambia la ley.

—Te sorprendería ver lo difícil que sería. Yo no viviré lo suficiente para verla cambiada, y si tú llegas a verlo, serás ya un anciano.

A Jem esto no le satisfizo bastante.

—No, señor, deberían suprimir los Jurados. En primer lugar, Tom no era culpable, y ellos dijeron que lo era.

—Si tú hubieses formado parte de aquel Jurado,

hijo, y contigo otros once muchachos como tú, Tom sería un hombre libre —dijo Atticus—. Hasta el momento, no ha habido nada en tu vida que interfiriese el proceso del razonamiento. Aquellos hombres, los del Jurado de Tom, eran doce personas razonables en su vida cotidiana, pero ya viste que algo se interponía entre ellos y la razón. Viste lo mismo aquella noche delante de la cárcel. Cuando el grupo se marchó, no se fueron como hombres razonables, se fueron porque nosotros estábamos allí. Hay algo en nuestro mundo que hace que los hombres pierdan la cabeza; no sabrían ser razonables ni que lo intentaran. En nuestros Tribunales, cuando la palabra de un negro se enfrenta con la de un blanco, siempre gana el blanco. Son feas, pero las realidades de la vida son así.

—Lo cual no las hace justas —dijo Jem con terquedad, mientras se daba puñetazos en la rodilla—. No se puede condenar a un hombre con unas pruebas como aquéllas; no se puede.

—No se puede; pero ellos podían, y le condenaron. Cuanto mayor te hagas, más a menudo lo verás. El sitio donde un hombre debería ser tratado con equidad es una sala de Tribunal, fuese el hombre de cualquiera de los colores del arco iris; pero la gente tiene la debilidad de llevar sus resentimientos hasta dentro del departamento del Jurado. A medida que crezcas, verás a los blancos estafando a los negros, todos los días de tu vida, pero permite que te diga una cosa, y no la olvides: siempre que un hombre blanco abusa de un negro, no importa quién sea, ni lo rica que sea, ni cuán distinguida haya sido la familia de que procede, ese hombre blanco es basura. —Atticus estaba hablando tan sosegadamente que la última palabra fue como un estallido en nuestros oídos. Levanté la vista y su cara tenía una expresión vehemente—. A mí nada me da más asco que un blanco de baja estofa que se aproveche de la ignorancia de un negro. No os engañéis, todo se suma a la cuenta, y el día menos pensado la pagaremos. Espero que no sea durante vuestras vidas.

Jem se rascaba la cabeza. De súbito se ensancharon sus ojos.

—Atticus —dijo—, ¿por qué no formamos los Jurados personas como nosotros y miss Maudie? Nunca se ve a nadie de Maycomb en un Jurado; todos vienen de los campos.

Atticus se inclinó en su mecedora. Por no sé qué motivo parecía contento de Jem.

—Me estaba preguntando cuándo se te ocurriría —dijo—. Hay un sinfín de razones. En primer lugar, miss Maudie no puede formar parte porque es mujer...

—¿Quieres decir que en Alabama las mujeres no pueden...? —yo estaba indignada.

—En efecto. Me figuro que es para proteger a nuestras delicadas damas de casos sórdidos como el de Tom. Además —añadió sonriendo—, dudo que se llegara a juzgar por completo un caso; las señoras interrumpirían continuamente con interminables preguntas.

Jem y yo soltamos la carcajada. Miss Maudie en un Jurado causaría una impresión tremenda. Pensé en la anciana mistress Dubose sentada en un sillón de ruedas: «Basta de golpear, John Taylor, quiero preguntar una cosa a ese hombre». Quizá nuestros antepasados fueron sensatos.

Atticus iba diciendo:

—Con gente como nosotros... ésta es la parte de la cuenta que nos corresponde. Generalmente, tenemos los Jurados que merecemos. A nuestros sólidos ciudadanos de Maycomb no les interesa, en primer lugar. En segundo lugar, tienen miedo. Luego, son...

—¿Miedo de qué? —preguntó Jem.

—Mira, ¿qué pasaría si, digamos, míster Link Deas hubiese de decidir el importe de los daños que satisfacer a miss Maudie cuando miss Rachel la atropellase con un coche? A Link no le gustaría la idea de perder a ninguna de ambas damas como cliente, ¿verdad que no? Así pues, le dice al juez Taylor que no puede formar parte del Jurado porque no tiene quien se encargue de su tienda mientras él está fuera. Por tanto, el juez Taylor le dispensa. A veces le dispensa con ira.

—¿Qué es lo que le hace pensar que alguna de las dos dejaría de comprar sus géneros? —pregunté.

Jem dijo:

—Miss Rachel sí dejaría: miss Maudie no. Pero el voto de un Jurado es secreto, Atticus.

Nuestro padre se rió.

—Tienes que andar muchas millas todavía, hijo. Se da por supuesto que el voto de un Jurado ha de ser secreto. Pero el formar parte de un Jurado obliga a un hombre a tomar una decisión y pronunciarse sobre algo. A los hombres esto no les gusta. A veces es desagradable.

—El Jurado de Tom habrá tomado una decisión a toda prisa —musitó Jem.

Los dedos de Atticus fueron a introducirse en el bolsillo del reloj.

—No, no sucedió así —dijo, más para sí mismo que para nosotros—. Esto fue lo que me hizo pensar que aquello podía ser la sombra de un comienzo. El Jurado tardó unas horas. El veredicto era inevitable, quizá, pero generalmente sólo les cuesta unos minutos. Esta vez... —aquí se interrumpió y nos miró—. Acaso os guste saber que hubo un individuo al cual hubieron de trabajar mucho rato; al principio se pronunciaba resueltamente por una absolución pura y simple.

—¿Quién? —Jem estaba atónito.

Atticus guiñó los ojos.

—Yo no puedo decirlo, pero os diré una cosa nada más. Era uno de vuestros amigos de Old Sarum...

—¿Uno de los Cunningham? —gritó Jem—. Uno de..., yo no reconocí a ninguno..., estás de broma —y miró a Atticus por el rabillo del ojo.

—Uno de sus parientes. Por una corazonada, no le taché. Por una corazonada únicamente. Podía recusarle, pero no lo hice.

—¡Cielo santo! —exclamó Jem reverentemente—. Este minuto tratan de matarle y al minuto siguiente tratan de dejarle en libertad... No entenderé a esa gente en toda mi vida.

Atticus dijo que lo único que se precisa es conocerlos. Dijo que los Cunningham no habían quitado nada a nadie ni aceptado nada de nadie desde que inmigraron al Nuevo Mundo. Añadió que otra característica suya era la de que una vez uno había conquistado su respeto, estaban por uno con uñas y dientes. Atticus dijo que tenía la impresión, nada más que la simple sospecha, de que aquella noche se alejaron de la cárcel con un considerable respeto hacia los Finch. Por otra parte, prosiguió, se precisaba un rayo, sumado a otro Cunningham, para lograr que uno de ellos cambiase de idea.

—Si hubiésemos tenido a dos de aquel clan hubiéramos conseguido un Jurado en desacuerdo.

Jem dijo muy despacio:

—¿Quieres decir que pusiste de verdad en el Jurado a un hombre que la noche anterior quería matarte? ¿Cómo te atreviste a correr ese riesgo, Atticus, cómo te atreviste?

—Si lo analizas, el riesgo era poco. No hay diferencia entre un hombre dispuesto a condenar, y otro dispuesto a lo mismo, ¿verdad que no? En cambio, hay una ligera diferencia entre un hombre dispuesto a condenar y otro en cuya mente ha penetrado la duda, ¿verdad que sí? Era la única incógnita de toda la lista.

—¿Qué parentesco tenía aquel hombre con Walter Cunningham? —pregunté yo.

Atticus se levantó, se desperezó y bostezó. Aún no era la hora de acostarnos, pero nosotros conocíamos cuándo quería tener un rato para leer el periódico. Lo cogió, lo dobló y me dio un golpecito en la cabeza.

—Veamos —dijo con voz profunda, para sí mismo—. Ya lo tengo. Primo hermano doble.

—¿Cómo puede ser eso?

—Dos hermanas se casaron con dos hermanos. Esto es todo lo que os diré; ahora adivinadlo.

Yo me estrujé el cerebro y concluí que si me casara con Jem, y Dill tuviera una hermana y se casase con ella, nuestros hijos serían primos hermanos dobles.

—Recontra, Jem —dije cuando Atticus hubo salido—, son una gente muy curiosa. ¿Lo ha oído, tiíta?

Tía Alexandra estaba remendando una alfombra y no nos miraba, pero nos escuchaba. Estaba sentada en su silla con la canastilla de labor al lado y la alfombra extendida sobre el regazo. El hecho de que en las noches agitadas las damas remendasen alfombras de lana no lo entendí bien jamás.

—Lo he oído —contestó.

Entonces recordé la lejana y calamitosa ocasión en que me levanté en defensa de Walter Cunningham. Ahora me alegraba de haberlo hecho.

—Tan pronto como empiece la escuela invitaré a

Walter a comer en casa —me propuse, habiendo olvidado la resolución particular de darle una paliza la primera vez que le viese—. Además, de cuando en cuando puede quedarse también después de las clases. Atticus podría llevarle con el coche a Old Sarum. Quizá algún día podría pasar la noche con nosotros. ¿De acuerdo, Jem?

—Veremos cómo lo resolvemos —dijo tía Alexandra. Una declaración que en sus labios era una amenaza, nunca una promesa. Sorprendida, me volví hacia ella.

—¿Por qué no, tiíta? Son buena gente.

Ella me miró por encima de las gafas de costura.

—Jean Louise, mi mente no abriga la menor duda de que sean buena gente. Pero no son gente de nuestra clase.

—Quiere decir que son palurdos —explicó Jem.

—¿Qué es un palurdo?

—Bah, un desastrado. Les gusta la juerga, y cosas así.

—Pues a mí también...

—No seas necia, Jean Louise —dijo tía Alexandra—. El caso es que puedes restregar con jabón a Walter Cunningham hasta que brille, puedes ponerle zapatos y un traje nuevo, pero nunca será como Jem. Por otra parte, en aquella familia existe una tendencia a la bebida que se ve desde cien leguas de distancia. Las mujeres de los Finch no se interesan por aquella clase de gente.

—Ti-í-ta —dijo Jem—, Scout no ha cumplido los nueve años todavía.

—Tanto da que se entere desde ahora.

Tía Alexandra había pronunciado su sentencia. Me acordé clarísimamente de la última vez que plantó su «de ahí no paso». Nunca supe por qué.

Fue cuando me absorbía el proyecto de visitar la casa de Calpurnia; yo sentía curiosidad, me interesaba; quería ser su «invitada», ver cómo vivía, qué amigos tenía. Lo mismo habría dado que hubiese querido ver la otra cara de la luna. Esta vez la táctica era distinta; pero los objetivos de tía Alexandra los mismos. Quizá fuese éste el motivo de que hubiera venido a vivir con nosotros: para ayudarnos a escoger los amigos. Yo la mantendría en jaque todo el tiempo que pudiese.

—Si son buena gente, ¿por qué no podemos mostrarnos agradables con Walter?

—Yo no he dicho que no os mostréis agradables con él. Habéis de tratarle amistosamente y con cortesía, habéis de ser magnánimos con todo el mundo, querida. Pero no debéis invitarle a vuestra casa.

—¿Y si fuese pariente nuestro, tiíta?

—Lo cierto es que no lo es, pero si lo fuese, mi respuesta sería la misma.

—Tiíta —dijo Jem—, Atticus dice que uno puede escoger sus amigos, pero no puede escoger su familia, y que tus parientes siguen siendo parientes tuyos tanto si tú quieres reconocerlos por tales como si no, y que el no querer reconocerlos te hace parecer completamente necio.

—Esta es otra de las teorías que retratan a tu padre de pies a cabeza —dijo tía Alexandra—, pero yo continúo asegurando que Jean Louise no invitará a Walter Cunningham a esta casa. Si fuese primo hermano suyo por partida doble, una vez fuera de aquí no sería recibido en esta casa a menos que viniera a ver a Atticus por asuntos profesionales. Y no hay más que hablar.

Tía Alexandra había pronunciado su «Ciertamente No», pero esta vez diría los motivos.

—Pero yo quiero jugar con Walter; tiíta, ¿por qué no he de poder?

Ella se quitó las gafas y me miró fijamente.

—Te diré por qué. Porque *Walter es basura;* he ahí el motivo de que no puedas jugar con él. No quiero verle rondando cerca de ti para que tú adquieras sus hábitos y aprendas Dios sabe qué. Ya eres sobrado problema para tu padre tal como estás.

No sé lo que habría hecho, pero Jem me detuvo. Me cogió por los hombros, me rodeó con su brazo y me acompañó, mientras yo sollozaba con furia, hacia su dormitorio. Atticus nos oyó y asomó la cabeza por la puerta.

—No hay novedad, señor —dijo Jem, malhumorado—. No es nada. —Atticus se fue—. Masca un rato, Scout —Jem rebuscó por el bolsillo y sacó un «Tootsie Roll». Me costó unos minutos convertir la golosina en una confortable almohadilla pegada al paladar.

Jem reordenó los objetos de su cómoda. El cabello le crecía hirsuto por atrás y caído hacia delante cerca de la frente; yo me preguntaba si llegaría a tenerlo algún día como el de un hombre; quizá si se lo afeitase y le creciera de nuevo se criaría como era debido. Sus cejas se habían hecho más gruesas, y advertí en su cuerpo una elbeltez nueva. Ganaba estatura.

Cuando miró a su alrededor, pensó sin duda que me pondría a llorar otra vez, porque me dijo:

—Te enseñaré una cosa si no has de decírselo a nadie.

Yo pregunté qué era. El se desabrochó la camisa, sonriendo tímidamente.

—¿Qué?

—¿No lo ves?

—No.

—Es pelo.

—¿Dónde?

—Aquí. Aquí mismo.

Jem me había consolado, y, correspondiendo, yo dije que hacía muy bonito, pero no vi nada.

—Está bonito de veras, Jem.

—Debajo de los brazos también tengo —dijo él—. El año que viene empezaré a formar parte del equipo de fútbol. Scout, no permitas que tía Alexandra te ponga de mal humor.

Parecía ayer nada más que me decía que no pusiera yo de mal humor a tía Alexandra.

—Ya sabes que no está acostumbrada a tratar con muchachas —añadió Jem—, por lo menos con muchachas como tú. Está probando de convertirse en una dama. ¿No podrías aficionarte a la costura, o a otra cosa por el estilo?

—No, diablos. No me quiere, he aquí todo lo que hay, pero a mí no me importa. Lo que me ha sacado de quicio ha sido que dijese que Walter Cunningham es basura, y no lo que ha dicho de que yo sea un problema para Atticus. Esto lo puse en claro con él una vez; le pregunté si era un problema, y él me dijo que no muy grande; cuanto más, era un problema que siempre sabía calcular, y que no me inquietase ni un segundo la idea de si le molestaba. No, ha sido por Walter...; aquel muchacho no es basura, Jem. No es como los Ewell.

Jem se libró de los zapatos con un par de sacudidas y subió los pies a la cama. Se recostó en un almohadón y encendió la lámpara para leer.

—¿Sabes una cosa, Scout? Ahora ya lo tengo resuelto. Ultimamente he pensado mucho en ello y lo tengo resuelto. Hay cuatro clases de personas en el mundo. Existen las personas corrientes como nosotros y nuestros vecinos, las personas de la especie de los Cunningham, que viven allá, en el campo; la especie parecida a los Ewell, del vaciadero; y los negros.

—¿Qué me dices de los chinos y de los *cajuns* del Condado de Baldwin?

—Me refiero al Condado de Maycomb. Y lo que ocurre en este problema es que nosotros no apreciamos a los Cunningham, los Cunningham no aprecian a los Ewell, y los Ewell desprecian a la gente de color.

Le contesté que si era así, ¿cómo se explicaba que el Jurado de Tom, compuesto de gente como los Cunningham, no le hubiese absuelto a fin de fastidiar a los Ewell?

Jem rechazó la pregunta con un manotazo, considerándola infantil.

—Ya sabes —dijo—, he visto a Atticus golpeando el suelo con los pies cuando en la radio dan una fiesta alegre, y le gusta la juerga más que a ningún hombre que haya conocido...

—Entonces esto nos hace parecidos a los Cunningham —dije yo—. No comprendo cómo tiíta...

—No, déjame terminar; nos hace parecidos, en efecto, pero en cierto modo somos diferentes. En una ocasión Atticus dijo que la causa de que tía Alexandra haga tanto hincapié en la familia nace de que todo lo que nosotros tenemos es abolengo, pero sin un cuarto a nuestro nombre.

—Ea, Jem, no sé... Atticus me dijo una vez que en buena parte ese cuento de la «familia antigua» es una tontería, porque la familia de uno cualquiera es tan antigua como la de cualquier otro. Yo le

358

pregunté si en esto entraban la gente de color y los ingleses, y él me dijo que sí.

—Abolengo no significa «familia antigua» —puntualizó Jem—. Imagino que se trata del tiempo que hace que la familia de uno sabe leer y escribir. Scout, he estudiado este asunto con empeño, y es la única explicación que se me ocurre. En algún lugar, cuando los Finch estaban en Egipto, uno de ellos debió de aprender un jeroglífico o dos, y luego enseñó a su hijo —Jem se puso a reír—. Imagínate a tiíta enorgulleciéndose de que su bisabuelo supiera leer y escribir... Las señoras eligen detalles chocantes para sentirse orgullosas.

—Bien, yo me alegro de que supiera; de lo contrario, ¿quién habría enseñado a Atticus y a los demás? Y si Atticus no supiera leer, tú y yo nos encontraríamos en una mala situación. No creo que esto sea abolengo, Jem.

—Entonces, ¿cómo explicas que los Cunningham sean diferentes? Míster Walter apenas sabe firmar; yo le he visto. Simplemente, nosotros leemos y escribimos desde más antiguo que ellos.

—No, todo el mundo tiene que aprender, nadie nace sabiendo. Walter es tan listo como le permiten las circunstancias; a veces se retrasa porque tiene que quedarse en casa a ayudar a su papá. No tiene ningún defecto. No, Jem, yo creo que sólo hay una clase de personas. Personas.

Jem se volvió y dio un puñetazo a la almohada. Cuando se sosegó tenía el semblante nublado. Se estaba hundiendo en una de sus depresiones, y yo me puse recelosa. Sus cejas se juntaron; su boca se convirtió en una línea estrecha. Durante un rato estuvo callado.

—Esto pensaba yo también —dijo por fin— cuando tenía tu edad. Si sólo hay una clase de personas, ¿por qué no pueden tolerarse unas a otras? Si todos son semejantes, ¿cómo salen de su camino para despreciarse unos a otros? Scout, creo que empiezo a comprender una cosa. Creo que empiezo a comprender por qué Boo Radley ha estado encerrado en su casa todo este tiempo... Ha sido porque *quiere* estar dentro.

24

Calpurnia llevaba su delantal más almidonado. Transportaba una bandeja de mermelada de manzanas con tostadas. Se puso de espaldas a la puerta y empujó suevemente. Yo admiré la soltura y la gracia con que llevaba pesadas cargas de cosas delicadas. Me figuro que también la admiraba tía Alexandra, porque aquel día permitía que sirviese Calpurnia.

Agosto estaba en el borde de setiembre. Dill se marcharía mañana a Meridian; hoy estaba con Jem en el «Remanso de Barker». Jem había descubierto con enojada sorpresa que nadie había enseñado a nadar a Dill, y él lo consideraba tan necesario como saber andar. Habían pasado dos tardes en el río, pero decían que se metían en el agua desnudos y yo no podía ir; por tanto, repartía las horas solitarias entre Calpurnia y miss Maudie.

Hoy, tía Alexandra y su círculo misionero estaban librando la batalla del Bien por toda la casa. Desde la cocina, oía a mistress Grace Merriweather dando un informe en la sala de estar sobre la mísera vida de los Mrunas, me parece que decía. Estos, cuando a sus mujeres les llegaba la hora (sea esto lo que fuere), las encerraban en chozas; no tenían sentido alguno de familia —yo sabía que esto apenaba mucho a tía Alexandra—; cuando los niños llegaban a los trece años, los sometían a unas pruebas terribles. Los parásitos los tenían paralizados; mascaban y escupían la corteza de un árbol dentro de un recipiente común y luego se emborrachaban con aquello...

Inmediatamente después, las damas aplazaron la sesión para merendar.

Yo no sabía si entrar en el comedor o quedarme fuera. Tía Alexandra me dijo que fuese para los refrescos; no era necesario que asistiese a la parte de trabajo de la reunión, dijo que me aburriría. Yo llevaba mi vestido rosa de los domingos y unas enaguas, y medité en que si derramaba algo, Calpurnia tendría que volver a lavar el vestido para mañana. Y precisamente había tenido un día de mucho ajetreo. Decidí permanecer fuera.

—¿Puedo ayudarte, Cal? —pregunté, deseando ser de alguna utilidad.

Calpurnia se paró en el umbral.

—Quédate quieta como un ratoncito en aquel rincón y podrás ayudarme a llenar las bandejas, cuando vuelva.

El suave zumbido de las voces de las damas cobró intensidad cuando se abrió la puerta.

—Vaya, Alexandra, nunca había visto una mermelada así..., deliciosa, sencillamente..., jamás consigo que me quede esa costra, no, nunca... ¿Quién habría pensado en tortitas de zarzamora?... ¿Calpurnia...? Quién habría pensado..., cualquiera que le dijese que la esposa del pastor..., nooo..., pues sí, lo está, y el otro que todavía no anda...

Se quedaron silenciosas, con lo cual comprendí que las habían servido a todas. Calpurnia regresó y puso el grueso jarrón de plata de mi madre en una bandeja.

—Este jarrón de café es una curiosidad —murmuró—; ahora ya no los hacen.

—¿Puedo llevarlo?

—Si has de tener cuidado y no dejarlo caer... Ponlo en la punta de la mesa, al lado de tía Alexandra. Allá abajo, junto con las tazas y lo demás. Ella lo servirá.

Traté de empujar la puerta con la espalda como lo había hecho Calpurnia, pero no se movió. Ella me la abrió sonriendo.

—Cuidado ahora, que pesa. No lo mires y no verterás el café.

Mi travesía terminó con éxito; tía Alexandra me dirigió una sonrisa luminosa.

—Quédate con nosotras, Jean Luise —me dijo. Aquello formaba parte de su campaña para enseñarme a ser una dama.

Era costumbre que toda anfitriona de un círculo, invitase a merendar a sus vecinas, fuesen bautistas o presbiterianas, lo cual explicaba la presencia de miss Rachel (seria como un juez), miss Maudie y miss Stephanie Crawford. Más bien nerviosa, elegí un asiento al lado de miss Maudie y me pregunté por qué se ponían sombrero las señoras sólo para cruzar la calle. Las señoras, tomadas en grupo, siempre me llenaban de una vaga aprensión y de un firme deseo de estar en otra parte, pero este sentimiento era lo que tía Alexandra llamaba ser «malcriada».

Las damas buscaban frescor en leves telas estampadas; la mayoría llevaban una buena capa de polvos, pero nada de *rouge*; el único lápiz de labios que se usaba en la sala era «Tangee Natural». El «Cutex Natural» centelleaba en las uñas, pero algunas de las señoras más jóvenes usaban «Rose». Despedían un aroma celestial. Yo no me movía, había dominado las manos cogiendo con fuerza los brazos del sillón, y esperaba que alguna me dirigiese la palabra.

El puente de la dentadura de miss Maudie lanzó un destello.

—Vas muy vestida, Jean Louise —me dijo—. ¿Dónde tienes los pantalones, hoy?

—Debajo del vestido.

No me había propuesto ser graciosa, pero las señoras se rieron. Al comprender mi error se me pusieron las mejillas encendidas, pero miss Maudie me miró gravemente. Nunca se reía, a menos que yo hubiera querido ser graciosa.

En el súbito silencio que vino a continuación, miss Stephanie me llamó desde el otro lado del comedor.

—¿Qué vas a ser cuando seas mayor, Jean Louise? ¿Abogado?

—No, no lo había pensado... —contesté, agradecida de que miss Stephanie hubiese tenido la bondad de cambiar de tema. Y me puse a elegir profesión, apresuradamente. ¿Enfermera? ¿Aviadora?—. Pues...

—Vamos, dilo; yo pensaba que querías ser abogado; has empezado ya a concurrir a la sala del Tribunal.

Las señoras volvieron a reír.

—Esa Stephanie las canta claras —dijo una.

Miss Stephanie se sintió animada a continuar el tema:

—¿No quieres hacerte mayor para ser abogado?

La mano de miss Maudie tocó la mía, y yo contesté con bastante dulzura:

—No; una dama, nada más.

Miss Stephanie me miró con cara de sospecha,

decidió que yo no había querido ser impertinente y se contentó con:

—Vaya, no llegarás muy lejos hasta que no empieces a llevar vestidos femeninos a menudo.

La mano de miss Maudie se había cerrado con fuerza alrededor de la mía, y yo no dije nada. El calor de aquella mano fue suficiente.

Mistress Grace (1) Merriweather se sentaba a mi izquierda, y se me antojó que sería cortés hablar con ella. Al parecer, su marido, míster Merriweather, metodista militante, no veía alusión personal alguna al cantar: «Gracia pasmosa, cuán dulce el fondeadero que salvó a un náufrago como yo...» Sin embargo, en Maycomb era opinión general que su esposa le había puesto a raya y le había convertido en un ciudadano razonablemente útil. Porque, en verdad, Grace Merriweather era la señora más devota de Maycomb. Busqué, pues, un tema que le interesase.

—¿Qué han estudiado ustedes esta tarde? —pregunté.

—Oh niña, hemos hablado de los pobres Merumas —dijo, y soltó el disco. Pocas preguntas más serían necesarias ya.

Los grandes ojos castaños de mistress Merriweather se llenaban invariablemente de lágrimas cuando pensaba en los oprimidos.

—¡Mira que vivir en aquella selva sin nadie más que J. Grimes Everett! —exclamó—. Ninguna persona blanca quiere acercarse a ellos más que ese santo de J. Grimes Everett —mistress Merriweather manejaba su voz como un órgano; cada palabra obtenía todo el compás requerido—: La pobreza..., la oscu-

_____

(1) Gracia, en español. (N. del T.)

ridad..., la inmoralidad..., nadie más que J. Grimes Everett lo conoce. Ya saben, cuando la iglesia me concedió aquel viaje a los terrenos del campamento, J. Grimes Everett me dijo...

—¿Estaba allí, señora? Yo pensaba...

—Estaba en casa, de vacaciones. J. Grimes Everett me dijo: «Mistress Merriweather —me dijo—, usted no tiene idea, *ninguna* idea, de la lucha que sostenemos allá». Esto es lo que me dijo.

—Sí, señora.

—Yo le dije: «Míster Everett —le dije—, las señoras de la Iglesia Metodista Episcopal de Maycomb, Alabama, están con usted en un ciento por cien». Esto es lo que le dije. Y ya sabes, en aquel momento y lugar hice una promesa en mi corazón. Me dije: «Cuando vaya a casa daré un curso sobre los Merunas y llevaré a Maycomb el mensaje de J. Grimes Everett», y esto es precisamente lo que estoy haciendo.

—Sí, señora.

Cuando mistress Merriweather sacudía la cabeza, sus negros rizos bailoteaban.

—Jean Louise —dijo luego—, tú eres una chica afortunada. Vives en un hogar cristiano, con personas cristianas, en una ciudad cristiana. Allá en el país de J. Grimes Everett no hay otra cosa que pecado y miseria.

—Sí, señora.

—Pecado y miseria... ¿Qué decías, Gertrude? —mistress Merriweather echó mano de sus tonos argentinos para la señora que se sentaba a su lado—. Ah, sí. Bien, yo siempre digo olvida y perdona, olvida y perdona. Lo que la iglesia debería hacer es ayudarle a proporcionar una vida cristiana a sus hijos desde hoy en adelante. Tendrían que ir allá unos cuantos hombres y decirle a su pastor que la estimule.

—Perdone, mistress Merriweather —la interrumpí—, ¿se refiere a Mayella Ewell?

—¿A May...?, no, niña. A la esposa del negro. A la mujer de Tom, de Tom...

—Robinson, señora.

Mistress Merriweather se dirigió de nuevo a su vecina.

—Una cosa creo sinceramente, Gertrude —continuó—, pero algunas personas no lo ven a mi manera. Si les hiciéramos saber que les perdonamos, que lo hemos olvidado, entonces todo esto se disiparía.

—Oh... Mistress Merriweather —la interrumpí una vez más—, ¿qué es lo que se disiparía?

Nuevamente se dirigió a mí. Mistress Merriweather era una de esas personas mayores sin hijos que consideran necesario emplear un tono distinto de voz cuando hablan con chiquillos.

—Nada, Jean Louise —contestó con un *largo* majestuoso—, las cocineras y los peones de labranza están descontentos, pero ahora empiezan a tranquilizarse... El día siguiente al del juicio se lo pasaron murmurando. —Mistress Merriweather se enfrentó con mistress Farrow—. Te lo digo, Gertrude, no hay nada más penoso que un negro preocupado. La boca les baja hasta aquí. Te amarga el día tener a uno en la cocina. ¿Sabes lo que le dije a mi Sophy, Gertrude? Le dije: «Sophy, sencillamente, hoy no eres cristiana. Jesucristo nunca anduvo por ahí refunfuñando y quejándose»; y, ¿sabes?, dio buen resultado. Apartó los ojos del suelo y contestó: «No, miz Merriweather, Jezuz nunca anduvo refunfuñando». Te lo digo, Gertrude, una no debería dejar pasar una oportunidad para dar testimonio del Señor.

Yo me acordé del órgano, pequeño y antiguo, del Desembarcadero de Finch. Cuando era muy pequeñita, si me había portado bien durante el día, Atticus me dejaba maniobrar los bajos mientras él interpretaba una tonada con un dedo. La última nota perduraba tanto rato como quedaba aire para sostenerla. Y juzgué que mistress Merriweather había agotado su provisión de aire y la estaba renovando mientras mistress Farrow se disponía a tomar la palabra.

Mistress Farrow era una mujer espléndidamente formada, de ojos pálidos y pies esbeltos. Llevaba una permanente recién hecha y su cabello era una masa de ricitos grises. En todo Maycomb, sólo otra dama la aventajaba en devoción. Tenía la curiosa costumbre de prolongar todo lo que decía con un sonido suavemente sibilante.

—Sssss, Grace —dijo—, es precisamente como le decía al hermano Hudson el otro día. «Ssss, hermano Hudson —le decía—, parece como si libráramos una batalla perdida, una batalla perdida». Le dije: «Sss, a ellos no les importa un comino. Por más que los eduquemos hasta ponérsenos el rostro morado, por más que intentemos, hasta caer desplomados, hacerlos buenos cristianos, esas noches ninguna señora está segura en su cama». El me dijo: «Mistress Farrow, no sé adónde llegaremos». Ssss yo le dije que era una realidad muy cierta.

Mistress Merriweather asintió sabiamente con la cabeza. Su voz se remontó por encima del tintineo de las tazas de café y los suaves ruidos bovinos de las damas mascando los pastelitos.

—Gertrude —dijo—, te aseguro que en esta ciudad hay algunas personas buenas, pero mal encaminadas. Buenas, pero mal encaminadas. Quiero decir, personas de esta ciudad convencidas de que

368

obran bien. Dios me libre de decir quiénes, pero algunas de dichas personas de esta ciudad pensaban que obraban de acuerdo con su deber, hace poco tiempo, y todo lo que hacían era soliviantarlos. Esto es lo que hacían. Quizá pareciese en aquel momento que debía obrarse de aquel modo, estoy segura de que lo sé, pero murrios..., descontentos... Te aseguro que si mi Sophy hubiese continuado igual un día más, la habría dejado marchar. En aquella cabeza de lana que tiene, no ha penetrado la idea de que el único motivo de que la conserve es porque esta depresión continúa y ella necesita su dólar y cuarto todas las semanas que puede ganarlos.

—Su comida no sigue bajando, ¿verdad que no?

Era miss Maudie la que lo había dicho. Dos ligeras líneas habían aparecido en los ángulos de su boca. Hasta entonces estuvo sentada en silencio a mi lado, con la taza de café en equilibrio sobre una rodilla. Yo había perdido el hilo de la conversación hacía rato, y me contentaba pensando en el Desembarcadero de Finch y el río. A tía Alexandra le había salido la cosa al revés: la parte de trabajo de la reunión fue escalofriante, la hora de sociedad monótona.

—Maudie, estoy segura de que no sé lo que quieres decir —aseguró mistress Merriweather.

—Yo estoy segura de que sí lo sabes —contestó miss Maudie secamente.

Y no dijo más. Cuando miss Maudie estaba enojada, su laconismo era glacial. Algo la había enojado profundamente, y sus ojos grises estaban tan fríos como su voz. Mistress Merriweather se puso colorada, me miró y apartó los ojos. A mistress Farrow no podía verla.

Tía Alexandra se levantó de la mesa y se dio prisa en repartir más golosinas, enzarzando limpiamente a mistress Merriweather y a mistress Gates en animada conversación. Cuando las tuvo bien en marcha, junto con mistress Perkins, tía Alexandra volvió a su puesto y dirigió a miss Maudie una mirada de pura gratitud. Yo me admiré del mundo de las mujeres. Miss Maudie y tía Alexandra no habían sido nunca muy íntimas, pero ahí estaba tiíta dándole las gracias calladamente por algo. Cuál fuese ese algo, no lo sabía. Me contenté enterándome de que era posible herir lo suficiente a tía Alexandra para que sintiera gratitud por la ayuda que le prestasen. No cabía duda, pronto entraría yo en aquel mundo, en cuya superficie unas olorosas damas se mecían lentamente, se abanicaban despacio y bebían agua fresca.

Pero me encontraba más a mis anchas en el mundo de mi padre. Personas como míster Heck Tate no le tendían a una la trampa de unas preguntas inocentes para burlarse de ella; ni el mismo Jem exageraba sus censuras a menos que una dijese una estupidez. Las señoras parecían vivir con un ligero horror a los hombres, parecían mal dispuestas a darles el visto bueno de todo corazón. Pero a mí me gustaban. Había algo en ellos, por más que maldijesen, bebiesen, jugasen y mascasen tabaco; por muy poco deleitosos que fuesen, había algo en ellos que me gustaba instintivamente... No eran...

—Hipócritas, mistress Perkins, hipócritas natos —estaba diciendo mistress Merriweather—. Al menos aquí abajo no llevamos ese pecado sobre nuestros hombros. Allá arriba la gente les da la libertad, pero no les ves sentados a la mesa con ellos. Al menos nosotros no incurrimos en el engaño de decirles: «Sí, vosotros valéis tanto como nosotros, pero no os acerquéis». Aquí abajo nos limitamos a decir: «Vosotros vivid vuestra vida, y nosotros viviremos la nuestra». Yo creo que aquella mujer, la tal mistress Roosevelt, ha perdido el juicio; ha perdido el juicio, ni más ni menos, al bajar a Birmingham y querer sentarse con ellos. Si yo hubiese sido alcalde de Birmingham...

Bien, ninguna de nosotras era alcalde de Birmingham, pero yo deseé ser gobernador de Alabama por un día: soltaría a Tom Robinson tan de prisa que la Sociedad Misionera no tendría tiempo de contener el aliento. El otro día Calpurnia le contaba a la cocinera de miss Rachel lo mal que Tom se adaptaba a la situación, y cuando entré en la cocina no dejó de hablar. Calpurnia decía que Atticus no podía hacer nada para mitigar su encierro, y que lo último que Tom dijo a Atticus antes de que lo llevaran al campo penitenciario fue: «Adiós, míster Finch; ahora usted no puede hacer nada en absoluto, de modo que no vale la pena que lo intente». Decía Calpurnia que Atticus le explicó que el día que le encerraron en la cárcel, Tom abandonó toda esperanza. Decía que Atticus había intentado exponerle la situación, recomendándole que se esforzase en no perder las esperanzas porque él hacía cuanto podía para conseguir su libertad. La cocinera de miss Rachel le preguntó a Calpurnia por qué Atticus no decía llanamente: «Sí, saldrás libre», sin otras explicaciones..., pues parecía que esto habría dado mucho ánimo a Tom. Calpurnia respondió: «Tú no estás familiarizada con la ley. Lo primero que aprendes si estás en una familia de gente de leyes es que no existe una respuesta concreta para nada. Míster Finch no podía decir: "Esto es así" no sabiendo con seguridad que sería así.»

La puerta de la fachada dio un golpe, y oí los pasos de Atticus en el vestíbulo. Automáticamente me pregunté qué hora sería. No era, ni con mucho la de que volviera a casa, aparte de que los días de reunión de la Sociedad Misionera, por lo general, se quedaba en la ciudad hasta ya de noche.

Atticus se paró en la puerta. Tenía el sombrero en la mano, y la cara pálida.

—Dispensen, señoras —dijo—. Sigan con su reunión; no quisiera molestarlas. Alexandra, ¿podrías venir un minuto a la cocina? Me interesa que me prestes a Calpurnia por un rato.

No cruzó el comedor, sino que se fue por el pasillo posterior y entró en la cocina por la puerta trasera. Tía Alexandra y yo nos reunimos con él. La puerta del comedor se abrió y miss Maudie se sumó a nosotros. Calpurnia se había levantado a medias de su silla.

—Cal —dijo Atticus—, quiero que vengas conmigo a casa de Helen Robinson...

—¿Qué pasa? —preguntó tía Alexandra, alarmada por la expresión de la cara de mi padre.

—Tom ha muerto.

Tía Alexandra se cubrió la boca con las manos.

—Le mataron a tiros —explicó Atticus—. Huía. Ocurrió durante el ejercicio físico. Dicen que echó a correr ciegamente, cargando contra la valla, y empezó a trepar por ella. En sus mismas barbas...

—¿No intentaron detenerle? ¿No le avisaron primero? —la voz de tía Alexandra temblaba.

—Ah, sí, los guardianes le gritaron que se parase. Primero dispararon al aire; después, a matar. Le acertaron cuando iba a saltar al otro lado. Dijeron que si hubiese tenido los dos brazos buenos lo habría conseguido; tal era la rapidez con que se movía. Diecisiete agujeros de bala en su cuerpo. No era preciso que le tirasen tanto. Cal, quiero que vengas conmigo y me ayudes a dar la noticia a Helen.

—Sí, señor —murmuró ella, buscando por el delantal. Miss Maudie se le acercó y se lo desató.

—Esto es la última barbaridad, Atticus —dijo tía Alexandra.

—Depende de cómo lo mires —contestó él—. ¿Qué era un negro más o menos entre dos centenares? Para ellos no era Tom, era un prisionero que huía.

Atticus se apoyó contra la nevera, se echó las gafas hacia la frente y se frotó los ojos.

—¡Tan buenas posibilidades que teníamos! —exclamó—. Yo le dije lo que pensaba, pero no podía asegurarle honradamente que tuviéramos otra cosa que una buena probabilidad. Me figuro que Tom estaba cansado de las probabilidades de los hombres blancos y prefirió intentar la suya. ¿Estás dispuesta, Cal?

—Sí, míster Finch.

—Entonces, vámonos.

Tía Alexandra se sentó en la silla de Calpurnia y se cubrió la cara con las manos. Permanecía inmóvil, tan inmóvil que temía que se desmayase. Oía la respiración de miss Maudie como si en aquel momento acabase de subir las escaleras. En el comedor las damas charlaban gozosamente...

Pensaba que tía Alaxandra estaba llorando, pero cuando se quitó las manos de la cara, vi que no. Parecía cansada. Habló y su voz sonaba abatida.

—No puedo decir que apruebe todo lo que hace, Maudie, pero es mi hermano, y sólo quisiera saber cuándo terminará todo esto —su voz se elevó—. Le hace pedazos. El no lo manifiesta mucho, pero le hace pedazos. Yo le he visto cuando... ¿Qué más quieren de él, Maudie, qué más quieren?

—¿Qué es ese más y quiénes son los que lo quieren, Alexandra? —preguntó miss Maudie.

—Esta ciudad, quiero decir. Están perfectamente

dispuestos a que Atticus haga lo que ellos tendrían miedo de hacer... Se expondrían a perder una monedita. Están perfectamente dispuestos a permitir que arruine su salud haciendo lo que a ellos les da miedo, están...

—Cállate, pueden oírte —dijo miss Maudie—. ¿No lo has considerado de otro modo, Alexandra? Tanto si Maycomb se da cuenta como si no, estamos rindiendo a Atticus el tributo más grande que podemos rendir a un hombre. Ponemos en él la confianza de que obrará rectamente. Es así, tan sencillo.

—¿Quién? —tía Alexandra no sabía que se convertía en un eco de su sobrino de doce años.

—El puñado de personas de esta ciudad que dicen que el obrar con equidad no lleva la etiqueta de Blancos Exclusivamente; el puñado de personas que dicen que todo el mundo, y no sólo nosotros, tiene derecho a ser juzgado imparcialmente; el puñado de personas con humildad suficiente para pensar, cuando miran a un negro: «De no ser por la bondad de Dios, ese sería yo». —Miss Maudie volvía a recobrar su antiguo aire tajante—: El puñado de personas de esta ciudad que tienen abolengo, éstos son quiénes.

Si yo hubiese estado atenta, habría recogido otra añadidura a la definición de Jem sobre el abolengo, pero me sorprendí sollozando estremecida, sin poder contenerme. Había visto la Granja-Prisión de Eifield y Atticus me había señalado el patio de ejercicios. Tenía las dimensiones de un campo de fútbol.

—Basta de llorar —ordenó miss Maudie, y me callé—. Levántate, Alexandra; las hemos dejado solas bastante rato.

Tía Alexandra se levantó y se alisó los caballones que le formaban las ballenas en las caderas. Luego,

374

se sacó el pañuelo del cinturón y se limpió la nariz. Arreglándose el cabello con unos golpecitos, preguntó:

—¿Se me nota?

—Nada en absoluto —contestó miss Maudie—. ¿Vuelves a ser dueña de ti, Jean Louise?

—Sí, señora.

—Entonces vamos a reunirnos con las damas —dijo ceñudamente.

Las voces de éstas sonaron más fuertes cuando miss Maudie abrió la puerta del comedor. Tía Alexandra iba delante de mí, y observé que al cruzar la puerta erguía la cabeza.

—¡Oh, mistress Perkins —exclamó—, usted necesita más café! Permita que se lo traiga.

—Calpurnia ha salido por unos minutos a hacer un encargo —anunció miss Maudie—. Permitan que les sirva unas tartitas más de zarzamora. ¿No se han enterado de lo que hizo el otro día un primo mío, aquel que le gusta ir a pescar...?

Y así continuaron, recorriendo la hilera de señoras risueñas, y dieron la vuelta al comedor, llenando otra vez las tazas de café y sirvieron golosinas, como si el único pesar que las afligiera fuese el desastre doméstico pasajero de no contar con Calpurnia.

El suave murmullo empezó de nuevo:

—Sí, mistress Perkins, ese J. Grimes Everett es un santo mártir... Era preciso que se casaran, y corrieron a... En el salón de belleza todos los sábados por la tarde... En cuanto se pone el sol, él se acuesta con las... gallinas, una jaula llena de gallinas enfermas. Fred dice que todo empezó por ahí. Fred dice...

Tía Alexandra me miró desde el otro extremo de la sala y me sonrió. En seguida volvió los ojos hacia

375

una bandeja de pastelillos que había sobre la mesa y me la indicó con un movimiento de cabeza. Yo cogí la fuente con todo cuidado y me contemplé a mí misma acercándome a mistress Merriweather. Con mis mejores maneras de señora de la casa, le pregunté si comería algo. Al fin y a cabo, si tiíta sabía ser una dama en una ocasión como aquella, también sabía yo.

25

—No hagas eso, Scout. Sácala a las escaleras traseras.

—Jem, ¿estás loco?...

—He dicho que la saques a las escaleras traseras.

Suspirando, recogí el animalito, lo puse en el último peldaño de las escaleras y volví a mi catre. Setiembre había llegado, pero sin la compañía de un rastro siquiera de tiempo fresco, y todavía dormíamos en el porche trasero, cerrado con cristales. Las luciérnagas continuaban dando fe de vida, los gusanos nocturnos y los insectos voladores que golpeaban los cristales todo el verano aún no se habían marchado adonde sea que vayan cuando llega el otoño.

Una cochinilla había encontrado una vía de entrada en la casa; yo me decía que habría subido las escaleras y pasado por debajo de la puerta. Estaba dejando el libro en el suelo, al lado del catre, cuando la vi. Estos bichitos no tienen más de una pulgada de largo, y cuando uno los toca se arrollan formando una apretada bolita gris.

Me tendí de barriga, alargué el brazo y la empujé. La cochinilla se arrolló. Luego, creyéndose a salvo, supongo, se desarrolló lentamente. Cuando hubo caminado unas pocas pulgadas con su centenar de

377

patas, volví a tocarla. Se arrolló de nuevo. Como tenía sueño, decidí terminar el asunto. Mi mano descendía hacia el bichito cuando Jem habló.

Jem fruncía el ceño. Esto formaba parte, probablemente, de la fase que estaba atravesando, y yo deseé que se diera prisa y acabara de atravesarla pronto. Ciertamente, jamás fue cruel con los animales, pero yo no me había enterado nunca de que su caridad abrazase incluso el mundo de los insectos.

—¿Por qué no puedo aplastarla? —pregunté.

—Porque no te hace daño —respondió en la oscuridad Jem, que había apagado la lamparita de noche.

—Calculo que ahora estás en la fase en que uno no mata moscas ni mosquitos, me figuro —le dije—. Cuando cambies de ideas, avísame. Una cosa te diré, sin embargo: no voy a estarme sentada y quietecita por ahí sin arañar una nigua.

—Bah, cierra el pico —me dijo con voz de sueño.

Era Jem el que cada día se volvía más como una muchacha, no yo. Con toda comodidad, me tendí de espaldas y esperé el sueño, y mientras esperaba pensé en Dill. Se había marchado el día primero del mes, asegurándonos firmemente que regresaría el mismo minuto en que terminase las clases; se figuraba que sus familiares habían concebido la idea general de que le gustaba pasar los veranos en Maycomb. Miss Rachel nos llevó con ellos en el taxi hasta el Empalme de Maycomb, y Dill nos hizo adiós con la mano desde la ventanilla del tren hasta que se perdió de vista. Pero no se perdió en el recuerdo: le echaba de menos. Los dos últimos días que pasó con nosotros, Jem le enseñó a nadar...

Le enseñó a nadar. Estaba completamente despierta, rememorando lo que Dill me había contado.

El «Remanso de Eddy» se hallaba al final de un camino que partía de la carretera de Meridian, a cosa de una milla de la ciudad. Es fácil conseguir que un carro de algodón o un motorista que pasa le lleve a uno, y el corto paseo hasta el río resulta hacedero, pero la perspectiva de andar a pie todo el trayecto de regreso, al atardecer, cuando la circulación es escasa, no apetece mucho, y los nadadores ponen buen cuidado en no quedarse hasta muy tarde.

Según Dill, él y Jem habían llegado apenas a la carretera cuando vieron a Atticus yendo hacia ellos en su coche. Como parecía que no les había visto, ambos le llamaron con un ademán. Atticus disminuyó la marcha por fin, pero cuando le alcanzaron les dijo:

—Será mejor que veáis si os lleva alguien. Yo tardaré mucho rato en regresar —Calpurnia iba en el asiento trasero. Jem protestó; luego suplicó, y Atticus dijo—: Muy bien, podéis venir, a condición de que os quedéis en el coche.

Dirigiéndose a casa de Tom Robinson, Atticus les explicó lo que había pasado.

Salieron de la carretera, corrieron despacio por la orilla del vaciadero, dejando atrás la residencia de los Ewell, y bajaron por el estrecho camino hasta las cabañas de los negros. Dill dijo que una turba de chiquillos negros jugaba a las canicas delante del patio de Tom. Atticus aparcó el coche y saltó. Calpurnia iba detrás de él.

Dill oyó como Atticus preguntaba a uno de los niños:

—¿Dónde está tu madre, Sam? —y que Sam respondía:

—En casa de Hermana Stevens, míster Finch. ¿La busco?

Dill dijo que Atticus permaneció indeciso, y luego respondió que sí. Sam marchó al momento.

—Seguid jugando, muchachos —dijo Atticus a los niños.

Una niña pequeña salió a la puerta de la cabaña y se quedó mirando a mi padre. Decía Dill que su cabello era una almohadilla de trencitas tiesas, cada una terminando en un brillante lazo. La niña sonrió de oreja a oreja y quiso ir hacia mi padre, pero era demasiado pequeña para salvar las escaleras. Según Dill, Atticus fue hasta ella, se quitó el sombrero y le ofreció el dedo. La niña lo cogió y él la bajó hasta el final de las escaleras. Luego la entregó a Calpurnia.

Sam trotaba detrás de su madre. Helen dijo:

—Buenas noches, míster Finch. ¿No quiere sentarse? —pero no dijo nada más. Tampoco Atticus dijo nada.

—Scout —me dijo Dill—, la pobre mujer se desplomó sobre el suelo. Se desplomó sobre el suelo lo mismo que si un gigante con un pie enorme hubiese pasado por allí y la hubiese pisado. Así, ¡bam! —Dill hirió el suelo con el ancho pie—. Como si uno pisara una hormiga.

Dill dijo que Calpurnia y Atticus levantaron a Helen y medio la llevaron, medio la acompañaron a la cabaña. Estuvieron dentro largo rato, y Atticus salió solo. Cuando pasaron, de regreso por el vaciadero, algunos de los Ewell les acogieron a gritos, pero Dill no entendió lo que decían.

A Maycomb la noticia de la muerte de Tom le interesó durante dos días, que fueron los que bastaron para que la información se extendiese por todo el condado.

—¿No te lo han dicho?... ¿No? Pues dicen que corría como el rayo...

Para Maycomb, la muerte de Tom era típica. Era típico de un negro huir de pronto, corriendo. Típico de la mentalidad de un negro no tener plan, no haber formado un proyecto para el futuro, sino correr ciegamente a la primera oportunidad que se le ofrecía. «Es chocante, Atticus Finch quizá le hubiese puesto en libertad sin más, pero, ¿esperar?... No, caramba. Ya sabes como son. Vienen fácilmente, y fácilmente se van. Esto le demuestra una cosa a uno: ese Robinson estaba casado legalmente, dicen que era honrado, iba a la iglesia y todo eso, pero cuando se presenta el momento definitivo resulta que esa capa exterior es terriblemente delgada. En ellos siempre sale a la superficie el negro»...

Unos detalles más, poniendo en condiciones al oyente para repetir a su vez su propia versión, y luego nada de qué hablar hasta que el jueves siguiente apareció *The Maycomb Tribune*. Traía un breve obituario en la sección *Colored News*, pero además un editorial.

Míster B. B. Underwood lucía su humor más cáustico, y no podía mostrar mayor desdén por si alguien cancelaba anuncios y suscripciones. (Aunque Maycomb no reaccionaba de este modo: míster Underwood podía gritar hasta sudar y escribir todo lo que se le antojase; a pesar de todo seguiría contando con sus suscriptores y anunciantes. Si quería ponerse en ridículo en su propio periódico, era muy dueño de hacerlo). Míster Underwood no hablaba de mala administración de la justicia, escribía de modo que hasta los niños lo entendieran. Míster Underwood argumentaba sencillamente que era pecado matar a personas mutiladas, estuvieran de pie, sentadas o huyendo. Comparaba la muerte de Tom con los cazadores y los niños que mataban neciamente, sin objetivo, ruiseñores; pero Maycomb no pensó sino que trataba de escribir un editorial lo bastante poético como para que lo reprodujese *The Montgomery Advertiser*.

Mientras leía el artículo de míster Underwood, me preguntaba si era posible que fuese así. Matar sin objetivo: Tom había estado sujeto al proceso legal hasta el día de su muerte; doce hombres buenos e íntegros le habían juzgado y sentenciado; mi padre había luchado en su favor en todo momento. Entonces el sentido de míster Underwood se hizo claro en mi mente: Atticus había empleado todas las armas de que disponía un hombre libre para rescatar a Tom Robinson, pero en los Tribunales secretos de los corazones de los hombres, Atticus no tenía donde apelar. Tom era hombre muerto desde el momento en que Mayella Ewell abrió la boca y chilló.

El nombre de Ewell me provocó náuseas. Maycomb se había apresurado a conocer la opinión de míster Ewell sobre el fallecimiento de Tom y a pasarla al otro lado de aquel Canal de la Mancha de las habladurías que era miss Stephanie Crawford. Miss Stephanie explicó a tía Alexandra, en presencia de Jem («¡Qué canastos, es bastante mayor para oírlo!»), que míster Ewell dijo que aquello significaba tener a uno enterrado y a dos más que habían de seguir el mismo camino. Jem me dijo que no tuviese miedo: míster Ewell tenía más de charlatán necio que de otra cosa. Me advirtió que no hablase de esto ante Atticus.

26

Las clases empezaron, y con ellas nuestros viajes
diarios por delante de la Mansión Radley. Jem estaba en el séptimo grado y asistía al Instituto, detrás
del edificio de primera enseñanza; yo estaba ahora
en el tercer grado, y nuestras rutinas eran tan diferentes que sólo veía a Jem al ir a la escuela por las
mañanas, y a las horas de comer. El entró en el
equipo de fútbol, pero era demasiado delgado y
demasiado joven para hacer otra cosa que llevar
cubos de agua para los demás. Una misión que
cumplía con entusiasmo: la mayoría de tardes, raras
veces llegaba a casa antes de oscurecer.

La Mansión Radley había dejado de aterrorizar-
me, pero no era menos lúgubre, menos helada debajo de los grandes robles, ni menos repelente. En los
días serenos continuábamos viendo a míster Nathan
Radley, yendo y viniendo de la ciudad; sabíamos
que Boo continuaba en casa, por la misma razón de
siempre: nadie había visto todavía que saliera. A
veces sentía una punzada de remordimiento, al pasar por delante de la vieja mansión, por haber tomado parte alguna vez en cosas que hubieron de
significar un vivo tormento para Arthur Radley...
¿Qué recluso razonable quiere que unos niños le

espíen por la ventana, le envíen saludos con una caña de pescar y ronden por sus coles de noche?

Y, sin embargo, también recordaba: dos monedas con cabezas de indios, goma de mascar, muñecos de jabón; una medalla oxidada, un reloj estropeado, con su cadena. Jem debía de guardarlo en algún sitio. Una tarde me detuve y miré el árbol: el tronco crecía alrededor del remiendo de cemento. El cemento se volvía amarillo.

Un par de veces casi le vimos; promedio más que satisfactorio para cualquiera.

Con todo, cada vez que pasaba seguía mirando por si le veía. Quizá algún día le veríamos. Me imaginaba cómo sería: cuando ocurriese, al pasar yo él estaría sentado en la mecedora. «¿Cómo está, míster Arthur?», diría yo, como si lo hubiese dicho todas las tardes de mi vida. «Buenas noches, Jean Louise —diría él, como si lo hubiese dicho todas las tarde de su vida—; tenemos un tiempo hermoso de veras, ¿no es cierto?» «Sí, en verdad, muy hermoso», afirmaría yo, y continuaría andando.

Era sólo una fantasía. Nunca le veríamos. Boo salía, probablemente, cuando la luna se había escondido, e iba a espiar a miss Stephanie Crawford. Yo habría escogido a cualquier otra persona para mirarla; pero allá él con sus gustos. A nosotros nunca nos espiaría.

—No vais a empezar de nuevo con eso, ¿verdad que no? —dijo Atticus una noche, cuando yo expresé un deseo esporádico de poder ver una vez al menos, a mi sabor, a Boo Radley antes del fin de mis días—. Si pensáis volver a lo de antes, os lo digo desde este momento: basta ya. Soy demasiado viejo para ir a sacaros de la finca de los Radley. Por otra parte, es cosa peligrosa. Os exponéis a que os disparen un tiro. Ya sabéis que míster Nathan dispara contra cualquier sombra que vea, hasta contra las sombras que dejan unas huellas de pies desnudos del tamaño cuatro. En aquella ocasión tuvisteis suerte y no os mató.

En aquel momento y lugar me callé. Al mismo tiempo me admiré de Atticus. Era la primera vez que nos daba a entender que sabía mucho más de lo que nosotros nos figurábamos acerca de un suceso concreto. Y había ocurrido años atrás. No, el verano pasado solamente... No, el verano anterior al pasado, cuando... El tiempo me estaba jugando una treta. Tenía que acordarme de preguntárselo a Jem.

Nos habían ocurrido tantas cosas que Boo Radley era el menor de nuestros pavores. Atticus aseguraba que no veía que pudiese ocurrir nada más, que las cosas tenían la virtud de ponerse en su punto por sí mismas, y que cuando hubiera pasado el tiempo suficiente la gente olvidaría que un día habían dedicado su atención a la existencia de Tom.

Quizá Atticus tuviera razón, pero los acontecimientos del verano continuaban suspendidos sobre nosotros como el humo en un cuarto cerrado. Los adultos de Maycomb nunca hablaban del caso con Jem ni conmigo; parece que lo comentaban con sus hijos, y su actitud debía de ser la de que ni mi hermano ni yo podíamos cambiar el hecho de que Atticus fuese nuestro padre, de modo que sus hijos debían portarse bien con nosotros a pesar de él. Los hijos no habrían llegado jamás por sí mismos a esta conclusión; si a nuestros condiscípulos les hubiesen dejado obrar según sus propias iniciativas, Jem y yo habríamos librado unos cuantos combates rápidos y satisfactorios con los puños cada uno y hubiéramos terminado el asunto para mucho tiempo. Dadas las circunstancias, ahora nos veíamos obligados a mantener la cabeza alta y ser, respectivamente, un caballero y una dama. En cierto modo, era lo mismo que en la época de mistress Lafayette Dubose, aunque sin sus gritos. No obstante, pasaba una cosa rara, que nunca comprendí: a pesar de las deficiencias de Atticus como padre, aquel año la gente tuvo a bien reelegirle para la legislatura del Estado, como de costumbre sin oposición. Yo llegué a la conclusión de que, simplemente, la gente era muy especial, me aparté de ella, y no pensaba en sus cosas más que cuando era forzoso.

Un día, en la escuela, me vi obligada. Una vez por semana teníamos una clase de Noticias de Actualidad. Cada niño tenía que recordar una noticia de un periódico, enterarse bien de su contenido y comunicarla a la clase. Se suponía que esta práctica eliminaba una infinidad de males: el ponerse delante de sus compañeros favorecía la buena postura y daba aplomo al niño; el pronunciar una pequeña charla le obligaba a sopesar el valor de las palabras; el aprenderse la noticia que le correspondía, reforzaba su memoria; el verse separado del Grupo le hacía sentir más que nunca el afán de volver a fundirse en el mismo.

El concepto era profundo, pero, como de costumbre, en Maycomb no salía demasiado bien. En primer lugar, pocos chiquillos del campo tenían acceso a los periódicos, de modo que el peso de las noticias de actualidad lo llevaban los de la población, convenciendo más y más a los que venían de fuera de que, sea como fuere, los niños de la ciudad acaparaban la atención de los maestros. Los chicos campesinos que podían, traían recortes del *The Grit Paper*, una publicación espúrea, al menos a los ojos de miss Gates, nuestra maestra. La causa de que frunciera el ceño cuando un chiquillo recitaba algo del *The Grit Paper* no la he sabido nunca, pero en cierto modo ello iba asociado con la afición a la juerga, el comer bizcochos de jarabe para desayunar, el ser un poco hereje, el cantar *Dulcemente canta el asno,* pronunciando mal la palabra asno, para eliminar todo lo cual pagaba el Estado a los maestros.

Aun así, no eran muchos los niños que supieran lo que era una noticia de actualidad. Little Chuck Little, que en lo tocante a saber de las vacas y sus costumbres tenía un siglo de experiencia, estaba a la mitad de una narración de «Tío Natchell» cuando miss Gates le interrumpió:

—Charles, eso no es una noticia de actualidad. Eso es un anuncio.

Sin embargo, Cecil Jacobs sabía distinguir lo que era una noticia. Cuando le tocó el turno, se situó delante de la clase y empezó:

—El viejo Hitler...

—Adolf Hitler, Cecil —dijo miss Gates—. Nunca se empieza diciendo «el viejo Fulano, o Mengano».

—Sí, señora —convino el chico—. El viejo Adolf Hitler ha estado prosiguiendo...

—Persiguiendo, Cecil...

—No, miss Gates, aquí dice... Sea como fuere, el viejo Hitler las ha emprendido con los judíos y los encarcela, y les quita los bienes y no permite que ninguno salga del país y limpia a todos los deficientes mentales y...

—¿Limpia a los deficientes mentales?

—Sí, señora, miss Gates, yo me figuro que no tienen criterio suficiente para limpiarse por sí mismos, me figuro que un idiota no sabría conservarse limpio. Sea como fuere, Hitler ha puesto en marcha un programa para reunir también a todos los medios judíos, y quiere hacer una lista de sus nombres para el caso de que ellos quieran crearle algún problema, y yo creo que esto es una cosa mala, y ésta es mi noticia de actualidad.

—Muy bien, Cecil —dijo miss Gates. Resollando, Cecil volvió a su asiento.

En el fondo de la sala se levantó una mano.

—¿Cómo puede hacer eso?

—¿Quién y qué? —preguntó miss Gates con paciencia.

—Quiero decir, ¿cómo puede Hitler poner a un montón de gente en un corral, así de este modo? Parece que el *Gobierno* debería impedirlo —dijo el propietario de la mano.

—Hitler es el Gobierno —explicó miss Gates. Y aprovechando una oportunidad para hacer dinámica la educación, fue a la pizarra y escribió DEMOCRACIA con letras grandes—. Democracia —dijo—. ¿Sabe alguno una definición?

—Nosotros —dijo alguien.

Yo levanté la mano, recordando un antiguo latiguillo electoral que me había explicado Atticus.

—¿Qué crees que significa, Jean Louise?

—Derechos iguales para todos; privilegios especiales para ninguno —cité.

—Muy bien, Jean Louise, muy bien —miss Gates sonrió. Delante de DEMOCRACIA escribió entonces NOSOTROS SOMOS UNA—. Ahora, chicos, decidlo todos a coro: nosotros somos una democracia.

Lo dijimos. Luego miss Gates dijo:

—Esta es la diferencia entre América y Alemania. Nostros somos una democracia y Alemania es una dictadura. Dicta-dura —repitió—. Aquí, en nuestro país, no creemos que se deba perseguir a nadie. La persecución es propia de personas que tienen prejuicios. Pre-jui-cios —anunció cuidadosamente—. No hay en el mundo personas mejores que los judíos, y el motivo de que Hitler no lo crea así es para mí un misterio.

En el centro de la sala un alma inquisitiva preguntó:

—Según usted, ¿por qué no quieren a los judíos, miss Gates?

—No lo sé, Henry. Los judíos ayudan con su aportación a todas las sociedades en que viven, y, sobre todo, son un pueblo profundamente religioso. Hitler está tratando de eliminar la religión, de manera que quizá sea esta la causa.

Cecil tomó la palabra:

—No lo sé cierto, claro —dijo—, pero se dice que cambian dinero o algo así, aunque esto no es motivo para perseguirlos. Los judíos son blancos, ¿verdad?

—Cuando estés en la segunda enseñanza, Cecil —dijo miss Gates—, aprenderás que los judíos han sido perseguidos desde el comienzo de la Historia, incluso expulsados de su propio país. Es uno de los episodios más terribles de la Historia. Ha llegado la hora de Aritmética, niños.

Como a mí nunca me había gustado la Aritmética pasé aquella hora mirando por la ventana. La única ocasión en que veía ponerse ceñudo a Atticus era cuando Elmer Davis nos comunicaba las últimas hazañas de Hitler. Atticus daba toda la potencia a la radio y decía:

—¡Hummm!

Una vez le pregunté cómo se enfadaba tanto con Hitler, y me contestó:

—Porque es un maníaco.

«Esto no sirve», medité, mientras la clase se ensimismaba en las sumas. Un maníaco y millones de alemanes. A mí me parece que deberían encerrarle en una cárcel, en vez de permitirle que él les encierre a ellos. Había algo más que no marchaba bien; se lo preguntaría a mi padre.

Se lo pregunté, y él me dijo que no podía responderme, porque no sabía la respuesta.

—¿Pero está bien odiar a Hitler?

—No —dijo—. No está bien odiar a nadie.

—Atticus, hay una cosa que no entiendo. Miss Gates decía que lo que Hitler hace es horroroso; hablando de ello se puso como una amapola...

—Lo supongo, sin duda alguna.

—Pero...

—¿Qué?

—Nada, señor —y me marché, pues no estaba segura de saberle explicar lo que tenía en la mente, no estaba segura de poder clarificar lo que no era más que una impresión. Quizá Jem pudiera darme la respuesta. Las cosas de la escuela las entendía mejor Jem que Atticus.

Jem estaba agotado después de un día de transportar agua. En el suelo, cerca de la cama, había al menos doce cortezas de bananas, rodeando una botella de leche vacía.

—¿Cómo te das ese atracón? —pregunté.

—El entrenador dice que si para el año que seguirá al que viene he ganado veinticinco libras, podré jugar —respondió—. Y ésta es la manera más rápida.

—Si no lo vomitas todo. Jem —dije en seguida—, quiero preguntarte una cosa.

—Dispara —Jem dejó el libro y estiró las piernas.

—Miss Gates es una señora buena, ¿verdad?

—Sin duda —contestó Jem—. Cuando estaba en su clase, la apreciaba mucho.

—Ella odia a Hitler con todas sus fuerzas...

—¿Y esto qué tiene de malo?

—Hoy nos ha hecho un discurso sobre lo mal que está que trate a los judíos de ese modo. Jem, no está bien perseguir a nadie, ¿verdad que no? Quiero decir, ni siquiera tener pensamientos mezquinos respecto a nadie, ¿verdad que no?

—No, Dios santo. ¿Qué te pasa, Scout?

—Pues mira, aquella noche al salir del Juzgado, cuando bajábamos las escaleras, miss Gates iba delante de nosotros; es posible que no la vieses, estaba hablando con miss Stephanie Crawford. Yo oí que decía que es hora de que alguno les dé una lección, que ya se salían de su esfera y que a continuación se figurarán que pueden casarse con nosotras. Jem, ¿cómo es posible que uno odie tan terriblemente a Hitler y luego, al mirar a su alrededor, sea tan injusto con personas de nuestra propia Patria?

Jem se puso furioso súbitamente. Saltó de la cama, me cogió por el cuello del vestido y me zarandeó.

—¡No quiero que vuelvas a hablarme del Juzgado ese nunca más, nunca más! ¿Me oyes? ¿Me oyes? No me digas jamás ni una sola palabra de aquello, ¿me oyes? ¡Ahora vete!

Me quedé demasiado sorprendida para llorar. Salí con paso receloso del cuarto de Jem y cerré la puerta suavemente, por miedo a que un ruido indebido le provocase otro arranque. Repentinamente cansada, sentí necesidad de Atticus. Mi padre estaba en la sala; fui hasta él y traté de sentármele en el regazo. Atticus sonrió.

—Creces tanto ahora que sólo podré sostener una parte de ti —y me estrechó contra su pecho—. Scout —me dijo dulcemente—, no te desilusiones respecto a Jem. Está pasando unos días duros. He oído lo que decíais.

Atticus me explicó que Jem ponía todo su empeño en olvidar algo, pero que lo que hacía en realidad era apartarlo de la memoria por una temporada, hasta que hubiese transcurrido el tiempo suficiente. Entonces estaría en condiciones de meditarlo e interpretar los hechos. Cuando pudiera pensar con serenidad Jem volvería a ser el mismo de siempre.

27

Las cosas volvieron a su cauce, hasta cierto punto, tal como Atticus había dicho que ocurriría. A mediados de octubre sólo dos pequeños acontecimientos fuera de lo corriente afectaron a dos ciudadanos de Maycomb. No, fueron tres acontecimientos, y no nos afectaban a nosotros —los Finch—, aunque en cierto modo sí.

El primero fue que míster Bob Ewell consiguió y perdió, en cosa de pocos días, un empleo, convirtiéndose en un caso único en los anales de los años treinta de nuestro siglo: era el único hombre del cual tuviese noticia que lo hubieran despedido del W. P. A. por holgazán. Supongo que el breve período de ascensión a la fama trajo consigo un estallido de amor al trabajo, pero el empleo duró únicamente lo que duró su notoriedad: míster Ewell se vio pronto tan olvidado como Tom Robinson. En lo sucesivo reanudó su hábito de presentarse todas las semanas a la oficina de beneficencia a recoger su cheque, y lo recibía sin agradecimiento, en medio de confusos murmullos, protestando de que los canallas que creían regir aquella ciudad no le permitiesen a un hombre honrado ganarse la vida. Ruth Jones, la encargada de la beneficencia, decía que míster Ewell acusaba abiertamente a Atticus de haberle quitado el empleo, y se sintió lo bastante impresionada como para acudir a la oficina de mi padre a explicárselo. Atticus le dijo que no se inquietara, que si Bob Ewell quería discutir que él le «había quitado» el empleo, sabía el camino de su oficina.

El segundo acontecimiento afectó al juez Taylor. El juez Taylor no solía asistir al templo los domingos por la noche; su esposa sí. El juez Taylor saboreaba la hora del domingo por la noche quedándose solo en su espaciosa casa, y mientras la señora estaba en el templo él se encerraba en su estudio leyendo los escritos de Bob Taylor (que no era pariente suyo, aunque al juez le habría enorgullecido poder sostener lo contrario). Una noche de domingo, un ruido molesto, irritante, de alguien que arañaba una ventana arrancó de la página que leía la atención del juez Taylor, perdido en jugosas metáforas y floridas elocuciones.

—Quieta —le dijo a «Ann Taylor», su gorda y extravagante perra. En seguida se dio cuenta, no obstante, de que estaba hablando a una habitación vacía; el ruido procedía de la parte trasera de la casa. El juez Taylor anduvo pesadamente hasta el porche trasero con la idea de dejar salir a «Ann» y encontró la puerta vidriera abierta. Una sombra en la esquina de la casa atrajo su mirada, y aquello fue todo lo que vio de su visitante. Al llegar a casa mistress Taylor, de regreso de la iglesia, encontró a su marido sentado en su sillón y abstraído en los escritos de Bob Taylor, pero con una escopeta sobre las rodillas.

El tercer acontecimiento le pasó a Helen Robinson, la viuda de Tom. Si míster Ewell había quedado tan olvidado como Tom Robinson, éste lo había quedado tanto como Boo Radley. Una persona, empero, no había olvidado a Tom: era su patrono, míster Link Deas. Míster Link Deas dio un empleo a Helen. En realidad no la necesitaba, pero decía que estaba muy disgustado por el curso que habían seguido las cosas. Nunca he sabido quién cuidaba de sus hijos mientras Helen estaba fuera de casa. Calpurnia decía que Helen sufría mucho, porque tenía que dar un rodeo de casi una milla para evitar a los Ewell, los cuales, según Helen, «embistieron contra ella» la primera vez que trató de utilizar el camino público. Con el tiempo, míster Link Deas se fijó en que Helen llegaba al trabajo todas las mañanas viniendo de la dirección contraria a la de su casa y le hizo explicar el motivo.

—Déjelo como está, señor, se lo ruego —suplicó Helen.

—Por el diablo que lo dejaré —dijo míster Link. Y le ordenó que aquella tarde, al marcharse, pasara por su tienda. Helen obedeció. Míster Link cerró la tienda, se caló bien el sombrero y acompañó a Helen a su casa, pasando por el camino más corto, por delante de la choza de los Ewell. De regreso, míster Link se paró en la desvencijada puerta—. ¡Ewell! —gritó—. ¡Ewell, he dicho!

Las ventanas, habitualmente atestadas de chiquillos, estaban desiertas.

—¡Ya sé que estáis todos ahí dentro, tendidos en el suelo! ¡Ahora escúchame, Bob Ewell: si me llega el más leve rumor de que mi criada Helen no puede pasar por este camino, antes de la puesta del sol le habré hecho encerrar a usted en el calabozo!

Míster Link escupió en el suelo y se marchó a su casa.

A la mañana siguiente, Helen fue al trabajo utilizando el camino público. Nadie la embistió, pero cuando estuvo unos pasos más allá de la casa de los

Ewell volvió la cabeza y vio a míster Ewell que la seguía. Ella continuó andando, pero míster Ewell continuó caminando detrás, siempre a la misma distancia, hasta que ella llegó a casa de míster Link Deas. Todo el trayecto —dijo Helen— oyó detrás una voz baja murmurando palabras injuriosas. Profundamente atemorizada, telefoneó a míster Link a la tienda, que no estaba lejos de la casa. Cuando míster Link salía de la tienda vio a míster Ewell apoyado en la valla. Míster Ewell le dijo:

—Link Deas, no me mire como si yo fuese una piltrafa. No he asaltado a su...

—Lo primero que puede hacer, Ewell, es apartar su carroña de mi propiedad. Se está apoyando en ella, y yo no puedo permitirme el gasto de pintarla de nuevo. Lo segundo que puede hacer es mantenerse apartado de mi cocinera, o de lo contrario le detendré por asalto...

—¡Yo no la he tocado, Link Deas, ni pienso arrimarme a ninguna negra!

—¡No es preciso que la toque, basta con que la asuste, y si con una denuncia por asalto no es suficiente para tenerle encerrado una temporada, echaré mano de la Ley de Damas; de modo que apártese de mi vista! ¡Si cree que no lo digo en serio, vuelva a molestar a esa muchacha!

Míster Ewell pensó, evidentemente, que lo decía en serio, porque Helen no se quejó de nuevos contratiempos.

—No me gusta, Atticus, no me gusta nada en absoluto —fue la conclusión de tía Alexandra ante aquellos acontecimientos—. Ese hombre parece alimentar un agravio permanente, sin tregua, contra todos los relacionados con estos sucesos. Sé como suele saldar los resentimientos la gente de su especie, pero no comprendo que él pueda tenerlo; en el Juzgado se salió con la suya, ¿verdad?

—Yo creo comprenderlo —dijo Atticus—. Puede ser que en el fondo de su corazón sepa que muy pocas personas de Maycomb creyeron de verdad los cuentos que contaron él y Mayella. Pensó que sería un héroe, y el único premio que obtuvo por sus esfuerzos fue un: «...Muy bien, nosotros condenaremos a este negro, pero tú vuélvete a tu vaciadero». Ahora se ha desahogado ya con todo el mundo; de modo que debería estar satisfecho. Se calmará cuando cambie el tiempo.

—Pero, ¿para qué había de querer asaltar la vivienda de John Taylor? Evidentemente, no sabía que John estuviera en casa, de lo contrario no lo habría intentado. Las únicas luces que se ven en casa de John los domingos son la del porche de la fachada y la de la parte trasera...

—No se sabe si Bob Ewell forzó la puerta vidriera, no sabemos quién lo hizo —dijo Atticus—. Pero me lo imagino. Yo demostré que era un embustero, pero John le puso en ridículo. Todo el rato que Ewell ocupó el estrado, no pude mirar a John y conservar el semblante serio. John le miraba como si fuese una gallina con tres patas o un huevo cuadrado. No me digas que los jueces no procuran predisponer al Jurado —concluyó Atticus, riendo.

A finales de octubre nuestras vidas habían entrado en la rutina familiar de escuela, juego y estudio. Jem parecía haber desterrado de su mente lo que fuese que quería olvidar, y nuestros respectivos compañeros de clase tuvieron la misericordia de dejarnos olvidar las excentricidades de nuestro padre. En una ocasión Cecil Jacobs me preguntó si Atticus era radical. Cuando se lo pregunté, a Atticus le divirtió tanto que casi me enfadé, aunque él me dijo que no se reía de mí.

—Dile a Cecil que soy tan radical, aproximadamente, como Cotton Tom Heflin.

Tía Alexandra estaba medrando. Miss Maudie había acallado, por lo visto, a toda la Sociedad Misionera, porque tía Alexandra volvía a gobernar aquel gallinero. Las meriendas que daba fueron todavía más deliciosas. Escuchando a mistress Merriweather, me documenté algo más sobre la vida de sociedad de los pobres Mrunas: tenían tan poco sentido de la familia que la tribu entera era una gran familia. Un niño tenía tantos padres como hombres había en la comunidad, y tantas madres como mujeres. J. Grimes Everett estaba haciendo más de lo que podía para cambiar aquel estado de cosas, pero necesitaba desesperadamente nuestras oraciones.

Maycomb volvía a ser el mismo de antes. El mismo exactamente del año anterior, y del otro, con sólo dos cambios de poca consideración. El primero consistía en que la gente había quitado de los escaparates de sus tiendas y de los cristales de los automóviles los carteles que decían: NRA —NOSOTROS HACEMOS LO QUE NOS CORRESPONDE. Pregunté la causa a Atticus, y él me dijo que era porque la *National Recovery Act* había muerto. Yo le pregunté quién la había matado, y él me respondió que fueron nueve ancianos.

El segundo cambio sufrido por Maycomb desde el año anterior no era de sentido nacional. Hasta entonces, la víspera de Todos los Santos era en Maycomb una fiesta perfectamente desorganizada. Cada chiquillo hacía lo que se le antojaba, con la asistencia de sus compañeros si había que trasladar algo, como, por ejemplo, subir un calesín ligero al tejado del establo de caballos de alquiler. Pero los padres opinaron que el año anterior las cosas habían llegado demasiado lejos, cuando se alteró la paz de miss Tutti y miss Frutti (1).

Las señoritas Tutti y Frutti Barber eran dos hermanas solteras algo mayores, las cuales vivían juntas en la única residencia de Maycomb que se enorgullecía de tener una bodega. Se rumoreaba que las tales damas eran republicanas, habiendo inmigrado de Clanton, Alabama, en 1911. Su manera de vivir era distinta de la nuestra, y nadie sabía para qué quisieron una bodega; pero la querían y la excavaron, y se pasaron el resto de la vida expulsando de ella a los chiquillos.

Las señoritas Tutti y Frutti (sus verdaderos nombres eran Sarah y Frances) además de tener costumbres yanquis, eran sordas las dos. Miss Tutti lo negaba y vivía en un mundo de silencio, pero miss Frutti, poco dispuesta a perderse nada, utilizaba una trompa para el oído, y tan enorme que Jem declaraba que era el altavoz de una de esas gramolas del perro.

Con estos hechos en la memoria y la víspera de Todos los Santos en la mano, unos chiquillos malos habían esperado hasta que las señoritas Barber estuvieron profundamente dormidas, se habían deslizado en su sala de estar (excepto los Radley, nadie cerraba por la noche), se llevaron a hurtadillas hasta el último mueble que había allí y los escondieron en la bodega. Niego haber tomado parte en esa acción.

—¡Yo los oí! —fue el grito que despertó, al alba de la mañana siguiente, a los vecinos de las señoritas Barber—. ¡Los oí cuando paraban un camión

---

(1) En el antiguo calendario céltico, el último día de octubre, víspera de Todos los Santos, era «la noche de las brujas». De ahí nace la costumbre a que se hace referencia en estos párrafos. (N. del T.)

junto a la puerta! ¡Ahora estarán en Nueva Orleáns!

Miss Tutti estaba segura de que los vendedores de pieles que habían pasado por la ciudad dos días atrás le habían robado los muebles.

—Eran morenos —decía—. Sirios.

Llamaron a míster Heck Tate. El *sheriff* inspeccionó el terreno y dijo que opinaba que aquello lo había hecho alguien de la localidad. Miss Frutti replicó que habría conocido una voz de Maycomb en cualquier parte, y no había voces de Maycomb en su salita la noche pasada... porque, sí, los invasores habían gritado continuamente, de verdad. Para localizar su mobiliario había que echar mano nada menos que de perros sabuesos, insistía miss Tutti. Con lo cual míster Tate se vio obligado a caminar diez millas, reunir a todos los sabuesos del condado, y ponerlos sobre la pista.

Míster Tate los soltó en las escaleras de la fachada de las señoritas Barber, pero todo lo que los animales hicieron fue dar un rodeo hacia la parte trasera de la casa y ponerse a ladrar ante la puerta de la bodega. Cuando míster Tate los vio repetir la maniobra tres veces se imaginó la verdad. Aquel día, a eso de las doce, no se veía un chiquillo descalzo en todo Maycomb; y nadie se quitó los zapatos hasta que hubieron devuelto los perros a sus dueños.

Así pues, las damas de Maycomb decían que este año las cosas marcharían de otro modo. Abrirían la sala·de actos del colegio de segunda enseñanza, y habría un espectáculo para las personas mayores: pesca de manzanas, caza de bombones, y otras diversiones para los niños. Habría también un premio de veinticinco centavos al mejor disfraz creado por el mismo que lo llevase.

Tanto Jem como yo refunfuñamos. No es que nunca hubiésemos hecho nada; era por una cuestión de principios en relación al caso. Al fin y al cabo, Jem se consideraba demasiado mayor para tomar parte en las travesuras propias del día: pero aseguró que no le pescarían por ninguno de los alrededores de la escuela para una cosa semejante. «Ah, bien —pensé yo—, Atticus me llevará.»

Sin embargo, pronto me enteré de que aquella noche se precisarían mis servicios en el escenario. Mistress Grace Merriweather había compuesto una función titulada *Condado de Maycomb: Ad astra per aspera,* y yo haría de jamón. La autora consideraba que sería adorable que algunos niños llevasen trajes representando los productos agrícolas del condado: a Cecil Jacobs le vestirían de vaca; Agnes Moone sería una encantadora habichuela, otro niño haría el papel de cacahuete, y así continuaba el programa hasta que la imaginación de mistress Merriweather y la provisión de niños se agotaron.

Nuestros solos deberes, por lo que pude colegir de nuestros dos ensayos, se limitaban a entrar en el escenario por la izquierda cuando mistress Merriweather (no solamente autora, sino narradora) nos mencionara. Cuando ella dijese «Cerdo» aquello significaría que me llamaba a mí. Luego toda la reunión cantaría: «Condado de Maycomb, Condado de Maycomb, te seremos fieles de todo corazón», como apoteosis final, y mistress Merriweather subiría al escenario con la bandera del Estado.

Mi traje no significó un gran problema. Mistress Crenshaw, la costurera local, tenía tanta imaginación como mistress Merriweather. Mistress Crenshaw cogió tela de alambre de gallinero y la dobló dándole la forma de un jamón curado, la recubrió de tela parda y la pintó de modo que se pareciese al original. Yo podía entrar por debajo, y otra persona me colocaba el artefacto por la cabeza. Casi me llegaba a las rodillas. Mistress Crenshaw... tuvo el buen criterio de dejar dos agujeros para los ojos. Hizo un buen trabajo; Jem decía que parecía exactamente un jamón con piernas. Sin embargo, aquello me hacía sufrir varias incomodidades: padecía calor, me encontraba muy encerrada; si me picaba la nariz no podía rascarme, y una vez metida dentro, si no me ayudaban, no podía salir.

Cuando llegó la víspera de Todos los Santos, presumí que toda la familia estaría presente para contemplar mi actuación, pero quedé defraudada. Atticus dijo, con todo el tacto de que fue capaz, que no creía en verdad, que aquella noche pudiera resistir una función teatral; se encontraba cansadísimo. Había pasado una semana en Montgomery y llegó a casa bien entrada la tarde. Se figuraba que Jem podría darme escolta, si se lo pedía.

Tía Alexandra dijo que precisamente tenía que irse a la cama temprano; había decorado el escenario toda la tarde y estaba exhausta... y se detuvo en mitad de la frase. Cerró la boca, la abrió de nuevo como si fuera a decir algo, pero no salió ninguna palabra de sus labios.

—¿Qué. pasa, tiíta? —pregunté.

—Ah, nada, nada —contestó—, se me ha ido de la cabeza.

Desechó de su pensamiento lo que fuese que le hubiera causado un alfilerazo de aprensión, y me indicó que diese una representación previa para la familia en la sala de estar. Así pues, Jem me embutió dentro de mi disfraz, se plantó en la puerta de la sala, gritó: «Ce-er-do», igual como lo habría gritado mistress Merriweather, y yo entré en escena. Atticus y tía Alexandra se divirtieron en grande.

Repetí mi papel en la cocina para que lo viese Calpurnia, la cual dijo que estaba maravillosa. Yo quería cruzar la calle para que me viese miss Maudie, pero Jem dijo que, al fin y al cabo, probablemente asistiría a la función.

Después de aquello, ya no importó si los demás venían o no; Jem dijo que me acompañaría. Así empezó el viaje más largo que hicimos juntos.

28

Para el último día de octubre, el tiempo estaba inusitadamente caluroso. Ni siquiera necesitábamos chaquetas. El viento arreciaba cada vez más, y Jem dijo que era posible que lloviese antes de que llegáramos a casa. No había luna.

La lámpara pública de la esquina proyectaba unas sombras bien definidas sobre la casa de los Radley. Oí que Jem reía por lo bajo.

—Apuesto a que esta noche no nos molesta nadie —dijo.

Jem llevaba mi traje de jamón, con cierta torpeza, pues resultaba difícil cogerlo bien. Yo le consideré muy galante por ello.

—De todos modos, es una casa que da miedo, ¿verdad que sí? —dije—. Boo no quiere hacer ningún daño a nadie, pero yo estoy muy contenta de que me acompañes.

—Ya sabes que Atticus no te habría dejado ir sola al edificio de la escuela —dijo Jem.

—No sé por qué; está al doblar la esquina, y entonces sólo hay que cruzar el patio.

—Aquel patio es terriblemente largo para que las niñas pequeñas lo crucen solas de noche —me zahirió Jem—. ¿No temes a los fantasmas?

Nos pusimos a reír. Fantasmas, fuegos fatuos,

encantaciones, signos secretos, todos se habían desvanecido con el paso de los años lo mismo que la bruma al remontarse el sol.

—¿Cómo era aquello que decíamos? —preguntó Jem—. Angel del destino, vida para el muerto, sal de mi camino, no me sorbas el aliento.

—Deja eso ahora —le pedí. Estábamos enfrente de la Mansión Radley.

—Boo no debe de estar en casa. Escucha.

Encima de nosotros, muy arriba en la oscuridad, un ruiseñor desgranaba su repertorio.

Doblamos la esquina y yo tropecé con una raíz que salía del suelo, en el camino. Jem trató de ayudarme, pero todo lo que hizo fue dejar caer mi traje en el polvo. Sin embargo, no me caí, y pronto volvimos a emprender la marcha.

Salimos del camino y penetramos en el patio de la escuela. La noche era negra como boca de lobo.

—¿Cómo sabes dónde estamos, Jem? —pregunté cuando hubimos caminado unos cuantos pasos.

—Adivino que estamos debajo del roble grande porque pasamos por un sitio fresco. Ten cuidado, y no vuelvas a caerte.

Habíamos acortado el paso, avanzando con cautela, y tentábamos el vacío con la mano con el fin de no chocar con el tronco del árbol. Era éste un roble viejo y solitario; dos muchachos no habrían podido abrazarlo tocándose las manos. Estaba muy lejos de los maestros, de sus espías y de vecinos curiosos: estaba cerca de la finca de los Radley, pero los Radley no eran curiosos. Debajo de sus ramas había, por tanto, un pequeño pedazo de suelo apisonado por una infinidad de peleas y de juegos de azar jugados a escondidas.

Las luces de la sala de actos del colegio llameaban en la distancia, pero si para algo servían era para cegarnos.

—No mires al frente, Scout —dijo Jem—. Mira al suelo y no te caerás.

—Tenías que haber traído la pila eléctrica, Jem.

—No sabía que estuviese tan oscuro. A primeras horas de la noche no parecía que hubiera de haber estas tinieblas. Se ha nublado, he ahí la causa. De todos modos, tarde o temprano despejará.

Alguien saltó hacia nosotros.

—¡Dios Todopoderoso! —gritó Jem.

Un círculo de luz había estallado sobre nuestros rostros; detrás del mismo saltaba regocijado Cecil Jacobs.

—¡Aaah, os he cogido! —chilló—. ¡Me he figurado que vendríais por esta parte!

Cecil había ido cómodamente en coche con sus padres a la sala de actos, y como no nos había visto se había aventurado a tanta distancia porque sabía con toda seguridad que llegaríamos por aquella ruta. De todos modos, se figuraba que míster Finch iría con nosotros.

—¡Qué caramba, si esto está casi al doblar la esquina! —dijo Jem—. ¿Quién tiene miedo de ir hasta el otro lado de la esquina?

No obstante, hubimos de admitir que Cecil era un chico listo. Nos había dado un susto, y podía contarlo por toda la escuela; nadie le arrebataría este privilegio.

—Oye —dije yo—, ¿no eres una vaca esta noche? ¿Dónde tienes el traje?

—Arriba, detrás del escenario —contestó—. Mistress Merriweather dice que la función no empezará hasta dentro de un rato. Puedes dejar el traje junto al mío, detrás del escenario, Scout, y nos reuniremos con los demás.

Jem consideró que la idea era excelente. Consideró también muy satisfactorio que Cecil y yo fuésemos juntos. De este modo él quedaba en libertad de acompañarse con chicos de sus mismos años.

Cuando llegamos a la sala de actos, la ciudad en peso estaba allí, excepto Atticus y las damas agotadas de decorar el escenario, además de los desterrados y los misántropos de costumbre. Al parecer había acudido la mayor parte del condado; la sala hormigueaba de campesinos endomingados. En la planta baja, el edificio del colegio tenía un amplio vestíbulo; la gente se arremolinaba alrededor de unos puestos que habían instalado a lo largo de sus paredes.

—Oh, Jem, he olvidado mi dinero —suspiré al verlos.

—Atticus no —respondió Jem—. Aquí tienes treinta centavos; puedes elegir seis cosas. Os veré más tarde.

—De acuerdo —dije yo, contenta con mis treinta centavos y con Cecil.

En compañía de Cecil bajé hasta la parte delantera de la sala de actos, cruzamos una puerta lateral y nos fuimos detrás del escenario. Me libré de mi traje de jamón y marché a toda prisa, porque mistress Merriweather estaba de pie ante el atril, delante de la primera fila de asientos, procediendo a unos retoques frenéticos, de última hora, del escrito.

—¿Cuánto dinero tienes tú? —preguntó Cecil.

También tenía treinta centavos, con lo cual estábamos a la par. Derrochamos las primeras monedas en la Casa de los Horrores, que no nos amedrentó nada en absoluto; entramos en el cuarto oscuro del séptimo grado por el que nos acompañó el vampiro de turno y nos hizo tocar varios objetos que se pretendía eran las partes componentes de un ser humano.

—Aquí están sus ojos —nos dijeron cuando tocamos dos granos de uva puestos en un platillo—. Eso es el corazón. —Y aquello tenía el tacto del hígado crudo—. Esto son los intestinos. —Y nos metían las manos en una fuente de *spaghetti* fríos.

Cecil y yo visitamos varios puestos. Ambos compramos un cucurucho de golosinas hechas en casa por la señora del juez Taylor. Yo quería pescar manzanas, pero Cecil dijo que no era higiénico. Su madre decía que podía contagiarse cualquier cosa, puesto que todo el mundo había puesto la cabeza en la misma jofaina.

—Ahora no hay en toda la ciudad nada que contagiarse —protesté.

Pero Cecil alegó que era antihigiénico hacer como los demás. Más tarde se lo consulté a tía Alexandra, y me dijo que, por lo común, las personas que sustentaban tales teorías eran arribistas que querían situarse en sociedad.

Estábamos a punto de comprar una bolsa de bombones cuando los ordenanzas de mistress Merriweather aparecieron y nos dijeron que nos fuéramos entre bastidores, pues era hora de prepararse. La sala de espectáculos se llenaba de gente; la Banda del Colegio Superior de Maycomb se había congregado ante el escenario; las candilejas estaban encendidas, y las cortinas de terciopelo encarnado se mecían y ondulaban con el aire del ir y venir a toda prisa de los que estaban detrás.

En el escenario, Cecil y yo entramos en el estrecho pasillo agrupándonos con la gente; adultos con sombreros de tres picos confeccionados en casa, gorros de confederados, sombreros de la Guerra Hispano-americana y cascos de la Guerra Mundial. Junto a la única y pequeña ventana se amontonaban unos niños vestidos de diversos productos agrícolas.

—Me han aplastado el traje —gemí descorazonada.

Mistress Merriweather vino al galope, volvió a dar la forma convincente al alambre y me embutió dentro.

—¿Estás bien ahí dentro, Scout? —preguntó Cecil—. Tienes una voz distante, lo mismo que si te encontraras al otro lado de la montaña.

—Tampoco a ti se te oye cerca —dije yo.

La banda interpretó el Himno Nacional, y oímos que el público se ponía en pie. Entonces se oyó el redoble de un tambor grande. Mistress Merriweather, estacionada detrás de su atril, al lado de la banda, dijo:

—¡Condado de Maycomb: *Ad Astra per aspera!* —El bombo volvió a redoblar—. Esto significa —explicó mistress Merriweather, traduciendo en beneficio del elemento rústico—: Desde el barro hacia las estrellas. —Y añadió, muy innecesariamente, a mi criterio—: Función teatral.

—Imagino que si no se lo hubiera dicho, la gente no habría sabido lo que era —murmuró Cecil, a quien impusieron silencio inmediatamente con un siseo.

—La ciudad entera lo sabe —suspiré.

—Pero han venido también los campesinos —contestó Cecil.

—Silencio ahí detrás —ordenó una voz de hombre, y nos callamos.

El bombo subrayaba con fuerte trepidación cada una de las frases que mistress Merriweather iba pronunciando. La locutora salmodiaba con voz triste que el Condado de Maycomb era más antiguo que el Estado, que forma parte de los territorios del Mississipi y de Alabama, que el primer hombre blanco que puso el pie en las selvas vírgenes fue el bisabuelo del juez comarcal cinco veces trasladado, de quien no se tenía noticias posteriores. Luego vino el temerario coronel Maycomb, del cual había recibido nombre el condado...

Andrew Jackson le dio un cargo de autoridad, pero la injustificada confianza en sí mismo y el deficiente sentido de orientación del coronel Maycomb llevó al desastre a todos los que tomaron parte con él en las guerras contra los creeks. Las órdenes que recibió, y que había llevado un corredor indio adicto, eran de que marchase hacia el sur. Después de consultar un árbol para deducir de sus líquenes cuál era la dirección sur, y negándose a prestar oídos a los subordinados que trataron de corregirle, el coronel Maycomb emprendió una obstinada travesía para arrollar al enemigo e internó a sus tropas por la selva primitiva, tan lejos en dirección noroeste, que con el tiempo hubieron de ser rescatados por los colonos que avanzaban tierra adentro.

Mistress Merriweather invirtió treinta minutos describiendo las hazañas del coronel Maycomb. Yo descubrí que si doblaba las rodillas podía meterlas dentro del traje y sentarme más o menos cómodamente. Me senté, escuchando el monótono recitado de mistress Merriweather y los zambombazos del tambor, y pronto quedé profundamente dormida.

Más tarde me contaron que mistress Merriweather, que ponía el alma entera en el imponente final, había canturreado «Ce...erdo» con una confianza nacida de que los pinos y las habichuelas hubieran entrado apenas mentarlos. Esperó unos minutos y luego llamó «¿Ce...erdo?» Y al ver que nada aparecía gritó con todas sus fuerzas: «¡Cerdo!»

Debí de oírla estando dormida, o fue quizá la banda que estaba tocando *Dixie*, lo que me despertó, el caso es que en el momento en que mistress

Merriweather subía triunfante al escenario con la bandera del Estado fue el que elegí yo para salir a escena. Decir que lo elegí es incorrecto: se me ocurrió que sería mejor que me reuniese con los demás.

Más tarde me explicaron que el juez Taylor tuvo que salir de la sala y allá se quedó dándose palmadas a las rodillas con tanto entusiasmo que su señora le trajo un vaso de agua y le hizo tomar una píldora.

Parecía que mistress Merriweather conseguía un triunfo resonante, pues todo el mundo se deshacía en «bravos» y aplausos, pero a pesar de ello, me cogió detrás del escenario y me dijo que había arruinado su función. Me avergoncé de mí misma, pero cuando Jem vino a buscarme se mostró comprensivo. Dijo que desde donde estaba sentado no podía ver muy bien mi traje. No sé cómo podía adivinar por encima de mi traje que yo tenía el ánimo deprimido, pero me dijo que lo hice muy bien, que sólo entré un poquitín tarde y nada más. Jem estaba adquiriendo casi tanta habilidad como Atticus en hacer que uno se sintiera sosegado y bien cuando las cosas iban mal. Casi; no del todo... Ni siquiera Jem pudo convencerme de que cruzase por en medio de la multitud, y consintió en aguardar detrás del escenario hasta que el público se hubo marchado.

—¿Quieres que te lo quite, Scout? —me preguntó.

—No, lo llevaré puesto —respondí. Debajo del traje podía esconder mejor mi mortificación.

—¿Queréis que os lleve a casa? —preguntó uno.

—No, señor, gracias —oí que contestaba Jem—. Es un corto paseo nada más.

—Cuidado con los aparecidos —dijo la voz—. O

mejor quizá, di a los aparecidos que tengan cuidado con Scout.

—Ahora ya no quedan muchas personas —me dijo Jem—. Vámonos.

Cruzamos el teatro hasta llegar al pasillo y luego bajamos las escaleras. La oscuridad seguía siendo absoluta. Los coches que quedaban estaban aparcados al otro lado del edificio; sus faros no nos servían de mucho.

—Si marcharan algunos en nuestra misma dirección veríamos mejor —dijo Jem—. Ven, Scout, deja que te coja por el... corvejón. Podrías perder el equilibrio.

—Veo perfectamente.

—Sí, pero podrías perder el equilibrio.

Sentí un ligero peso en la cabeza y supuse que Jem había cogido aquel extremo del jamón.

—¿Me has cogido?

—¿Eh? Sí, sí.

Empezamos a cruzar el negro patio, esforzando los ojos por vernos los pies.

—Jem —dije—, he olvidado los zapatos; están detrás del escenario.

—Bien, vayamos a buscarlos. —Pero cuando dábamos media vuelta, las luces de la sala se apagaron—. Puedes recogerlos mañana —dijo él.

—Mañana es domingo —protesté yo, mientras Jem me hacía virar de nuevo en dirección a casa.

—Pedirás al conserje que te deje entrar... ¡Scout!

—¿Eh?

—Nada.

Hacía mucho tiempo que Jem no salía con esas cosas. Me pregunté qué estaría pensando. Cuando él quisiera me lo diría; probablemente cuando llegásemos a casa. Sentí que sus dedos oprimían la

412

cima de mi traje con demasiada fuerza. Yo moví
la cabeza.

—Jem, no has de...

—Cállate un minuto, Scout —dijo él, dándome
un golpecito.

Anduvimos en silencio.

—Ha pasado el minuto —dije—. ¿Qué estabas
pensando?

Me volví para mirarle, pero su silueta apenas
era visible.

—Pensaba haber oído algo —respondió—. Párate
un momento.

Nos paramos.

—¿Oyes algo? —preguntó Jem.

—No.

No habíamos dado cinco pasos cuando me hizo
parar de nuevo.

—Jem, ¿tratas de asustarme? Ya sabes que soy
demasiado mayor...

—Cállate —me dijo. Y yo comprendí que no
era broma.

Hacía una noche quieta. Oía a mi lado la sosegada respiración de Jem. De vez en cuando se levantaba de súbito la brisa, azotando mis piernas
desnudas; aquello era todo lo que quedaba de una
noche que se prometía de mucho viento. Peinaba la
calma que precede a la tormenta. Nos pusimos a
escuchar.

—Lo que has oído antes sería un perro —dije.

—No era eso —respondió Jem—. Lo oigo cuando
caminamos, pero cuando nos paramos no.

—Oyes el crujido de mi traje. Bah, lo único que
hay es que se te ha metido en el cuerpo la Noche de
las Brujas...

Lo dije más para convencerme a mí misma que a
Jem, porque, sin duda alguna, en cuanto empeza-

mos a andar de nuevo, oí lo que él me decía. No era mi traje.

—Será el bueno de Cecil —afirmó Jem al poco rato—. Ahora no nos sorprenderá. No le demos motivos para creer que apresuramos el paso.

Acortamos la marcha hasta el límite. Yo pregunté cómo era posible que Cecil pudiera seguirnos estando tan oscuro; se me antojaba que toparía con nosotros.

—Yo te veo, Scout —afirmó Jem.

—¿Cómo? Yo no te veo a ti.

—Tus rayas de tocino destacan más. —Mistress Crenshaw las había pintado con una pintura brillante, con el fin de que reflejaran la luz de las candilejas—. Te veo muy bien, y confío en que Cecil puede verte lo suficiente para conservar la distancia.

Yo le demostraría a Cecil que sabíamos que nos seguía y estábamos preparados para recibirle.

—¡Cecil Jacobs es una gallina gorda y moja... a...da! —grité de súbito, volviéndome cara atrás.

Nos paramos. Nadie nos contestó, excepto el «a... da» rebotando en la pared distante de la escuela.

—Yo le haré responder —dijo Jem—. ¡¡Hee... y!!

«He-y, ee-y, ee-y», contestó la pared.

No era creíble que Cecil resistiera tanto rato; cuando se le había ocurrido una broma la repetía una y otra vez. Ya debería habernos asaltado. Jem me indicó que me parase de nuevo y me dijo en voz baja:

—Scout, ¿puedes quitarte eso?

—Creo que sí, pero no llevo mucha ropa debajo.

—Aquí traigo tu vestido.

—A oscuras no sé ponérmelo.

—Está bien —dijo él—, no importa.

—Jem, ¿tienes miedo?

—No. Calculo que ahora hemos llegado casi hasta el árbol. Desde allí, unos cuantos pasos más y estamos en el camino. Entonces ya veremos la luz de la calle.

Jem hablaba con una voz apresurada, llana, sin entonación. Yo me preguntaba cuánto rato trataría de mantener en pie el mito de Cecil.

—¿Crees que deberíamos cantar, Jem?

—No. Párate otra vez, Scout.

No habíamos acelerado el paso. Jem sabía tan bien como yo que era difícil andar de prisa sin darse un golpe en un dedo del pie, tropezar con piedras, y otros inconvenientes, y, además, yo iba descalza. Quizá fuese el viento susurrando en los árboles. Pero no soplaba nada de viento, ni había árboles, exceptuando el enorme roble.

Nuestro seguidor deslizaba y arrastraba los pies, como si llevara unos zapatos muy pesados. Fuese quien fuere, llevaba pantalones de recia tela de algodón; lo que yo había tomado por murmullo de árboles era el roce suave, sibilante, de la tela de algodón sobre otra tela de algodón; un *suiss, suisss* a cada paso.

Sentía que la arena se volvía más fresca debajo de mis pies, y por ello conocía que estábamos cerca del roble. Jem apretó la mano sobre mi cabeza. Nos paramos y escuchamos.

Esta vez el arrastra-pies no se había detenido al pararnos nosotros. Sus pantalones producían un *suiss, suiss* suave pero seguido. Luego cesaron. Ahora corría, corría hacia nosotros, y no con pasos de niño.

—¡Corre, Scout! ¡Corre! —gritó Jem.

Di un paso gigante y noté que me tambaleaba; no

pudiendo mover los brazos, en la oscuridad no sabía mantener el equilibrio.

—¡Jem, Jem, ayúdame, Jem!

Algo aplastó el alambre de gallinero que me rodeaba. El metal desgarraba la tela, y yo caí al suelo y rodé tan lejos como pude, revolviéndome para librarme de mi prisión de alambre. De un punto de las cercanías llegaban hasta mí ruidos de pies danzando sobre el suelo, ruidos de patadas, de zapatos y de cosas arrastradas sobre el polvo y las raíces. Una persona chocó rodando contra mí y noté que era Jem. Mi hermano se levantó con la rapidez del rayo y me arrastró consigo, pero aunque tenía la cabeza y los hombros libres, continuaba tan enredada en mi traje que no fuimos muy lejos.

Estábamos cerca del camino cuando sentí que la mano de Jem me abandonaba y noté que sufría una sacudida y se caía de espaldas. Más ruido de pisadas precipitadas; luego el sonido apagado de algo que se rompía, y Jem lanzó un alarido.

Corrí hacia el lugar de donde vino el grito de Jem y me hundí en un fláccido estómago de varón. Su propietario exclamó:

—¡Uff! —y quiso cogerme los brazos, pero yo los tenía estrechamente aprisionados. El estómago de aquel hombre era blando, mas los brazos los tenía de acero. Poco a poco me dejaba sin respiración. Yo no podía moverme. De súbito le echaron atrás de un tirón y le arrojaron al suelo, casi arrastrándome con él. «Jem se ha levantado», pensé.

En ocasiones, la mente de uno trabaja muy despacio. Me quedé de pie allí, sorprendida y atontada. El roce de los pies sobre el suelo se apagaba; alguien jadeó un momento, y la noche quedó silenciosa otra vez.

Silencio, excepto por la respiración fatigada, en-

416

trecortada, de un hombre. Me pareció que se acercaba al árbol y se apoyaba en el tronco. Tosió violentamente, con una tos de sollozo, que estremecía los huesos.

—¡Jem!

No hubo otra respuesta que la respiración fatigada del hombre.

—¡Jem!

Jem no contestaba.

El hombre empezó a moverse por allí, como si buscara algo. Le oí gemir y arrastrar un objeto pesado. Yo iba percibiendo lentamente que ahora había cuatro personas debajo del árbol.

—¡Atticus...!

El hombre andaba con paso pesado e inseguro en dirección al camino. Fui adonde imaginé que había estado y tenté frenéticamente el suelo valiéndome de los dedos de los pies. Un momento después toqué a una persona.

—¡Jem!

Mis dedos de los pies tocaron unos pantalones, una hebilla de cinturón, una cosa que no supe identificar, un cuello de camisa, y un rostro. El áspero rastrojo de una barba me indicó que no era la cara de Jem. Percibí el olor del whisky barato.

Me puse a andar en la dirección que creí me llevaría al camino, aunque no estaba segura, porque había dado demasiadas vueltas contra mi voluntad. Pero lo encontré y miré abajo, hacia la luz de la calle. Un hombre pasaba debajo del farol. Andaba con el paso cortado de la persona que transporta un peso demasiado grande para ella. Estaba doblando la esquina. Transportaba a Jem, cuyo brazo colgaba oscilando de un modo absurdo delante de él.

En el momento en que llegué a la esquina, el hombre cruzaba el patio de la fachada de nuestra casa. La lámpara de la puerta recortó por un momento la silueta de Atticus. Atticus subió las escaleras corriendo, y juntos, él y el hombre, entraron a Jem en casa.

Yo estaba en la puerta de la fachada cuando ellos cruzaban el vestíbulo. Tía Alexandra corría a mi encuentro.

—¡Llama al doctor Reynolds! —ordenaba imperativamente la voz de Atticus, saliendo del cuarto de Jem—. ¿Dónde está Scout?

—Está aquí —contestó tía Alexandra, llevándome consigo hacia el teléfono.

Tía Alexandra me palpaba con ansiedad.

—Estoy bien, tiíta —le dije—. Será mejor que telefonee.

Tía Alexandra levantó el auricular del soporte y dijo:

—¡Eula May, haga el favor de llamar al doctor Reynolds, en seguida! —Y a continuación—: Agnes, ¿está tu padre en casa? ¡Oh, Dios mío! ¿Dónde se encuentra? Dile, por favor, que venga acá en cuanto llegue. ¡Por favor, es urgente!

No había necesidad de que tía Alexandra dijese quién era; la gente de Maycomb se conocían unos a otros por la voz.

Atticus salió del cuarto de Jem. Apenas tía Alexandra hubo cortado la comunicación, Atticus le quitó el aparato de la mano. Dio unos golpecitos al soporte, y luego dijo:

—Eula May, póngame con el *sheriff*, se lo ruego... ¿Heck? Soy Atticus Finch. Alguien ha atacado a mis hijos. Jem está herido. Entre mi casa y la escuela. No puedo dejar a mi hijo. Corra allá por mí, se lo ruego, y vea si el agresor ronda todavía por los alrededores. Dudo que le encuentre, ahora, pero si le encuentra, me gustaría verle. Debo dejarle ya. Gracias, Heck.

—Atticus, ¿ha muerto Jem?

—No, Scout. Cuida de ella, hermana —dijo mi padre, mientras cruzaba el vestíbulo.

Desenredando la tela y el alambre aplastados a mi alrededor, los dedos de tía Alexandra temblaban.

—¿Te encuentras bien, cariño? —no se cansaba de preguntarme mientras me libraba de mi prisión.

Fue un alivio quedar libre. Los brazos empezaban a cosquillearme; los tenía encarnados y con unas pequeñas huellas hexagonales. Me los froté, y los sentí mejor.

—Tiíta, ¿está muerto Jem?

—No... no, cariño, está inconsciente. No sabemos el daño que ha recibido hasta que llegue el doctor Reynolds. ¿Qué ha ocurrido, Jean Louise?

—No lo sé.

Tía Alexandra no insistió. Me trajo ropa que ponerme, y si yo hubiese prestado entonces atención a ello, no le habría permitido luego que lo olvidase jamás: en su distracción, tiíta me trajo el mono.

—Póntelo, cariño —me dijo, entregándome la prenda que tanto desprecio le inspiraba.

En seguida se precipitó hacia el cuarto de Jem; volvió a reunirse conmigo en el vestíbulo, y otra vez se fue al cuarto de Jem.

Un coche paró delante de la casa. Yo conocía el andar del doctor Reynolds casi tan bien como el de mi padre. El doctor Reynolds nos había traído al mundo a Jem y a mí, nos había asistido en todas las enfermedades de la infancia que el hombre conoce, incluyendo la ocasión en que Jem se cayó de la choza del árbol, y jamás había perdido nuestra amistad.

Al aparecer en la puerta exclamó:

—Dios misericordioso. —Vino hacia mí. Dijo—: Tú todavía estás en pie —y cambió de rumbo. Conocía todas las habitaciones de la casa. Sabía también que si yo me encontraba en mal estado, a Jem le pasaría lo mismo.

Después de diez eternidades, el doctor Reynolds apareció de nuevo.

—¿Ha muerto Jem? —le pregunté.

—Ni mucho menos —respondió, poniéndose en cuclillas delante de mí—. Tiene un chichón en la cabeza exactamente igual que el tuyo, y un brazo roto. Mira hacia allá, Scout... No, no vuelvas la cabeza, vuelve solamente los ojos. Ahora mira hacia el otro lado. Tiene una fractura difícil; por todo lo que puedo colegir en estos momentos, la tiene en el codo. Como si alguno hubiera querido arrancarle el brazo retorciéndoselo... Ahora mírame a mí.

—Entonces, ¿no está muerto?

—¡Nooo! —El doctor Reynolds se puso en pie—. Esta noche no podemos hacer mucho, como no sea ayudarle a pasarla lo mejor posible. Tendremos que obtener una radiografía del brazo; parece que habrá de llevarlo una temporada levantado hacia el costado. Pero no te acongojes, saldrá como nuevo. Los muchachos de su edad rebotan.

Mientras hablaba, el doctor Reynolds me había estado mirando atentamente, tentando con dedos suaves el chichón que me salía en la frente.

—No te sientes destrozada por ninguna parte, ¿verdad que no?

La broma del doctor Reynolds me hizo sonreír.

—¿De modo que usted no cree que esté muerto?

El médico se puso el sombrero.

—Claro que podría equivocarme, naturalmente, pero yo creo que está completamente vivo. Manifiesta todos los síntomas de estarlo. Ve a echarle un vistazo, y cuando yo regrese nos reuniremos los dos y decidiremos.

El doctor Reynolds tenía el caminar joven y resuelto. El de míster Tate no era así. Sus pesadas botas castigaron el porche y abrió la puerta con gesto torpe, pero soltó la misma exclamación que había proferido el doctor Reynolds cuando llegó.

—¿Estás bien, Scout? —añadió además.

—Sí, señor. Voy a ver a Jem. Atticus y los otros están allí dentro.

—Iré contigo —dijo míster Tate.

Tía Alexandra había velado la lámpara de lectura de Jem con una toalla, y el cuarto estaba sumido en una claridad apagada, confusa. Jem yacía de espaldas. A lo largo de todo un costado de la cara tenía una señal fea. Tenía el brazo izquierdo apartado del cuerpo y con el codo ligeramente doblado, pero hacia la parte que no debía estarlo. Jem arrugaba el ceño.

—¡Jem...!

—No puede oírte, Scout, está apagado como una lámpara —me dijo Atticus—. Vuelve ya en sí, pero el doctor Reynolds ha querido que continuase sin conocimiento.

—Sí, señor.

Retrocedí. El cuarto de Jem era grande y cuadrado. Tía Alexandra estaba sentada en una mecedora, junto a la chimenea. El hombre que había traído a Jem estaba de pie en un rincón, recostado contra la pared. Era algún campesino al cual yo no conocía. Asistió probablemente a la función y se encontraría en las cercanías cuando ocurrió aquello. Oyó sin duda nuestros gritos y acudió corriendo.

Atticus estaba junto a la cama de Jem.

Míster Heck Tate se había quedado en el umbral. Tenía el sombrero en la mano, y en el bolsillo de los pantalones se le notaba el bulto de una pila eléctrica. Llevaba el traje de trabajo.

—Entre, Heck —dijo Atticus—. ¿Ha encontrado algo? No puedo concebir que exista un ser lo bastante degenerado como para cometer una acción semejante, pero confío en que le habrá descubierto.

Míster Tate se puso tieso. Miró vivamente al hombre que había en el rincón, le saludó inclinando la cabeza y luego paseó la mirada por el cuarto, fijándola en Jem, en tía Alexandra y, finalmente, en Atticus.

—Siéntese, míster Finch —dijo en tono agradable.

—Sentémonos todos —propuso Atticus—. Coja esa silla, Heck. Yo traeré una de la sala.

Míster Tate se sentó en la silla de la mesa de Jem y aguardó a que Atticus hubiera regresado y estuviese sentado a su vez. Yo me pregunté por qué no había traído Atticus una silla para el hombre del rincón, pero mi padre conocía las costumbres de la gente del campo mejor que yo. Algunos de sus clientes labradores solían atar sus caballos de largas orejas debajo de los cinamomos del patio trasero, y Atticus despachaba a menudo sus consultas en las escaleras del porche posterior. Era probable que aquel hombre se sintiera más a gusto tal como estaba.

—Míster Finch —empezó míster Tate—, le diré lo que he hallado. He hallado el vestido de una niña; lo tengo ahí fuera en el coche. ¿Es el tuyo, Scout?

—Sí, señor, si es uno color de rosa —contesté.

Míster Tate actuaba como si se hallase en el estrado de los testigos. Le gustaba decir las cosas a su modo, sin ser importunado ni por el fiscal ni

422

por la defensa, y a veces le costaba un buen rato explicar algo.

—He encontrado unos trozos curiosos de una tela de color de barro...

—Son de mi disfraz, míster Tate.

El *sheriff* hizo deslizar las manos por sus muslos, se frotó el brazo izquierdo e inspeccionó la campana de la chimenea de Jem. Luego pareció interesado en el hogar de la lumbre. Sus dedos subieron en busca de su larga nariz.

—¿Qué es ello, Heck? —preguntó Atticus.

Míster Tate se llevó una mano al pescuezo y se lo restregó.

—Bob Ewell yace en el suelo, debajo de aquel árbol, con un cuchillo de cocina hundido en las costillas. Está muerto, míster Finch.

29

Tía Alexandra se puso en pie y su mano buscó la campana de la chimenea. Míster Tate se levantó, pero ella rehusó su asistencia. Por una vez en su vida, la cortesía instintiva de Atticus falló: mi padre continuó sentado donde estaba.

Sea por lo que fuere, yo no pude pensar en otra cosa más que en míster Ewell diciendo que se vengaría de Atticus aunque tuviera que invertir en ello el resto de su vida. Míster Ewell estuvo a punto de cumplir su amenaza, y era lo último que había hecho.

—¿Está seguro? —preguntó Atticus con acento frío.

—Está muerto, sin duda alguna —respondió míster Tate—. Muerto, y bien muerto. Ya no volverá a hacer ningún daño a esos niños.

—No quería decir eso. —Atticus parecía hablar dormido.

Empezaba a notársele la edad, signo seguro en él de que sufría una tormenta interior: la enérgica línea de su mandíbula se desdibujaba un poco, uno advertía que debajo de las orejas se le formaban unas arrugas delatoras y no se fijaba en su cabello de azabache más que en los trechos grises que aparecían en las sienes.

—¿No sería mejor que nos fuésemos a la sala de estar? —dijo por fin tía Alexandra.

—Si no le importa —objetó míster Tate—, preferiría que nos quedásemos aquí, salvo que haya de perjudicar a Jem. Quiero echar un vistazo a sus heridas mientras Scout... nos cuenta todo lo que ha pasado.

—¿Hay inconveniente en que salga? —preguntó la tía—. Aquí estoy de más. Si me necesitas, estaré en mi cuarto, Atticus. —Tía Alexandra fue hacia la puerta, pero se detuvo y se volvió—. Atticus, esta noche he tenido el presentimiento de que sucedería una cosa así... Yo... esto es culpa mía —empezó—. Debí...

Míster Tate levantó la mano.

—Siga su camino, miss Alexandra; ya sé que esto la ha impresionado terriblemente. Y no se atormente por nada... ¡Caramba! Si siempre hiciéramos caso de los presentimientos seríamos lo mismo que gatos que quieren cazarse la cola. Miss Scout, ve si puedes contarnos lo que ha ocurrido, mientras lo tienes fresco en la memoria. ¿Crees que podrás? ¿Viste al hombre que os seguía?

Yo me acerqué a mi padre, sentí que sus brazos me rodeaban y hundí la cabeza en su regazo.

—Hemos emprendido el regreso a casa. Yo he dicho: «Jem, he olvidado los zapatos». Apenas empezábamos a retroceder para ir a buscarlos se han apagado las luces. Jem ha dicho que mañana podría ir por ellos...

—Levántate, Scout, que míster Tate pueda oírte —dijo Atticus.

Yo me acomodé en su regazo.

—Luego, Jem me ha dicho que me callase un minuto. Yo he creído que estaba pensando (siempre me hace callar para poder pensar mejor); luego ha

dicho que había oído algo. Hemos supuesto que
sería Cecil.

—¿Cecil?

—Cecil Jacobs. Esta noche nos ha dado un susto, una vez, y hemos pensado que podía ser él de
nuevo. Llevaba un sábana. Daban un cuarto de dólar al mejor disfraz; no sé quién lo habrá ganado...

—¿Dónde estabais cuando habéis pensado que era
Cecil?

—A poca distancia de la escuela. Yo le he chillado algo...

—¿Qué has chillado?

—«Cecil Jacobs es una gallina gorda y mojada»,
creo. No hemos oído nada... y entonces Jem ha gritado «Hola», o cosa parecida, con voz bastante fuerte para despertar a los muertos...

—Un momento nada más, Scout —dijo míster Tate—. ¿Los ha oído usted, míster Finch?

Atticus respondió que no. Tenía la radio puesta.
Tía Alexandra tenía puesta la suya en su dormitorio. Lo recordaba porque tiíta le había pedido que
bajase un poco la potencia del aparato, con el fin
de que ella pudiera oír el suyo. Atticus sonrió, diciendo:

—Siempre pongo la radio demasiado fuerte.

—Me gustaría saber si los vecinos han oído algo...
—dijo míster Tate.

—Lo dudo, Heck. La mayoría escuchan la radio,
o se van a la cama con las gallinas. Maudie Atkinson es posible que estuviera levantada, pero lo
dudo.

—Continúa, Scout —indicó míster Tate.

—Bien, después de haber gritado Jem hemos seguido andando. Míster Tate, yo estaba encerrada
dentro del traje, pero entonces las he oído por mí
misma. Las pisadas, quiero decir. Caminaban cuan-

426

do nosotros caminábamos, y se paraban cuando nos parábamos. Jem ha dicho que me veía porque mistress Crenshaw pintó unas rayas en mi traje con una pintura brillante. Yo era un jamón.

—¿Cómo es eso? —preguntó míster Tate, atónito.

Atticus le describió mi papel, así como la construcción de mi disfraz.

—Debería haberla visto cuando ha entrado —dijo—. Lo llevaba aplastado y hecho pedazos.

Míster Tate se frotó el mentón.

—Yo me preguntaba cómo tenía aquellas señales el muerto. Sus mangas aparecían perforadas por pequeños agujeros. En los brazos había un par de pinchazos que concordaban con los agujeros. Déjeme ver ese objeto, si quiere, señor.

Atticus fue a buscar los restos de mi traje. Míster Tate lo miró por todos lados y lo dobló para hacerse idea de su forma primitiva.

—Este objeto le ha salvado probablemente la vida —afirmó—. Mire. —Y señalaba con su largo índice. En el color apagado del alambre destacaba una línea brillante—. Bob Ewell se proponía hacer un trabajo completo —musitó míster Tate.

—Había perdido la cabeza —dijo Atticus.

—No me gusta contradecirle, míster Finch..., pero no, no estaba loco, sino que era ruin como el demonio. Una alimaña rastrera, con bastante licor en el cuerpo para reunir la bravura suficiente para matar niños. Nunca se habría enfrentado con usted cara a cara.

Atticus movió la cabeza.

—Jamás habría concebido que un hombre fuese capaz de...

—Míster Finch, hay una especie de hombres a los cuales es preciso pegarles un tiro antes de que uno

427

pueda darles los buenos días. Y aun entonces, no valen el precio de la bala que se gasta matándolos. Ewell era uno de ellos.

—Yo pensaba que había satisfecho su rabia el día que me amenazó —dijo Atticus—. Y en el caso de que no la hubiera satisfecho, pensaba que vendría por mí.

—Tuvo reaños para molestar a una pobre negra, los tuvo para fastidiar al juez Taylor cuando creía que la casa estaba desierta, ¿y usted se figuraba que los tendría para presentarse cara a cara a la luz del día? —Míster Tate suspiró—. Será mejor que continuemos, Scout, tú le oíste detrás de vosotros...

—Sí, señor. Cuando llegamos debajo del árbol...

—¿Cómo sabíais que estabais debajo del árbol? Allá no podíais ver nada en absoluto.

—Yo iba descalza, y Jem dice que debajo de un árbol el suelo siempre está más fresco.

—Tendremos que nombrarle delegado del *sheriff;* sigue adelante.

—Entonces, de repente, alguien me ha cogido y ha aplastado mi traje... Creo que me he caído al suelo... He oído un revoloteo debajo del árbol, como si... lucharan alrededor del tronco, que hacía de parapeto, según parecía por los ruidos. Entonces Jem me ha encontrado y hemos echado a andar hacia el camino. Alguien... Míster Ewell, me figuro, ha tumbado a Jem al suelo. Han forcejeado un poco más y entonces se ha oído aquel ruido extraño... Jem ha dado un alarido... —Y me interrumpí. El ruido lo había producido el brazo de Jem—. Sea como fuere, Jem ha dado un alarido, y no le he oído más, y un segundo después... míster Ewell trataba de matarme apretándome contra sí, calculo... Entonces alguien ha tumbado al suelo a míster Ewell. Jem ha debido de levantarse, supongo. Esto es todo lo que sé...

—¿Y luego? —Míster Tate me miraba con viva atención.

—Alguien se tambaleaba por allí, jadeaba y... tosía como si fuera a morirse. Al principio he creído que era Jem, pero él no tose de aquel modo, por lo cual me he puesto a buscar a Jem por el suelo. He pensado que Atticus había venido a ayudarnos y se había fatigado en extremo...

—¿Quién era?

—Ea, allí está, míster Tate, él puede decirle cómo se llama.

Al mismo tiempo que pronunciaba estas palabras, levanté un poco la mano para señalar al hombre del rincón, pero bajé el brazo rápidamente temerosa de que Atticus me reprendiera por señalar. Señalar era un detalle de mala educación.

El hombre seguía recostado contra la pared. Estaba ya recostado contra la pared cuando entré en el cuarto, y con los brazos cruzados sobre el pecho. Al señalarle yo, bajó los brazos y apretó las palmas de las manos contra la pared. Eran unas manos blancas, de un blanco enfermizo, que no habían visto nunca el sol; tan blancas que a la escasa luz del cuarto de Jem destacaban vivamente sobre el crema mate de la pared.

De las manos pasé a los pantalones caqui manchados de arena; mis ojos subieron por su delgado cuerpo hasta la camisa azul de tela de algodón. La cara tan blanca como las manos, excepto por una sombra en su saliente barbilla. Tenía las mejillas delgadas, chupadas; la boca grande; en las sienes aparecían unas mellas poco profundas, casi delicadas, y los ojos eran de un color gris tan claro que pensé que era ciego. Tenía el cabello muerto y fino, y en la cima de la cabeza casi plumoso.

Cuando le señalé, las palmas de sus manos se deslizaron ligeramente, dejando grasientas huellas de sudor en la pared, y hundió los pulgares en el cinturón. Un ligero y extraño espasmo le agitó, como si oyera unas uñas arañando pizarra, pero cuando vio que yo le miraba con admiración la tensión desapareció lentamente de su rostro. Sus labios se entreabrieron en una tímida sonrisa; pero mis repentinas lágrimas difuminaron la imagen de nuestro vecino.

—Hola, Boo —le dije.

30

—Míster Arthur, cariño —dijo Atticus, corrigiéndome con dulzura—. Jean Louise, te presento a míster Arthur Radley. Creo que él ya te conoce.

Si Atticus era capaz de presentarme afablemente a Boo Radley en un momento como aquél, ea... es que Atticus era así.

Boo me vio correr instintivamente hacia la cama en que dormía Jem, porque la misma sonrisa tímida de antes cruzó lentamente por su rostro. Sonrojada de turbación, traté de esconderme cubriendo a Jem.

—Eh, eh, no le toques —dijo Atticus.

Míster Heck Tate estaba mirando fijamente a Boo a través de sus gafas de concha. Iba a tomar la palabra cuando el doctor Reynolds apareció en el vestíbulo.

—Fuera todo el mundo —ordenó al llegar a la puerta—. Buenas noches, Arthur; la primera vez que he venido no me he fijado en usted.

La voz del doctor Reynolds tenía la misma desenvoltura que su andar, lo mismo que si hubiese dicho aquello todas las noches de su vida; una declaración que me dejó más atónita que el hecho de encontrarme en un mismo cuarto con Boo Radley. Por supuesto... hasta Boo Radley se pone enfermo alguna vez, pensé. Aunque, por otra parte, no estaba segura.

El doctor Reynolds traía un voluminoso paquete envuelto en papel de periódico. Lo dejó sobre la mesa de Jem y se quitó la chaqueta.

—¿Estás convencida de que vive, ahora? Te diré cómo lo he conocido. Cuando trataba de examinarle me ha dado una patada. He tenido que hacerle perder el conocimiento por completo para tocarle. Así pues, despeja —me dijo.

—Bien... —dijo Atticus, dirigiendo una mirada a Boo—. Heck, salgamos al porche de la fachada. Allí hay sillas suficientes, y todavía hace bastante calor.

A mí me sorprendió que Atticus nos invitara al porche de la fachada y no a la sala de estar; luego lo comprendí. Las lámparas de la sala despedían una luz excesivamente viva.

Todos desfilamos; míster Tate en cabeza... Atticus esperaba en la puerta con el propósito de que Boo pasara delante. Después cambió de idea y siguió a míster Tate.

En las cosas cotidianas, la gente sigue adicta a sus hábitos aun bajo las condiciones más peculiares. Yo no era una excepción.

—Venga, míster Arthur —me sorprendí diciendo—, usted no conoce bien la casa. Yo le acompañaré al porche, señor.

El bajó la vista para mirarme y asintió con la cabeza.

Yo le conduje a través de la sala y cruzando el comedor.

—¿No quiere sentarse, míster Arthur? Esta mecedora es bonita y cómoda.

Mi pequeña fantasía había entrado otra vez en actividad: El estaría sentado en el porche... «Nos hace un tiempo hermoso de veras, ¿no es cierto, míster Arthur?»

Sí, un tiempo hermoso de veras. Sintiéndome un poco fuera de la realidad, le acompañé hasta el asiento más apartado de Atticus y de míster Tate. Un asiento situado en la sombra más profunda. Boo se sentiría más a gusto a oscuras.

Atticus se había sentado en una mecedora; míster Tate ocupaba una silla próxima. La luz de las ventanas del comedor los iluminaba de pleno. Yo me senté al lado de Boo.

—Bien, Heck —iba diciendo Atticus—, yo creo que lo que se debe hacer... Buen Dios, estoy perdiendo la memoria... —Atticus se subió las gafas y se oprimió los ojos con los dedos—. Jem no ha cumplido los trece todavía..., no, sí que los ha cumplido... No sé recordarlo. De todos modos, la cosa se verá en el tribunal del condado.

—¿Qué cosa, míster Finch? —Míster Tate descruzó las piernas y se inclinó adelante.

—Naturalmente, fue un caso inconfundible de defensa propia; pero tendré que irme a la oficina y rebuscar...

—Míster Finch, ¿cree usted que Jem ha matado a Bob Ewell? ¿Lo cree de veras?

—Ha oído ya lo que dijo Scout; no cabe la menor duda. Ha dicho que Jem se ha levantado y ha apartado a Ewell de un tirón... Probablemente se habrá apoderado, en la oscuridad, del cuchillo de Ewell... Mañana lo sabremos.

—Párese, míster Finch —dijo míster Tate—. Jem no ha acuchillado a Bob Ewell.

Atticus estuvo callado un momento. Miró a míster Tate como si agradeciese lo que decía. Pero movió la cabeza negativamente.

—Heck, se porta usted de un modo muy generoso, y sé que lo hace impulsado por su buen corazón; pero no me salga con esas cosas.

Míster Tate se levantó y fue hasta la orilla del porche. Escupió hacia los arbustos; luego se puso las manos en los bolsillos y se enfrentó con Atticus, preguntando:

—¿Qué cosas?

—Lamento haber hablado con demasiada viveza, Heck —dijo Atticus llanamente—, pero nadie pondrá sordina a lo ocurrido. Yo no vivo de este modo.

—Nadie pondrá sordina a nada, míster Finch.

Míster Tate hablaba con voz calmosa, pero sus botas estaban plantadas tan sólidamente en los tablones del porche que parecía que crecían allí. Entre mi padre y el *sheriff* tenía lugar una curiosa contienda, cuya naturaleza escapaba a mi penetración.

Ahora le tocó a Atticus el turno de levantarse e irse hasta el extremo del porche. Exclamó:

—¡Hum! —y escupió, sin saliva, al patio. Se puso las manos en los bolsillos y se enfrentó con míster Tate—. Heck, usted no lo ha dicho, pero yo sé lo que está pensando. Gracias por ello, Jean Louise... —Mi padre se volvió hacia mí—. ¿Has dicho que Jem ha cogido a míster Ewell y lo ha apartado de ti?

—Sí, señor, esto es lo que he pensado... Yo...

—¿Lo ve, Heck? Gracias desde lo más profundo de mi corazón, pero no quiero que mi hijo emprenda su carrera con una cosa parecida sobre su cabeza. El mejor modo de limpiar la atmósfera consiste en examinar el caso a la vista de todo el mundo. Dejemos que el condado intervenga y traiga *sandwiches*. No quiero que mi hijo crezca envuelto en una murmuración, no quiero que nadie diga: «¿Jem Finch?... Ah, sí, su padre pagó un puñado de dinero para sacarle del apuro». Cuanto más pronto hayamos resuelto el caso, mejor.

—Míster Finch —replicó, imperturbable, míster Tate—, Bob Ewell ha caído sobre su cuchillo. Se ha matado él mismo.

Atticus anduvo hasta la esquina del porche y fijó la vista en la enredadera. Yo pensé que, a su manera, cada uno de ambos era tan terco como el otro. Y me pregunté quién cedería primero. Atticus tenía una terquedad callada, que pocas veces se ponía en evidencia, pero en ciertos aspectos era tan obstinado como los Cunningham. Míster Tate carecía de instrucción y se ponía más en evidencia, pero hacía un digno contrincante de mi padre.

—Heck —insistió Atticus, que estaba de espaldas—. Si silenciamos este caso, con ello destruiremos todo lo que he hecho para educar a Jem a mi manera. A veces pienso que como padre he fracasado en absoluto, pero soy el único que tienen. Antes de mirar a nadie más, Jem me mira a mí, y yo he procurado vivir de forma que siempre pueda devolverle la mirada sin desviar los ojos... Si consintiera en una cosa como ésta, francamente, no podría sostener su mirada, y sé que el día que no pudiera sostenerla le habría perdido. Y no quiero perder ni a Jem ni a Scout; son todo lo que poseo.

Míster Tate continuaba plantado en los maderos del suelo.

—Bob Ewell ha caído sobre su cuchillo. Puedo demostrarlo.

Atticus giró sobre sus talones. Sus manos hurgaron los bolsillos.

—Heck, ¿no puede hacer que al menos lo vea con mis ojos? Usted también tiene hijos, pero yo le aventajo en edad. Cuando los míos sean mayores yo seré ya un viejo, si es que sigo en este mundo, pero ahora

435

soy... En fin, si no se fían de mí no podrán fiarse de nadie. Jem y Scout saben lo que ha pasado. Si me oyen decir por la ciudad que ha pasado una cosa distinta... Heck, ya no podré contar con ellos nunca más. No puedo vivir de un modo en público y de otro modo diferente en casa.

Míster Tate se meció sobre los talones y dijo con mucha paciencia:

—El difunto ha echado al suelo a Jem, ha tropezado con una raíz de aquel árbol y... mire, se lo puedo enseñar. —Míster Tate se metió la mano en el bolsillo y sacó una larga navaja. En aquel momento llegó el doctor Reynolds. Míster Tate le dijo—: El hijo de... el difunto está debajo de aquel árbol, doctor, apenas entrar en el patio de la escuela. ¿Tiene una pila eléctrica? Será mejor que coja ésta.

—Puedo dar la vuelta con el coche y dejar los faros encendidos —dijo el doctor Reynolds, pero al mismo tiempo aceptó la pila de míster Tate—. Jem está bien. Confío en que esta noche no se despertará, por lo tanto no se inquieten. ¿Ese es el cuchillo causante de la muerte, Heck?

—No, señor, continúa hundido en el cadáver. Por el mango se diría que es un cuchillo de cocina. Ken debería estar ya allí con el coche fúnebre, doctor. Buenas noches.

A continuación míster Tate abrió la hoja del cuchillo.

—Ha sido de este modo —dijo. Con el cuchillo en la mano, fingió que tropezaba; al inclinarse adelante, el brazo izquierdo descendió delante del cuerpo—. ¿Lo ve? Se ha clavado el cuchillo en los tejidos blandos de debajo de las costillas. El peso entero del cuerpo ha sido causa de que la hoja se hundiese.

Míster Tate cerró la navaja y se la metió en el bolsillo.

—Scout tiene ocho años —añadió un instante después—. Estaba demasiado asustada para enterarse bien de lo que ocurría.

—Le sorprendería... —dijo Atticus tristemente.

—No digo que lo haya inventado; digo que estaba demasiado amedrentada para saber exactamente lo que ha pasado. Allí la oscuridad era absoluta; las tinieblas eran negras como la tinta. Se precisaría una persona muy habituada a la oscuridad para considerarla un testigo de crédito...

—No lo admito —replicó Atticus suavemente.

—*¡¡Maldita sea, si no estoy pensando en Jem!!*

La hoja de míster Tate hirió los maderos con tal furia que las luces del dormitorio de miss Maudie se encendieron. También se encendieron las de miss Stephanie Crawford. Atticus y míster Tate volvieron la vista hacia el otro lado de la calle, luego se miraron uno a otro. Y aguardaron.

Cuando míster Tate tomó la palabra de nuevo, su voz apenas se oía.

—Míster Finch, me molesta discutir con usted cuando se pone en esa actitud. Esta noche usted ha pasado por una prueba que ningún hombre debería sufrir nunca. No sé cómo no ha enfermado de las resultas y ahora no está en la cama, pero sé que por una vez en la vida no ha sido capaz de atar cabos, y es preciso que dejemos esto resuelto esta misma noche, porque mañana sería demasiado tarde. Bob Ewell tiene en el buche la hoja de un cuchillo de cocina.

Míster Tate añadió en seguida que Atticus no sería capaz de plantarse allí y sostener que un muchacho de la poca corpulencia de Jem, y con un brazo roto, tendría energías bastantes en el cuerpo para luchar con un hombre adulto y matarle, en medio de las tinieblas más densas.

—Heck —dijo Atticus bruscamente—, eso que manejaba ahora era una navaja. ¿De dónde la ha sacado?

—Se la he quitado a un borracho —contestó tranquilamente míster Tate.

Yo procuraba recordar. Míster Ewell me tenía cogida... Luego se cayó... Jem debía de haberse levantado. Al menos yo pensé...

—¡Heck!

—He dicho que se la he quitado esta noche a un borracho. El cuchillo de cocina lo encontró Ewell, probablemente, en algún punto del vaciadero. Lo afiló y esperó el momento oportuno... Esperó el momento oportuno, ni más ni menos.

Atticus fue hasta la mecedora y se sentó. Las manos le colgaban como muertas entre las rodillas. Tenía la vista fija en el suelo. Se había movido con la misma lentitud que la noche aquella, delante de la cárcel, cuando pensé que le costaría una eternidad el doblar el periódico, y arrojarlo sobre la silla.

Míster Tate deambulaba con paso pesado, pero silencioso por el porche.

—No es usted quien ha de tomar una decisión, míster Finch; soy yo, solamente yo. Es una decisión y una responsabilidad que pesa únicamente sobre mí. Por una vez, si usted no comparte mi punto de vista, poca cosa podrá hacer para imponer el suyo. Si quiere intentarlo, yo le llamaré embustero en sus propias barbas. Su hijo no ha dado ninguna cuchillada a Bob Ewell —añadió muy despacio—; estuvo a mil leguas de ello, y ahora usted lo sabe. Su hijo no pretendía otra cosa que llegar, él y su hermana, sanos y salvos a casa —míster Tate dejó de andar. Paróse delante de Atticus, dándonos la espalda a

Boo y a mí—. Yo no valgo mucho, señor, pero soy el *sheriff* del Condado de Maycomb. He vivido en esta ciudad toda mi vida y voy a cumplir cuarenta y tres años. Sé todo lo que ha pasado aquí desde que nací. Un muchacho negro ha muerto sin motivo alguno, y el responsable de ello ha fallecido también. Deje que los muertos entierren a los muertos esta vez, míster Finch. Deje que los muertos entierren a los muertos.

Míster Tate se acercó a la mecedora y recogió el sombrero, que estaba en el suelo, al lado mismo de Atticus. Luego, empujó su silla hacia atrás y se cubrió.

—Nunca me han dicho que exista una ley que prohíba a un ciudadano hacer cuanto pueda por evitar que se cometa un crimen, que es precisamente lo que él ha hecho; pero quizá usted considere que tengo el deber de comunicarlo a toda la ciudad en lugar de silenciarlo. ¿Sabe lo que pasaría entonces? Que todas las señoras de Maycomb, incluida mi esposa, correrían a llamar a la puerta de ese hombre llevándole pasteles exquisitos. A mi manera de ver, el coger al hombre que les ha hecho a usted y a la ciudad un favor tan grande y ponerle, con su natural tímido, bajo una luz cegadora..., para mí, esto es un pecado. Es un pecado y no estoy dispuesto a tenerlo en la conciencia. Si se tratase de otro hombre sería distinto. Pero con ese hombre no puede ser, míster Finch.

Míster Tate estaba tratando de abrir un hoyo en el suelo con la punta de la bota. Luego se tiró de la nariz y se frotó el brazo izquierdo.

—Es posible que yo no valga nada, míster Finch, pero sigo siendo el *sheriff* de Maycomb, y Bob Ewell se ha caído sobre su propio cuchillo. Buenas noches, señor.

Míster Tate se alejó del porche con pisada recia y cruzó el patio de la fachada. La portezuela de su coche se cerró de golpe, y el vehículo partió.

Atticus permaneció sentado largo rato, con la mirada fija en el suelo. Finalmente, levantó la cabeza.

—Scout —dijo—, míster Ewell se ha caído sobre su propio cuchillo. ¿Eres capaz de comprenderlo?

Por su aspecto, yo habría dicho que Atticus necesitaba que le animasen. Corrí hacia él y le abracé y le besé con todas mis fuerzas.

—Sí, señor, lo comprendo —aseguré para tranquilizarle—. Míster Tate tenía razón.

Atticus se libró del nudo de mis brazos y me miró.

—¿Qué quieres decir?

—Mira, hubiera sido una cosa así como matar un ruiseñor.

Atticus apoyó la cara en mi cabello y me lo acarició con las mejillas. Cuando se levantó y cruzó el porche, hundiéndose en las tinieblas, había recobrado su paso juvenil. Antes de entrar en la casa, se detuvo delante de Boo Radley.

—Gracias por mis hijos, Arthur —le dijo.

31

Cuando Boo Radley se puso en pie con gesto vacilante, la luz de las ventanas de la sala de estar arrancó reflejos de su frente. Todos sus movimientos eran inciertos, como si no estuviera seguro de si sus manos establecerían el contacto adecuado con las cosas que tocaba. Tosió con aquella tos estertorosa que tenía, sufriendo tales sacudidas que tuvo que sentarse de nuevo. Su mano fue en busca del bolsillo trasero de los pantalones y sacó un pañuelo. Después de cubrirse la boca con él para toser, se secó la frente.

Como estaba tan acostumbrada a no verle, me parecía increíble que hubiese estado sentado a mi lado todo aquel rato, presente y visible. Boo no había producido el menor sonido.

De nuevo se puso en pie. Se volvió hacia mí, y, con un movimiento de cabeza, me indicó la puerta de la fachada.

—Le gustaría decir buenas noches a Jem, ¿verdad que sí, míster Arthur? Entre.

Y le acompañé por el vestíbulo. Tía Alexandra estaba sentada al lado de la cama de Jem.

—Entre, Arthur —dijo—. Todavía duerme. El doctor Reynolds le ha administrado un sedante enérgico. Jean Louise, ¿está tu padre en la sala?

—Sí, señora, creo que sí.

—Voy a hablar un minuto con él. El doctor Reynolds ha dejado unas... —su voz se perdió por otro aposento.

Boo se había refugiado en un ángulo de la habitación y estaba de pie, con la barbilla levantada, mirando de lejos a Jem. Yo le cogí de la mano; una mano sorprendentemente cálida a pesar de su palidez. Tiré levemente de él, y me permitió que le condujese hasta la cama de Jem.

El doctor Reynolds había armado una especie de pequeña tienda sobre el brazo de mi hermano, con el fin de que no le tocase la manta, supongo, y Boo se inclinó adelante para mirar por encima de ella. En su cara había una expresión de curiosidad tímida, como si hasta entonces nunca hubiese visto a un muchacho. Con la boca ligeramente abierta, miró a Jem de la cabeza a los pies. Su mano se levantó, pero en seguida volvió a caer sobre el costado.

—Puede acariciarle, míster Arthur. Está dormido. Si estuviera despierto no podría; él no se lo consentiría... —me sorprendí explicando—. Vamos, anímese.

La mano de Boo se quedó inmóvil más arriba de la cabeza de Jem.

—Siga, señor; duerme.

La mano bajó a posarse levemente sobre el cabello de Jem.

Yo empezaba a comprender su inglés mudo. Su mano oprimió la mía con más fuerza, indicando que quería marcharse.

Le acompañé hasta el porche de la fachada, donde sus penosos pasos se detuvieron. Seguía teniendo cogida mi mano, y no daba muestras de querer soltarla.

—¿Quieres acompañarme a casa?

Lo dijo casi en un susurro, con la voz de un niño asustado de la oscuridad.

Yo puse el pie en el peldaño superior y me paré. Por nuestra casa le conduciría tirándole de la mano, pero jamás le acompañaría a la suya de aquel modo.

—Míster Arthur, doble el brazo así. Así está bien, señor.

Y deslicé mi mano dentro del hueco de su brazo. El tenía que inclinarse un poco para acomodarse a mí; pero si miss Stephanie Crawford estaba espiando desde la ventana de la cima de las escaleras, vería a Arthur Radley dándome escolta por la acera, como lo hace un caballero.

Llegamos al farol de la esquina de la calle, y me pregunté cuántas veces había estado allí Dill, abrazado al grueso poste, espiando, esperando, confiando. Pensé en la multitud de veces que Jem y yo habíamos recorrido el mismo trayecto... Pero ahora entraba en la finca de los Radley por la puerta del patio de la fachada por segunda vez en mi vida. Boo y yo subimos los peldaños del porche. Sus dedos buscaron la empuñadura. Me soltó la mano dulcemente, abrió la puerta, entró, y cerró tras de sí. Ya nunca más volví a verle.

Los vecinos traen alimentos, cuando hay difuntos, flores cuando hay enfermos, y pequeñas cosas entre tiempo. Boo era nuestro vecino. Nos había regalado dos muñecos de jabón, un reloj descompuesto, con su cadena, un par de monedas de las que traen buena suerte, y la vida de Jem y la mía. Pero los vecinos correspondían a su vez con regalos. Nosotros nunca habíamos devuelto al tronco del árbol lo sacado de allí; nosotros no le regalamos nunca nada, y esto me entristecía.

Me volví para irme a casa. Los faroles de la calle parpadeaban calle abajo en dirección a la ciudad.

Jamás vi a nuestros vecinos desde este ángulo. Existían miss Maudie y miss Stephanie..., también nuestra casa (veía la mecedora del porche), la casa de miss Rachel estaba más allá, perfectamente visible. Hasta podía ver la de mistress Dubose.

Volvía la vista atrás. A la izquierda de la parda puerta de Boo había una larga ventana con persiana. Fui hasta ella, me paré delante y di una vuelta completa. A la luz del día, pensé, se vería la esquina de la oficina de Correos.

A la luz del día... En mi mente la noche se desvaneció. Era de día y los vecinos iban y venían atareados. Miss Stephanie Crawford cruzaba la calle para comunicar las últimas habladurías a miss Rachel. Miss Maudie se inclinaba sobre sus azaleas. Estábamos en verano, y dos niños se precipitaban acera abajo yendo al encuentro de un hombre que se acercaba en la distancia. El hombre agitaba la mano, y los niños echaban a correr disputando quién le alcanzaría primero.

Continuábamos estando en verano, y los niños se acercaban más. Un muchacho andaba por la acera arrastrando tras de sí una caña de pescar. Un hombre estaba de pie esperando, con las manos en las caderas. Verano; los dos niños jugaban en el porche con un amigo, representando un extraño y corto drama de su propia invención.

Llegaba el otoño, y sus niños se peleaban en la acera delante de la morada de mistress Dubose. El muchacho ayudó a su hermana a ponerse en pie, y ambos se encaminaron hacia su casa. Otoño, y sus niños trotaban de un lado a otro de la esquina, pintados en el rostro los pesares y los triunfos del día. Se paraban junto a un roble, embelesados, asombrados, aprensivos.

Invierno, y sus niños se estremecían de frío en la

puerta de la fachada del patio, recortada su silueta sobre el fondo de una casa en llamas. Invierno, y un hombre salió a la calle, dejó caer las gafas y disparó contra un perro.

Verano, y vio cómo a sus niños se les partía el corazón. Otoño de nuevo, y los niños de Boo le necesitaban.

Atticus tenía razón. Una vez nos dijo que uno no conoce de veras a un hombre hasta que se pone dentro de su pellejo y se mueve como si fuera él. El estar de pie, simplemente, en el porche de los Radley, fue bastante.

Las lámparas de la calle aparecían vellosas a causa de la lluvia fina que caía. Mientras regresaba a mi casa, me sentía muy mayor, y al mirarme la punta de la nariz veía unas cuentas finas de humedad; mas el mirar cruzando los ojos me mareaba, y lo dejé. Camino de casa iba pensando en la gran noticia que le daría a Jem al día siguiente. Se pondría tan furioso por haberse perdido todo aquello que pasaría días y días sin hablarme. Mientras regresaba a casa, pensé que Jem y yo llegaríamos a mayores, pero que ya no podíamos aprender muchas cosas más, excepto, posiblemente, álgebra.

Subí las escaleras corriendo y entré en casa del mismo modo. Tía Alexandra se había ido a la cama, y el cuarto de Atticus estaba a oscuras. Vería si Jem revivía. Atticus estaba en el cuarto de mi hermano, sentado junto a la cama. Leía un libro.

—¿No se ha despertado Jem todavía?

—Duerme pacíficamente. No se despertará hasta la mañana.

—Oh. ¿Estás aquí haciéndole compañía?

—Hace una hora, aproximadamente. Vete a la cama, Scout. Has tenido un día largo y agitado.

—Mira, creo que me quedaré un rato contigo.

—Como quieras —respondió Atticus.

Debía de ser más de media noche, y su afable aquiescencia me asombró. De todos modos, él era más listo que yo; en el mismo momento que me senté empecé a tener sueño.

—¿Qué estás leyendo? —pregunté.

Atticus volvió el libro del otro lado.

—Una cosa de Jem. Se titula *El Fantasma Gris.*

De pronto me sentí bien despierta.

—¿Por qué has escogido ése?

—No lo sé, cariño. Lo he cogido al azar. Es una de las pocas cosas que no he leído —dijo con intención.

—Léelo en voz alta, por favor, Atticus. Da miedo de veras.

—No —dijo él—. Hoy has tenido miedo sobrado para una temporada. Esto es demasiado...

—Atticus, yo no he tenido miedo —mi padre enarcó las cejas, y yo protesté—: Por lo menos no lo he tenido hasta que he empezado a contar a míster Tate cómo había ocurrido. Jem tampoco tenía miedo. Se lo he preguntado y me ha dicho que no. Por otra parte, no hay nada que dé miedo de verdad, excepto en los libros.

Atticus abrió los labios para decir algo, pero los volvió a cerrar. Quitó el pulgar de las hojas, hacia la mitad del libro, y retrocedió a la primera página. Yo me acerqué y apoyé la cabeza sobre su rodilla.

—Hummm —dijo Atticus—. *El Fantasma Gris,* por Seckatary Hawkins. Capítulo primero...

Yo esforcé la voluntad para continuar despierta, pero la lluvia era tan suave, el cuarto estaba tan templado, la voz de mi padre era tan profunda y su rodilla tan cómoda, que me dormí.

Unos segundos después, por lo que parecía, su

zapato me rozaba blandamente las costillas. Atticus me puso en pie y me llevó a mi cuarto.

—He oído todas las palabras que has dicho —murmuré—. No he dormido nada en absoluto; habla de un barco y de Fred «Tres-Dedos» y de Kid «Pedradas»...

Atticus me desató el mono, me apoyó contra sí, y me lo quitó. Luego me sostuvo con una mano, mientras con la otra, cogía el pijama.

—Sí, y todos creían que Kid «Pedradas» desordenaba el local de su club y derramaba tinta por todas partes y...

Atticus me guió hasta la cama y me hizo sentar en ella. Me levantó las piernas y las colocó debajo de la sábana.

—Y le persiguieron, pero no podían cogerle porque no sabían qué figura tenía, y, Atticus, cuando por fin le vieron, resultaba que no había hecho nada de todo aquello... Atticus, era un chico bueno de veras...

Las manos de mi padre estaban debajo de mi barbilla, subiendo la manta y arropándome bien.

—La mayoría de personas lo son, Scout, cuando por fin las ves.

Atticus apagó la luz y se volvió al cuarto de Jem. Allí estaría toda la noche; allí estaría cuando Jem despertase por la mañana.